YUNMEN XIANGNAN

云门向南

云门向南

YUNMEN XIANGNAN

徐剑　一半◎著

云南出版集团

云南人民出版社

图书在版编目（CIP）数据

云门向南 / 徐剑，一半著. — 昆明：云南人民出版社，2019. 3

ISBN 978-7-222-18340-7

Ⅰ. ①云⋯ Ⅱ. ①徐⋯ ②一⋯ Ⅲ. ①纪实文学－中国－当代 Ⅳ. ①I25

中国版本图书馆CIP数据核字（2019）第053302号

云南省文艺精品创作扶持资金资助项目
出 品 人：李 维 赵石定
责任编辑：朱 颖 范晓芬
责任校对：周 彦 董郎文清
装帧设计：马 滨
责任印制：李寒东

云门向南
徐 剑 一 半 著

出 版 云南出版集团 云南人民出版社
发 行 云南人民出版社
社 址 昆明市环城西路609号
邮 编 650034
网 址 www.ynpph.com.cn
E-mail ynrms@sina.com
开 本 720mm×1010mm 1/16
印 张 20.5
字 数 270千
版 次 2019年3月第1版第1次印刷
印 刷 云南新华印刷二厂有限责任公司
书 号 ISBN 978-7-222-18340-7
定 价 95.00元

如需购买图书、反馈意见，请与我社联系
总编室：0871-64109126 发行部：0871-64108507
审校部：0871-64164626 印制部：0871-64191534

云南人民出版社公众微信号

内容简介

一日千年，天上人间；千年一天，云门向南。本书的地理空间被一条时间明线与一条历史暗线完美切割。

太阳东升，从古滇国昆明零公里界桩出发，探寻云南辐射南亚东南亚的步伐。静水深流的红河边，红河谷1897餐厅的老板陈勇辉年复一年、日复一日地看潮起潮落。旅居云南20年之久的滇文化学者、法国人裴逸风更是无数次深情凝视这条被滇越铁路呼啸穿过的河流。太阳当顶时，《普洱》杂志社里弥散着普洱与咖啡的双重香气，澜沧江向南再向南，直到更名换姓为湄公河，河面上船只来往如梭，最醒目的当属中、老、缅、泰四国联防的巡逻艇，这里是年轻的老船长肖清虎、谭建华的生死战场。太阳转身之际，在鲁史古镇，山间铃响马帮来。锦秀茶祖已经枝繁叶茂了三千多年，滇红在这里诞生，一杯凤庆红茶，浓浓的中国红香飘世界。千年茶祖庇佑着国门之内的中国人：勤劳的种茶人罗连凤、坚毅勇敢的守茶人杨礼邦……对国门以外的人们也多有照拂：每天进出清水河口岸的缅甸木材商人卢家相、富滇银行的老挝籍员工石贤松……滇西日落，站在高黎贡的最高处，远眺“彩云号”盾构机铸就的云南奇迹，聆听吟咏美好生活的傣戏，伫立在中缅85号界桩前畅想胞波一家亲。行者老徐与作家老徐跨越五百年时空的对话构成了本书的历史暗线，将云南走向南亚、东南亚文化的重要城市节点串在一起，各美其美，美美与共。

翻开《云门向南》，阅读“一带一路”上云南面向南亚东南亚辐射中心的建设故事，当代一千零一夜的云南故事、中国故事……

作者简介

徐剑，男，汉族，云南昆明人，火箭军政治工作部文艺创作室主任，中国作协全委会委员，中国报告文学学会副会长，一级作家，享受国务院特殊津贴，中宣部全国宣传文化系统”文化名家暨四个一批人才”。

著有小说、散文、报告文学、电视剧剧本共计600万字，先后创作出版“导弹系列”的文学作品《大国长剑》《鸟瞰地球》《砺剑灞上》《原子弹日记》《逐鹿天疆》《大国重器》和电视连续剧《导弹旅长》，著有报告文学《水患中国》《麦克马洪线》《东方哈达》《冰冷血热》《遍地英雄》《国家负荷》《雪域飞虹》《浴火重生》《王者之地》《天空如镜》《于阗王子》《梵香》《坛城》，长卷散文《岁月之河》《灵山》《玛吉米》《经幡》《祁连如梦》等25部。曾三次获得中宣部“五个一工程奖”、两次获得“中国人民解放军文艺奖”，并荣获“首届鲁迅文学奖”“中国图书奖”“中华优秀出版物奖”“全军新作品一等奖”“飞天奖”“金鹰奖”等三十多项全国、全军文学奖，被中国文联评为“德艺双馨”文艺家。火箭军党委为表彰其创作上的成就，曾记二等功一次、三等功四次。

一半，原名李玉梅，女，山东省作协会员。作品散见于《中国作家》《延河》《时代文学》《百花园》等。

目录

卷一

云门日出

“昆明零公里”

冲上云霄

机翼之下，太阳高照，银翼大鹏冲上云霄，逍遥游在万米高空，一脸祥瑞之色。合上手中的书，滴几滴复方熊胆滴眼液，闭上眼压有些高的眼睛，假寐。云之上的光影，不过三个小时，却令我天街一梦日月长。1986年，随李旭阁司令乘空军值班专机图-154前往昆明，那是我第一次坐飞机。彼时的巫家坝机场距离老家大板桥镇有十六公里之遥。

每次返乡，因为路途遥远、行李繁重，总要劳烦诸位亲朋好友或接或送，好不麻烦。2013年春节前夕，与夫人、女儿再次踏上回家之路，从首都机场T2航站楼起飞，三个小时后便降落距离大板桥只有六公里的新机场——昆明长水国际机场，比往昔便利了许多。于交通而言是方便了，但是一天当中飞机无数次起落的轰鸣却着实让我们大板桥人不堪其扰。然，习惯是个好东西。几年下来，大板桥人也就都习惯了。但对于被失眠症折磨的我来说，飞机不消停，航道之下，早已失去了昔日无车马喧闹的静寂：躺着，数着，听着，每天晚上十二点，天空阒然；次日凌晨六点，又开始闹腾，不胜其烦。好在，我不常回去。

有一年春节回老家，那时母亲仍健在。她指着天上的飞机说，习惯了，要是没有它，晚上的觉还不好睡呢。跟天气预报一样好使，它在天上，看得比咱远，比咱清楚；只要天上有飞机，就没有啥大天气。早晨还很准点，比闹铃好用。“鸡”都飞起来了，人也不能睡懒觉喽！这些年村里懒汉越来越少，都知道起来挣钱了。母亲说得对，人勤春来早，长水机场给大板桥带来了发展的春天。

此次回滇，源于戊戌春节回老家过年，与老友范稳雅聚时他提出的想法；一直拖到五月中旬的中国作协全委会期间，范稳与我再次碰面时，项目才正式批复。云南省委宣传部计划书写四部长篇报告文学，全面反映云南的政治、经济和文化，作为献礼改革开放四十年的重头戏。我与范稳相识多年，彼此惺惺相惜，引为知己。他力邀我参与这个项目，作为云南人，能为家乡著书立言乃吾辈之本分，遂欣然应允。在民族团结、生态文明、建设面向南亚东南亚辐射中心和精准扶贫四个选题中，范稳自作主张，将“云南面向南亚东南亚辐射中心建设”指派给我，笑言若我写得不出彩将无颜面对江东父老。深知范稳对我寄予厚望，他乃懂我、信我之人，知道我一旦应允，依我之性情，定会竭尽所能、不负老友所托。

十六岁参军离开家乡，已是四十四载。雏鸟离巢，一去经年，虽时常有如候鸟般折返，终究还是成了游离于云南山水之外的游子。今年，于我而言有非比寻常之意义：六十年一甲子，亦是我将脱下军装、告别军旅生涯的人生节点。在这个节点之上，重返高原，开启云门，到底是天意还是巧合？

机舱门口，早有人举着我的名字在等待，那是事先约好的昆明长水国际机场有限责任公司党委工作部宣传室主任——倪嘉云。

1994年5月，三十岁的倪嘉云偶然在报纸上读到一条云南航空公司招聘秘书的启事。那时的他在《春城晚报》上仅发表了十几篇文章，思忖再三，鼓起勇气，倪嘉云骑上自行车来到当时的云南航空公司驻地——昆明巫家坝国际机场应聘：他带着在报纸上发表的豆腐块文章和全国硬笔书法大赛获得的证书，历陈自己三年的秘书履历，笔试、面试、复试、体检，过五关斩六将，终于被录用。他从此与蓝天结缘，用照相机与文字为飞机书写春秋。

倪嘉云递给我一个沉甸甸的牛皮纸袋。给您带了两本书——《空姐梦》《难忘彩云南》，是我从1996年开始从事新闻报道以来的新闻作品集。从您职业作家的角度来看，这类书或许没有文学性、不具备审美价值，但作为作者而言，我还是挺自豪的；因为它像我一样真实，是我在云南民航二十多年的工作实录，也是云南航空集团的发展纪实。倪嘉云引领我们从廊桥通道一侧的便门下了飞机，七拐八绕，方进入长水国际机场西指廊的百事特候机厅，又有两位在此久候：一位是市场营销部的谢天，另一位是云南空港物流有限公司办公室主任陈楠。

谢天和陈楠都长期工作在一线，亦是各自业务领域的佼佼者。采访先从谢天开始。倪嘉云和陈楠去了休息厅的另一端，与我们一个博古架之隔。

眼前的谢天一张青春饱满的脸孔，白衬衣，藏青色的领带，略显拘谨。一问方知，原来是只1986年出生的虎仔。

你与我女儿一般大。

您看上去可比我父亲年轻多了！

我有一颗童心。六十岁的身体，三十岁的心脏，比你还小两岁呢！

几句玩笑过后，谢天明显放松下来。他扭扭领带，松开衬衣领口的纽扣，随即打开了话匣子。我在重庆上的大学，重庆工商大学国际经济与贸易专业。2011年参加工作，当时是在巫家坝机场。我是安检员，早、中、晚三班倒的那种。印象最深的是转场的那个夜晚，从巫家坝机场转场到长水机场。那天我是晚班。最后一个航班是东方航空昆明飞往丽江的航班，21：20登机，22：00起飞。最后一个过安检的旅客叫杨志松。

2012年6月27日晚的巫家坝机场看起来跟往常没有什么大的区别，工作人员面带微笑，有条不紊地办理着登机手续。但在杨志松来到后，气氛开始变得有点不一样，安检区的工作人员没有像往常一样按部就班地例行公事，而是带着诚挚的微笑为他送上了一束鲜花。

不仅有鲜花，还有东航的飞机模型和纪念品，还有我们邀请来的各路媒体记者。原本坐在另一边的倪嘉云踱着方步走过来，插了一句。杨志松的采访发在网易新闻，是一篇新闻特写稿。当时记者还采访了最后一个离港航班的机长赵开国呢，就在巫家坝机场的三号停机位。

送机仪式结束后是关灯仪式，远远地看着，曾经一盏又一盏彻夜明亮的灯次第熄灭，一片灯火通明变成夜色中乌蒙蒙的黑影，巫家坝时代就这样结束了。倪嘉云当时的心情五味杂陈，百感交集。

谢天，你当时的心情怎样？

我？高兴。那天在巫家坝机场我是晚班，转场后在长水机场给我排的早班，所以就没有回家。机场转场，我也转场。从巫家坝到长水，一个小时的车程，我们在大巴车上一直唱歌，就是高兴，除了高兴还是高兴，没有别的。

2013年，谢天获得升职，后来又调整到营销部门。刚到营销部不久，就参与承办了一个大型活动——亚洲航线发展大会。

亚洲航线发展大会是英国UBM航空集团组织的全球最具规模和影响力的区域民航界盛会，创办于2003年，被誉为全球民航界的“世博会”，极具营销性和竞争性。谢天说他们在长水机场航站楼设立了亚航大会接机专用柜台，组织了多个语种的志愿者和机场员工穿上民族服装，为嘉宾们提供问讯和引导服务。

会议的最后一天，是亚洲航线发展大会的“一对一会谈”阶段，参会的113家机场和283家航空公司之间互相约谈，面对面直接交流。

直到今天，回忆起大会的盛况时，谢天依然十分兴奋。当时我们布置了93个谈判桌，每20分钟一场。坐到谈判桌上的争分夺秒谈判，候场区的人掐着表在等待，不同肤色、不同语言的各个国家的民航界精英汇聚一堂，场面十分热烈，真的是一场盛会！作为主办方，我们除了当好东道主，也要见缝插针地与来参会的机场和航空公司约时间，如果我没有记错的话，我们一共确定了32家国内外航空公司，我们的“一对一会谈”收效还是很明显的。目前，长水机场有7家基地航空公司、40家非基地航空公司、13家外国航空公司，通航城市177个，国际地区通航城市51个，南亚东南亚通航点36个，数量全国排名第一。

徐老师，给您换杯茶！陈楠端着一杯新茶过来。对谢天的采访也暂时告一段落。空中飞行三个小时，下了飞机又直接进入工作状态，久坐的后遗症就是双腿酸胀、发沉，趁着休息，起来舒展一下僵硬的腰肢。

您吃个鲜花饼吧！陈楠又递来一块潘祥记。方方正正的包装盒上，杨丽萍，美目倩兮。此次回滇之前，在云南最新版的形象宣传片《诗的远方·梦的故乡》中一睹这位谪仙的芳姿。除了这位妙人，形象片里还有八个“云南人”：保山人，指挥家李心草；喜洲人，诗人晓雪；鹤庆人，画家叶永青；扎根云南六十年的植物学家，裴盛基；花艺师，王黎媛；昆明航空女飞行员，李琳；滇越铁路研究学者，定居云南二十年的法国人，裴逸风；昆明人，探险家金飞豹。杨丽萍作为灵魂人物，将各个单元有机地串联在一起。每个单元结尾处，都有杨丽萍魅惑蚀骨的画外音：这里，是云南。伊人早已成为一个云南符号。

发给我宣传片视频的老友问我：云南的形象代言人是不是有点多？

我说，不多。世人不来云南，永远不会知晓云南之丰富。云南的丰富，在花、在茶、在菌子；在云、在雨、在风；在山川、在河流、在湖泊；在山林中的奔跑、在溪流中的游走、在蓝天上的飞翔；在云上云下、在门里门外、在云门三观；在民族多元、在生态多样、在辐射辽远；在他、在她抑或它。“丰富”一词，只有到了云南才深有体会，才会感同身受。只有在云南，只能在云南。

陈楠比谢天略长几岁，是一匹1978年出生的云南马。他毕业于昆明理工大学的工商管理专业，应聘到云南空港物流有限公司，先后在空港传媒广告公司做过销售、在商务公司开发过业务，担任过空港物流丽江分公司的经理，2014年回到总公司，现在的职务是办公室主任。

一上来，还没等我发问，陈楠就主动抛给我一个大话题：长水机场二期已经完成规划设计，其中的重头戏就是规划建设新货站，比现在的货站大五倍，是高标准的、国际一流的集成式货站。2017年，是云南空港物流爆发式增长的一年，浙江、广东、福建也就是长三角、珠三角的货运很多都集中到这里，还有一个原因就是2018年7月，昆明将成为新一批的跨境电商试点城市，国际快件量必将大幅增加。

长水机场运营了六个年头，之所以会启动二期工程，尤其是新货站建设，一个直接的原因是原有货站的先天不足。“友和道通”刚入驻的时候，运载车辆都是加长货车，长达十七米，载重四十吨以上。

长水机场的货站在二楼，货车需要上一个引桥，引桥设计承重能力上限是四十吨。“友和道通”的货车只能先卸货倒小车再运入或者是运出，浪费人力、物力，装卸货时间延长，生鲜或者是易损易碎的货物损耗率加大。后来只得把引桥的一楼腾空，作为装卸货的场地，装卸速度保证了，但是新的问题又来了，安检通道、海关、检验检疫的设置也不配套，一个问题接一个问题。最令陈楠遗憾的是2016年顺丰快递进驻后，原本计划建设分拨中心，却因为种种原因搁浅，对长水机场物流而言，错失了一个发展的良机。

徐老师，您是不是觉得我一直在跟你报忧不报喜？其实不是的，我是真着急啊！

可以理解，还有更让你着急的事情吗?

还真有。现在是六月份，一季度我们发现一个苗头，二季度的数据马上也要出来了，其实不用统计，我们也心中有数了。

什么事情让你如此焦虑?

鲜花货运客源的流失。您肯定去过斗南花卉市场吧？就在滇池东边，是中国，不，是亚洲最大的鲜切花交易市场。那些大的批发商在我们这里是有货场的。但是最近，他们从我们这边发走的货运量一路下滑，我们侧面了解了一下，他们大都改在了贵阳、重庆发货。虽然我们也采取了一些措施，但是收效甚微。

那是什么原因呢?

各种原因都有，通关便利、流程缩减，主要还是他们有补贴政策，机场与机场之间存在竞争，省份与省份之间也是。我们现在的对策就是以稳定老货源为主，开发新货源增长点为辅。衡量机场有三大指标：航班起落架次、旅客吞吐量和货邮吞吐量。2017年，昆明长水机场完成航班起降350273架次、旅客吞吐量4473万人次、货邮吞吐量418681吨，分别上涨7.5%、6.5%、9.4%，位居全国第六。按说也是不错的成绩了，是吧？我们的成绩倪嘉云主任都报道过，都被他写进那两本书里面了。

顿觉手中的两本书比刚才重了几分。

家人打来电话，晚饭已然备好。谢绝了倪嘉云、谢天、陈楠的盛情挽留，踏上回家的路。

汽车驶离长水机场，后视镜里依然能看到三人在挥手作别。这是一群冲上云霄、拥抱太阳的人，也是一群脚踏实地、一步一个脚印前行的人。

老家大板桥，距长水机场六公里，自汉以来便是云南道昆明府向东通京畿大道的第一驿。溯宝象河而上，行走匆匆，红豆、朝颜、曼陀罗……颇具诗性佛系的名字，却又是极普通的花与果，环顾皆是。

故园山上多野生菌。落地松毛下，阳光，雨润，野生菌如竹笋般冒了出来，俯首之间，犹如小矮人城堡。东边日出西边雨，一场又一场暴雨过后，青头菌、红牛肝、松茸和鸡枞疯长。前些时日，家中五弟给我发的航空物流，菌子从长水机场飞抵北京，是夜，我在遥远的北方炒一盘野生菌上桌，清香四溢。想来今晚的家宴，时令的菌子必不会少。

大板桥一甲、二甲、三甲、四甲、五甲和庄科村，房挨房、屋连屋，比邻而居的众乡亲心与心之间的距离亦不远。每年回老家，总要吃上几场热热闹闹的饭。一张圆桌前坐定，身份差距、职业区别、财富多寡会暂时被飘香的饭菜湮没，唯余老街坊、老邻居，谁大爷的二小子，谁三姑的四侄子，谁表婶的五妹夫，乡土中国，熟人社会，虽有时会不堪其累，但又不可或缺。

来接我们的，是我的一个街坊老弟。他的父亲是我的小学同学，少年原本喊我“徐叔”，不知从何时起，自动给我降了辈分，成了他口中的“徐哥”。汪曾祺先生说“多年父子成兄弟”，异姓的叔侄，倘若性情相投，处得时间久了也能成为兄弟。他与我女儿年纪相同，都是1986年的小老虎。花季少年浪迹天涯，北上南下，没读大学，却自食其力修完了社会大学学历，深谙处世之道。几年前返乡，赤手空拳打拼一通，已然自成一番天地。

车在一片空地前停下来，按捺心中的不解，静听缘由。

我们要在这里建设一个大型海鲜批发市场，主要经营南亚东南亚的海鲜，等你们再从北京回昆明，咱们家宴上就不止有菌子，还会有大龙虾、大螃蟹喽！心随意动，鼻端隐隐嗅到海洋的味道。

正说话间，一架飞机呼啸着越过我们的头顶，冲上云霄，向南飞去。“鲲鹏展翅九万里，翻动扶摇羊角。背负青天朝下看，都是人间城郭。”

于无声处听惊雷

天边黑潮涌动，大雨不管不顾地哗哗作响。滂沱豪雨，如冰肌玉指，伸展酥手，敲打着千家万户的汉瓦，如敲击钢琴的琴键，弹得一曲千山有水千江月，弹得一曲长江大河湍流如啸。仰望云天，乌云滚滚如天兵过境。明天可会是晴天？

昆明夜雨，梦里也知不是客。回到原乡分外安心，一晌贪欢。

沿着人民巷徐徐前行，电话那头的倪红说因为修路的缘故需要绕行，她让我们先找到一个特别显著的地标建筑——东天台；并嘱我们原地不动，这就安排工作人员出来接应我们。

时间尚早，才七点半。道观山门紧闭，不知内里藏着何种乾坤。此刻，天上有云、地下飘雨，如丝又似线，不愁亦不忧。

倪红的办公室里没有红色的花，只有碧翠的绿萝。普通花盆里栽着，透明玻璃瓶水培着。依稀记得，绿萝的花语是“守望幸福”。

桌子上已经堆了一叠文稿，打印机还在“吱吱呀呀”地吞吐着。倪红说她接到省委宣传部的通知后，一直在帮我们搜集线索，整理了一份电子版，再给我们打印一份纸质版。她还会整理一个采访提纲，列一个计划出来，只是目前还没有整理完。

倪红是2014年从云南省政府研究室调整到省发展和改革委员会政策处的。新工作、新环境适应没多久，极具战略性的一项工作挑战就落在了政策处。

寂静的云南大地上，突然有一记惊雷响动。倪红记得，2015年元月，经历了一个漫漫严冬霜雪的滇东北，荒山寂寂，但梅花和山茶已经含苞待放，预示着云南一个新的春天的到来。19日至21日，习近平总书记前后到昭通、大理、昆明等地，看望鲁甸地震灾区干部群众，深入企业、工地、乡村考察，就灾后恢复重建和经济社会发展情况进行调研。考察期间，习总书记听取了云南省委、省政府的工作汇报，对云南经济社会发展取得的成绩和各项工作给予肯定。希望云南主动服务和融入国家发展战略，闯出一条跨越式发展的路子来，努力成为民族团结进步示范区、生态文明建设排头兵、面向南亚东南亚辐射中心，谱写好中国梦的云南篇章。

倪红是土生土长的云南人，又在省政府研究室工作多年，对这片高原的过去与当下、先进与落后、优势与短板了然在心。就像习近平总书记在讲话中明确指出的那样：云南地处西南边疆，是连接南亚东南亚的重要大通道；云南的经济要发展，优势在区位，出路在开放。

在倪红看来，云南并不闭塞，往上回溯，五尺道、茶马古道，云贵高原之巅的商贸流通纵然艰难艰险，却从未止步不前；云南也不封闭，曾经的滇越铁路是最早的国际大通道之一，滇缅公路和驼峰航线即便是在战乱的年代，也让云南一直与世界保持着紧密的联通。最让倪红感到自豪的是云南的地利与人和，四季如春的气候，广博富饶的自然物产，万种风姿的旅游资源，民族风情的天然宝库。从沿边开放到桥头堡战略，再到面向南亚东南亚辐射中心，一次次历史际遇，一场场时代挑战；云南一直在努力，但是发展水平、经济总量却总是差强人意。问题到底出在哪里呢？

政策。倪红拿出一本厚厚的政策汇编。这是三年来，我们为推进面向南亚东南亚辐射中心建设专门出台的一系列重要政策。习总书记要求我们“主动服务和融入国家发展战略，闯出一条跨越式发展的路子”。如何服务？如何融入？如何闯出？思想是行动的先导，所以我们从政策入手，因为政策是基础，是解放思想、统一认识的第一步。应该说，我们落实习总书记讲话精神的第一步是非常全面的、坚实的。这些政策，每一个都有的放矢，指向性、可操作性、时效性、可持续性都非常强，都经得起推敲，经得起检验。

2015年7月4日，云南省建设面向南亚东南亚辐射中心领导小组正式成立，办公室设在云南省发展和改革委员会。其中，云南省发展和改革委员会面对的一项首要任务就是研究出台服务与融入中国—中南半岛经济走廊建设发展规划、建设面向南亚东南亚辐射中心规划以及沿边开放经济带发展规划。

倪红周到地为我们泡茶。这是临沧的千年古树茶，尝尝，味道如何？

茶汤通透、金黄，一如高原的太阳和人民。端杯静品，醇厚甘甜，凝聚了原野里无数天然的花草香气。云南茶之奇妙在它的丰富与多样，云岭山脉的茶山多为散点分布，如若高空俯瞰，岂不就是云南辐射南亚东南亚棋局中的一角。由茶引出另一个话题，倪红说，这盘棋需要从全局的角度进行通盘考虑，需要扎实的调研和翔实的数据参考。总书记提出的民族团结进步示范区、生态文明建设排头兵、精准扶贫和面向南亚东南亚辐射中心不是孤立的，而是有机联系的整体；事关云南经济、社会、文化的全面提升，牵一发，全局皆动，相辅相成。几经商讨，领导小组决定重走习总书记的视察之路，由政策处牵头进行全面调查，形成调研报告。

倪红有个正在读高中的女儿，母女二人的日常堪比电视剧《青春期撞上更年期》，甚至更激烈更悬疑更戏剧，生活永远比电视剧精彩。为了工作，家庭琐事可以暂时搁置，这是当下中国无数职业妇女的真实写照。安顿好女儿，倪红便与同事们一起出发了。

素有“锁钥南滇，咽喉西蜀”之称的昭通地处云南东北部，云、贵、川三省的结合处，金沙江悠然从昭通穿过，这里是中原文化进入云南的重要通道，也是彝族人走向大小凉山的出发原点，更是“南丝绸之路”的一道雄关襟要。昭通市11个区县中有10个属于乌蒙山集中连片特困地区，扶贫开发任务重、难度大。在这里，习总书记指出，扶贫开发是中国第一个百年奋斗目标的重点工作，是最艰巨的任务。现在距实现全面建成小康社会只有五六年时间了，时不我待。总书记对扶贫开发提出的要求是增强紧迫感，真抓实干，不能光喊口号，决不能让困难地区和困难群众掉队。他希望云南以更加明确的目标、更加有力的举措、更加有效的行动，深入实施精准扶贫、精准脱贫，项目安排和资金使用都要提高精准度，扶到点上、根上，让贫困群众真正得到实惠。

倪红也是精准扶贫的具体参与人，政策处负责的是怒江兰坪县的易地扶贫搬迁，她本人“挂包帮”“走转访”的贫困户是迪庆州德钦县拖顶乡大村的有初家。她已经去过一次了，采集信息，建档立卡，正在根据有初家的具体情况帮他理思路，寻找脱贫的最佳方式。

习总书记视察云南的第二站是大理。站在洱海边，远望点苍山、玉案山，山环吞海，澄海如镜，一双睿眸穿透云南的天空。习总书记的话不断回响在调研组每一个人的耳边：“经济要发展，但不能以破坏生态环境为代价。生态环境保护是一个长期任务，要久久为功。一定要把洱海保护好，让‘苍山不墨千秋画，洱海无弦万古琴’的自然美景永驻人间。”在大理期间，习总书记还去了大理国家级经济技术开发区力帆骏马车辆有限公司的技术中心，总书记最关心的是企业的技术创新和扩大出口情况。总书记关心的，就是云南亟待提升和解决的，也是调研组需要重点关注的。企业加大创新力度的难点在哪里，提高制造水平的困惑有哪些，扩大产品出口需要什么扶持，政府应该如何优化市场服务……调研组把从企业征集到的意见和建议分门别类，一一登记在册。

正在建设中的昆明火车南站是云南“八出省、四出境”铁路通道的重要枢纽，这项工程也牵动着习总书记的心。调研组从昆明“滇缅公路‘零’公里纪念碑”处出发，沿着习总书记的视察路线走了一圈——从终点回到起点，调研组的每个人脸上都是风尘仆仆，但是内心却对云南主动服务和融入国家发展战略分外笃定。

那段时间，对倪红而言简直是一段炼狱般的日子。加班加点是家常便饭，白加黑，五加二，碰头会、调度会、分析研判会，一个又一个会议紧锣密鼓地召开。云南面向南亚东南亚辐射中心建设，本质是一篇内外统筹、双向开放的大文章。要想写好这篇文章，执笔人不褪两层皮，岂能涅槃新生？

倪红解释说，云南的对外开放是面向南亚东南亚和印度洋周边经济圈，中国—中南半岛经济走廊、孟中印缅经济走廊建设以及中国—东盟自由贸易区、澜湄合作机制建设。在这个方面，主打“四个中心”，即区域性国际经济贸易中心、科技创新中心、金融服务中心和人文交流中心建设，以政策沟通、设施联通、贸易畅通、资金融通、民心相通的“五通”为抓手，扎实推进与南亚东南亚国家的互联互通。在对外开放的同时，对国内市场也不放松：以区位优势，加强与长江流域、泛珠三角区域、京津冀、成渝经济区和周边省区的交流合作；招商引资、招商引智，吸引大型央企、民企依托云南沿边开放“走出去”，增加云南经济体量——方式是借力，目的仍然是加强云南省自身辐射能力的建设。

调研报告几易其稿，各处室联动、会签、商讨，力求扎实、翔实、全面、科学，为最终政策出台、领导决策提供真实、可靠的研判依据。

很快，云南省发展和改革委员会就编制印发了《云南省积极服务与融入中国—中南半岛经济走廊建设发展规划（2016—2020年）》《云南省建设我国面向南亚东南亚辐射中心规划（2016—2020年）》《云南省沿边开放经济带发展规划（2016—2020年）》等。并根据国务院《关于支持沿边重点地区开发开放若干政策措施的意见》的精神，编制印发了《云南省人民政府关于支持沿边重点地区开发开放若干政策措施的实施意见》。政策一下发，便犹如浩荡春风激起了千层浪花。

翻开手中这本沉甸甸的政策汇编，白纸黑字的背后是云南省委、省政府团结带领全省4700万各族干部群众对标对表，厘清发展思路，把准工作重点，攻坚克难、矢志奋斗的昂扬姿态。一系列政策、法规、方案的出台，为面向南亚东南亚辐射中心建设提供了坚强的思想保障。

打印机“吱吱呀呀”的机械运动终于停止下来。那是倪红为我们精心准备的三年来云南面向南亚东南亚辐射中心建设的部分成果，为此次采访搜集的线索和采访预案。美丽的女处长莞尔一笑，说，等装订好再给你们吧。

九点钟，她要去参加一个不能请假的会议，仍然是关于云南面向南亚东南亚辐射中心建设的。

挥手道别，目送倪红踏着坚实的步伐步入雨雾。

云中歌　朝天阙

辞别倪红，沿着“回”字形走廊前行，不多时，我们就坐在了云南省发展和改革委员会、云南省建设面向南亚东南亚辐射中心领导小组办公室项目处梁旭东处长的办公室，这位刚过知天命之年的处长，背靠一张巨幅的云南与南亚东南亚区位示意图侃侃而谈。

云山怒水间，云南的对外开放最早可以追溯到2400多年前，从秦始皇修筑的五尺道作为发端，到有着“南方丝绸之路”之称的蜀身毒道以及连通横断山脉和青藏高原的茶马古道，再到近代的滇西干道、滇越铁路、滇缅公路和空中的驼峰航线，直到今天已经川流不息的昆曼公路和正在建设中的中缅国际铁路、中老铁路。公路铁路不能抵达的地方，勤劳的飞机以昆明为中心，在空中循环往复，织就了一张辐射南亚东南亚的国际经济贸易之网、科技创新之网、金融服务之网和人文交流之网。

烧水壶发出蜂鸣，梁旭东起身为我们去泡茶，还不忘回过头，来句总结。一句话，云南虽然地处边陲，崇山峻岭，密林山川，但自古至今都不是一块闭塞之地，而是走向南亚东南亚的必经之地。

云南地处中国与东南亚、南亚次大陆接合部，与越南、老挝和缅甸三国陆路接壤，有4060公里陆地边境线。与泰国和柬埔寨通过澜沧江-湄公河相连，与孟加拉国、印度等南亚国家邻近，具有从陆上沟通太平洋和印度洋，连接南亚、东南亚和东亚三大市场的桥梁和纽带作用。千百年来，内地与东南亚、南亚、西亚国家人员往来无不以云南为重要驿站，云南也因此成为中华文化圈、南亚文化圈和东南亚文化圈的交汇地带。“一带一路”倡议把云南推向了开放前沿，是中国—中南半岛经济走廊和孟中印缅经济走廊的主要承载省份，是中国面向南亚东南亚地区和印度洋周边经济圈开放合作的关键，在国家发展和对外开放战略中具有重要地位。

茶气氤氲一室，满屋缭绕茶香。梁旭东起身，站在巨幅的云南与南亚东南亚区位示意图前面。比认识更重要的是决心，比方法更关键的是担当。他握紧拳头，瞬间打开。这就是辐射！由中心点向外，掌心相当于大云南的先天区位，五指是辐射状的通道，是路网、航空网、能源保障网、水网、互联网五大基础设施网络建设。

我们先来看境内，中越方向的昆明—河口公路已实现全程高速，中缅方向的龙瑞高速公路已建成通车，中老方向的小勐养—磨憨段高速公路正在加快推进。边境干线公路方面，龙江特大桥建成通车，实现了昆明至腾冲全程高速。腾冲—陇川、思茅—澜沧、勐腊—勐满、文山—马关、元阳—绿春、蔓耗—金平、景洪—勐海等沿边高速公路开工建设。

境外是这个方向，这条线标注的是与周边国家互联互通的公路建设，中缅章（凤）八（莫）公路建设签约，临沧—清水河高速公路开工建设，磨憨—会晒高速公路前期工作全面启动。这条代表铁路建设，中越、中老国际铁路昆明—玉溪段开通动车，玉溪—磨憨铁路全线开工。中缅铁路通道建设加快，高黎贡山隧道、怒江特大桥等重难点控制性工程正加快建设。大（理）临（沧）铁路建设快速推进。昆明铁路枢纽五条出境铁路“咽喉”（读书铺—昆明站扩能改造）贯通，面向南亚东南亚的铁路货运枢纽站（王家营西火车站）和现代铁路物流园区正式投入使用。沪昆、桂昆高铁通车运营。这条是飞机航线，沧源佤山机场和澜沧机场成功通航，陇川通用机场试验段、怒江民用机场试验段一期工程开工建设。勐腊机场完成了预选址工作。昆明长水国际机场出入境自检通道全部开放。这条线是水运，澜沧江-湄公河航道二期整治工程前期工作全面启动。这里标注的是云南与周边国家电力互联互通建设，目前中老、中越、中缅电力联网取得了较大突破，滇缅合作建设的诺昌卡河水电项目被中缅两国政府筛选为中细电力合作首期开工的示范项目。这是中缅油气管道，实现了与缅甸油气管道的互联互通。

你手指的那个位置是皎漂港吗？

是的。中缅原油管道的起点在这里，缅甸西海岸皎漂港东南方的微型小岛——马德岛，天然气管道起点就在皎漂港。管道石油、天然气经缅甸若开邦、马圭省、曼德勒省和掸邦，从云南的瑞丽进入中国，之后在贵州安顺实现油气管道分离，这条管道的末站是重庆。天然气管道，从这里南下，最远能到达广西。

当初建设也是一波三折吧？

中缅油气管道建设计划早在2004年提出。谈判初期，中缅两国的关注点不尽相同。对缅甸而言，主要是希望把近海开采的天然气卖出去，缅甸盛产天然气，储量位居世界第10位，但石油产量不高。但对于中国而言，除了天然气，中国还希望建设一条石油管道，把由中东进口的原油从缅甸输送到国内。油、气两条管道同时铺设则更为经济。

在中缅接洽谈判的过程中，中国也面临不少外国公司的竞争，主要来自韩国和印度。韩国大宇公司早就参与缅甸石油天然气开发，但是大宇公司要把缅甸的天然气液化，并运回韩国或出售给他国，显得有些力不从心。在多方的竞争中，韩国处于弱势。而印度则是中国强有力的竞争对手。印度与缅甸也有着良好的双边关系。印度最早的竞争方案是从缅甸铺设输气管道，过境孟加拉国，到达印度。但是印度和孟加拉国在管道过境谈判上一直不顺利。有媒体报道说，孟加拉国提出的条件不算苛刻，但印度还是不愿意满足。印度的第一方案因此泡汤。在这种情况下，印度又提出绕道铺设输气管道，但是这不仅成本太高，而且管道安全上也难以保障。

缅甸选择与中国合作，则是顺理成章的事情。长期稳定的中缅睦邻友好关系是重要保证，缅甸选择对自己最为有利的合作伙伴，是无可厚非的。经过六年的谈判和磨合，中缅油气管道合作协定终于敲定，终于开工建设。2013年7月28日，中缅天然气管道开始向中国供气，缅甸天然气从缅甸南坎站进入中国境内的瑞丽站。2015年1月30日，中缅原油管道工程首次输油。

一着妙棋啊，我击节叹道，有了这条石油管道，中国能源便可避开马六甲的咽喉之禁，战略棋局洋洋大观。此一辐射，云南功不可没。

窗外的雨忽然秉性大改，瓢泼而至，噼里啪啦拍打着窗棂试图入侵。乌云摧城，黑压压的一片云舌，风起云涌，试图吞噬十方世界，一副山雨欲来云满楼之势。白昼不再是白昼，室内倏地黑了下来，不得不打开照明的白炽灯。

暂停采访，几个人移步窗前，静观雨情。办公室里陷入沉寂，只有窗外的风声和雨声。

管道建成了，管道是通畅的，但是运行不顺遂、不顺畅。中间停止过两年，2017年3月，闲置两年的中缅输油管道将重新开通。

命运多舛的其实是皎漂港，早在2013年，中缅原油管道首站120万立方储油大罐已经巍然屹立在缅甸皎漂马德岛上。2015年底，由中国中信集团、中国招商局集团、中国港湾工程有限责任公司、中国天津泰达、中国云南建工以及泰国正大集团组成的中信联合体中标位于缅甸西部的皎漂经济特区的深水港项目后，由于中缅双方在项目的具体融资细节上未能达成一致，此后，皎漂港项目推进就一直处于停滞状态。

在停滞三年后，终于传来了好消息。2018年11月8日，中缅两国再度联手，皎漂港重获新生，中缅双方代表当天在缅甸商务部签署了皎漂深水港项目框架协议。按照协议，皎漂深水港项目将由中缅双方共同投资的缅甸公司以特许经营方式开发建设和运营，其中中方占股70%、缅方占股30%，缅方股权将先由皎漂管委会持有，在条件成熟时管委会将把15%的股权转让给政府指定实体。

足足一盏茶的光景，窗外的雨势才渐趋平缓。潮水般的黑云亦逞够了威风，灰溜溜地退却，还天地一片光明。

其实，这场太阳与乌云、与疾风、与骤雨的角力早就开始了。但就像武侠世界的“他强任他强，清风抚山岗；他横由他横，明月照大江”一样，不是西风压倒了东风，而是东风吹醒了西风。“中国经济是一片大海，而不是一个小池塘。大海有风平浪静之时，也有风狂雨骤之时。没有风狂雨骤，那就不是大海了。狂风骤雨可以掀翻小池塘，但不能掀翻大海。经历了无数次狂风骤雨，大海依旧在那儿！经历了五千多年的艰难困苦，中国依旧在那儿！面向未来，中国将永远在这儿！”

伴着一曲云中歌，太阳终于从厚厚云罅中钻了出来。云翳渐次裂开，又现蓝天一域；朝天阙，阳光灿然，照亮了伫立窗前的我们。

发改委庙观诸神会

梁旭东给了一个非常好的建议，约集与云南建设面向南亚东南亚辐射中心相关的各处处长一起畅谈，从各自的职能特点帮我们厘清脉络，应该会对如何更好地呈现“云南面向南亚东南亚辐射中心建设”大有裨益。

采访从办公室转场到餐厅的一张圆桌，八位处长：综合处施朝秉、项目处梁旭东、能源局对外合作处崔建增、民航局综合处周明贤、铁建一处徐名军、基础产业处周民欣、利用外资和境外投资处张文超、政策处倪红。这是一群高知高智的人，个个身居要职要位，熟悉且掌握各自主管领域的发展现状和未来趋势，每一个人都能小孔成像，照见云南的五蕴。

午餐在云南省发改委的职工食堂，这是一张普通得不能再普通的圆桌（这样的圆桌，寻常百姓家用，小餐馆里会用，大酒店也在用；中国用，世界亦在用）；环坐一周的人们不分肤色、语言、地区、国家，可以品尝美味珍馐，也可以共商天下事。在这张桌子上，环圆而坐，没有主次，只有平等结盟的人类命运共同体。

这一天的午餐在合理合法合规的框架里尽显丰富，有荤有素有时令的野山菌，喝的不是茶水，而是绿豆汤。政策处倪红处长让我们猜煮汤的绿豆来自哪里，不等我们踊跃抢答，她已经笑吟吟地提前剧透，说出了答案：缅甸。缅甸种植的绿豆60%出口中国，大部分是从孟定清水河口岸过来。你看我们今天的餐桌上，缅甸的绿豆、泰国的香米、老挝的蔬菜和云南的野山菌，一张餐桌其实就是云南与南亚东南亚互动、互通有无的缩影。

2015年元月，习近平总书记在云南考察工作时，殷切希望云南“主动服务和融入国家发展战略，闯出一条跨越式发展的路子来，努力成为我国民族团结进步示范区、生态文明建设排头兵、面向南亚东南亚辐射中心，谱写好中国梦的云南篇章”。同年3月，中国对外发布的《推动共建丝绸之路经济带和21世纪海上丝绸之路的愿景与行动》中明确提出要发挥云南区位优势，推进与周边国家的国际运输通道建设，打造大湄公河次区域经济合作新高地，建设成为面向南亚东南亚的辐射中心。把云南建设成为中国面向南亚东南亚的辐射中心，是以习近平同志为核心的党中央牢牢把握国内外发展大势，站在党和国家战略全局的高度，为云南确定的新坐标、明确的新定位、赋予的新使命。

倪红从公文包里拿出一份文件。徐剑老师，这是给您准备的关于“云南省‘一带一路’建设进展”的采访建议，刚刚装订好。您看一下！

迅速浏览一遍，倪红准备的与之前云南省委宣传部编写的“谱写中国梦云南篇章系列丛书”中《面向南亚东南亚辐射中心建设》一书大同小异。项目处梁旭东处长亦从宏观的角度梳理了一遍书里的内容。

我们需要具体的人物、具体的事件，要精确到具体的单位和联系人！云南在“一带一路”倡议中，明确了面向南亚东南亚辐射中心的定位，建设的过程必定伴随着奇迹与梦想，这里面既有酸甜苦辣也会有欢乐忧伤，一定会有故事，而故事的主角一定是人。挖掘到这些人的故事，云南建设面向南亚东南亚辐射中心就落到了实处，就成了鲜活生动的中国梦、中国故事。

那我先来讲个故事吧！能源局对外合作处崔建增处长率先接了我的话茬。应该说，到2015年底，在能源网的建设中，云电外送电力回送通道、中缅油气管道、中缅天然气干线管道这几个重大项目基本建成。建成之后，项目部通过验收之后就撤销了；所以无论是业主还是施工单位的故事都不太好挖掘，因为人员的流动性还是相对比较大的，面向全国招标嘛。因工作的关系，我去缅甸这边还是比较多的，2013年的时候，停止建设的密松水电站项目陆续回撤设备和人员，我当时正好过去了。

密支那——缅北克钦邦首府，位于伊洛瓦底江西岸，地处缅甸纵贯铁路终点，南连八莫、东抵腾冲、西往印度，这里集散着来自泰国、印度、中国的商品，第二次世界大战期间曾是驼峰航线的重要站点。

从密支那开车40公里，便是密松项目的所在地，也是密支那道路状况最好的路段。2009年，缅甸电力部、中国电力投资集团公司云南国际电力投资有限公司和缅甸亚洲世界公司组成伊江上游水电有限责任公司，共同开发伊江上游水电项目。亚洲世界公司为缅甸政府指定的合作伙伴。采用BOT（build-operate-transfer，即建设—经营—转让）方式开发建设，特许经营期50年后无偿移交缅甸。按照建设合约，伊江电力将在伊洛瓦底江上游、密支那以上流域规划建设密松、其培、乌托、匹撒、广朗普、腊撒、耶南7级流域梯级电站和1座施工电源电站，总装机容量约20000兆瓦，年均发电量约1000亿千瓦时，总投资约300亿美元。

2011年6月，缅甸政府军与克钦独立军爆发武装冲突。9月30日，缅甸总统吴登盛在缅甸国会突然宣布密松水电站在他的总统任期内搁置。一年半的坚守之后，中电投云南国际撤出了全部参建单位和设备。

回撤的过程凶险万分。说到了这里，崔建增的语气明显慢下来，往昔那一幕仍让他心存余悸。我们回撤的时候，政府军和克钦邦打起来了，枪炮声听得真真切切，车队拉着重型设备，加上路况不好，行进缓慢，先头车队一会儿来一个电话，哪里下暴雨，一会儿又来一个电话，哪辆车出了问题走不动了，气氛非常紧张。

崔处长你当时紧张吗？

我还好。

你是不是当过兵？

是的。

我的第一感觉就是你应该当过兵。原来是哪个部队的？

原来在省军区情报处，后来去了总参情报部。我是河北保定人，后来转业来了云南。

一米八的身高，方方正正的五官，一个标准的北方男儿。岁月留痕，带走了崔建增的青春，留下老酒般的醇厚。

崔处长，既然你实地去过，从你的角度来看，密松水电站项目的问题到底出在哪里？

其实，密松水电站项目主体工程已经完成了，停止建设，无论是对中方还是缅方都是巨大的损失。要说问题嘛，客观地讲，双方都有。据我了解，我们走出去的企业，大多是做得多、说得少，尤其是与本土文化的融入度不够，中国企业走出去之后还是中国企业。这样一来，很容易导致误会。在密松大坝的建设过程中，“破坏自然环境”“可能出现溃坝”“企业社会责任不达标”，甚至“密松项目的建设人员在伊洛瓦底江淘金采砂，运回中国”，类似这样的谣言非常多，我们没有及时、有效地应对，最终愈演愈烈，舆论被左右之后，中方企业的处境就变得非常被动了。

项目虽然下马了，但是崔建增这几年仍然一直在关注着与密松水电站项目相关的消息。一天，他在网站上看到某高校学者发表了一篇质疑密松水电站科学性的文章。遂按图索骥，找到了这位身处大学象牙塔之内的学者。崔建增致电这位学者，问的第一个问题就是：你去过密松吗？这位学者回答说，没有。崔建增追问：没有去过你言之凿凿地这样写、这样说，这是一位学者应有的严谨治学态度吗？

我有种感觉，密松水电站不是没有一点希望。说完这句话，崔建增笑得十分自信。第一个拐点就是2017年5月在北京举行的“一带一路”国际合作高峰论坛。对能源电力联网项目来说，效果太明显了，很快缅甸就换掉了能源部长。缅甸若开邦发生了暴力冲突，罗兴亚难民逃往孟加拉国；王毅部长出访东南亚，在孟加拉国和缅甸提出了解决“罗兴亚难民问题”的中国方案：第一停火、第二救助、第三发展，有很强的可操作性。在会见昂山素季时，王毅部长提出要在缅甸建设“人字型”中缅经济走廊。中缅经济走廊可以解决中国西南省份尤其是云南产业结构单一的问题，对云南成为面向南亚东南亚的辐射中心至关重要。中缅孟项目推行到现在，缅甸对孟加拉国的项目非常积极，比中国还积极，基本就是按照王毅部长说的三步走来向前推进。

那第二个拐点呢？

别着急。崔建增喝了口水。咱们边吃边聊，反正您有录音笔，我说的全都录进去了，你们就先别记录了。这个菌子凉了不好吃！

去年下半年，缅甸的一个经济学家写了篇文章。我是在网上看到的。那个学者拿缅甸和老挝做了一个对比，缅甸的自然条件比老挝要好得多，有海岸线、有皎漂港、有发展海洋经济的自然条件，老挝则完全是一个内陆国家。但为什么老挝的经济发展速度比缅甸快呢？这个学者的结论是水电，老挝的水电开发带动了经济发展。这是第一篇文章。还是去年下半年，再晚一点，我又看到了一篇专门写密松水电站项目的文章，还是那个学者，他拿密松水电站项目跟美国的一个水电站做了一个比较，两个项目差不多同时施工，而美国那个电站已经建成，装机容量同样是600万千瓦、移民12000人。这个学者从水库库容、环保等各个方面做了全方位的比较，都是一样的。为什么美国能建设，而缅甸的密松项目就会招致那么多的质疑，最终搁浅下马呢？如果密松项目建成，受益的人是谁？密松项目流产，损失的难道仅仅是中国吗？从长远的角度来看，缅甸的经济社会发展、人民生产生活难道就不受影响？成功的项目自有成功的原因，失败的项目，需要思考的维度更多；无论是中国还是缅甸，其实大家都在反思。我有预感，密松水电站项目会在2018年重新启动。

有反思才能避免重蹈覆辙。利用外资和境外投资处的张文超把话题接了过去。这是一位80后处长，也是今天餐桌上最年轻的一位。他笑容可掬，语调平缓，指甲修剪得干净而又整齐。“一带一路”是中长期国家战略，云南建设面向南亚东南亚也是如此，这个过程中不可预估、预判的因素太多了，甚至是不可抗力，有时候顺遂得不可想象，但更多的是举步维艰。

我还有一个小细节，补充一下。崔建增一拍脑门，截断了张文超的话。文超，我说完这个啊。

缅甸能源部的一个官员来云南考察学习，对方提出来要参观我们的电力运行控制中心。来的是缅甸电力能源部规划司司长，是一位女司长，我们就带她去南方电网的控制中心。咱们电网控制中心是可以实时监测到每个电站的，现在正在发多少度电，几小时之前发了多少度电。女司长从一进入控制中心就是这样的表情。崔建增不仅语言表达形象到位，连模仿他人的能力都堪称一流。他现场示范着女司长的表情和神态：张着嘴，左右张望。真的是目瞪口呆！我一点都没有夸张。缅甸的控制室我曾经去过，就是一把椅子、一个电话，其他什么都没有。其实，一直以来我有个观点，缅甸缺电是事实，但同时缅甸缺电又是一个伪命题，按缅甸现在的经济总量而言，目前他们自建的电站、我们援建的电站以及其他国家建设的电站应该足够甚至远远超出他们的用电需求，那为什么还缺电呢？因为缺乏宏观调控。只有发电的电站，其他相应的配套太薄弱了，电力工程、变电站、控制中心、电网建设，要么小马拉大车，要么大马拉小车，永远不在一个量级上。至于各邦之间的博弈，那就更不好说了。我不说了。

崔处长说得太精彩了！各位处长，一会儿给我们讲故事就参照这个标准啊！

徐老师，咱们是不是这样，一边听故事一边捋采访线索，粗略、大概地整理出你们采访的路线和行程，方便提前发函给要采访的部门、单位和企业。综合处处长施朝秉的建议得到大家的一致赞同。

我先把公路的线索给你捋一下吧！这回轮到基础产业处处长周民欣一马当先。云南的高速公路建设应该大写一笔，这个具体的采访建议你们对接云南交通投资集团，实地走一走滇缅公路的弹石路，再走一走昆曼国际大通道，云南的中越、中老、中缅口岸大部分都已经开通了高速或者是二级路，思澜高速，思小高速，全国第一条穿梭在热带雨林中的高速公路，也是一条景观大道。云南高速路建设有一个特别之处，桥隧比高，最高的桥隧比能达到70%左右，龙江特大桥尤其值得你们写，写写那些建设者的故事。

我来说说铁路建设。铁建一处处长徐名军接过了周民欣的话茬。云南的铁路建设非常早，1910年法国人修的滇越铁路就通车了，现在部分路段还在使用。有一个在云南待了二十年的法国人裴逸风，他手头有非常多关于滇越铁路的资料，大部分还是没有翻译过来的法文版的书籍。关于云南铁路的建设历史可以对接云南铁路局，参观一下云南铁路博物馆。目前，云南的铁路规划分东线、中线和西线，东线的标准轨已经铺设到河口，计划与河内接轨，成为一条新滇越铁路，实际推进还是有难度和阻力的，这里面有历史的原因也有现在的诸多因素。西线的铁路建设大（理）瑞（丽）铁路高黎贡山隧道建设，这是中国第一铁路长隧、亚洲第一长铁路山岭隧道，首次使用了盾构机，是中铁电建重型装备制造公司自主研发的，是世界领先的技术，是从中国制造到中国创造的故事。中线的中老铁路是中方全资本金建设，目前进展非常顺利。东线、中线、西线中最顺利就是中线的中老国际通道建设。玉磨铁路是中老铁路中国段的在建部分，北接云南玉溪，南至中老边境的中国磨憨口岸，并与在建的中老铁路老挝段相连。玉磨铁路线路全长508公里，为中国国家I级电气化铁路，开行旅客列车速度目标值每小时160公里。这是中国推进“一带一路”建设与周边国家互联互通的重要交通基础设施。节点控制工程是黄竹林隧道群，由黄竹林1号、2号、3号三个相连的隧道组成。施工难度主要是因为整个线路穿越西双版纳州野象谷自然保护区，沿线经过万亩茶园。施工过程中，建设方中国电建十四局采取降尘降噪措施，在亚洲象出没的区域内修建了防护栅栏，最大限度减少对生态环境的影响。预计会在12月份贯通，届时将会成为中老国际通道玉磨铁路首个贯通的隧道群。

他们说完路上跑的，该轮到天上飞的了。我是民航局综合处的周明贤。周明贤一开腔，带有浓重的湖南口音。

你是湖南的？

不是，我是云南永胜人。

啊！我怎么听着你说话是湖南腔调呢。

没错啊，我们那边的汉族大部分都是从湖南过来的，我祖籍就是湖南，我口音的基调就是湖南话。

怪不得呢，我还以为自己听错了，我一向自诩能听出南腔北调，可不能在自己家门口失了手。我十六岁离开云南，在北京待了这么多年，还是一口云南话，到哪里都丢不掉。

徐剑老师是云南哪里人？

大板桥，离长水机场六公里。

您有没有发现从2012年长水机场启用到现在，老家这几年的变化？

变化太大了！以前我们大板桥哪有那么多人，现在光外来人口就有十多万哪。省委宣传部已经帮我们对接了云南机场建设集团，前天来的时候，一下飞机我就去采访了。收获还是蛮大的。

衡量一个机场有三大指标：航班起降架次、旅客吞吐量和货邮吞吐量。从国家战略层面来看，是要将长水机场建设成为昆明国际航空枢纽，未来要建成五条跑道，年旅客吞吐量达1.2亿人次。云南百万级的机场已经有五个，南亚东南亚的通航城市36个，全国排名第一，实现了亚洲五小时航空圈。目前，长水机场的二期扩建工程已经启动，未来将会更加强化货运枢纽功能。

周明贤快人快语，说起话来简洁有力，下午两点他有个会，还有材料要整理，简单吃了点东西便急匆匆地离开了，连餐后水果也没顾上吃。

今天的餐后水果是香蕉和西瓜。蕉香馥郁，西瓜甜糯。香蕉的外皮和西瓜的外皮都贴着一个相同的商标，似曾相识，似乎与我在北京超市里见到的并无二致。

看什么这么认真，徐剑老师？坐在一侧的梁旭东发现我在审视商标。

我在猜测我们今天吃的水果的来处，是缅甸吗？

没错，徐老师，您猜得没错。倪红回身在她的资料里翻找出一张。这是我搜集到的关于畹町长合水果集散地的一篇报道，云南境外水果种植是联合国替代种植项目的一个延伸，效果还是非常明显的。

境外种植的有香蕉、西瓜还有甘蔗，出境种植的既有大企业也有个人，我们掌握了一部分，等你们到畹町的时候，当地宣传部门一定也会给你们提供线索。我们国内的西瓜成熟季是五月到十月，缅甸西瓜的成熟季节是十一月到来年的四月，其间刚好有一个时间差，每年从畹町口岸过来在长合西瓜市场交易的西瓜近百万吨，销售网络覆盖除了台湾、澳门、香港和西藏之外所有的省、区、市。所以，徐老师您在北京买到的西瓜与我们现在吃的产地是一样的。您多吃几块！水果还是新鲜的好吃些。

谁要咖啡？张文超起身去门口拿咖啡壶。

我来一杯。

我也要一杯吧。下午没有茶或者咖啡提神醒脑，精力还真是有点跟不上。

这是后谷咖啡，王毅部长曾经在外交部的“云南日”向各国使节郑重推荐过。王部长说后谷咖啡是他喝过全球各个国家咖啡当中最好的。云南茶的知名度比较高，普洱啊，滇红啊，享誉国际，但了解云南咖啡的可能不是太多吧！当然这里面也有很多我们自身的问题，小粒咖啡豆品质不错，以前大都是作为原料豆出口，没有自己的咖啡品牌。徐老师，你们一定会去普洱采访吧，除了关注茶之外，也请关注一下云南的咖啡，云南国际咖啡交易中心就在普洱市。借名作家的大手笔，帮我们宣传一下。

看来文超处长对咖啡情有独钟啊！

只是喜欢而已。茶、咖啡、可可，三大饮品中，我倾向于咖啡。境外投资这一块我有两个点提供给您，一个是正在建设中的保山市腾冲—曼德勒缪达经济贸易合作区，还有一个是中老磨憨—磨丁经济合作区。跨境人民币结算试点以来，已成为云南第二大涉外交易结算货币和第一大对东盟跨境结算货币。云南在全国率先推出人民币对泰铢银行间市场区域交易。德宏发布人民币兑缅币“瑞丽指数”，红河、文山发布人民币兑越南盾“YD指数”。中国农业银行泛亚业务中心落户昆明，成为全国首个非主要国际储备货币挂牌交易平台。富滇银行和太平洋证券公司分别与老挝金融机构合资设立了老中银行、老中证券。建议你们采访一下富滇银行，百年银行历史悠久，富滇银行在云南所有的口岸都有分行或者是支行，富滇银行与老挝外贸大众银行合资成立的老中银行，是中国城市商业银行在境外设立的首家合资金融机构，非常有代表性。

时间过得飞快，崔建增下午三点要出差，倪红要去探望她的精准扶贫联系户。天下没有不散的筵席。我与八位处长依依惜别，逻辑分明的梁旭东，细心周到的倪红，年轻昂扬又不失稳重的张文超，气宇轩昂、胆识过人的崔建增，寡言严谨的徐名军，快人快语、幽默风趣的周明贤，条理清晰的周民欣，周全周到的施朝秉。佛教里有“八部天龙”“天龙八部”“龙神八部”“八部众”之说，道教里亦有“八仙”以及“八仙过海”的故事，烟火红尘里则有八仙桌和八仙果。八，实在是一个吉祥吉利的好数字。

步出云南省发改委的大门，早上来时紧闭门扉的东天台此刻山门洞开。清代风格的建筑，形体简练、细节烦琐，稳重严谨有余，灵巧飞动不足。门口的石刻上有它的前半生简介，原来的建筑有戏楼、厢房和灵官庙，如今只是在古遗址上复原了一间厢房。信步入内，香火甚旺，几尊辨识度极高的道家仙尊盘踞而坐，微笑迎人。一位老妇人跪在明黄的蒲团上虔诚地祈祷，或许我们的脚步声惊扰了她，抑或她已经倾诉完了烦恼，她正在起身，许是跪得久了，起得有些费劲吃力，看上去依然是在向她心念的仙尊弯腰施礼。

俄尔，她转到供桌前，摆弄供奉的鲜花和水果，一整串的香蕉，未曾揭下的商标赫然与我们午饭的餐后水果同一个来处。

离地三尺有神明，连供奉祭祀的虚无与混沌都融入了辐射南亚东南亚这盘大棋。

此时，雨霁天晴，天蓝如镜，空气美好得如同被洒过香水一般，深吸一口，让阳光和香气畅快地抵达肺的底部。云南下雨的时候是冬天，太阳出来立刻跳跃到夏季，忽觉内心澎湃得有些热，细究之下，发现此热并非是体表之热，而是内心之热，为云南的明天而热。

板桥霜尽彩云来

晨起，天上轰鸣的飞“鸡”唤醒了睡梦中的大板桥人。彩云漫天，朝阳如二八佳人，原就比夕阳美上三分。

夏丽琨也醒了。昨夜与街坊大哥徐剑的朋友欢聚一堂，听他们吟咏诗文，看他们挥毫泼墨，与他们把酒言欢。那感觉真是不错。少小离家的徐大哥这几年回来得频繁，为夏丽琨开了一扇通往绮丽新世界的窗，那扇窗里的人饱读诗书、舞文弄墨，自得其乐。夏丽琨的生活里其实有很多扇窗，风景各异，之所以倍加珍视这一扇，自有深意。

2001年，觉得读书无用的夏丽琨初中毕业便逃离课堂，一路南下去了广东。课堂上被XYZ和ABC折磨得哈欠连天的他，在没有围墙的“大学”却如鱼得水；走出大山，远离大板桥的乡土，广州给夏丽琨上了人生第一课。这一课将他的人生硬盘彻底格式化，植入新程序，按下了重新启动键。广州能够提供给十几岁懵懂少年的工作机会几乎无一不苦，夏丽琨不怕吃苦，深埋在骨血里的生存智慧，像圣斗士星矢瞬间爆发的小宇宙，足以战胜一切来自于生活的苦厄。

多年之后，第一次去西藏朝圣的夏丽琨被风雪围困在可可西里海拔5300米之地15个小时。夜宿旅店，五个人挤一个逼仄房间，安置下五张简易的床铺便再无立锥之地。五个大男人首尾相连，十只大脚散发出的原始之气让人恨不得戴防毒面具。那个场景让夏丽琨想起自己初到广东的情形，不禁在心中哑然失笑。吃了那么多不为人知的苦中苦，现在又回过头自讨苦吃。然，不得不和泪吞咽的苦与挑战自我生命极限的苦有着本质的区别，风雪围困，雪夜行车，安然回到大板桥。从西藏回到昆明，醉氧反应让夏丽琨大睡一场，被瞌睡虫彻底迷倒之前，他对自己说，又战胜自己一回。

西藏之旅出发前，一位远方的朋友对夏丽琨说：如果你在拉姆拉错看到你的前世今生，记得告诉我。拉姆拉错小得像掌心，静静地睡在群山之间，宛若一朵莲花心；天上的光影与云朵瞬息万变，投射在湖面上，暗合夏丽琨掌心的纹理。同行的十几个旅伴，每个人都看到自己想看到的。夏丽琨也看到了。远方的朋友在微信里问他看到了什么，夏丽琨想了想，什么也没说。

在很早以前，夏丽琨就知道自己是一个矛盾综合体：外表有多安静，内心就有多狂野；表现得多温顺，骨头里就有多叛逆；显露出来多少桀骜，暗里就有对等的自卑；极其自恋，但同时也在无底线地自我嫌弃。

2007年，在外飘荡六年之后，夏丽琨回到了家乡大板桥。彼时，六公里之外的长水机场刚刚开始建设。在广州的六年，他用眼睛、用心比对着昆明、广州两地的差异。夏丽琨生就铜铃一样的双眸，如若眼睛是照相机，心就是暗房，他把广州一切领先于大板桥的繁华都拍摄、存储起来。夏丽琨有修长结实的手指，握紧之后就是一只极具力量的拳头，这只拳头渴望能打破旧藩篱，建设新秩序。

徐大哥常在饭桌上讲他当年十六岁参军，坐着闷罐车离开昆明时曾发下宏愿要坐卧铺返乡。大哥第一次回家探亲时已然提干成为军官，愿望变成现实，坐着舒适的卧铺回到家乡。夏丽琨离家的时候，铁轨上已经不跑闷罐车了，他坐着绿皮火车，几经辗转，一摇三晃抵达广州。夏丽琨也有梦想，他梦想着有朝一日能坐着飞机衣锦还乡。

彼时，昆明的机场在巫家坝。巫家坝机场是继北京南苑机场之后，中国历史上的第二个机场。1911年，蔡锷、唐继尧在昆明巫家坝兵营发动武装起义，巫家坝成为革命军的大本营。1922年，唐继尧为强化滇军，在巫家坝建设了巫家坝机场，同时还建立了云南航空学校；机场竣工后，唐继尧从国外买了30架旧战斗机和15架旧教练机，组建了云南第一支空中力量。1937年，抗日战争全面爆发后，云南作为抗战大后方，巫家坝机场成为飞虎队的主要基地和司令部所在，也是驼峰航线的终点站。中华人民共和国成立后，巫家坝机场进行过三次大的改扩建，成为中国最重要的国际口岸机场和全国起降最繁忙的国际机场之一，是中国西南地区的重要枢纽机场。

一有机会，夏丽琨就去巫家坝机场，远远打量那一架架翱翔天际的鲲鹏大鸟，欢送它们起飞，欢迎它们降落。一起一落把夏丽琨的心也带去了远方。

昆明新机场——长水国际机场建设的消息不胫而走，80%的大板桥人家都或多或少地拿到了征地补偿款，从土地上解放出来的人们开始寻求新的生产生活方式。夏丽琨从电话里得知家乡的消息，天赐良机大板桥，他可以飞鸟还巢了。

据《官渡志》记载：元灭大理国后，以昆明为中心，对秦汉以来的古道进行了大规模重修和发展；开通了“通京大道”，东出金马关，沿板桥驿、杨林驿达曲靖，再经黔湘等省到北京。元十三年设立云南行中书省，改善阐为中庆府（今昆明），并置昆明县。“马背上的民族”开始在云南建立起较为完备的驿制体系，驿道由北向四境分布。元朝赛典赤·瞻思丁主持云南政务以后，开始修筑驿道，至1283年，云南驿道修通，在大板桥设立了板桥驿，从此大板桥成为“通京大道”的咽喉站。历史上的大板桥也曾一度繁华，兴盛是路带来的，随着朝代更迭，一条条更便利、更宽阔、更通畅的路不断降生，大板桥熙熙攘攘湮没在了时光里，衰退也是因为路。

2012年6月26日，长水国际机场全面竣工，6月28日正式通航运营。昆明巫家坝机场谢幕，长水国际机场闪亮登台。新机场建设伊始，大板桥的外来人口就明显增多，几年间，操着南腔北调的人一年比一年多，如今在大板桥外来人口早已超过本地人，有十万人之多。空中的航路把本属于大板桥的繁华加倍送还了回来。

夏丽琨是大板桥最先富裕起来的一波。虽然他不喜欢课堂，却极其热爱武侠小说，尤其是金庸的“飞雪连天射白鹿，笑书神侠倚碧鸳”，一本也没有落下。练就绝世武功，不是仅仅为自己强身健体——那是小我，还要行侠仗义，通达天下，那才是真正的大侠风范。做人要常怀利他之心，这样做起生意来才能财源广进、兴旺发达。“义”字当先的夏丽琨自有他的拥趸。

在板桥这方土地上，擦肩而过的两个人若是有空，闲坐下来，仔细掰扯一番，总能找到彼此之间蛛丝马迹的牵绊。这份朴素的乡土中国理论，在美国著名心理学教授斯坦利·米尔格兰姆的试验里得到了有效论证。

1967年，斯坦利·米尔格兰姆做了一个著名的连锁信实验。他招募了一批志愿者，随机选出其中300多名，请他们邮寄一个信函。信函的最终目标是米尔格兰姆指定的一名股票经纪人。由于几乎可以肯定信函不会直接寄到目标人处，米尔格兰姆就让志愿者把信函发送给他们认为最有可能与目标建立联系的亲友，并要求每一个转寄信函的人，都回发一个信件给米尔格兰姆本人。出人意料的是，有60多封信最终到达了目标股票经纪人手中，并且这些信函经过的中间人的数目平均只有五到六个。也就是说，陌生人之间建立联系的最远距离是六个人。这就是著名的“六度分隔”理论，即最多通过六个人，你就能够认识任何一个陌生人。

夏丽琨其实并不知道谁是斯坦利·米尔格兰姆，也从未听说过所谓的“六度分隔”理论，他只知道：多一个朋友多一条路，朋友多了好办事，朋友的朋友也是朋友。

三十岁之后，夏丽琨开始意识到读书学习受教育的重要，只是被琐事所累，根本无法静下来。他愿意靠近腹有诗书的这些人，自己缺乏的能在他们身上找到。一路走来，夏丽琨的目标日渐清晰，他想成为更好的人。

这次回滇，徐剑大哥是来工作的，云南省委宣传部、云南作协邀请大哥书写一部反映云南面向南亚东南亚辐射中心建设的长篇报告文学。每次回滇，大哥都要约云南的文朋诗友吃个家宴，聊聊天，写写字。

夏丽琨欣然而往。白衣黑裤，洁白的衬衣外面是一件更加洁白的罩衫。

雷平阳即兴为夏丽琨题写了一幅四尺三裁的书法作品，四个字：知白守黑。

夏丽琨从心底里抵触这四个字，为一些难以与人言说的过往，可他从不解释，本就是一个讷于言、敏于行的人。在夏丽琨心里，自有一套逻辑：别人不欠我一个理解，我亦不欠他人一个解释。

墨迹早已干涸，写字的雷先生没有盖章，所以也就有了束之高阁的理由，宣纸缩作一团，置于阴暗的角落。

一天，夏丽琨把这幅字在微信上发给远在海边的朋友看，顺便把心中的烦恼倾倒给朋友；身处大山的他向往大海，他托朋友把他的烦恼装进漂流瓶，丢进海里，飘向远方。朋友把“知白守黑”的百度百科词条截图给他看，说，给你写字的人真是良苦用心。朋友问了夏丽琨一个问题，关于马斯洛需求层级理论，让他自我评判一下，目前自己在生理需求、安全需求、社交需求、尊重需求和自我实现需求中的哪一层。

答：尊重需求。

没过多久，夏丽琨收到朋友寄来的礼物：一黑一白两颗围棋子。像极了朋友闪烁的眼睛，黑白分明。白子有白子的高洁，黑子有黑子的魅力。棋子从流动的液态定格为恒定的固态，夏丽琨也从懵懂沉淀至通透。知白守黑，在黑与白之间，更有无数的灰色地带，那里才是属于红尘万千有情众的生存地带。

出于信任，自西藏返回后，夏丽琨把他在藏地的祈求告诉了徐大哥。夏丽琨说，人喜欢求佛，希望自己能发达，他也求了，求佛让自己懂得知足。

2016年，夏丽琨当选云南省昆明市官渡区大板桥街道大板桥社区主任。上任两年，建设市场、规范经营、扶危济贫、移风易俗，忙得不亦乐乎。2018年夏天，大板桥举办了首届啤酒美食狂欢节。三天的时间里，夏丽琨把他昔日南下拍摄的那些先进的、文明的影像变成大板桥的一幅幅现实图画。当一个人前行的脚步与时代发展节奏契合无误时，想不成功都难，所谓时势造英雄。

云贵高原，大地辽阔，向南、向东南，大地的边缘是海洋。

夏丽琨站在一片刚刚整平的土地上，对徐大哥说着他的宏图：这里将要建设一个大型海鲜批发市场，海鲜来自南亚东南亚，全部空运。

话音刚落，一架飞机呼啸着越过他们的头顶。夏丽琨仰望天际，好一张年轻的脸庞！悠久古老的板桥驿与青春鼎盛的夏丽琨之间的交集定会有更多值得期待的好故事。

昭通：毕摩还魂经的原乡

那天下午，天阴沉沉的，有些许下雨的预兆。风一吹，白云翻卷，犹如大渡河里的涌浪，一副直驱状，朝着小凉山之巅黑竹拉达压来。

毕摩立立左曲老爹叼着一支铜烟管，烟管里的旱烟碎末被吸得滋滋作响，铜烟管如鼓风机泵，吸得旱烟锅一抹烟红。毕摩老爹悠然地朝天吐一口，烟圈袅袅，燃旺的旱烟末像一粒赤丹，与毕摩老爹黑帕包裹遗落在外的一束白发交相辉映；偶然一凝眸，比吸雪茄的切·格瓦拉的头像还酷。彼时，立立左曲蹲在古井村唯一遗存的祖屋的老墙前眺望远方天空，旅游公司的直升机正掠过黑竹拉达一隅，仿佛是切·格瓦拉向着拉美原始森林飞去，去发动另一场革命。

铁鸟，蜻蜓，神鹰？立立左曲老爹七十六岁多了，头一回看见一只怪鸟盘旋于空，他找不到恰当的词来代喻、隐喻，好奇的目光如同站在一旁嬉戏的三个孙子，追光灯般投向直升机穿云带雨的航迹。

毕摩系彝族的祭师，是祖传的念经人。彼能与天地、祖先通灵。彝寨里凡有灾有难、生老病死，必请毕摩念经招魂、还魂，超度，禳灾祈福，引亡魂还乡，与祖先相聚。

在毕摩老爹眼里，这架飞机像不像引领亡魂还家的亡魂鸟？我让他十三岁的大孙子翻译给左曲老爹听。他笑了，嘴里喷出一缕又一缕旱烟，冉浮于眼前，我看不清他真实的表情。

毕摩念还魂经引亡灵回家，不用亡魂鸟引路。十三岁的胖孙子尼里阿拉赤裸着上身，翻译给我听。

还魂经是什么？小胖孙子帮我问毕摩老爹。

是祖先的祖先，祖先的祖祖先，一代一代传下来的。胖孙子尼里阿拉翻译给我听。

翻译得真好呀！我感叹道，拍拍其肩膀，以示褒奖。然后，请毕摩老爹到火塘边给我唱几段还魂经。

毕摩老爹立立左曲极不情愿地离开了祖屋墙角，跨进堂屋的一瞬间，还颇恋眷地顾盼了一下飞掠于空的直升机。

围坐于火塘旁，两根长长的块子柴在三块石头垒的火塘里烧得很旺，映着毕摩老爹刚毅的脸庞；他仿佛找到了气场，迅速调整了角色，由一位好奇的少年蝶化为神秘的经师，饮颈高吟，一卷又一卷、一节接一节地念起了彝家的还魂经。

我本彝家儿男，一代代人基因里沉淀了招魂经的残经碎片。外婆赤着双脚，十二岁出楚雄、过元谋，将彝人的脐血带进了昆明城郭，板桥古驿。至此，我的脐带血、我的啼哭，还有故园的喊魂之声掺进了汉家腔调。与彝人毕摩的念经声渐行渐远，可是仍有回声。我从汉唐遗留的洞经音乐听出招魂、还魂经的混声。毕摩老爹或吟或唱皆成旋律，我一句也未听懂居然眼噙热泪，为的是蛰伏躯体的还魂原声，还是为通灵于天地的灵旗之风。

立立左曲老爹招魂吟唱：

自远古时代
我们来自遥远的兹兹普乌（昭通）
而你灵魂已归故里
只有毕毕（毕摩）为你招回
毕毕有很多
我们求助八方
终有为你招魂的毕毕
今由日阿拉玛（毕摩名）为你招
毕毕已作法
把你魂来招
招啊招
招到山谷里
沟深谷幽不见魂
招啊招
招到山顶上
视野开阔魂无影
招啊招
招到平坝蕨草中
惊起一对云雀
云雀越向天空
但愿你从云雀飞去的方向归来
招啊招
招到翠竹林里
惊起一对锦鸡
锦鸡飞向远方
希望你从锦鸡飞行的方向走来
招啊招
招到山涧中

惊起一双山鹿
山鹿疾驰而去
消失在山间
但愿你能寻着山鹿的足迹归来
招啊招
招到悬崖边
惊扰了岩蜂
岩蜂从四面八方急飞回巢
希望你也能闻讯赶回
……

美啊！堪称蜀讶绝唱。千古一曲招魂经，赋比兴手法样样俱全，直白而无须隐喻，浪漫而祥瑞纷呈。唯有古老的民族才能有如此的文化底蕴，堪比汉民族的《诗经》《楚辞》。

真的吗？木沙局长一脸讶然。

当然！我点了点头，又有些大惑不解，问立立左曲老爹，为何还魂之地会是云南昭通啊！

大小凉山的彝人都是从昭通过河，走向蜀地的啊。立立左曲老爹答道。

昭通，其实就是彝族的大槐树，水落木沙局长进而解释道，彝族部落主要栖息地在云南楚雄、元谋一带。千里迁徙大小凉山，都是从昭通过河的。

就是过金沙江吧。

是的，还魂经和大的部落头人的家族史均有记载。木沙局长答道。

昭通，又是昭通。20世纪近百年间，昭通彝人的身影覆盖了云南的天空。唐继尧、龙云、卢汉，三个云南王同出一个故乡，他们主导了当时边陲之省对东南亚热带雨林的开放。云南的二十六个民族因心存对天地的敬畏，受到宗教的感化、归化，襟怀变得与天一样大、与地一样广，所以云南能迅速地与世界接轨、包容万象。百千年间，云南人对南迁的汉人，不论是朝廷流放的钦犯，还是再贬西南的骚人迁客，甚至是吴三桂这样的一代枭雄，皆春风乃大、温婉无比，他们的心一如太阳晒透的皮肤一样敞亮。

那天晚上，在云南省委宣传部的晚饭桌上，文艺处缪处长对我说，你的采访第一站应该选昭通。

为何是昭通，而不是别的地方，我有些迷惑。反诘道，是要增加扶贫的内容吗？

非也。昭通是秦皇五尺道入云南的官道，也是蜀身毒道入滇的第一雄关啊。自然是南方丝绸之路辐射东南亚最初的原点，历史的界碑啊。

原来如此。我点了点头，答道，应该去昭通，为昭通浓墨重彩地写上一笔。

然，我却未曾想到，进入昭通，会以听彝族毕摩高吟招魂、还魂经的方式回归原乡，而对于云南辐射东南亚、南亚全景式的书写会以昭通作为起点。

记得那天早晨，蛰居云岭之上，观卡瓦格博日漫金山，推开梅里逸居阳台之门，跨出门槛的一瞬间我恍然大悟：日出东方，太阳升起之处就是昭通。彝族语言里的兹兹普乌，那遥远的地方乃滇东北之域，太阳从那厢升起，拂照云岭，更映红卡瓦格博，映照三江并流五百余里。伫立于斯可俯瞰怒江、澜沧江穿东南亚雨林而过，先是怒江从云南保山张赛附近流入缅甸，改称萨尔温江，最后注入印度洋安达曼海；次者澜沧江则穿越老挝、缅甸、泰国、柬埔寨和越南三角洲平原，分九河叉而入海；唯有金沙江，与嘉陵江汇成长江之水，大江东去，奔流千万里而入东海。毫无疑问，云岭望云，云门观水，云岭日出日落。千年一日，一日千载。坐地日巡八万里。而日出之东方的汉家古国，却是因为有了五尺道、蜀身毒道而一直向南，向南，走向蔚蓝色，走向海洋文明。

西南丝绸之路的五尺道，始建于都江堰治水的蜀郡太守李冰手中。他于秦孝王时经营西南夷，在完成了造福川西平原千载的水利工程都江堰后，便承担开修僰人道的艰巨任务。僰人道，溯横江而上，直抵传说中蜀帝杜宇的故乡，由蜀中经宜宾，过昭通盐津豆沙关，从“川中纵广五六十里，有大池泉水的千顷池”的朱提，即今天的昭通入滇。秦皇拓疆，僰人道拓宽为五十步的秦皇驰道，等同于今日的高速公路。

住云岭之上，云门洞开，一缕阳光从门罅里斜照进来，车横云岭马不前。雪风依旧，季侯鸟将至，云门骤开，观山舞龙蛇，三条大江逶迤驰向大海。不时有马帮铃响，悠然声中，我读许倬云先生《万古江河》，彼对于僰人道、五尺道、蜀身毒道皆有着自己独到的见解。彼称：大汉帝国“开发西南地区有一特殊的现象，就是行政单位叫‘道’。这是一条直线，不是一个点，也不是个面。从一条线，慢慢扩张，然后成为一个面，建立一个行政单位。这个过程也许是跟着贸易一步一步向前走，紧随贸易而进去移民，移民后面跟进去的是军事力量和行政力量。汉帝国的扩充是线状的扩充，线状的扩充能够铺陈为面后，遂在那个地区建立郡县。用这种扩充方式后来新开发的地区，诸如东北、西北都有类似的发展。不过，西南的发展模式非常清楚，是由一条线，变成一个面，然后建立郡县，纳入汉帝国的行政网之内”。

在高黎贡公路博物馆，我看到蜀身毒道走向，由成都始，从宜宾，而入昭通，过曲靖，进昆明，再西去，出楚雄，入大理，上保山，越腾越之地腾冲，化入缅甸野人山，经腊戍、密支那，而入印度。

许倬云先生进而说道，《汉书·西南夷传》则记载了当时的三条大路，都是从成都辐射下去的：第一条大路从西南进入澜沧江，无疑是今日云南辐射东南亚的西通道；第二条大路是向南进入红河以及西江，然后向西联系到缅甸，这显然是今云南辐射东南亚、南亚的东通道；第三条则是正西方，朝向青藏高原的一条大道。令人猝然一惊的是，汉朝的交州，就是今天的越南的北部，是中央帝国最边远的一个郡县，有着更细密的道路和行政网络。

如是观，以云南做支撑，辐射东南亚、南亚自古有之、千古依然，然张骞当年于西域诸国，看到蜀丝、蜀杖从三条古道上流出去，进入印度，成为流行的时尚，一点也不足为奇。

毕摩立立左曲老爹还在招魂吟唱，招魂招到山谷里，幽谷无魂引；招魂招至山顶上，白云阔空无边；招魂招来荆棘鸟，一对锦鸡鸣啸冲天。招魂，还魂，毕摩老人引着亡魂回到祖先跟前，那个彝语叫兹兹普乌的地方——昭通。彝人出云南记，汉人出云南记，走出滇国山，入大小凉山，走下云岭，进至南亚东南亚热带雨林，这里永远是第一个出口。

蓦然回首间，魂在东方，在太阳升起的地方，祖先在微笑。是送别，是招魂，还是还乡亡魂的微笑呢？

注疏1：旅行家老徐与作家老徐之昆明

当作家老徐向旅行家老徐描述他们共同的城如今的模样时，旅行家老徐未必全部相信。

戊寅（公元1638年），年过半百的旅行家踏进云南的山水，此后的一年零九个月里，他以昆明为原点，三进三出徜徉云南。一部游记，将近一半的篇幅给了滇游。云南是他生命终结前最后的畅游，是他一生中除了家乡之外生活时间最长的地方。他用脚丈量过那里的板桥，淋过那里大大小小、长长短短、粗粗细细的雨，吃过那里或酸或辣、或香或臭、或甜或腻的食物，他遇到了众多善良的人，也被狡黠的人一再诓骗。他觉得自己早已与云南融为一体。闭上眼睛，眼前就会升起白云，白云生处就燃起炊烟，炊烟袅袅里就烘焙出茶香。

作家老徐十六岁抛却云南的草木，戎装在身，以笔为剑，揭开中国战略导弹部队的神秘面纱；以脚为笔，行走西藏三十载。六十岁解甲归田，在大板桥畔的宝象书院里筑建文字江湖，笑傲轻尘。

作家老徐泡了一壶太华茶，香气萦绕鼻端，幻化成旅行家记忆里那只似曾相识的飞燕。

茶凉了，再给你续上吧！

是你！对，是我。

万般回首化尘埃，只有青山不改。

滇春好，百卉让山茶。海上千株光照水，城边十里暖烘霞。能不忆滇花？

一别数年，想必你十分惦念西山太华寺的“松子鳞”，我们这就启程去看她。你刚去的那几年，你不来，她便不开。数年之后，是一众惜花人的赤诚感念了她，这才又重启欢颜。

她当真如此这般待我？

你我二人自相识起，我可有过一句妄言？山茶之所以再度开花，是她坚信你会回来。

城中张石夫所居朵红楼前的那株呢，她可是滇城山茶之冠啊！

朵红楼早已灰飞烟灭，不余一砖一瓦，何况一株草木山茶，早就香消玉殒了。轮回路上，或许还曾与你擦肩而过，只不过对面相逢不相识罢了！

山茶就在眼前了。历经数百年风霜雨雪，依然枝叶繁茂，粗壮健硕，华盖亭亭。一树繁花，万千明媚，每一朵都是海碗大的乳房，呐喊着她心底勃勃的欲望，守望百年，只待那一朝的春风玉露。“正月滇南春色早，山茶处处齐开了，艳李夭桃都压到，妆点好，园林处处红云岛。”

红云岛上，旅行家老徐与作家老徐茶席前坐定，花影间移，百岁光阴。夜来今日又明朝，蓦地青春过了。

咏山茶一首唱和吧。

咏山茶

花烬香魂两相望，
一壶老酒慰离肠。
风中红线语归客，
明岁山茶犹绽芳。

山高水长入红河

等你在河口

坐在车里，沿着昆河高速一路疾驰。

熏风四起，一面黑色的旗帜卷起呜咽之鸣。旌旗下，黑鬃马上，端坐着一位星眉朗目的奇伟男儿，睥睨四野。他看着我，目光却又越过我，我顺着他的目光去寻找，看到了一位山茶花模样的黄裳女子。女子嫣然一笑，上了一条船，顺流而下，瞬间消失在白茫茫的河雾之中，唯余一声俏丽莺啼：等你在河口……须弥之间，枪炮齐鸣，杀声震天，再转头去寻那男子，也不见了踪迹。苍穹之上，四方云动，只剩心中绵绵不尽的痛楚。他是谁？她又是谁？

六十岁之后最大的变化于我而言是睡眠之变化。倒也并非失眠，每晚躺下亦能睡着，只是容易醒来。以往一觉到天明的大段睡眠被拆解成支离破碎的几小段，有梦，许多梦，似真似幻。夜晚欠我的，白天偿还我。今天的目的地是河口，从昆明出发不久，没跟同行的人聊上几句，就在周公之所遇到了那位奇男子和美娇娘。

是河口宣传部卢建斌的来电把我从梦境中拉回来的。他询问我走到哪里了。这趟出来，陪同我们的是云南交通投资建设集团有限公司党委宣传部副部长李文圣，他帮我们联系了几条已建成通车的和正在建设中的高速公路管护和工程建设工地，并且不辞辛苦地全程陪同。

昆河高速的蒙新高速路段是2012年建成通车的，海拔高差达1450米，38公里的长下坡成为全国高速公路建设中绝无仅有的工程。这条路北承中国13亿人口的大市场，南连东盟5亿人口的大市场，是云南连接东南亚重要的东通道。李文圣说，这条路在建设过程中研发了强制减速车道、消能减速护栏和网索式避险车道三种新型交通安全设施。2015年，“山区高速公路运营保障关键技术及装备”获得了国家科学技术进步奖二等奖。蒙新高速通车之后，配合传统的限速、强制加水以及合法装载运输，有效解决了长下坡行车交通安全。

一等奖是哪个工程？

京九线。我们也算输得心服口服。

现在我们走到哪里了？

马上就开始长下坡，我们先进休息站稍微休息一下，到河口还有一个半小时。

这些年，李文圣走遍了云南在建和已通车的高速公路、一级公路、二级公路、三级公路、四级公路和农村公路，用手中的照相机，或高空鸟瞰，或俯身亲密接触，一条条地给它们拍照留念。《中国国家地理》曾经刊发的《公路68拐》就是他的摄影作品。走云南的公路，李文圣是最佳向导。

在电话里跟卢建斌大致通报了我们的方位。小卢说：好！我在河口等您。

河口，位于红河与南溪河交汇处而得名。

站在河口海关（公路）大桥，河对岸就是越南，河道最窄处宽度不足30米，真的是近在咫尺。中越边境河口103号界碑周遭，一波又一波的游人在自拍、互拍。他们的脚下是一幅用花岗岩雕刻的巨幅中国地图，只可惜他们步履匆匆，没有几个人注意到脚下的万古江河。

卢建斌在街边的一个冷饮店给我们买了鲜榨的芒果汁，轻啜一口，果香馥郁。徜徉在河口街头，中国元素与越南风情相互杂糅渗透。黄墙红瓦木质百叶窗的建筑也随处可见，那是典型的法国制式。

徐老师，我给您准备的“风情边城·文化河口丛书”您收到了吧？那是2012年的时候我们邀请知名作家搞的定向创作。

我看了。刘永福和黄八姑的故事挺传奇的，来的路上还做了一个梦。

刘永福是广西博白人，从小就自带传奇属性：五岁就能自制鱼钩钓鱼，十多岁已练就一身高超的武艺；还会在江中掌舵点篙，据说行险滩、越暗礁、拐急弯时，就像在普通水路上驾船一样从容自在，人送外号“小滩师”。二十多岁时，他参加了太平天国广西的一支农民军，既胆艺过人又重信爱士，被尊称为“义哥”；铁杆追随者二百多人，也有自己的军旗“七星黑旗”，他的人马就被称为“黑旗军”。太平天国运动失败后，刘永福带着自己的队伍退到了越南北部的山里，以躲避清政府的围剿。

刘永福以保胜至河阳一带广阔的河谷平原和深山密林为根据地，烧制砖瓦，伐木建屋，开辟山林，聚众耕牧，自耕自养；他们还非常爱护当地的土著百姓，教他们耕田、种麻、养蚕、织布。彼时的河口还是一个“烂泥塘”，除了十几个清政府派来的老弱残兵戍守，就只有一群船工在那里苦苦营生。他们住的是简陋肮脏、凌乱不堪的茅屋，没有街道，没有厕所，比邻遮天蔽日的原始森林，时常有蟒蛇野兽出没。随着保胜的日渐繁华，红河、南溪河两岸的壮族、苗族、瑶族、傣族百姓常常到保胜购买盐巴、出售山货，刘永福就把红河与南溪河交汇处的三角洲开辟为渡口，在那里建盖房子，停放船只，让两岸百姓自由来往。渐渐地，“烂泥塘”一旁被两岸来来往往的百姓踏出了一条小路，再后来，小路就演变成河口最早的街道。

“等你在红河口。”忽然想起了梦中娇娘的呢喃，遂向卢建斌求证：刘永福与黄八姑是在河口相恋的吗？

是的。他们是先结婚后恋爱，是父母之命媒妁之言，确切地说，是黄八姑的父亲做主将自己的女儿许配给了刘永福。

我在资料里看到了刘永福的画像，黄八姑有画像吗？

没有。据说很美，像山茶花一样美。

不错，梦中的黄裳女子的确如盛开的山茶花。

据说黄八姑不仅容貌娇俏，而且读过书，是个有见识、有胆识的奇女子。婚后，他们夫妻二人再也没有分开过，即便是在战争的刀光剑影、枪鸣炮轰之中，黄八姑也一直陪在刘永福身边，从未离开过。

事实上，在刘永福与黄八姑结婚的时候，法国人已占领了越南南部（南圻）湄公河三角洲，并向北推进；企图占领越南全境，目的是以越南为跳板进入云南，最终从西南入侵中国，建立他们臆想中的“伟大的法兰西东方帝国”。

1872年11月，法国派出一支由上尉军官安邺带领的大约150余人的勘探队，分乘内河炮舰两艘、汽船四艘、小火轮一艘、中式帆船一艘，闯入红河三角洲的东京湾（现北部湾），在越南河内郊外，与防守在那里的一千多名越南正规部队发生了军事上的冲突。越南军队竟不堪一击，安邺轻松地攻取了越南北部的这座重要城市。随后，他以河内为据点，向北出击，一连攻陷了海阳、宁平、南定等省。

越南国王随即求助于来自宗主国的黑旗军。1872年12月21日，刘永福的部队来到河内城西的纸桥。安邺出城迎战，但他觉得黑旗军是支匪军，根本没放在眼里。很快他就为自己的大意轻敌付出了代价，被黑旗军砍下了脑袋。此时的法国为了争夺欧洲霸主，发动了与德国的“普法战争”，且在战争中惨遭失败，国家元气大伤，无力顾及越南北部的扩张，只好暂时放弃北圻。

十年之后的1882年，法国殖民统治者的野心开始再度膨胀，新任内阁总理茹费理一上台就毫不掩饰地说：“难道法国只是个大陆国家吗？殖民地领土的寸土寸地，对于法国来说都是宝贵的，放眼看看世界地图，看看许多大国，他们是怎样急切地、怎样火热地在世界上建立自己的市场的？”

1882年4月25日，法国海军上校李威利带兵再攻河内。在越南清化，法军每天都将乡民——无论老弱幼妇——反绑双手，驱赶到城南的布卫桥，把这些无辜难民推入江中，据《越南遗民泪谈》记载，当时，法军“每溺一人，则拍手喧笑以为乐”，当遇到“有骧首于波间及泅泳者，则以枪击之”，如此抛人入江的“游戏”，法军竟然玩了三四个月，致使“布江之水色如血盆，行者绝迹”　。

面对血腥入侵，越南国王再次向宗主国清朝政府致信求救。清朝政府经反复权衡，决定由政府出面招用刘永福的黑旗军去帮助越南抗击法国侵略者。刘永福带着妻子黄八姑，率领黑旗军，理直气壮地开赴河内，代表清政府抗击法军。双方选定的决战地点居然是安邺的毙命之地纸桥。历史重现，刘永福再次打败法国人，十年之后的法国海军上校李威利同样被黑旗军砍下头颅，成了安邺第二。李威利战死、法军惨败的消息传到巴黎，法国当局简直不敢相信，决定发动全面的侵越战争。

然后，刘永福的第三个对手海军上将孤拔就粉墨登场了。关于刘永福与孤拔上将的对战，民间有关于黄八姑的两个故事。

孤拔上将非常阴险，他指挥军队趁河水猛涨之机，深夜炸毁河堤，放水淹黑旗军的阵地。好在越南老百姓用木船和竹筏救了黑旗军。就在刘永福一筹莫展的时候，黄八姑提醒丈夫可以用《孙子兵法》中的“虚张声势”和“出奇制胜”两条计谋应对。黑旗军找来一百多只大大小小的水缸，里面装上假人和鞭炮，趁着河雾迷蒙之时顺流而下。法军误把鞭炮声当作枪炮声，慌忙应对。顿时，河里火光闪闪，水花四射，任凭火力如何猛烈，却总打不退黑旗军的“小舰艇”。天蒙蒙亮才发觉上当了，此时的法军早已疲惫不堪，被埋伏在两岸的黑旗军一顿收拾，死伤惨重。

黄八姑居然还懂《孙子兵法》？当真是奇女子也。

虽然是传说，但我们河口人都相信是真的。

在水路上吃了败仗后，孤拔上将又从陆上派出了他的“无敌马队”。黄八姑受骡马误踩猪笼无法挣脱的生活常识启发，建议刘永福避其锋芒、巧取制胜。刘永福发动军民编织猪笼，在山谷里布置好“猪笼阵”，再派人偷袭了“无敌马队”，诱敌深入，把不可一世的“无敌马队”斩尽杀绝了。

然，就在黑旗军频频得胜之际，孤拔却在东线战场轻易攻陷了越南首都顺化，越南国王阮福时也恰恰在这时病死，幼主继位，宫廷随之发生了内讧。法国当局乘人之危，强迫年幼的新越南国王签订了《顺化条约》。从此以后，越南的兵权、利权、政权全归法国“保护”，同时向法国割让保胜，开放红河。中国从此失去了这个属国。

在“制服”了越南之后，中法之间的战争全面爆发。清政府除了调遣国家正规部队五万名滇军之外，再次让刘永福带领黑旗军与滇军一起从陆路西线去打击法国侵略军。滇军出关后，迎来了最重要的战役“宣光之战”，这次战役如同东线后来的“镇南关大捷”一样，直接牵动着中法战争的整个战局。黑旗军虽然在这次战役中始终处于“配角”的地位，但却创造了中法战争中的战争“神话”。

1885年1月，滇军、桂军与黑旗军扫清了宣光城外法军的全部营垒，从南、北、西三面包围了宣光城，仅东门因临水而未围，但已被黑旗军据岸扼守，舟楫禁通。可是，宣光城在短期内是攻不破的，“围而敌不困，敌困而不死”。所以一围就围了73天，这也是中法战争中历时最长的一次战役。

在这期间，黑旗军的主要任务是扼守宣光与河内之间的水路咽喉通道，以截断宣光城内法军的粮饷、武器、弹药补给及来自河内的援军。刘永福发现，在离宣光十余里的左育地区，有一片地势相对开阔的丘陵，正处于宣光与河内之间水陆两路的交汇点上，还有山坡和谷口可做伏击之处，真是上天赐给他们的一个天然战场。刘永福将这个战场变成了法国人难以逾越的“恐怖防线”，多次打败法军。宣光之战结束后，黑旗军又与滇军在临洮大败法军，歼敌近两千人。刘永福乘胜追击，一举收复了被法军侵占的广威府、黄冈、电鹤江等十余州县，取得了西线反攻的重大胜利。清军在东线收复了镇南关，歼灭法军一千余人，取得了“镇南关大捷”，并接连收复文渊、驱驴、谅山、屯梅等处。法军司令孤拔在进攻浙江镇海海口时身受重伤，不治身亡。中法战争形势一片大好。

此时，一个让人震惊的消息传来，1885年4月4日，清政府与法国签订了停战协定，承认越南为法国的保护国，下令在越南的滇军、桂军、黑旗军停战，迅速回国。

中国“不败而败”，法国“不胜而胜”。卢建斌感叹道。

中国近代史，一部屈辱史。所有人深深叹口气，不约而同。

此时红河无声，南溪河亦无言。静水深流，兀自滚滚向前。一行人集体陷入沉默，再也没有心情继续任何话题。

天空飘起了细雨，温温柔柔的，一点都不霸蛮。雨生于天，陨于地，缘起与寂灭间完结了它的一生。雨有雨生，人有人生，有起便有灭，无情物也罢，有情众也罢，任谁也无法逃脱。

隐约捕捉到空气中有一丝咖啡的香气，猛一抬头，是滇越铁路咖啡吧。

门可罗雀。临门的几桌前坐着两个肤色黝黑泛亮的姑娘，旁若无人地说笑，说着我听不懂的话。卢建斌说，她们是越南姑娘。在店里转了一圈，没有再看到其他的客人。咖啡吧门口贴着“本店转让”的字样和一串电话号码。我拿出手机拍摄的时候，其中一个姑娘走了过来，用生硬的中文询问我是否对店铺感兴趣，如果有意，她立刻给老板打电话。

因为想跟老板聊一聊，便模棱两可地笑着点了点头。姑娘掏出电话一边跟电话那头的人轻声细语，一边拿目光不住地打量我们。少时，姑娘说她的老板在外面有事，一时之间回不来，希望我们留下电话号码，等老板回来后再联系。想必，“本店转让”事关她的工作生计吧。

走出很远，总觉得身后有目光追随。回头看时，越南姑娘仍旧站在咖啡吧门口。

红河谷1897

小石子在水面上一蹦一跳，无比欢快地钻进了河对岸的草丛。打水漂曾经是陈勇辉和小伙伴们最热衷的游戏之一，但眼下，小伙伴们都走得差不多了，剩下的也都被爸爸妈妈看管起来，离边境这么近，炮弹、子弹不是长眼睛的活物，不会让人，更不会避人。

火车票早就发下来了，妇女和小孩都要被疏散到内地。陈勇辉也很快就要启程回湖南老家。

勇勇，走了！妈妈的声音由远及近，呼唤着最小的儿子。

浑浊的红河水一刻不停歇，向着大海的方向。再见红河要等到哪一年？

这是1978年。那一年，陈勇辉七岁。二十年前的1958年，陈勇辉的父母从湖南来到河口支边，用身体穿越群山的屏障，用信仰和智慧撕开原始森林的外衣，用心血和汗水在河口大地上划下一道道犁痕。父亲母亲先后来到河口，千里姻缘一线牵，踏实工作的同时收获了爱情，陈勇辉有两个姐姐一个哥哥，一家六口日子过得紧紧巴巴却也欢声笑语。一触即发的战争，让他们不得不面对妻离子散的局面。母亲把四个孩子送回湖南老家，因为惦念他们的父亲，把四个孩子送到湖南老家后便返回了河口。陈勇辉回湖南的途中，火车在碧色寨车站停靠，睡梦中的他从母亲的怀里醒来，朦朦胧胧看到车窗外是一片黑压压、绿油油的人群，人民解放军在这里集结，准备随时开拔去往中越边境自卫还击作战的战场。多年之后，陈勇辉重游碧色寨，碧色寨车站已经成了旅游景点。同行的朋友租衣服照相，穿着旧制式的老军装，在镜头里笑得率性恣意。任朋友如何劝慰，陈勇辉也没有穿军装照相，亲身嗅过战争的气息，与战争擦肩而过的他，不愿意碰触、亵渎那一抹橄榄绿。和平来之不易，无价。

陈勇辉在湖南醴陵姑姑家寄宿了八年，上初中时才返回河口。高中毕业后他到河口宾馆工作，从菜墩到炉灶，从配菜到掌勺，一锅一勺，煎炸烹炖煮、炸溜爆炒烧。1997年，已经是厨师长的陈勇辉决定离职创业。他开了一家小餐厅。小餐厅生意越来越红火，规模越做越大，几年间就变成了大酒楼，红河谷酒楼。2003年，妻子也下岗了，很快成了陈勇辉餐饮事业上的重要帮手。

红河谷酒楼毗邻滇越铁路河口大桥，直线距离只有五十米。酒楼对面是河口海关旧址，建于清光绪二十三年（1897年），是法国驻河口副领事署依照《中法商约》而建的，三幢法式平房风格砖、铁、木建筑，两幢坐东南朝西北，一幢坐西南朝东北。红板瓦盖顶，钢架梁，褐黄色的墙面，木质百叶门窗，地面铺着法式花色瓷砖地板。陈勇辉依葫芦画瓢，把自己的酒楼也装饰得极具法式风情。陈勇辉的酒楼主打越南菜，就餐的客人以在越南街经商的越南人和游客为主，法国殖民文化对越南的影响根深蒂固，游人更希望能感受异域风情。在越南朋友的启发下，陈勇辉将餐厅的名字改为“红河谷1897”。

河口最有名的街叫越南街。

1989年3月4日的一天，红河上河雾迷蒙，越南老街的七位边民乘着竹筏越过红河进入河口城区购买日用品。历史没有记住这七位先行者的名字，但是他们开了先河。从那一天开始，越南人三五成群进入河口购物，很快达到五百人之多，最多时一千多人。与此同时，河口的边民也过境到越南老街、谷柳游览。政府因势利导，放宽边境管理，边民往返互市形成雏形。一辆自行车，驮一座小山一般高耸货物的景观，从那时起一直延续到今天。

最初的越南街是“草皮街”，沿着红河滩地搭建了临时的茅草竹房。1992年7月13日凌晨，茅草竹房被一场突发大火化为灰烬。1995年5月，越南街从河滩移到了河堤上，重建的材料用木板、三合板替代了茅草和竹篱。陈勇辉的餐馆开在最初的越南街上，后来，越南街又几经搬迁和规范，已经不再是常规意义的“街”，而是相对集中的大卖场。然，无论场所如何变换，越南街小商品小店铺云集的属性从未改变，经营者以越南人为主也没有改变。越南街的搬迁或多或少影响到了陈勇辉餐馆的生意，但他的菜品很越南，只这一点，就足以深深吸引那些离开家乡常住河口做生意的越南人。

陈勇辉的酒楼里掌勺越南菜的厨师是地道的越南人。餐厅里的员工一多半是越南籍，他们用边通证过来，酒楼给他们盖章出介绍信，在河口公安局备案后就可以办暂住证，可以每天往返，也可以在规定的期限内常住河口。越南厨师有朋友推荐来的，也有陈勇辉到越南的餐馆亲自试吃后高薪挖来的。

这一天的午饭非常丰盛，有招牌菜椰香虾，鲜美的虾肉融合了椰汁的香甜，肉鲜汁醇；也有号称客人进店必点的顺化手抓米饼卷，一个米饼卷囊括了鲜肉、蔬菜、水果和香料的全部味道，咬一口，要费神好半天才能从丰富无比的滋味中醒过神来；会安香茅明炉鱼和芽庄烤鱼都是一边加热一边吃，细嫩的鱼肉在高温蒸煮中一点点吸收酸辣汤汁，酸到极致，辣得开心；海防碳烤灌汤螺、香酥春卷、米粉鲜虾包、河内小卷粉……既有小吃也有大餐，每一道都是至上美味。陈勇辉说，这些年他的越南菜已经北上，在昆明开了三家越南风情餐厅，被网友们评价为“全国50家必吃餐厅之一”。

如果觉得好吃，等你们回到昆明可以去我的餐厅，我给你们免单。陈勇辉笑得豪气爽朗。

午饭毕，是咖啡时间。咖啡是越南特色滴漏咖啡。

越南咖啡的产量在世界位居第二，咖啡文化是法国殖民文化镌刻在越南的烙印之一。一河之隔，你来我往，咖啡的香气悠悠荡荡地飘过红河，沁入了河口人的心肺里。陈勇辉说越南咖啡香而不烈、浓而不苦，兼具独特的果香味，是他除了普洱茶之外的另一个心头好。河口是热带季风雨林气候，平均气温在23度左右，多雨、闷热、潮湿的自然环境决定了这方土地上安静、慵懒的慢节奏生活。相比创业初期的急切、焦虑，这些年陈勇辉的脚步慢下来，每天九点半吃早餐，餐后一杯滴漏咖啡，在湿润的空气中，静静地等待一滴一滴地过滤，任浓郁的咖啡滴答在温热的雕花瓷杯里，闭目闻香，紧绷的身体慢慢松弛下来，焦躁的心情一点点舒缓。喝过滴漏咖啡，才知道那些知名的速溶咖啡为什么不能在河口生根发芽，不是河口拒绝它们的侵蚀，而是它们与河口三观不同，无法相融。

相邻一桌就餐的是几个越南人，他们说着与我们不同的语言，却在吃着相同的饭菜、喝着同样的咖啡。在河口的越南人心系越南菜，那身在红河对岸的中国人难道就不想念中国口味吗？

经营餐厅多年，笑迎八方来客，接触最多的还是越南客人。由此，陈勇辉结识了很多的越南朋友。他把他的想法跟越南朋友一讲，立刻受到百分之百的拥护和支持，一个开旅行社的朋友听完他的意向后当即表示要跟他合作。这个朋友从事旅游多年，能说一口流利的中文，是个既有经营能力又有投资实力的理想合伙人。陈勇辉和妻子思忖再三，决定与她合作投资。很快，与河口红河谷1897一河之隔的越南老街红河园餐厅开张营业了。陈勇辉的投资规模符合越南老街市的招商引资条件，开业当天，老街市的市长应邀去餐厅品尝了地道的云南菜，当地的电视台还采访了陈勇辉，给他做专题访问。云南的野生菌、汽锅鸡、过桥米线吸引了众多的越南食客，在很长时间内，餐厅一座难求，就餐时间等候就餐的人排起了长龙。

红河园的日常管理由越南的合伙人打理，后厨则由陈勇辉亲自把控。步入正轨之后，陈勇辉便把厨房管理转交给了二十三岁的儿子陈俊恺。陈勇辉觉得儿子虽然出国留过学，学的企业经营管理，但如果不实打实地在生意场上摔打上几个回合，将来如何继承他的衣钵。不过，老陈也没有彻底甩手，他保持着一周巡视一次的概率，为儿子保驾护航。

每天，陈俊恺都会穿梭在红河两岸，早上去红河对岸的红河园上班，晚上下班再回到红河的这一边。红河谷1897越南籍的厨师、服务员也像陈俊恺一样，只不过方向相反而已。

有能干的妻子和懂事的儿子，陈勇辉越发有时间发掘新食材、研究新菜品，也有更多的时间跟越南朋友喝茶、喝咖啡，沟通联络感情。

陈勇辉有一个从1992年就结识的越南好友，他说他怎么也忘不掉第一次去这位朋友家吃饭的情形。那会儿陈勇辉与朋友刚刚认识不久，还没有聊及彼此之间事关家庭的一些私密话题。朋友热情相邀去家里吃饭，他也没多想就应承下来。等到了朋友家一看，陈勇辉才觉得自己有点唐突了。

竹篱围成的院落里欢声笑语。陈勇辉原本以为是朋友家有喜事，进到屋里，才看到一张供桌，供桌上方挂着一幅遗像，是一个与朋友眉眼有几分肖似的年轻军人。朋友解释说，今天是哥哥的忌日，哥哥是在越中边界战争中死去的。在越南的风俗里，逝去亲人的忌日是非常重要的日子，每年都会举行纪念仪式，杀猪宰羊，请亲朋好友到家里来聚会吃饭。不见悲伤，只有欢聚。

陈勇辉心里“咯噔”了一下。朋友口中的“越中边界战争”不就是曾让他远离父母的“中越边境自卫还击作战”吗？不同的立场、不同的国籍对同一场战争的定位迥然不同。陈勇辉沉默不语，略显尴尬。谁承想，更尴尬的一幕还在后面。当朋友的父亲得知陈勇辉是中国人时，怒不可遏，当即摔了酒杯，下了逐客令。朋友十分抱歉地把陈勇辉送出了家门。陈勇辉告别朋友，朝着河口大桥走去，那是家与国的方向。他有点沮丧，乘兴而来败兴而归。他想起了自己因为战争不得不离开父母、离开河口回到湖南的童年，朋友在那场战争中失去了哥哥，而那场战争剥夺了他原本应该拥有的父爱和母爱。陈勇辉觉得两个国家就像两个家庭，或者是两户邻居，总有斗嘴和打架的时候，但更多的时候还是要和谐相处的。

过了几天，朋友给陈勇辉打来电话，说父亲觉得那一天有些失礼，希望他不要介意，并欢迎他有时间再到家里做客。陈勇辉再次去了朋友家，把酒言欢，大家相约不忆过往，只向前看。又过了几年，依旧是朋友哥哥的忌日，朋友的老父亲主动提醒朋友邀请陈勇辉去家里吃饭。

牢记历史，是为了防止历史重现；忘记仇恨，是为了活得更好。陈勇辉面前的一壶滴漏咖啡滴滴答答，时间可以成就美味，也可以抚平一切伤痛。

我们这一桌是服务生最晚清理收拾的餐台。陈勇辉指着一位眼睛大大的、皮肤黑黑的少女说，那就是个越南姑娘，过几天就要成为中国新娘了。红河谷1897如今已有三对跨国夫妻。陈勇辉补充道，现在边民通婚很方便，直接去民政局注册就可以，生的小孩落户中国，教育、医疗一视同仁。

第一对跨国婚姻的男主角是后厨的张师傅，女主角是来自越南的杨淑。千里姻缘一线牵，两个人从陌生到熟悉，然后就谈起了恋爱。等到谈婚论嫁的时候，陈勇辉出面帮着张罗大小事情。杨淑家在越南农村，他们先是去了越南，在杨淑家热热闹闹办了一场，又在红河谷酒楼摆酒席，宴请中国的亲朋好友。陈勇辉作为主婚人为新人送上大大的红包和诚挚的祝福。如今，杨淑还在红河谷餐厅工作，张师傅去了别的酒店，他们已经有了一双儿女。

吃完午饭，沿着红河缓步慢行。刚下过一场雨，带走空气中的几分热度。虽不凉爽宜人，也不至于湿热难耐。

我们向前走，河水也在流，是感觉错位还是视野误差？总觉得我们的脚步比红河的流速快，但为什么无论我们如何加快步伐，都追不上红河的水流？

那是因为红河水永不停歇，而人却会因为各种各样的原因停下来，原地不动，或者退步倒行。陈勇辉凝视着河水，双目有情。他是红河边长大的孩子，对红河的理解，比我们这些远道而来、初识红河的人要深刻得多。

你是我的右手

红河对岸，两岸的风是一样的，相同的温度、一样的湿度，一个高大健硕、凸着大肚腩的人正在找最佳角度拍摄。小平头，高鼻梁，眼窝深邃，显然不是亚洲人。他不停地变换着位置，透过取景框拍了一张又一张。

手机震动。他掏出来，是一个陌生的号码，区号是0531。

电话接通，原来是之前那个研讨会的确认电话，已经在网上发过函，严谨的主办方再次打电话给他确认行程。

好的。我一定到！

山东建筑大学报告厅里人头攒动、座无虚席。中国铁路遗产专题学术研讨会正在进行中。

端庄、大方的主持人款款走上台来，红色一字领的鱼尾裙礼服上点缀着金灿灿的亮片，愈发映衬得明艳不可方物。她丹唇轻启：下面这位发言人，是法国铁路支线友人协会会员、“法国史迹”协会云南省联系人、云南滇越铁路研究会荣誉会长，他就是定居云南二十年的法国人，裴逸风先生。他演讲的题目是《滇越铁路：从技术与经济的“一带一路”到文化与旅游的“一带一路”》。掌声有请！

海潮般热烈的掌声中，裴逸风缓步上台。妥帖的西装，蓝色条纹领带，白衬衣，鼻梁上架一副黑框眼镜，小平头，笑声像薯片一样清脆。

大家好！我是裴逸风（Yvon VELOT），来自法国。相信在座的各位对法国19世纪现实主义作家阿尔封斯·都德的小说《最后一课》都不陌生。小说的背景是普法战争，法国战败后割让了阿尔萨斯和洛林两地，占领区禁教法语，改教德语，小说主人公小弗郎士上了最后一堂法语课。

为什么要说这个呢？小说里的洛林，就是我的家乡。我出生在一个只有八十个人的小村子，我是农民的儿子。我毕业于法国国立高等工程技术学院，是法国历史最悠久的机构和最著名的工程师学院之一。大学毕业服了一年的兵役，先是去意大利，后来到了台湾，从事工程技术咨询。我的中文是在台湾开始学习的，“裴逸风”这个名字也是在台湾的时候，我的中文老师给我取的。

1997年，裴逸风第一次到中国大陆旅游，他没有去北京也没有去上海，而是选择了云南。多年之后，裴逸风回忆起自己当初的选择时，忽然觉得似乎冥冥之中，有一种神奇的力量在指引着他去往云南。

第一次踏上云南的土地，裴逸风就像他的法国前辈，策马进了云南，突然被一种莫名的气场所牵。蓝天、彩云、碧水，冬日的风吹过来，暖暖地，似曾相识。“众里寻他千百度，蓦然回首，那人却在，灯火阑珊处”的感觉自脚底的涌泉穴向上澎湃，不可抑制，裴逸风随即做了一个决定：留在这里。之后他进入云南大学继续学习语言，完成从繁体字到简体字的认知适应。2002年，他创办了昆明法语学校。2007年又创办了昆明华澜咨询公司，公司的LOGO是裴逸风自己设计的，元素是六个椭圆，最上面一个是红色的，中间一排三个，最下面一排两个。裴逸风解释说，“华澜”的“华”代表中国，“澜”是澜沧江。澜沧江素有“东方多瑙河”之称，自青海发源，流经西藏、云南，出境后称湄公河，又流经缅甸、老挝、泰国、柬埔寨、越南，一江连六国，最后注入太平洋。

法国工程师在这片重山里留下地标般的遗迹——滇越铁路，工作之余，裴逸风全身心投入到中国最早的国际铁路的历史挖掘、资料整理、展览策划和开发保护中，担任着十几个社团的职务，发表了数十篇研究文章，策划了多场专题展览。最近的这一次是“2018云南—法国文化周”期间的《百年现场·滇越铁路》摄影展。

一百多年前，一串从域外呼啸而来的铿锵之声惊醒了古滇大地，滇越铁路像一根冷硬的针管，蛮横地刺入了泱泱中国的羸弱躯体。它蜿蜒而执着，究竟抽走了什么？又带来什么？一个世纪以来，这条铁路的是非功过，成了百年来争论不休的话题。

铁路，作为近代西方工业文明的标志之一，自从出现在中国人的视野里就众说纷纭。第二次鸦片战争之后，作为一件时髦的新事物，铁路逐渐被中国人所知。1880年12月，台湾行省第一巡抚刘铭传呈奏了《请造铁路疏》，从国际的政治、军事形势说到国内的经济、商旅，陈述了修造铁路的必要性，可谓目光远大、分析透彻、言辞恳切："自古敌国外患，未有如今日之多且强也。一国有事，各国环窥，不出十年，祸且不测。自强之道，练兵造器，固宜次第举行，然其机栝，则在于急造铁路。铁路之利，于漕务、赈务、商务、矿务、厘捐、行旅者，不可殚述，而于用兵尤不可缓。"然而，刘铭传此举在大清统治集团内部掀起了轩然大波，围绕是否开造铁路的问题，洋务派和守旧派官吏各执一词，针锋相对，不一而足。朝廷鉴于保守派势力过大，做出了如下批示：铁路断不宜开，刘铭传所奏，著毋庸议。

然，与此同时，西方各国的铁路建设又是什么样的呢？1881年至1890年的十年间，美国平均每年修筑铁路11000公里，1887年英国铁路通车里程已达26800公里，横贯不列颠的铁路系统已告完成。法国、比利时、德国、加拿大、俄国、奥地利、荷兰、意大利等西方国家也先后展开了大规模铁路建设。就在国人还在为是否修筑铁路争论不休时，滇越铁路更因其畸形的孕育和别样的出身，从出生之日就引起不断的争论和评说。

如今的昆明铁路局办公大楼就是在滇越铁路最初的起点南站的原址上建设的。往昔的南站，如今只保留了当年的一堵法式残墙和一棵椿树。历经百年，依然枝繁叶茂，夏至，红花满枝头，一岁一荣枯。

2011年11月28日，国际古迹遗址理事会第十七届全体大会上通过的国际古迹遗址理事会、国际工业遗产保护委员会对工业遗产厂址、构筑物、区域和景观的保护的联合准则，即《都柏林准则》，明确指出："工业遗产的价值存在于建筑和遗迹中，存在于物质构件和设备中，存在于其背景及其形成的工业景观中，还存在于那些文献以及记忆、艺术和风俗等所承载的非物质形态中。"按照此标准，1910年投入使用的滇越铁路无疑是同类项目中独特的中国工业遗产。

角度不同，看到的风景便不同；立场不同，感受到的世界自然也会不同。在裴逸风的眼中，关于滇越铁路的修建就与我们有着诸多的差异。

报告席上的裴逸风，一口流利的中文。1895年6月20日，中法签订条约，开放了中越边境附近的四座城市进行对外通商：广西的龙州，云南的蒙自、思茅（今普洱）和河口。条约第五条提到"安南（今越南）现有及已规划的铁路，在共识达成和条件确定后，可以一直修到中国境内"。1898年4月9日和10日，法国驻北京大使馆与总理衙门（当时的中国外交部）的往来信件中提道："中国政府同意法国政府或者法国政府指定的法国公司从越南东京边境修一条铁路通达云南府（今昆明），中国政府只需负责提供修建铁路的土地及其附属设施即可。"

1897年，保罗·杜美被任命为印度支那总督。一上任，他就积极推进印度支那铁路建设项目，尤其是越南海防到老街段的铁路项目。保罗·杜美还利用他的影响力动员一些法国银行和金融机构组建一个大财团投资这项庞大的工程。这些机构曾于1899年3月派考察团前往云南，评估越南东京到云南的铁路施工的困难以及费用。

滇越铁路修建工程从1903年持续到1910年，采用的是与印度支那境内全线铁路一样的米轨，最小曲线半径为100米，最大斜率为25毫米/米。1910年3月31日正式通车。

1903年到1906年间，途经河内的海防至老街段的越南部分的铁路，随着不同工段的完工而逐步开通。虽然海防至老街段的铁路处于平原地区，但由于它要穿过红河三角洲，并跨越多个水域，所以需要修建大型的金属桥，同时还必须筑堤并进行大量回填，以应对洪水的威胁。越南部分的铁路工程还未完工，印度支那铁路建筑公司1903年就派了一支船队，通过红河运送中国段铁路修建开工的所需物资。工地从1906年起才具备完善的施工条件，不只是因为从那时起才可以通过火车将人员和物资运送到中国边境，还因为印度支那铁路建筑公司所需的优秀欧洲技术及管理人员在那时才全部到位。

由于路线所经地区的自然环境大多极其恶劣，负责这个庞大工程的各家公司在技术上、物资运输上面临的种种困难，实际开销远远地超过了预算。工程总成本超出原预算9500万金法郎的75%。人员的损失也很惨重，超过12000名劳工和数百名外国雇员在铁路修建的七年时间里献出了宝贵的生命。

关于这方面的内容，裴逸风引用了法国印度支那、云南铁路公司和印度支那铁路建筑公司1910年联合出版的《滇越铁路》一书的主要撰稿人，毕业于里昂中央理工学院、负责蒙自施工的工程师阿尔贝·杜夫的话："在云南施工期间……后来培养了许多出色的工头、矿工、坑道支架工和技术全面的砖石工，我们为这些掌握了工程技术的工人们的智慧而感到敬佩。云南艰难的挖掘工程以及很多棘手危险的隧道都是他们完成的，其工作的细致程度在其他地方很罕见。云南段的铁路修建在当时可以说是一所公共工程实践的大学校。在这所'学校'里，中国在很长一段时间内汲取着铁路修建技术。中国可以从那些在我们工地上受过培训和指导的中方人员中寻得真正的包工头和擅长最复杂工程的工长，也可以在和铁路建设相关的各个部门中找到得力的专家。一大群这样的从业人员由此诞生，而之前他们在这方面一无所知，这也许就是法国通过工程带给中国的最微不足道的影响之一吧。"

在桥隧工程方面，越南老街至中国昆明段创造了大量的记录——

3422座高架桥、桥梁和渡槽，累计线性长度约5000米，155条隧道累计线性长度近18000米，还包括3000座挡土墙和众多水道，总计7000座工程。19世纪末和20世纪初，金属结构方面的创新技术，特别是桥隧工程方面技术的迅猛发展让许多难题得以解决。滇越铁路最著名的工程无疑是人字桥。它位于111.7公里处，在波渡箐与俚姑寨之间，悬挂在南溪河支流四岔河峡谷高约100米的地方。当时法国人习惯称四岔河为次南溪河，它一直流到河口然后汇入红河。

人字桥的设计师是毕业于巴黎中央理工学院的工程师保罗·波登，它由两个三角形桁架组成，放置在距离55米的两个球形联轴铰的基座上，并沿着圆柱轴心在顶点相接。保罗·波登用于人字桥的这一创新技术在当时是属于尖端技术，阿尔贝特·杜夫把这项技术教给了法国的工程师学生们。在他的著作《铁路教程》中，阿尔贝特·杜夫不但在1922年的首版中多次将滇越铁路的建设，尤其是人字桥的建设作为范例，而且在1930年的版本中，依然提到了滇越铁路和人字桥。20世纪初的金属结构建筑技术，让人们在极端条件下完成了滇越铁路的修建，是“技术转让”使不可能变成了现实。

说到“技术转让”这四个字时，裴逸风加重了语气。他耸了一下肩，又重复了一遍。技术转让！

从1908年到1910年，沿线的各工段开始逐步施工。在毕业于法国最杰出工程师院校的专家们的协助下，印度支那铁路建筑公司顺利地完成了这项工程，当然这也要归功于中国劳工们，他们在多年施工中变得越来越具有竞争力，日渐习惯与法国人和意大利人一起工作，同时学会了建筑技术。

演讲到此处，裴逸风借用了时任中国驻法国大使的孔泉2011年2月1日在法国铁路工程师协会新年招待会上的讲话，来佐证他的观点：“滇越铁路的建设被看作是法国路桥工程高等院校对中国工人的一次培训，这条铁路是中国当代铁路发展史上的一座里程碑。”

无独有偶，在遥远的法国塔努斯市，1902年投入使用的威敖大桥与屏边县的人字桥都是出自工程师保罗·波登之手。几经筹划，裴逸风以一己之力，促成两地结为“友好城市”，并亲自带团陪同，实现了双方的互访和交流。

滇越铁路1910年开通，到1940年因日本发动战争而停运。1946年2月28日，中法修订《中法新约》，“中国境内昆明至河口部分的滇越铁路所有权及其设备和设施，将通过提前赎回的方式移交给中国政府”。滇越铁路云南段正式回到中国人手中。

一百多年过去了，滇越铁路沿线的火车站和周围独特法式风格的建筑，铁轨和枕木以及桥梁隧道虽然经年累月承重，却仍几近完好无损。这段历史涵盖了外交、技术转让、文化及经济交流，当然还有经济利益及武装冲突。滇越米轨铁路大量的建筑与技术遗迹的保留，赋予了它双重属性，是不可否认的工业遗产和无与伦比的文化遗产。

在演讲的最后部分，裴逸风提及了中国政府自2013年提出的“一带一路”倡议。他说，如果在这个前提下分析工业遗产的定义，并以现代的眼光重新解读滇越铁路的历史，是否可以赋予这条百年铁路新的内涵？

研讨会结束之后，裴逸风就回法国了。在云南的二十年间，他像只候鸟一样往返在中国和法国之间；左边是出生地，右边是栖息地，孰重孰轻难分伯仲。每次回法国，裴逸风会习惯性地对同事和中国的朋友说：我回国了。当他回云南的时候，则会对他的家人和法国朋友说：我回家了！

这次裴逸风之所以急匆匆地从法国返回云南，一是接受我们的采访，二是参加6月14日举行的“诗的远方·梦的故乡”云南形象宣传片媒体见面会。那天仪式结束后，一群记者把长枪短炮对准了他，直到送走最后一位记者他才长舒一口气。

你可以叫我“老裴”，我很多朋友都这样叫我。

那你可以叫我“老徐”！

老徐！

老裴！

彼时，我们已经在昆明市五华区东风西路环球金融中心六楼的昆明法语学校会议室里坐定，面前一杯清水。君子之交。

老裴，我们讨论一个问题，滇越铁路无论被赋予何种新的内涵，它的“殖民铁路”标签是去不掉的！

是的，这是一个不容忽视的话题。我现在所做的这些努力，并不是要改变什么，历史自有定论，不容置喙。滇越铁路的功与过，时间早已给出了答案。我这里有数据。

裴逸风翻开厚厚的笔记本。从滇越铁路投入运行——其实就在滇越铁路完工前，铁路周边的居民即使不用坐火车，只要沿着铁路走，也能够更方便地到邻近的村镇买卖东西或者去看病；这在无形中就促进了社会内部文化交融，铁路开通了许多以前难以进入的村寨的道路，更重要的是，增加了中国与东南亚人员和商业的交流以及外国企业进驻云南的比例。

滇越铁路建设的同时，为了应对工地上的事故和疾病，法国人在蒙自和昆明开设了法国医院。1912年，通过滇越铁路进口的西门子发电机，让昆明成为中国最早用电的城市之一，那台发电机如今完好地保存在石龙坝水电站。同样，1917年进口的越南海防机械工程公司制造的法国水泵，让昆明在1918年就建了自来水网。这台水泵设置在翠湖公园的九龙池供水站，如今已经被改装成了博物馆。在教育方面，滇越铁路也为1938年至1946年间在昆明和蒙自的西南联合大学做出了贡献，让一批为躲避日军侵占的北京大学、清华大学、南开大学的师生们聚集在了云南。

老徐，作为一个中国人，你对“一带一路”倡议怎么看？

中国的“一带一路”倡议，具体到云南面向南亚东南亚辐射中心建设，我们遵循的是经济辐射理论。辐射理论作为一个重要的区域经济学理论，强调辐射的双向性、互动性，认为不同发展层次的主体之间流动和传播的要素是有差异的。先进地区向落后地区流动的主要要素是资本、技术、人才和市场信息；落后地区向先进地区流动的主要要素是劳动力、自然资源和农产品。国家、地区城市之间相互辐射可以实现合理分工、优势互补。中国的“一带一路”建设秉承的是共商、共享、共建原则，是一条互尊互信之路，一条合作共赢之路，一条文明互鉴之路。

当下之中国的“一带一路”只是一个倡议，我们欢迎沿线国家的参与，但是也尊重他们的选择，或者更直白一点地表达就是他们有说“不”的权利。平心而论，当年滇越铁路的修筑，无论是那时的安南还是清政府，法国政府可曾给过他们说“不”的机会？

切中肯綮的一番话让裴逸风暂不作声，默默地点头称许。

中国的“一带一路”倡议绝不是某些奉行单边主义的国家所宣扬的“新殖民”，缅甸密松电站项目、马来西亚高铁项目，说暂停就暂停，中国企业前期投入了巨大的人力物力财力，损失非常严重。中国是在用实际行动表明态度，在和平与发展的框架里，与沿线国家建立经济合作伙伴关系，政治互信、经济融合、文化包容的利益共同体、命运共同体和责任共同体才是我们的目标。

也是我的目标。裴逸风开心地笑起来，露出一口洁白、整齐的牙齿。滇越铁路非凡的价值，不仅在于它是当时中法两国史无前例技术转让的成果，而且它也是那些为了人类进步而付出生命的人们的纪念丰碑。滇越铁路具有工业遗产和文化遗产的双重属性，我非常希望中国和越南能够将滇越铁路打造成一个独特的旅游线路，既能保护其本身的特色，又能开发利用其蕴含的中国、越南和法国的文化，那么滇越铁路一定能成为“一带一路”上珍贵的旅游及文化项目之一。

老裴，冒昧地问一下：你夫人是法国人还是中国人？

我还没有结婚。在我的家乡有一句谚语，当一个人对你来说非常重要，重要到无可替代的时候，就可以对他说：“你是我的右手。”云南，就是我的右手。裴逸风的目光温和从容。

老裴是1965年的。

百年铁路一馆中

各位来宾，大家好！欢迎参观云南铁路博物馆！

今天负责讲解的不是平时青春俏丽、穿着职业装的讲解员，而是一位尘满面、鬓如霜，正从中年向老年过渡的男子，胸前佩戴着烫金的工牌，上有编号：001。他是云南铁路博物馆馆长李志明。

博物馆一楼门厅正对面是一张山川纵横、铁路密布的云南地图，声光电地形图。蓝色线是建成运营和正在修建的铁路，绿色线是“十三五”及长远规划铁路，环绕滇池的黄色线是昆明枢纽，红色线表示高铁线路。白色的两条是云南具有百年历史的老铁路。其中，昆河铁路，也就是滇越铁路云南段，是中国西南的第一条铁路。它南北纵贯中国昆明和越南海防，中国境内全长465公里，1910年通车至今已运营108年，堪称“百年铁路活化石”；轨距1米，俗称米轨铁路。蒙宝铁路，原名个碧石铁路，是我们云南民众自主筹资、自主修建、自主运营民营铁路，20世纪50年代收归国有，纳入国铁管理；这条路全长177公里，轨距600毫米，是世界运营铁路中轨距最窄小的铁路，被世人称为“袖珍铁路”。

在电子地图的下方，依次陈列着一组1000毫米的米轨、600毫米的寸轨和1435毫米的标准轨模型，三种不同轨距的铁路构成了别具一格的云南铁路网。绝无仅有的云南特色。

我们跟在李志明的身后，沿着楼梯拾级而上。博物馆南馆二楼过道的墙上有一张100年前法国人拍摄的老照片，滇越铁路中越两国分界——中国河口与越南老街，真实记录了中越两国边境的自然风光和铁路状况。从中国境内源源流出的两条河流——南溪河与红河在此交汇，一路向南再向南，流经越南，在北部湾入海后汇入太平洋。

一个优秀的讲解员，绝不仅仅只是照本宣科，只局限于把解说词准确无误地转述给参观者。

李志明用手中的激光笔沿着滇越铁路的走向来回折返。一百多年前，滇越铁路建设之初是逆流而上，法国人从越南向云南缓步推进。那时候的清政府软弱可欺，既无招架之功也无还手之力，没有选择，只能唯命是从。一百年后的今天，中国国力强大、国运昌盛，云南从高原驶向大海，面向南亚东南亚的辐射中心建设乘时而上，蓄势待发。

说话间就走到了“铁路修建缘起展区”。

云南山高水险，道路难行，在没有建成铁路之前，与祖国内地和国外货物贸易的主要运输方式是马帮陆路运输和红河水路联运。大家现在看到的这些照片，是法国人在100多年前拍摄的“茶马古道”，它们真实地记录了云南马帮和红河水运的景象。

处于红河岸边的蛮耗，是当年进出云南的货物集散、中转和水陆联运的码头。橱窗里依次陈列着马鞍、蓑衣、铜锅、水烟袋……向一玻璃之隔的来访者无声地述说那古老、悠远的故事，这是哪匹马的马鞍？它曾经承载过什么？茶叶抑或是盐巴？这又是谁穿过的蓑衣？它曾经为蓑衣下紧裹的肉身遮蔽过几多风雨？这口铜锅曾煮食过什么？它的余温又曾温暖了谁？这是哪个马锅头的水烟袋？烟丝与火石一次次相遇、相拥，激情燃烧，漫漫长路、无尽长夜里，它抚慰了谁？1910年，轰鸣闯入的火车，让“山间铃响马帮来”渐渐成为历史的绝唱。

李志明的声音充满了磁性，像合唱团里专门负责抒情的男中音。

从1789年法国大革命开始至20世纪中叶，世界发生了翻天覆地的变化。以蒸汽火车为代表的第一次工业革命推动世界走进了政治、经济、文化、科技空前发展的伟大的时代。云南也被外部世界的时代浪潮裹挟着，在先行发展起来的外国列强的军事逼迫和经济扩张中被迫修筑和运营铁路。随着铁路运输取代马帮运输，云南也从农耕文明走上了工业文明的历史进程。

云南修筑铁路的直接历史动因，是1883年至1885年的中法战争。清政府被迫与法国政府签订了丧权辱国的《中法条约》，导致中国失去对越南藩属地的管辖权益，并造成法国把扩张的矛头延伸到云南，夺取了在云南修筑和运营铁路的权利。1903年10月29日，中法两国政府签订了《中法会订滇越铁路章程》，允许法国修筑从其殖民地越南的海防至中国的昆明的滇越铁路，并允许法国公司经营80年。滇越铁路的越南段于1901年开始修建，中国段于1903年10月动工修建，至1910年3月31日全线通车运营。

在橱窗前站定，一张照片吸引了我的注意。一个大胡子男人倚在草棚屋门前，眺望远方起伏的山峦。

这个人是谁？

乔治·奥古斯塔·妈尔薄特，他作为会计师参加了滇越铁路的建设。2010年，滇越铁路百年系列活动的时候，他的孙子皮埃尔·妈尔薄特来云南出席了百年滇越铁路图片展首发式，做了专题讲座，重走了一段滇越铁路。那一年，皮埃尔·妈尔薄特先生八十二岁。这架老式照相机就是一百多年前老妈尔薄特使用过的，他用这部相机拍摄了大量反映云南铁路修筑的历史场景。他的孙子把祖父使用过的相机捐赠给了云南铁路博物馆。

在经典桥梁展区，李志明告诉我们，滇越铁路沿线共有175座桥梁、155座隧道和3247座涵洞。云南铁路博物馆按比例复制了一段坡道，将滇越铁路沿线具有代表性的石拱桥、钢架桥浓缩其中。七孔石拱桥、花桥、白寨大桥还有人字桥。人字桥运营百年，至今仍完好如初；2006年，被公布为“全国重点文物保护单位”。站在人字桥模型上，思绪却跳跃到昆明铁路局大门口那颗百年椿树上，百年之树，百年之桥，茫然四顾百年前的人呢？树和桥还会迎来下一个百年，而下一个百年之后，今天站在这里试图对接历史的我们恐怕也早已湮没在历史的尘埃之中了吧。

1910年3月31日，滇越铁路全线竣工通车，法国和中国政府的官员以及修建和经营滇越铁路的高级管理人员，在云南府站出席了盛大的通车典礼仪式。

现在的昆明铁路局就是建在云南府站的原址上，门口有一棵百年椿树，每年夏天都开花，红得像火烧云。

多年之前，小寨青年李志明考上云南铁路学校，坐着火车离开家乡去求学，第一次来昆明时，就是在云南府站下的火车。毕业后从基层小站做起，从事过与火车相关的各种工种，年逾半百之后将自己锻造成为一个铁路博物人。

眼前是一座缩小版的蒙自碧色寨车站，红瓦黄墙，外墙用条石构柱和镶角，三面钟，木质的百叶窗，室内用花砖铺地。花砖看上去有几分眼熟！一楼大厅的花砖与这里是一模一样的。李志明说，这些花砖是建设这座博物馆时从法国进口的，仍旧是百年前的那家花砖生产厂家。滇越铁路沿线的火车站风格是统一的，差别只在建筑规模的大小。

碧色寨原本是距离蒙自12公里的草坝乡的碧色寨村，百年前轰鸣的列车颠覆了一切。当年，法国人的筑路指挥部就设在碧色寨。1910年滇越铁路全线通车，碧色寨成为一个繁忙的交通枢纽和贸易中心，个旧锡矿及云南的煤炭、粮食、木材等物资都在这里装车出境，转销世界各地，而各国的洋货也由此进入中国腹地。云南第一个邮局、第一个海关均设立于此。前后都带花园的法式别墅，豪华的哥胪士大酒店，宽敞的西式餐厅，云南最早的红土网球场，咖啡厅、酒馆、电影院、旅馆，应有尽有，曾一度被誉为西南的“小香港”。

几天后，我们在蒙蒙细雨中抵达碧色寨。人山人海，游人如织，但是前来旅游、观光、猎奇的人并不全是奔着滇越铁路的历史来的，而是因为此处是电影《芳华》的拍摄外景地。蒙自曾经是中越边境自卫还击作战部队集结的地点，碧色寨在当时曾作为部队的包扎所和运输伤病员的重要通道。车站专门设置了一个展馆，外墙上贴着《芳华》的巨幅电影海报。应运而生的旅游项目是穿着电影里的服装体验一回剧中人，租衣服的摊位前水泄不通。而对面的百年滇越铁路图片展览馆游人稀稀落落、门可罗雀。我从门前经过时，工作人员正在伸着懒腰打哈欠，露出后牙槽一颗黑乎乎的蛀牙。

云南铁路博物馆的碧色寨模型与蒙自真实的碧色寨在墙上的同一个位置，都有一座一模一样的三面钟，它们也都停滞在了相同的时间点上。钟表可以停止转动，但时间不会。低头看一下我的腕表，秒针正在不知疲倦地滴答向前。

第二次世界大战，对世界政治格局产生了深刻影响，滇越铁路也随着中国历史命运的改变发生着改变。第二次世界大战结束后，1946年2月28日，中国外交部与法国驻华大使分别代表两国政府在重庆签订《中法新约》，废止了1903年清朝政府与法国政府签订的《滇越铁路章程》，由中国赎回法国对滇段铁路80年的经营管理权限。直到1949年中华人民共和国成立后，滇越铁路才回到了人民的怀抱。

大家还记得在一楼大厅那张电子地形图上的那两条白色的线路吗？一条是滇越铁路，另一条就是这个展区的个碧石铁路。修筑滇越铁路，法国人用一种不可抗拒的方式让云南人被动感知到科学技术的巨大力量。滇越铁路通车后，个旧出产的大锡靠马帮驮至碧色寨装车，各种矿用设备和生活物资又需要靠马帮驮回。蓬勃发展的大锡生产与落后交通间的矛盾日益突出。辛亥革命后的1913年，在时任云南总督蔡锷的支持下，个碧石铁路股份有限公司成立，个旧矿主和沿线乡绅纷纷捐资入股，意欲自主修建一条铁路。最初，个碧石铁路为官商合办，后因代表官方的滇蜀铁路公司线路迟迟无法动工，因此退股还民，个碧石铁路遂成为一条民办铁路。个碧石铁路选择了600毫米寸轨轨距，全长177公里，直到1958年收归国有；1970年蒙自至宝秀段改为米轨，其中的33公里寸轨线路未进行扩轨改造，一直保留运营至1990年底停止运营。

云南铁路建设史上也有“烂尾楼”工程，一条是从云南西出缅甸的跨国“滇缅铁路”，另一条是北起四川叙府（宜宾）、南至云南昆明的“叙昆铁路”；前者是由于时局变化未能如愿全线竣工，后一条则是因为种种原因停建。

1966年，云南第一条标准轨铁路贵昆铁路建成通车，翻开了云南铁路崭新的发展篇章。之后，成昆、南昆、广大、昆玉、内昆、大丽、昆玉河等标准轨铁路相继建成通车，云南铁路实现了从窄轨铁路到标准轨铁路的历史性转变和跨越，铁路的整体装备水平得到了快速提升，生产能力和运输质量发生了翻天覆地的巨变。成昆铁路全长1083公里，是中国西南地区铁路网的重要骨架。是由原铁道兵10个师的工程部队与沿线人民一起展开的艰苦卓绝的宏大工程，是人类在险峻复杂的山区建设高标准铁路最为艰巨而成功的范例。中国的成昆铁路、美国的阿波罗宇宙飞船和苏联的第一颗人造卫星是人类在20世纪创造的三项划时代的伟大杰作，同时被授予了“联合国特别奖”。

2015年1月20日，习近平总书记视察昆明南站建设工地，标志着云南铁路融入和服务于国家“一带一路”建设，进入了路网扩展和运输生产快速发展的新时期。2016年12月28日，沪昆和南昆客运专线通车运营，云南迈入高铁时代。

这个字，您认识吗？李志明的激光笔对准了展板上的一个字。

爨 cuàn。

徐老师真是博学！

哪里！不过是近几年醉心书法，看过《爨龙颜碑》和《爨宝子碑》的碑帖罢了。“二爨”是南碑瑰宝，在中国书法史上地位极高。

我也正想说这个，全国高铁站名是统一使用隶书字体。因为《爨龙颜碑》和《爨宝子碑》在曲靖，所以曲靖北站的站名字体有别于其他高铁站名的字体，采用爨体书法字形，是全国唯一的，独一份。

在国家批复的《中长期铁路网规划》中，云南省列入中长期规划的有重庆至昆明高铁、攀枝花至大理等18个项目，规划建设规模按省份划分位列全国第二。未来五年，云南铁路运营里程将超过5000公里，其中高铁运营里程达到1200公里以上。届时将构建形成昆明、大理“两个枢纽”，王家营西、山腰、瑞丽、磨憨“四个口岸”，打通中老、中缅、中越“三条国际通道”，逐步形成以昆明为中心，滇中城市群1小时覆盖，大理、蒙自、文山、昭通2小时通达，丽江、保山、临沧、普洱、西双版纳3小时抵达的“三大交通服务生活圈”，将逐步实现2018年滇中地级市通高铁，2021年云南省经济人口大州市及旅游重点区域通达高标准铁路，2025年云南省全部16个州市通铁路的“三通目标”。预计到2030年，“三横四纵”云南铁路网布局将全面形成。

这些铁路建成通车后，云南铁路将成为沟通内地长江经济带发展和泛珠江三角区域合作的经济大走廊，也将成为连接南亚、东南亚和西亚国家并沟通太平洋、印度洋的运输大通道。云南与内地经济联系与合作将更加紧密，云南面向世界对外开放和交往将更加通畅。

最后，我要用一句话来结束这次讲解：云南铁路的明天更美好！讲解到此结束。谢谢参观！

注疏2：旅行家老徐与作家老徐之河口

红河奔流至河口，与南溪河交汇，再往下便过境入越南老街，穿越南而入海。作家老徐迈着军人步履，矫健前行，小助手且行且吟紧随其后。老徐临河远眺，喃喃自语：鸡鸣两国红河流，翻遍旅行家老徐游滇记，未对东出境有一语片言。

须臾间，助手已至身边。先生问，此处海拔仅76.4米，你的家乡黄河入海口海拔多少？

先生，只有10米。

两个河口隔着万水千山，八千里云和月，我们一路追随旅行家老徐的屐痕，也算替他到此一游。

既到此处，可否听我说说河口？助手一改不言不语的模样。先生端起盖碗吹开茶沫，轻啜一口，细听端详。

在没有跟随先生行走之前，对于河流的归宿，我想当然地认为是万折必东。就像我最熟识的黄河，点滴起源，茁壮成长，一路奔涌一路咆哮，穿山，越川，曲折蜿蜒，抵达我的家乡，黄河入海口。

黄河到了入海口，看上去有点虚脱，所以她慢下来，喘口气，只是慢下来喘口气而已，行走的漩涡依然一个接着一个，看上去虽然小小的，但却盛满了恶意。我从小在黄河岸边长大，放羊的老人每每看到我在岸边松散的泥土边徘徊，一定大声叱责甚至恶言恶语地咒骂。我曾经恶作剧地拿泥巴丢他，也曾经趁他不备把他赶羊的木棍抛进浑浊的河水里。直到有一天，岸边吃草的羊儿失足跌进了大河的漩涡里，连声“咩咩”都没有，就没了踪影。老人追着大河，跌跌撞撞地跑了几十米，才看到羊儿浮出水面，静静地浮在河面中央，一动不动，随着大河皈依大海。

追随先生之后，看旅行家徐先生万里遐征，爬奇树、登怪石、穿飞瀑、望流云，燃松拾穗，走笔为记，朝碧海而暮苍梧，始探得金沙江乃长江正源，用一部《溯江纪源》修正了《尚书·禹贡》“岷山导江”的上古误论。而我的老师您，花甲之年带我行走山河，游历名山大川，让我得以一睹人间奇观三江并流，怒江、澜沧江、金沙江，江水并流不交汇，像界限分明的三兄弟，一奶同胞，却各有各的归属和未来。原来，并非每一条河流都万折必东，甚至每一条河裹挟的河沙都有自己的肤色。我的黄河，她抖落的是一片金黄。怒江则像一块流动的翡翠，她的沙砾色泽介于黑灰之间。最艳丽的，当属我们眼前的红河沙，殷红如血。

每一条河流入海的地方都有一个河口。我来自黄河口，那里有黄蓝交汇，黄河九曲十八弯汇入渤海；这里的红河口红蓝相融，拥红河入怀的是如天空般湛蓝的南海。这两条河，无论来处是平原还是高原，归宿都是大海。

先生，我们也各有来处，又将去向何方？

夜宿客栈，喝几口河口泡酒，微醺，吟诗一首为注。

咏栾树

夜来朔月悲嗟叹，
晨起栾花遍地金。
六道轮回谁是客？
木心一颗古由今。

卷二

太阳当顶

普洱，思茅，普洱

《普洱》是本书

普洱杂志社布置得古朴典雅，临窗是一张原木的茶台，茶席上有一个建水陶碗，碗里盛着清水，水中央浮着一朵花。花开五瓣，花心是鸡蛋黄的黄，向外延展的花瓣乳白——煮熟凝固的鸡蛋白的白，气味芬芳、清雅怡人。社长罗洪波告诉我们，这是鸡蛋花，也叫好男人花，因为没有花心。

喝什么茶？这声问询或多或少有几分客气，在普洱杂志社，还能有其他的选择吗？

到了普洱杂志社，自然是要喝普洱茶的。

生普还是熟普？

单选还是多选？

都可。

我们是在昨天的夜幕中抵达普洱市的。行进的途中，为了今天上午的采访，一个接一个拨打电话，一个人又一个人地对接，才在预定的时间，造访了中国普洱茶唯一专业杂志的编辑部。

喝着普洱，翻阅着《普洱》。唇齿间是普洱，秋水间亦是《普洱》。这本从2006年8月创刊的杂志，最初是双月刊，后改为月刊。走过丙戌、丁亥、戊子、己丑、庚寅、辛卯、壬辰、癸巳、甲午、乙未、丙申、丁酉，到今年的戊戌年，《普洱》刚好十二岁。

十二岁，一本豆蔻年华的书！铜版纸的精美印刷摩挲在指端，如少女丝绸般顺滑、娇嫩的肌肤。

徐老师，可不是哟！《普洱》杂志的前身是《思茅文艺》，1979年就创刊了，快四十年了。豆蔻年华转身之间，变成风姿绰约的妩媚娇娘。

1979年的时候，脚下的这片土地还是思茅地区。2003年10月30日撤销思茅地区，设立地级思茅市。2007年1月21日，思茅市更名为普洱市。罗洪波端着茶盏，若有所思。其实更名不确切，用“恢复”更准确一些。普洱茶是因产于普洱而得名，那么，普洱的地名一定是早于普洱茶的历史的。从普洱到思茅再回到普洱，是回归本源。

一本2006年8月的《普洱》创刊号摆在了我们的面前。

浅茶色的封面，一只50毫升的双层玻璃品茗杯盛着绛红的茶汤，杯子的阴影是颜色愈加醇厚的浓茶色。《大对接：普洱茶重返欧洲》《李拂一：茶界泰斗，傣学专家》《“野茶”不如“家茶”好》《普洱茶能支撑一个产业吗》《那个叫甘普尔的法国人》。这是一本参与性广泛的杂志，从参与度来说，普洱茶专家学者、企业家、爱好者，包括国内、国际的各方面人士都参与共同办刊，这一点便决定了《普洱》杂志丰富多元、包容兼蓄的气质。虽然是12年前的创刊号，每一篇文章背后的故事，罗洪波仍能如数家珍地讲出来。原本在仕途上前景光明的一个人，主动放弃官场诱惑，一心投入一本杂志的编撰，除了真心热爱，还能找出其他的理由吗？

《大对接：普洱茶重返欧洲》是《普洱》杂志“独家关注”栏目首期推出的第一篇重头稿件，由专栏记者周重林与特约记者张海律一起采写，包括“从哥德堡市来的木帆船”“浮出海面的百年陈香”“茶马古道与海上丝绸之路完美对接”“一幅美好画卷”“普洱茶全球化的一种可能”五部分，既有新闻事件追踪报道，也有历史回眸，更有深度探讨与分析。《普洱》创刊的十二年里，最初设置的栏目几经调整，但“独家关注”直到今天仍旧是保留栏目。

“茶为国饮，普洱当先。”云南是普洱茶的故乡，是全国的产茶大省之一，茶园面积居全国第一位，茶产量全国第三，是世界上公认的茶树原产地中心和天然基因库。茶产业是云南传统优势产业，在经济社会发展中扮演着重要角色。《普洱》创刊的2006年，云南茶园面积300多万亩，茶叶产值近100亿元。16个州（市）的129个县（市、区）中，15个州（市）的110个县（市、区）生产茶叶。全省从事茶叶生产经营的总人口1000多万人，其中茶农600多万人，是云南经济作物种植中涉及人口最多的产业之一。

罗洪波说，《普洱》杂志最初的定位是：一本以普洱茶为主体的茶饮文化的时尚类杂志，一本市场化的专业性杂志，一本普洱茶界权威读物。由上而下地推广普洱茶，把握普洱茶既有的经典性，又兼顾普及性；整理既有的普洱茶文化，又创造和引领一种普洱茶的生活方式，以人文地理的方式联结普洱茶的草根文化和时尚文化；以普洱茶产业为依托，服务于产业，得益于产业，既是普洱茶的产业文化，又是普洱茶的文化产业。

2018年第三期《普洱》“独家关注”的视角聚焦于《清朝，普洱茶的大时代》。罗洪波解释说，发轫于明朝的普洱茶，从康熙五十五年（1716年）首次走进清宫，并在18世纪中叶迎来了鼎盛，登上了当时的中国名茶殿堂，前后繁盛了200多年。19世纪中后期，近代中国开始衰败，到19世纪末，曾是中国“茶瓷丝三位一体”，代表和象征着传统中国至高无上的政治、经济、文化优越地位之一的整个中国茶都开始衰落，消退了昔日的无限荣光，失去了在世界茶叶贸易上的主导地位。《从云南山野到紫禁深宫》《清代，普洱茶的血脉与归属》《普洱，贡茶时代的绝响》《普洱茶，清宫里的芳华岁月》《乾隆五十八年，他在西藏邂逅普洱》《清末民初普洱茶对外贸易点滴》《倚邦，那条走得到清朝的石板路》《普洱茶的形态寻源》。组这样一组稿件，策划团队需要提前几个月甚至半年的时间，才能将“独家”做到独一无二，才能将“关注”分析得鞭辟入里、入木三分。

《普洱》耗时十二年，构建起了一个完整的普洱文化体系。作家雷杰龙说，《普洱》杂志做到了为普洱复魂和造势。古韵流香茶企的副总柯锋则说，《普洱》杂志是了解普洱的“人民日报”。《普洱》发行范围覆盖中国大陆及港、澳、台地区，马来西亚、新加坡、印尼等南亚东南亚国家也都有《普洱》的读者俱乐部。

纸媒衰落已是不争的事实，关于纸媒是否会消亡的讨论也是各执一词，有没有影响到《普洱》？

影响肯定是有的，这是大环境。《普洱》最多的时候一期发行量五万份，现在缩减了，但我们有定点投放，覆盖机场、地铁、楼盘、茶企、茶市场、茶馆、茶餐厅，我们还有电子版，也有网站、微信公众号、读者俱乐部网点。从2015年开始，与加拿大《茶之旅》网站开始合作，在全世界范围内推广普洱茶文化。适者生存，发行量虽然减少了，影响力反而是扩大的趋势。《普洱》是一本书，一本期刊，但它又不是一本单纯意义上的期刊。从地理上来讲，《普洱》杂志的源头是普洱；作为载体而言，它承载的是茶文化，既是普罗大众柴米油盐酱醋茶的开门七件事，更是中华优秀传统文化，是形而下的生活基础也是形而上的精神象征。这样一本书，只会越来越厚重，不会越来越寡淡、单薄。

2018年初，老挝丰沙里省省委书记、省长坎坚·翁坡西率党政代表团到普洱市进行工作访问期间，慕名到普洱杂志社参观。他说，以往都是看杂志，今天终于到了杂志社，一本书带动了喝茶方式，推动了南亚东南亚产业的发展，不仅盘活了普洱当地的茶资源，也带动了老挝的茶产业发展。他一定要对《普洱》这本书说声“谢谢”。

罗洪波笑得志得意满。

是不是对自己这十二年来的工作非常满意？

罗洪波摇了摇头，起身引领我们离开茶台，转到另一张桌子前烧水，熟练地为我们冲煮了一壶咖啡。

啵！因为它。普洱不仅仅有茶，还有咖啡。世界三大饮品——茶、咖啡和可可，普洱得天独厚，坐拥其中的两种。这些年，每年我们都组织“茶山行”活动，连续十年向国内外推介云南茶。茶农是最直接的受益人，十年前与十年后，他们的生活变化非常大，收入明显提高，但咖农的生活几乎没有变化。要知道，云南咖啡占中国咖啡产量的98%，从世界咖啡产区来看，云南恰好处于精品咖啡的生产纬度。2012年12月10日，中国果品流通协会命名普洱为“中国咖啡之都”。2014年10月，云南国际咖啡交易中心在普洱成立，面向咖啡等农产品及工业原料提供大宗商品的现货交易、拍卖、电子交易及收储、仓储物流服务。

罗洪波伸出双手，左手是一片茶叶，右手是一粒咖啡豆。《普洱》是一片叶子，我们要再做一本杂志，是承载这颗豆子的《咖啡》。这项工作我们筹备了半年之久。

现在国家对期刊报纸的审批非常严格，新增的可能性非常小。我真诚地说出了我的看法。

我们刚刚参加完2018中国（武汉）期刊交易博览会，正在积极与国家新闻出版广电总局新闻报刊司接洽。尽管尝试不一定能赢，但如果放弃，结果一定是输。只要还有1%的可能，我们就要做100%的努力。退一步讲，如果新刊号不能如愿以偿获得审批，我们还可以把现在的12期《普洱》分一半给《咖啡》。

罗洪波自诩是一个不花心的人，十二年专注于一本杂志，不离不弃，常情、专情，且十分用情。为了《咖啡》，他说可以破例一次。

做一片叶子，向一颗豆子出发！

端起罗洪波精心冲煮的普洱咖啡，果然，味道好极了。

走进世界咖啡殿堂的元年

离开普洱杂志社，普洱咖啡协会副秘书长黄许俊指引我们前往云南国际咖啡交易中心。

远远就看到中心门口有两位高大、英俊、帅气的男士。美人如玉可入画，玉树临风的少年郎自然也能撑起一道风景。黄许俊介绍说，气质儒雅戴眼镜的叫王巍，1984年的，甘肃人，是市场部经理。健硕一些的那个叫黄钟议，是土生土长的普洱人，90后，在行政部负责外勤工作。

一楼大厅空荡荡的，没有貌美如花的前台。王巍说，中心是2014年揭牌的，当时是叫云南咖啡交易中心，运营两年后，增加了“国际”二字，更名为现在的云南国际咖啡交易中心。中心三楼最初是咖啡交易所，类似于股市的交易大厅，各地的咖啡采购商会来这里进行现场交易，后来逐渐被电脑、手机的便捷交易取代了。现在的情况是，用户无论在哪里，只要登录交易平台，就可以实时关注动态，随时进行线上交易，不用再到中心来了。最近也不是咖啡收获的季节，所以交易中心看起来比较冷清。

“世界咖啡种植带主要介于北纬25度到南纬30度，包含了中、西非，东南亚，太平洋，拉丁美洲，加勒比海的许多国家。咖啡的种植集中于此带状区域，原因是受到气温的限制。咖啡树非常容易受到霜害，纬度偏北或偏南都不适宜，只有热带及亚热带地区为宜，此地区的热度和湿度是最理想的。中国咖啡产区主要在云南、海南。云南省咖啡种植面积达180余万亩，产量约13.9万吨，占全国咖啡总面积和总产量的99%以上。其中，普洱市咖啡种植面积达77万亩，产量5.4万吨，居云南省第一位。”黄钟议站在由图片、图标与文字组合而成的五颜六色的展板前，字正腔圆地向我们介绍。

一年你们需要接待我们这样的来访者大约有多少？

太多了。我们没有统计过，咖啡交易中心的定位就不仅仅是一个企业做的事情，而是整个咖啡产业链，从某种程度上来讲是服务政府做产业链。

在来的路上，我们向黄秘书长求证云南国际咖啡交易中心的性质，是政府部门还是民营企业，隐约觉得中心的业务范围有着些许政府部门职责的痕迹。

我们是企业，这是毋庸置疑的。省政府非常重视我们这个项目，把我们确定为云南省十大国际交易场所之一，是唯一不在昆明市的。我们之所以将交易中心设置在普洱，当然是基于普洱是云南咖啡的主产地。我们做的事情很多是产业链上的事务，比如跟各级政府对接，最高要对接到商务部。

展板的尽头是一间恒温恒湿的样品储存室。

王巍建议我们伸手触碰一下储存室的玻璃，果然，凉凉的。王巍说，里面储存的是最近一年每一批从交易中心成交的咖啡豆的留存样品，这是建立咖啡追溯体系的基础。这些样品都要在这里储存一年，一年之后更新一次，因为贸易的追诉期为一年。一堵厚厚的墙，手贴在凉凉的玻璃上，凝神静气，把自己想象成暗黑里一颗被妥帖保管的咖啡豆。许是屋里的冷气让我心生悲凉，总觉得储存室里的咖啡豆有几分楚楚可怜。它们无法像其他的同类一样，被烘焙，被冲煮，激发出自在的本质的芬芳，只能被冻龄在狭小逼仄的样品盒里，即便能保鲜，又有何意义？

它们的意义非常大，它们就是咖啡豆的身份证，携带着本批次固有的基因密码。不管出现任何问题，都可以通过它追溯当时的产品信息，拿它来做参照对比，再一步步向源头追溯，供应商是谁？哪片庄园？什么树龄？什么品种？一旦启动追溯，里面这些样品豆的重要性就体现出来了。

咖啡树当年种植，当年就能开花结果，只是量比较少，基本要三年才能够稳定产量，二十年左右进入衰老期，一般在第十八个年头产量就会出现下降，就必须要砍掉重新种植。所以世上会有千年古茶树，百年咖树却是难得一见的。据说，在大理州宾川县平川镇的朱苦拉村有几十棵百年咖树，还能开花结果，那只是个例，能明证云南的咖啡种植历史有百年历史，对于集约化、规模型咖啡种植而言，一旦咖啡树过了盛花期、盛果期，价值就不大了。我们会存普洱茶，品味时间沉淀的陈香，但是没有人喜欢有陈味的咖啡豆。

眼前的王巍俨然是一个咖啡行家，其实他也不过才入行短短一两年。2016年之前，王巍一直在从事房地产行业，机缘巧合，离开原来供职的企业来到锦苑集团。10月份入职的时候，仍旧是在锦苑花卉旗下的地产公司做地产项目，也就是现在的云南国际咖啡交易中心精品咖啡加工园区。12月，他从园区招商部调到市场部担任经理，从那时起，才得以近距离地接触咖啡。

常言道“距离产生美”。这句话却不适用于咖啡，离得远，雾里看花的时候，不会被咖啡吸引，但只要走近了，习惯了它的香气、适应了它的滋味，就会对它着迷、上瘾，欲罢不能。

为什么咖啡文化在世界范围内会碾压茶文化？因为茶文化是中国的，而咖啡文化是世界的。一种文化，一种理念，被大多数人接受的前提条件是普适价值，而不是过分强调它特殊的属性。所谓民族的就是世界的，有时真的是悖论。只能在某一个时间段内博取眼球，终归还是小众，而咖啡是世界语言。这是王巍关于咖啡的心路历程。他先是学习取得了国际咖啡品鉴师证书，又学了咖啡师、烘焙师，系统学了冲煮，用他自己的话说就是“让自己快速成为咖啡产业的一分子”。他还笑言，自己现在很想戴着草帽下产区、下基地去跟咖农学习种植和加工技术，让自己成为第一线的咖啡从业者。

中国人的咖啡文化普及是从电视广告开始的，最先是“麦氏咖啡滴滴香浓，意犹未尽”，再到“雀巢咖啡味道好极了”，然后是“我不在星巴克，就在去星巴克的路上”，大多数人对咖啡的初始印象都是从速溶开始，觉得苦是咖啡的本味，加糖加奶是天经地义的事情。

实则不然，你看！王巍指着咖啡烘焙机对我们说，在对咖啡品质做鉴定的时候，要把豆子做中度烘焙，设定指标烘焙色值58、63，它是能够找到咖啡好与不好的一个标准点，既能找到咖啡的不好的部分来鉴定它的品质，又能发现它独特的风味。咖啡馆一般也会做几种烘焙度的产品，最常见的有两种，一种是浅烘焙，倾向于还原风味型咖啡的香气和酸度，在咖啡馆喝的手冲咖啡，大多数都是做浅烘焙或浅中烘焙。还有一种是深度烘焙，专门做加奶的浓缩咖啡，那个咖啡豆的颜色会比较黑且油脂丰富，因为要保证香气的醇厚。王巍做了一个非常西式的耸肩动作，说，我就是被不苦反而饱含莓果花香的云南咖啡一路吸引着走到了这里。

2017年伊始，SCAA（美国精品咖啡协会）、SCAE（欧洲精品咖啡协会）的合并终于开花结果，新协会为SCA（精品咖啡协会）。

王巍口中的“这里”指的是经SCA认证的云南国际咖啡交易中心咖啡杯测教室。

2018年上半年，中心与SCA达成协议，被SCA授权成为指定的首席培训学校，课程分为两类：一类是面向消费市场的从业者，一类是针对咖啡质检从业人员。在已经结束的培训课程中，王巍发现了一个很有意思的现象：原本他以为对这类课程感兴趣的主要是咖啡从业者和咖啡产区从事生产加工的人——学员名单里也的确有这两类人群，但是主体居然是咖啡爱好者，来自全国各地；有些爱好者甚至是十八九的小姑娘、小伙子，刚刚高中毕业，趁着假期来学习。

王巍自己也参加了国际咖啡品鉴师的培训课程，在班上结识了一个来自昆明的学员，细聊之后得知对方是一家知名IT公司的老板，因为平常喜欢喝咖啡，遵循“知其然知其所以然”的理工男天然属性，看到课程后第一时间就来报名学习。后来他跟王巍成了无话不谈的朋友。这个学员的案例，王巍也跟市场部的同事们一起探讨过，究其原因与近年来中国咖啡消费市场不断上涨的势头呈正相关趋势。

离开杯测教室，我们来到了昔日人声鼎沸、如今空荡荡的咖啡交易大厅。大屏幕上不停滚动着在交易平台上实时完成的买进与卖出，既有个人，也有企业。王巍说，能在大屏幕上显示的最小的成交量是一袋咖啡豆，60公斤，低于这个量级的交易不在上面显示。

屏幕上一晃而过的一个交易提示，虽然没有确切看清楚，但有一点我敢肯定，那个咖啡豆的产地不是云南，不是中国。难道云南咖啡国际交易中心除了云南豆之外，还交易其他产地的咖啡豆？

您可能误会或者是曲解了我们的定位。云南国际咖啡交易中心只是设在云南普洱，覆盖的却是南亚东南亚。我们是除了纽约咖啡交易中心、伦敦咖啡交易中心之外的全球第三大咖啡交易中心。我们正在跟埃塞俄比亚政府洽谈，通过云南国际咖啡交易中心，实现国与国之间的直接贸易。以前埃塞俄比亚的咖啡豆进到国内是转港贸易，用不了不久，埃塞俄比亚咖啡豆就会出现在大家面前的这块大屏幕上，还有越南的咖啡豆将来也会进入到我们的交易平台。

这么有信心？

那当然。

因为中国已经成为2018年全球精品咖啡博览会的主题肖像国。

每年4月举办的全球精品咖啡博览会，是全球精品咖啡产业领域最具影响力和指导性的活动，由SCA主办。会有来自全球范围的咖啡专业人士出席，迄今为止已经成功举办了30届，是咖啡领域的盛典，更是全球咖啡行业的风向标。

在每届展会上，主办方会选定一个咖啡生产国作为官方的主题肖像国进行重点推荐和宣传，主题肖像国则成为当年博览会的核心，被指定的主题肖像国能够在长达一年的时间内，在SCA的协助下面向全球消费市场进行宣传和推广。在国际上，被授权成为主题肖像国是咖啡生产国的最高荣誉，主题肖像国将定位为世界精品咖啡产业的领导者。

云南国际咖啡交易中心连续三年参加了全球精品咖啡博览会。第一次参展的时候，王巍还没有入行。他听同事说，三年前，当中国咖啡第一次出现在展会上时，全世界的咖啡人都很惊讶——中国竟然还有咖啡；才知道原来在中国有一个地方叫云南，出产着全中国98%的咖啡，而其中有一半以上竟然是出口到全球各地的。第二年参展的时候，已经开始有人主动到展台前品尝云南咖啡，并且能够给出一些正面客观的评价；但谈及贸易时，对方便三缄其口。对于云南咖啡，国际买家更多的是抱着观望的态度。到了第三次参展，就有了很大的改善。国外的进口商和烘焙商开始抛出橄榄枝，尝试与云南咖啡进行合作，寻找贸易渠道。王巍分析说，这种变化最主要的原因是云南的咖啡品质和稳定性有了很大的提升，分数已经和一些成熟产区的咖啡不相上下，并且有自己的特有风味展现。这些变化都是得益于几年来连续不断地走出去学习与交流，引入先进的加工处理技术和成熟的机器设备。

有一件事情让王巍至今印象深刻，有一家世界知名的烘焙企业在仓库里面看到了中国云南的咖啡豆。他就按图索骥，一个展位一个展位地找，直到找到中国的展位，最终达成合作意向。这让前去参展的团队信心大增，自信爆棚。那一届最大的收获就是与国际大型咖啡零售商唐恩都乐（美国）达成的多维度合作协议，合同涉及咖啡生豆供应、质量检测品控、烘焙加工、渠道拓展等多个板块，是唐恩都乐在境外合作金额最多、合作内容最广的合作协议；标志着云南咖啡已经全面进入国际咖啡连锁机构的供应链中，云南咖啡的影响力已经渗透到全球最大的咖啡销售市场中。

从2015年开始，云南国际咖啡交易中心就积极申请，终于在2017年8月份等来了好消息：SCA董事会同意云南国际咖啡交易中心的申请，确定2018年4月SCA第三十届全球精品咖啡博览会的主题肖像国为中国。以云南咖啡为代表的中国咖啡正式踏入国际咖啡行业，这是中国咖啡国际地位提升的转折点，中国咖啡产业从此跻身全球咖啡产区之林。2018年成为云南咖啡走进世界咖啡殿堂的元年。

走出云南国际咖啡交易中心已近中午，正是太阳当顶的时刻。

米古卡些：哈尼拉祜头人归来

汇合咖啡店在普洱市永平路茶马古镇A区门口。

我们为什么会来这间咖啡店呢？起因很简单。离开云南咖啡国际交易中心之后，吃罢午饭，按照事先设定的行程，我们即将前往下一个采访地点——磨憨口岸；然，内心总觉得有点小遗憾，采访王巍时，他说过普洱有一群特别年轻的咖啡从业者和爱好者，他甚至觉得普洱咖啡的希望就在他们身上。一直陪同我们的普洱咖啡协会副秘书长黄许俊知道我们想采访90后咖人，总是一副欲言又止的表情；后来，终于撩了一下额前的刘海，下定了决心，对我们说：哎呀！举贤不避亲，我推荐我女儿接受你们的采访。

汇合咖啡馆迎门摆一张高台大桌。左侧是布艺沙发的咖啡饮品区，右侧是一尊根雕茶台，摆布了一圈壶、杯、盏。店面虽不大，却是茶咖俱全。

大桌再往里一些，就是咖啡师马阳倩子的领地。板寸，做中性打扮，秀丽的五官，整个人英俊帅气得雌雄莫辨。

黄许俊领着我们熟门熟路地长驱直入。彼时，她的女儿李依玲正埋头在咖啡店后面的烘焙机房里烘焙咖啡豆，只闻其声不见其人。两道茶之后，李依玲忙完了她的工作，弥散着一身咖啡豆的香气坐在了我们面前。

清汤挂面式的齐耳短发，黝黑顺滑，橘色亚光口红，眼神不躲不避。银质的大圆环耳饰游来荡去，与洒脱随性的主人相映成趣。不明艳，却风情万种。

你有少数民族血统吗？

嗯，我妈妈是哈尼族。

1993年出生的李依玲从小受母亲黄许俊的影响，对茶和咖啡有着天然的热爱。大学毕业之后，任家人怎么规劝，也说不动李依玲报考公务员。主意大过天的小姑娘执意自己创业，要开一间咖啡馆。黄许俊拗不过女儿，只得同意。李依玲与母亲打了一个赌：如果咖啡馆一年之内实现收支平衡就继续经营，如果一亏再亏就乖乖听话，服从家里的安排；实在不想考公务员，最起码也要找份工作。

很快李依玲就发现：当咖啡仅仅作为一种爱好的时候，的确很美好，也很享受；但转换角色成为做咖啡的咖人，把美好和享受通过自己的手传递到他人的手中，当爱好变成职业，就不再是一件轻松的事情了。李依玲铆足了劲要跟母亲顽抗到底。她使出浑身解数投入到与咖啡相关的一切学习中去，黄许俊调侃女儿，要是早有这个学习的劲头，清华、北大都考上啦！

就如同小马过河中的"河"，河水的深浅随着参照物老牛和松鼠的不同而不同，李依玲与小伙伴的白象咖啡馆的经营状况没有设想中的那么好，也没有母亲黄许俊预设的那么糟糕。作为妈妈，黄许俊最终还是忍不住出手相助，浸淫咖啡行业多年，人脉资源相对深厚。李依玲跟着母亲推荐的几位业界前辈做咖啡爱好者和咖农培训，在课堂上修正自己对咖啡冲煮的认知；去咖啡田里，蹲下身子，脚踩大地，轻嗅咖啡花香，静待一颗青果从绯红到绛紫，摘一颗，亲自尝尝青涩味、酸甜味和甘甜味。2016年，李依玲到云南咖啡国际交易中心系统学习了咖啡品鉴，2017年又去进修了烘焙课程，开始尝试自己处理生豆。她开着车，寻遍普洱的咖啡园，只为找到自己中意的豆子。在这个过程里，她义务帮咖农做咖啡豆杯测，一传十、十传百，"做咖啡豆杯测就去找板傈"成了许多咖农的口头禅——"板傈"是李依玲的网名。

一年后，白象咖啡馆搬迁到永平路，改为汇合咖啡，一方面是因为之前的房租过高，直接面向消费者出售单杯咖啡的模式获利单一；另一个原因是李依玲他们有了新的经营计划，开始涉猎咖啡原料销售。

这是我们注册的品牌，米古咖啡与卡些咖啡。

米古？卡些？

我妈妈是哈尼族，所以我对哈尼族的历史特别感兴趣。哈尼村寨的宗教头人“儒玛”，也叫“纠玛”“厄阿玛”“米古”“龙巴头”。哈尼族认为“儒玛”生前为族人驱鬼辟邪，死后灵魂也会在暗中福佑村寨。每年农历的二月份，都会为已经去世的头人举行祭祀。祭祀的仪式就由现任的头人主持，非常热闹，像节日一样。米古，就是哈尼族头人的意思。

那卡些也是头人喽？

对呀，是拉祜族头人。

你妈妈是哈尼族，那谁是拉祜族呢？

是我的一个阿姨。历史上，“卡些”“卡列”制度是拉祜族古老的政治、军事制度，是村寨“卡”的政治、行政军事组织形式，这种制度在经济上以游猎游耕生产方式为基础，社会结构上与双系大家庭制度相适应。“卡些”“卡列”作为“卡”的领导者、指挥者操持着村寨的政治、经济、宗教、军事大权，成为社会生产生活机制运行的核心。

咖啡师端过来两杯咖啡：一杯是米古咖啡，卡蒂姆水洗豆，中深度烘焙；一杯卡些咖啡，卡蒂姆日晒豆，中度烘焙。

米古、卡些这两个咖啡品牌是请人策划的吗？

不是，是我们团队自己头脑风暴来的。

汇合咖啡四人组，最大的是1987年的咖啡师马阳倩子，然后是负责销售的1990年的杨秋湖；最小的叫李庆，还在云南民族大学读书，她主要负责对接咖啡种植园。

你怎么看待团队？

团队就是一起做事的人，分工不同，目标一致。李依玲眨着眼睛，大地色的眼影衬着顾盼生姿的双眸，灵动活泼。婚姻也是一个团队。她斜睨了一眼低头饮茶的黄许俊。妈妈就没有守护好她的团队。

那对你有影响吗？你还会相信爱情吗？

李依玲笑得乐不可支。怎么会呢，每年八月都会有很多的明星分手啊，网上到处是“再也不相信爱情”的说辞，其实跟我们有什么关系。就好像咖啡喝进自己嘴里，滋味只有自己知道。妈妈的团队解体是她的事，至少我们现在的汇合战队很好啊！我们每个人都在尽心尽力守护它。

“普洱咖啡·全球共享”首届普洱国际精品咖啡博览会期间，举办了首届SCI（可持续咖啡学会）普洱咖啡全能团队赛。大赛由普洱咖啡协会和SCI联合主办，炬点咖啡承办。大赛评委团由16名评委组成，分别来自新加坡、俄罗斯、泰国等十余个国家。参赛队伍13支26名选手，一名烘焙师和一名咖啡师为一个团队。比赛包括五项技能比拼，烘焙师需要完成杯测、烘焙和配对，而咖啡师则需要完成冲煮和意式咖啡。

李依玲和马阳倩子组队参加了比赛。

这个比赛不单单是要看一个人的技术，更重要的是考验团队的配合，烘焙师与咖啡师的默契。我要给六种咖啡豆打分，从其中选出我的咖啡师要用的豆子，然后再烘焙。我还要做咖啡配对，就是五杯咖啡是用三种咖啡豆冲煮的，其中有两个两杯是一样的，一杯是不一样的，我要把相同的两杯找出来完成咖啡的配对。这就是烘焙师的杯测、烘焙和配对三项比赛。还是挺容易的，因为平时就一直在从事这个工作，比赛选用的六种咖啡豆都是我们普洱产区生产的豆子，咖啡园我几乎都走遍了，对这几种豆子都很熟悉。

第二天的比赛就是她负责了，李依玲指着马阳倩子。

我们和第一名相差0.05分。是我的失误，在制作牛奶咖啡和意式浓缩的时候，那个机器我以前没有用过，超时了，被扣了比较多的分。酷酷的马阳倩子寡言少语，除了安静地做咖啡，余下的时间就是同手里的手机对话，不知道那里面有什么宝藏如此吸引她。

在我们即将告辞离开的时候，一个红衣少年推门而入。李依玲介绍说，他就是杨秋湖，汇合战队中唯一的男性。唇红齿白的阳光少年，让人忍不住看一眼再看一眼。普洱地灵，是故人杰频出。上天还真是眷顾这片土地，一片叶子，一颗豆子，还有这么多美好的妙人。

米古头人与卡些头人的故事已经汇入历史的长河，停留在老人们的记忆里，深埋进历史典籍中。所幸，头人们有优秀的后人，让他们在香醇的咖啡香气中御风归来。

给你们拍一张照片吧！时间在刹那永恒。

四个人端坐在靠近门口的大桌前，黄许俊和杨秋湖离镜头近一些，李依玲和马阳倩子分别在他们的身后。这样也对，在这个团队当中，黄许俊作为李依玲母亲的自然属性悄然隐遁，她的角色是普洱咖啡行业的导向引领；杨秋湖负责贸易，他自然要站在最前面；作为烘焙师的李依玲与咖啡师的马阳倩子是与咖啡亲密接触的人，她们所在的位置也无可厚非。眼前的四人组合，忽然与长途跋涉西行取经的师徒四人有了数量上的勾连。一番番春秋冬夏，一场场酸甜苦辣，他们是否也在内心诘问：路在何方？

翻山涉水，两肩霜华，风云雷电任叱咤。翻越哀牢山，跋涉澜沧江，敢问路在何方？路在脚下。

一个彝人的四十年

李文圣是普洱人，这是他的故事，是他在陪同我们采访的路上，断断续续讲给我们听的。李文圣说，2018年是改革开放四十周年，他正在计划写一篇以时间为脉络的纪念文章，这一路给我们讲他的故事，权当是动笔前先口头打个草稿。

【一九七八年】

1978年12月18日至22日，党的十一届三中全会召开，拉开了全国改革开放的序幕；1962年出生的李文圣正在读高中，置身校园的懵懂少年对什么是改革开放并不理解。彼时的普洱市景东彝族自治县交通不便，信息闭塞，春风并没有在第一时间内抚慰这座掩映在无量、哀牢群山中的小城。

不过细心的李文圣还是发现了诸多细微的变化。1980年夏天，景东县商业局下属的食品公司供应单位和城镇居民的副食品多了起来，开始有四川的烟熏肉、腊肠了。县粮食局供应的大米也是从四川运来的，听说有人在买到的大米中发现了一张纸条，上面写着“送给云南大懒汉”。消息一传十、十传百，但认真探究起来，其实谁也没有看到那张所谓的纸条。终于能吃上大米了，不再像以前只供应粗粮了。李文圣的父亲在景东县委组织部工作，一家人靠父亲的饭菜票在食堂打饭吃，过去每周只能吃一次回锅肉，后来每周能吃到两三次大葱炒肉。最让李文圣记忆深刻的是那一年他吃过的一种鱼。冰冻，无头，没有鱼皮。解冻后，或红烧或油炸，滋味鲜美。那是改革开放后，第一次在景东县看到、吃到外来的水产品。多年之后，李文圣才知道，那种鱼叫黄鳍马面鲀。

县城周遭的农村，人们的生活也在悄然发生着改变。每逢赶街的日子，市场交易的品种多了起来，大牲畜、农产品，鸡鸭、禽蛋和服装一次比一次多，再也不用藏着掖着了。人来人往，摩肩接踵，热闹的街市再也看不到曾经雄赳赳、气昂昂割“资本主义尾巴”的基干民兵的身影。农村的亲戚隔三岔五捎来消息，村里谁谁酿酒啦，谁谁养猪啦，还有谁谁做生意、搞工程啦；像雨后的春笋一样，村里冒出来一个又一个的能人，眨眼之间成了“万元户”“十万元户”。

日子一天比一天好过了。

【一九八二年】

1982年8月，李文圣师范毕业，被分配在景东县小学任教。此时已是改革开放的第四个年头了。

街上流行喇叭裤，追赶时髦的青年男女都去烫头发，女的大波浪，男的也是一头羊毛卷。录音机成了文艺青年的标配。大街小巷都听得到邓丽君的甜美歌声，《小城故事》《甜蜜蜜》《何日君再来》，一曲又一曲，循环播放。景东县总工会的录像厅里轮流放着功夫片，不是“昏睡百年／国人渐已醒／睁开眼吧／小心看吧／哪个愿臣虏自认／因为畏缩与忍让／人家骄气日盛……”的《霍元甲》，就是“依稀往梦似曾见／心内波澜现／抛开世事断仇怨／相伴到天边……”的《射雕英雄传》。

1983年，景东县城下了一场百年不遇的大雪。大雪过后，天空湛蓝，空气清新得让人舍不得呼吸。走在雪后初霁的路上，李文圣神采激昂，他的心情就像歌里唱的一样，“光荣属于80年代的新一辈”。

学校里也有新气象，一些在“文化大革命”中被打倒、被冤枉的老干部、老同志得到了平反。落实政策后，他们重返工作岗位，李文圣所在的学校来了一位被平反的老教师。这位老人，在被打成反革命之前，曾经是景东县一个小学的校长，戴着“反革命”的帽子在边疆的农场整整劳作了二十年。五十多岁的老教师，多年的劳动改造侵蚀了他的身体，但老人很乐观，对工作充满热情。老教师是举家从边疆搬迁回来的，家有芳华正茂的女儿。千里姻缘一线牵，几年之后，老教师的女儿与李文圣情投意合。老教师成了李文圣的老丈人。申请结婚的时候，单位一位深受“唯成分论”影响的领导语重心长地劝他：“文圣啊，你可要想清楚，这姑娘的老爹是反革命，将来有可能会影响你的前途！”在李文圣的一再坚持下，单位才给他在结婚登记介绍信上盖了章。

李文圣的婚礼上，那位领导始终没有出现。

这一年，景东县城又有了新鲜事。海峡对岸的台商带着资金和技术返回云南老家兴办企业，又是一茬的雨后春笋，台资企业、合资企业、乡镇企业一家连着一家，层出不穷。

日子一天比一天红火起来。

【一九九二年】

转眼之间，李文圣参加工作十年了。这十年里，李文圣搬了家，住进了单位分配的新房，家里添置了电视机、洗衣机，添了人口，有了儿子，小日子过得有滋有味。最大的变化是，李文圣换了工作，从一名小学教师转岗为景东县委宣传部的宣传干事、景东县电视台的记者。

1992年中秋节的前一天，李文圣再次面临工作调整，从景东县电视台调往昆明公路管理总段担任党委宣传部宣传干事。对李文圣而言，这一次的调整，是他真正意义上地走出大山，新岗位、新同事、新领域，一切都是新的。

昆明公路管理总段管养着昆明市、安宁、晋宁、呈贡、宜良、禄劝、嵩明、路南等范围的国省干道和安宁至石林高等级公路，尤其是石安高等级公路。这条公路的通车，结束了云南没有高等级公路的历史，被称为“云南第一路”。

石安公路配有公安路政、收费监控和管理养护等机构，对云南来说，高等级公路管养工作是个全新的领域，尤其是征收道路通行费被社会诟病为“留下买路钱”。一些不愿意缴纳通行费的驾驶员，千方百计地冲卡逃费，暴力冲卡事件频发，后果严重，几个年轻的收费员为此献出了宝贵的生命。

李文圣说，他当时的工作是负责昆明公路管理总段的对内对外宣传。彼时的昆明总段宣传设备比较简陋，李文圣借助当初在电视台与省级媒体建立的渠道，尽最大所能地向外推送总段的电视新闻。1992年9月至12月，在云南电视台播发了五条电视新闻，在全省交通行业对外宣传中保持了最高的自采稿件上稿率。

1993年元旦刚过，李文圣做了一个11万元的新闻采编设备采购预算，包括摄像机、编辑机、监视器和播音员培训等设备及项目，尽量做到与云南电视台接轨。总段领导看了预算，皱着眉头说："你李文圣厉害呀，一刀就宰了我11斤钱（1斤1万元）！"话虽这样说，但字还是签下去了。采编设备更新迭代，鸟枪换炮，自从有了新设备，总段宣传工作更有起色了，除了源源不断地给云南电视台、昆明电视台提供稿子外，李文圣还利用机关职工大院的闭路电视资源办起了总段自办电视节目。1993年总段召开职代会，经过精心筹备的总段自办电视节目正式开播，干部职工反响热烈，领导也说"这钱没白花"。

日子一天比一天精彩。

【一九九七年】

1997年初，李文圣离开昆明总段，到玉元高速公路建设指挥部工作。从公路养护转到高速公路建设，李文圣在这个领域里一待就是20年。李文圣说，这20年，他亲眼见证了云南高速公路建设经历的起步、成熟和发展的整个过程。

1986年7月，云南第一条高等级公路石林至安宁公路开工建设，1990年12月29日建成通车。1992年，邓小平南方谈话掀起了中国改革开放的新高潮，也掀起了云南交通建设的新一页。交通部出台了"贷款修路，收费还贷"政策，云南省政府随即做出"大干三年，基本完成六条干线公路改造任务"的重大决策；省财政每年拿出5亿元资金用于公路建设，拉开了打通以昆明为中心，辐射景洪、曲靖、罗村口、河口等通边、出省、入海重要通道建设的序幕。

1996年10月，云南省第一条高速公路，昆明至嵩明高速公路建成通车，云南实现了高速公路零的突破。由于高速公路的安全舒适和方便快捷，提升了社会各界对修建高速公路的认知程度。此后，相继开工建设的有昆明南过境高架公路，楚大、玉元、昆玉、曲陆、大保、玉江、鸡石、通建等十条高速公路建设项目；全省高速公路完成建设投资362.38亿元，是“八五”时期的五倍，一年完成的投资就超过“八五”时期的总和，突破了百亿元大关。国家实施西部大开发战略后，云南再次抓住机遇，确立了建设旅游大省、民族文化大省和国际大通道三大战略，2002年11月提出以“三纵三横”“九大通道”为主的云南高速公路建设目标。

李文圣说，这一时期的云南公路建设有几个特点：开工项目多，环保、生态压力大，技术难度大，科技含量高。元磨、砚平、平锁、高海、安楚、思小、水麻、昭待、昆明东绕城等十三条高速公路相继开工，曾经出现过一天开工七条公路，不到半年时间通车十几条高速公路的喜人局面，云南高速公路里程不断地向上累加。

1996年到2006年的十年间，李文圣先后参加了南过境高架桥、玉元、昆玉、昆石、蒙新几个项目建设，用手中的相机和肩上的摄像机拍摄、记录项目的建设过程。2006年5月28日，云南省公路开发投资有限责任公司成立，李文圣从原东部公司转岗到公路投资公司。随着工作平台的扩大，使得他有更多的机会转战于全省各高速公路施工项目，尤其是在云南综合交通“三年攻坚”中他一年有三分之二的时间在出差，因而手中保留了大量的相关影像资料和文字资料。2017年8月，云南公路开发投资公司转型升级为云南交通投资建设集团有限公司。2017年底，云南全省高速公路通车里程已经超过了5000公里。

日子一天一天在路上。

【二〇一八年】

李文圣五十岁那年，决定去报名学开车。驾校的工作人员拿着他填写的表格：“您可要考虑清楚，年纪有点大；我们不是包过的班，考不出证来，学费可不退！”李文圣觉得自己赶上了好时代，学会开车，可以带家人去寻找诗和方向，可以更好地享受生活。他对自己的学习能力非常有信心。学车过程轻松、愉快，理论考试96分，电子新九项一路过关斩将，乐得带他的教练一个劲地感叹收了一个“好学生”。拿到驾照，李文圣买了车，行驶在自己曾经参与建设的高速公路上，那种心境，不是每个人都能有幸体会的。

李文圣有个计划，退休之后，他想开车拉着老伴，把自己修过的云南高速公路都走上一遍。第一条首选就是小磨高速。

在李文圣陪同我们外出采访之前，他刚刚航拍过正在改扩建中的小磨高速。

对大多数人来说，蓝天是用来仰视的，但对于李文圣来讲刚好相反，他的视角是俯视，从高高的蓝天上，俯视脚下棉花似的云团，锦绣河山尽收眼底。

1998年3月，云南一家影视制作单位邀请李文圣去航拍滇西北高原风光。阳春三月，昆明一派明媚春光。然，滇西北高原却是银装素裹。航拍乘坐的是Y12型小飞机，为了方便拍摄，机组将舱门卸掉，把李文圣牢牢固定在舱门口，不能站立，只能跪着拍摄。飞机起飞了，鹤庆坝子秀美的风光呈现在镜头前，宽畅的坝子炊烟袅袅，田里的油菜花仿佛是舒展在田野里的一块块金色地毯，村庄在镜头里变成了一个个美丽的小方格。那次航拍，李文圣拍摄了丽江古城、玉龙雪山、金沙江、虎跳峡、香格里拉和长江第一湾。航拍非常成功，下飞机的时候，他的双腿已经不会动了，是机组人员把他抬下了飞机。从那以后，李文圣无可救药地喜欢上了航拍。

1999年，配合昆明’99世博会宣传，李文圣航拍了昆玉高速公路、玉元高速公路。2002年5月2日，李文圣在航拍南过境高架桥和正在建设中的昆石高速公路时意外地拍到了宜良68道拐，照片被《美国国家地理》《中国国家地理》《中国交通报》《春城晚报》等媒体采用；国际权威公路专家认为宜良68道拐是“世界上最弯的公路”，是“最有意义的发现”。这张照片当年获得全国晚报摄影特等奖，2014年“大美中国”交通摄影金奖。

从1998年到2018年的二十年间，每年李文圣都要航拍几次，从出差坐的大飞机到Y12型小飞机、直升机、飞艇、动力三角翼。随着无人机的兴起，他又创造了全新的无人机航拍方式，对全省所有的高速公路都进行了航拍。

2016年1月8日，李文圣作为云南交通投资建设集团有限公司代表之一参加了在北京举行的国家科学技术奖励大会，受到习近平总书记和其他党和国家领导人的接见。李文圣将此视为是对自己一生最高的褒奖。

日子一天比一天有获得感。

注疏3：旅行家老徐与作家老徐之普洱

大道熙熙，半个中国的游客都沿着这条大道去普洱朝山、入西双版纳泼水，作家老徐亦然。彼环古滇国而行，在此地竟然随性地拐了一道弯，向南，入晋城盘龙寺。在作家老徐的记忆里，旅行家老徐曾在此小住。

伫立山门，风光极佳。一条蟠龙盘亘其岭，环绕寺上。入寺，拾级而上，蓦然回首中，远眺，寺的正北方有一小山，作屏，屏中隐有一条锦鲤横卧，再远处则是五百里滇波碧波。天蓝如镜，作家老徐暗自思忖，当年旅行家在此逗留，是为古滇国的风景停留，还是对寺中的镇寺之宝，那一梅一茶情有独钟?

那梅原为唐代高僧所种，一株白梅高约数丈，树径须两人环抱，老干频发新枝，生点点绿萼。究千年不绝之原因，自然得益于彩云之南的风拂雨沁，云润雾蒸。而那棵茶树则早已枯死，空余一枯朽躯干，诉说着岁月的久远。

遥想旅行家老徐在梅树下听雨、茶树下观云，远眺哀牢山。小憩数日后，他朝哀牢山走去，那是彝人土司领地，遂止于红河之源，踅返，向西入大理国。

作家老徐曾三次抵达那个叫思茅或普洱的地方，于空中，于陆上，于水道。如果真的想了解一个人，走他走过的路，吃他吃过的食物，看他看过的风景，是抵达他内心最近的路径。

作家老徐是真的想了解旅行家老徐。

盘龙寺

盘龙寺舍访名僧，
听雨观云会友朋。
茶树孤芳魂识去，
寒梅不语看衰兴。

澜沧江，还有一个名字叫湄公河

澜沧江向南再向南

那一年早春，昌都达马拉冰雪如盖，我随一代封疆大吏阴法唐从昌都寺下来，伫立于一座铁索桥上；扶栏上挂满了经幡，风马旗鼓荡，如诉的天语，飘向了遥远的香巴拉。

阴法唐老人指着桥下的湍流说，杂曲、昂曲相汇处就是澜沧江的源头。

这就是流过我老家门口的澜沧江！忍不住惊叹，它的水流怎么如此平缓？

两座铁索桥横跨杂曲、昂曲，两桥分三坝，北为四川坝，南为云南坝，中间则为昌都镇。四川的马帮从北道的达马拉下来，云南的马帮从南道的邦达下来，在昌都镇的澜沧江源头迎面相会、擦肩而过。

看，那里有一尾鱼，在逆流竞渡呢？

作为一尾鱼，澜沧江是个不错的家。

我的家源头在青海唐古拉山，源头海拔高达5200米，全长4909公里，虽然不比黄河阿姨家的九曲十八弯，但也穿青海、经西藏、流云南，在西双版纳傣族自治州勐腊出境。

在傣语里，澜沧江的发音是“南兰章”，意为“百万大象繁衍的河流”。没错，路过野象谷，我们经常会收到大象让我们去它家里做客的热情邀约。

从勐腊出境，我家就成为老挝与缅甸的界河，流到这里，要换一个名字：湄公河。再经老挝、缅甸、泰国、柬埔寨和越南，在越南胡志明市汇入南海。作为百川归海的一条大江，澜沧江没有万折必东的属性，她的归宿是向南，再向南。

在云南，有个旅居了二十年的法国人裴逸风，他公司的LOGO上就有我的家——澜沧江。他说我的家一江连六国，是“东方多瑙河”。

头顶有太阳的时候，我们在江里徜徉；周围一片漆黑的时候，我们在江里跳跃。澜沧江就是我们的镜子，无论是日光还是月光，都可以借来揽镜自照。习惯成自然，没有光、只有黑的时候，仅凭内心的光，我们也能观心自在、照见自己。从发源地到入海处，佛光普照，江里的每一条鱼或多或少都有些佛系。

原本我们在自己的家里生活得非常愉快，无忧无虑。直到2015年11月12日，澜湄合作首次外长会议在中国云南景洪成功举行，我们家的宁静算是彻底被打破了。中国、泰国、柬埔寨、老挝、缅甸、越南六国外长就进一步加强澜沧江-湄公河国家合作进行深入探讨，达成广泛共识，一致同意正式启动澜湄合作进程，宣布澜湄合作机制正式建立。会议还发表了《关于澜湄合作框架的概念文件》和《联合新闻公报》。

彼时，我们还没有意识到那份《联合新闻公报》将会对我们的未来产生怎样的影响。虽然依照惯例，鱼族还开会传达学习了。

我一向是学习最积极的，所以我到得最早。自我介绍一下吧！我是中国结鱼，也有人喊我“红翅膀”“红结鱼”。腰肢像鲅鱼一样紧实的傣族姑娘用傣语叫我“巴良”。我自己最喜欢的名字是“红吉罗”，觉得只有这个名字才配得上我遗世独立、妖娆无双的姿容。别看我个头不大，我体内的力量并不小，那些拿着诱人的鱼饵来垂钓、对我垂涎三尺的人，对付他们我还是有几分心得的。但再狡猾的狐狸也斗不过好猎手，作为鱼，纵然我绝顶聪明，面对渔人的一张大网时我也只能束手就擒。在马来西亚的餐馆里，食客们称我“忘不了”——好吃得让他们忘不了，当然了，价格也贵得让他们忘不了。

紧随我进来的是丝尾鳠，平时我都是叫他白须公鱼。他的马来西亚名字是Baung，我没有语言天赋，发音老是不准；每每喊他这个名字，就被他耻笑一通。他比我长得高大，味道也比我鲜美，是云南顶级河鲜之一；所以他的族群一天比一天萎缩，已经接近濒危。这回看他鱼眼无神，胡子又长了许多，想必是愁的吧！

叉尾鲶与大口鲶的体型很像，我一直分不清楚，反正对没有我美的鱼，我都懒得多看一眼。

花鲈鲤也来了！这家伙在我眼里就是个头大无脑的傻子，仗着自己身量足、游得快、鱼头硬，平素里一贯逞凶斗狠，欺负弱小。人类看准了这一点，就用“路亚”对付他。我家有句俗语：大鱼吃小鱼，小鱼吃虾米。路亚钓的原理很简单，就是我们鱼界的食物链的规律，“路亚”就是拟饵，即人工制造的仿生小鱼、小虾和昆虫。花鲈鲤这个傻子，每次都会上当！

红鳍方口鲃，傣语名“巴飞”。红鳍方口鲃应对捕捞的方式就是向上游退缩，敌进我退，三十六计走为上计，也不失为良策。

最后到场的是云南四须鲃，当地人叫他“尖嘴鱼”，傣语名唤“巴扎”。要说他比我漂亮，我是心服的；若论稀罕程度，对他我也是没话说。算是服气得五体投地！怎么才能让人类理解云南四须鲃的美妙呢？用个比喻吧，他就是我们澜沧江的“鱼界彭于晏”。

再次看到这尾鱼在澜沧江里跳跃，是在蔡希陶创办的云南植物研究所旁的江边。那是一个黄昏，距离泼水节越来越近了。凤尾竹下，橄榄坝的傣家女儿身姿妙曼，挑着竹篓款步而行，如孔雀欲舞。澜沧江边晚浴，卷着筒裙渐次融入江水，夕阳斜射下来，映着她们的飘飘长发和麦色肌肤，每个女人都是一条美人鱼。

忽然，我听到了鱼的一声叹息。我捕捉到了那喟然长叹里的沉重。夕阳在喋血，湄公河变成了一条血色之江。

2011年的湄公河惨案，其惨烈程度，不仅惊诧了人类世界，也让我们鱼界惊恐万分。根据真实事件改编的电影《湄公河大案》，我们也看了。彭于晏真的是太帅了，足以与我们的四须鲃相媲美。随后启动的澜沧江六国联防也在情理之中，澜沧江上游水流缓慢，下游水流湍急，莫管缓慢与湍急，水面上的行船与旅人，水下的游鱼，平安共生才是所有生灵共同的祈愿。

我的家，澜沧江-湄公河水系，是世界第六长河，亚洲第三长河，东南亚第一长河。我们鱼类之丰富，仅次于亚马孙河水系。然，自从澜沧江-湄公河航道开通以后，船只往来频繁，打扰了我们鱼族的生活环境。

澜沧江一路向南，再向南，滔滔江水裹挟着“一带一路”倡议，滋润着沿江的花草树木、飞禽走兽与万物之灵长的人类。

2018年1月10日，澜沧江-湄公河合作第二次领导人会议在柬埔寨首都金边举行。此次会议的主题是“我们的和平与可持续发展之河”，会议发表了《澜湄合作第二次领导人会议金边宣言》，为澜湄合作机制指明未来十年发展的进程。

我的家，澜沧江，“我们的和平与可持续发展之河”。

这个“我们”中有我们吗？

我也曾动过绮念，幻想着勤学苦练，早日羽化成仙。凭我红吉罗的美貌，一定能幻化成一时无两、天下无双的女娇娥。我要去勐腊县职业高级中学学汉语，将来当一个作家，著书立说，写鱼族的时代变迁、爱恨情仇，为鱼界代言。

我的想法遭到了家人取笑，他们说我太不关注娱乐动态，1949年以后开始修炼的动物已经被取消了成精的资格，让我别做白日梦了。

本来我还不是十分地伤心，可恶的大口鲶张着大嘴讥讽我：还真把自己当美人鱼了！丑人多作怪，她这是对我美貌赤裸裸地嫉妒。鱼群散去，失望与失落的双重打击让我号啕大哭，趴在岸边的礁石上吐了一下午的泡泡，直到太阳把余晖洒落在江面上，金黄中泛红，像我的尾鳍，也像我哭红了的眼睛。

水面之上是人类的世界，自有他们的秩序，水面之下的我们，也有我们的规则。有水处便会有鱼。躺在澜沧江妈妈的臂弯里，听她的喃喃细语，每一个生灵，都要面对与环境的矛盾、与族群的矛盾、与自身的矛盾。水中的游鱼，天上的飞鸟，岸上的人类，概莫如是。倘若谁能够解决了这三大矛盾，就能够称其为伟大。

你想做一条伟大的鱼吗？

低头做认真思索状。

你身下的这片土地，你身处的这条大江，你的家园，正在努力尝试着应对、解决这三个关系，披荆斩棘，一往无前。

头枕着澜沧江涛，怀揣美梦，沉入梦乡。一条大河，流淌着千年的梦想，前方不远处就是244号界碑。

湄公河流向南中国海

过了中国、老挝、缅甸三国交界处的244号界碑，澜沧江便改称湄公河，奔腾南去，最终汇入南中国海。

说完这句话，李映青停顿了一下，喝了一口茶。

李映青是《中国日报》云南站的站长，她在《中国日报》中文网“天下”开设有专栏。一头爽利的短发，几道深深浅浅的皱纹，在额头、在眉梢、在眼角和嘴角，每一道皱褶里都有光阴的痕迹和时间的香气，盛放着深邃的思考，掩映着记者的犀利与悲悯。

这些年，李映青一直密切关注澜沧江-湄公河动态，多次跟随中国、老挝、缅甸、泰国湄公河联合巡逻执法舰船采访，把这条时而风云激荡、时而波谲云诡、时而静水深流、时而温顺如羊的万古江河客观呈现在世人眼前。

与我相比，李映青是幸运的。囿于身份的限制，我无法像她一样在这条河上自由穿梭，启用六识，感受这条大河。

好在，映青不但是个优秀的记者，更是一个会讲故事的人。一杯茶，几个故事，足以慰风尘，足以酬答浮生半日闲。

云南省，西双版纳州，勐腊县，西南方向100公里处，澜沧江畔，关累港。

这里是中南半岛腹地和东南亚诸国经湄公河进入中国的第一个码头，也是澜沧江上不受国内梯级电站影响可全年通航150吨货轮的港口。关累港距景洪港仅83公里，陆路更是四通八达，可以与老挝、缅甸、泰国直接进行贸易合作与交流，既是通道也是集散地。

“关累”是傣语，意思是追赶金鹿的地方。关累港南与老挝陆路相连，西与缅甸隔江相望。极目环顾，绿水青山，原始森林茂密。沿中缅界河顺流而下，21公里处就是中国、老挝、缅甸三国交界的244号界桩。

1997年，重庆河运学校毕业的肖清虎报名来到湄公河上跑船，与他一起的还有26名同班同学。那时的关累港只有几间茅草房，抽完一支烟的工夫就能在港上转悠两圈。仅仅过了三年，2000年4月，中、老、缅、泰四国交通部门在缅甸大其力共同签署了《澜沧江-湄公河商船通航协定》，2001年6月26日正式通航。关累港作为湄公河次区域国家经湄公河进出中国的第一港，蕴含商机无限。闻风而动的商人先来了，依河而生的船员紧随其后也来了，于是乎，饭馆开张了，旅店营业了，百货店开业了……忽如一夜春风来，千树万树梨花开，眨眼之间，关累港从几间茅草房变成了一个繁华街市。

涅槃的不仅仅是港口，还有河道。对于河道的变迁，肖清虎有着切身的体会。

1976年出生的肖清虎是四川安岳人，回忆起当初到关累港的缘由，他说是临毕业分配时，听校长说在西双版纳有一家船运公司，专营国际航运，跑一趟船，至少要经老挝、缅甸、泰国3个国家，很有发展前景。恰青春年少，对驾船出国、异域风情心怀憧憬和向往，包括肖清虎在内的26个心里揣着不安分、做着通江达海梦的巴蜀年轻人相邀相伴来到了西双版纳。

茂盛的棕榈树，挺拔的椰子树，秀丽的凤尾竹，妩媚的鸡蛋花，燃烧的凤凰花，如锦的三角梅，空气中弥散着香蕉的芳馨和芒果的香甜，这里山青水碧、天光澄明，的确有别于巴蜀山水，别有一番景致。驾船出国境，经老挝、缅甸水域直插“金三角”，沿途停靠缅甸万崩、老挝孟莫、泰国清盛等码头，满眼都是东南亚异国风情。

让肖清虎始料未及的是，当初校长给他们推荐这家船运公司时只说了美好前景，只字未提航道艰险。肖清虎用了一个非常形象的比喻来形容湄公河的航道，他说，在长江里开船好比是走高速，在湄公河上行船就如同走钢丝。

彼时，湄公河航道尚未疏浚，肖清虎平均一个月跑一个航次，多半会遭遇各种各样的意外，要么触礁，要么搁浅。

时至今日，肖清虎依然清晰地记得一次航行，那一次，大大小小的事故遇上了四回。第一回在青苔滩，出关累港不到50公里，撞歪了舵轴，打不了满舵。接着过楠累河，撞了一个矿泉水瓶大小的口子，不算严重，简单处理后不影响航行。一个小时之后，在过一处S形弯道时，操控已受影响的船体又撞出一个方桌大小的窟窿，又是一通忙活，抢修堵漏。返程也不太平。路过霸王滩，遇上一条搁浅的货船，在营救对方时船舵突然失控，像匹脱缰的野马一般撞向岸边，船底又添一道口子。一路跌跌撞撞，有惊无险地返回关累港后，肖清虎才长舒了一口气。

湄公河从关累港经老挝、缅甸水域到“金三角”的航道并非天然形成，而是靠船体撞出来、试出来的，是一条名副其实“闯出来”的航道，这是肖清虎最真实的感受。他说那感觉有点像鲁迅先生的名言：“世界上本没有路，走的人多了，就成了路。”湄公河上本没有航道，行的船多了，便有了航道。

自20世纪90年代开航后，湄公河上的商船越来越多，尽管航道危险重重，也没有阻挡住水运淘金的人们。从最初的两家西双版纳国有船运贸易公司到“百花齐放”，短短数年间，澜沧江-湄公河的航运日渐繁忙。

根据中国、老挝、缅甸、泰国达成的协议，自2000年起对湄公河河道进行疏浚。疏浚工程完成之后，船舶触礁、搁浅等事故发生频率大幅减少，还实现了全年通航的目标。

2003年，肖清虎和几个同学从国有公司跳槽出来单干。最忙的时候，他一年要在关累港和泰国清盛码头之间往返20多次，中国的机电产品、玩具、运动用品、日用百货、水果、新鲜蔬菜顺流而下，老挝、缅甸、泰国的橡胶、木材、热带水果、干果则逆流而上，汇聚云南，继而销往其他省市。繁荣的航运带来了巨大的财富，“一艘船能富一家人”的说法在湄公河流域不胫而走。澜沧江-湄公河成了货真价实的“黄金水道”。

然，“黄金水道”并不太平，相比暗礁与激流而言，最可怕、最凶残的还是人心的黑暗与贪婪。有关数据表明，2007年至2011年间，湄公河上共发生针对中国商船的各类抢劫、敲诈、勒索案件35起，造成15人死亡、31人受伤，经济损失上百万元。

2011年，肖清虎先后四次遭劫。最凶险的一次，几艘小艇把他的船逼停，几个蒙面人端着枪上来，拿枪抵着肖清虎的脑门，冰凉彻骨，匪徒威胁他“不许动，不然就开枪”，来人打着搜查毒品的幌子翻箱倒柜，把船上值钱的货品搜罗一空。几次三番折腾下来，肖清虎深觉自己无法承受这顶着枪口讨生活的船上营生，与妻子商议后，回妻子老家勐海买了片橡胶林，当胶农去了。

割胶的日子无风无浪，波澜不惊。安逸闲散的日子一晃半年。

2011年10月5日，两艘中国商贸船在湄公河“金三角”水域遭劫持，13名中国籍船员被枪杀。

一天早上，肖清虎接到了朋友的电话，说：王建军不在了。

王建军是肖清虎重庆河运学校的同班同学，是一个宿舍的舍友，是睡在肖清虎上铺的兄弟，是“10·5”惨案中被残忍杀害、抛尸河中的13名中国籍船员之一。

肖清虎的胸口像压了块石头，堵得他难受。他瘫坐在沙发上，既惊恐，又庆幸，为老同学伤心难过，命运的不公令他愤怒，世事无常又让他觉得无助和沮丧。

“10·5”惨案发生后，中、老、缅、泰四国政府达成共识：没有安全和秩序，就无法维持湄公河航道的繁荣。四国一致同意合作查清“10·5”案件，通过联合办案、专项治理等手段确保案件查办进展，并建立四国执法安全合作机制，尽快开展联合巡逻执法。

不久，肖清虎又接到一个电话，对方自称是云南公安边防总队的工作人员，询问他是否有继续回关累港开船的意向，如果想回去，第二天一早8点到景洪市参加统一体检。

晚饭后，肖清虎抱着试试看的态度对妻子说出了内心的想法。妻子的反应让他又惊又喜，妻子说：回！当然要回去，这是积福积德的大事，不但你回去，我也陪你一起回去！

夫妻二人连夜骑摩托车赶往景洪，参加翌日一早云南公安边防总队的体检与政审。一路过关，三十五岁的肖清虎成为云南省公安边防总队水上支队的一员。

2011年12月9日，中、老、缅、泰湄公河联合巡逻执法联合指挥部在关累港码头揭牌，标志着四国执法警务合作新平台正式建立。揭牌当天，云南公安边防总队水上支队也正式成立并举行誓师大会。这是中国公安边防部门第一支承担国际河流联合巡逻执法的队伍，与老挝、缅甸、泰国执法部门共同开展湄公河联合巡逻执法，确保湄公河航运安全。

次日10时30分，三颗信号弹闪耀天空，中、老、缅、泰湄公河联合巡逻执法首次巡航正式启动。简短的仪式结束后，五艘联合巡逻执法船依次解缆，护送着十艘货船起航出发。汽笛声声，沉寂快两个月的关累港恢复了往日的热闹，澜沧江-湄公河国际航运恢复通航。

湄公河国际航道水流湍急，险滩、急弯众多，联合巡逻执法首航正值冬季枯水季节，有的河段水深仅一米多，稍有不慎，船就可能搁浅。从中国关累港到泰国清盛港之间的河道共有险滩、浅滩100多处。每当遇到险滩激流，巡逻执法船总是先行试水，在确定可以安全通过的情况下，再引导后面的商船逐一小心通过。夜间船队停泊时，巡逻执法船停在最外围，将十艘商船守护在里面，并由四国武装执勤警察在外围执勤警戒。白天航行时，四国联合巡逻执法船随时与联合指挥部、商船互通信息，掌握最新动态，密切注意河道和两岸的情况变化，时刻保持高度警戒，确保商船和船员安全。

11日下午，十艘中国商船安全抵达泰国清盛港码头，同样沉寂了两月之久的泰国清盛港码头也恢复了往日的繁忙。

13日16时40分许，参加中、老、缅、泰澜沧江-湄公河联合巡逻执法首航的中国巡逻执法船顺利返航，回到始发地中国关累港码头。

中、老、缅、泰四国联合巡逻执法首航成功，第二次、第三次……最终形成常态。时光流转，“黄金水道”繁荣再现。

再次回到湄公河航道上开船的肖清虎心态有了些许变化。以前开民船，他最怕的是搁浅和触礁；现在开巡逻艇，民船却成了他的最怕。航道沿途，老挝、缅甸的民船都是小小的“香蕉船”，稍不注意就可能被巡逻艇掀起的浪头打翻，不但要保障船民的生命安全，财产安全也要设法保全。

刚刚开始执法巡逻时，将防范武装袭击放在首位。湄公河两岸，大大小小近20支各种地方武装。然，自从开展联合巡逻以来，不管是大的队伍还是散兵游勇，再也没人敢驾上快艇、端上冲锋枪劫船勒索。尤其是随着“10·5”大案的侦破，揪出了幕后黑手糯康犯罪集团，随着糯康残余势力的逐步肃清，河面上的妖风恶浪慢慢平息，湄公河流域变得越来越安全。

2014年，景洪电站和糯扎渡电站相继启用，湄公河流量调控能力明显提高，水位相对更为稳定，船只搁浅事故相应减少。

肖清虎的巡逻艇上挂着一幅关累至清盛航道情况示意图，不同的颜色标注着不同航段的危险程度——从关累至楠勇河口是绿色，虽有地方武装活跃，但总体太平；从挡石栏到相腊滩为黄色，属管控不力河段；而三颗石至孟莫，则用红色标明此为高危河段，“10·5”惨案即在此发生。每每开船路过此地，肖清虎都会鸣响汽笛，告慰那13位昔日同人以及同窗好友王建军。

2018年9月2日，澜沧江-湄公河客运定期航班开通，在中国景洪（关累）港和泰国清盛港之间，国内外游客乘坐着每周二至三个班次的游轮，实现“一日游四国”的愿望。相比传统的陆路旅游模式，水路旅游更加经济安全、灵活高效。澜湄水路、昆曼公路环游“金三角”国际旅游不仅缘于澜沧江-湄公河的自然风光和人文特色，还得益于“一带一路”倡议得到沿线、沿边国家的认同，得益于勐腊、磨憨、关累公路、水路前沿通道优势，得益于中、老、缅、泰四国联合巡逻执法的安全保障。水陆连运环游“金三角”是西双版纳、云南国际旅游、边境旅游的新名片，也是对云南旅游的延伸和拓展。客运定期航班开通前不久，350吨货船“嘉富”号首航景洪至泰国清盛，改写了澜沧江-湄公河国际航运载重吨位在150吨至250吨之间的历史，至此，澜沧江-湄公河航道改善取得了突破性进展，这条“黄金水道”的人流和贸易更加便利化。

“黄金水道”再现生机，离不开中、老、缅、泰四国的通力合作。这合作的背后，离不开执法队员从细节上培养的互信与尊重。

碰到哪国的商船，执法检查就以哪国为主，这是主权问题，来不得半点含糊。相互配合，联合指挥，这是安全问题，更需要协调。像肖清虎这样的一线执勤官兵上岗前，都接受了外事礼仪培训。老、缅、泰都信仰佛教，禁止赌博，自从成为云南省公安边防总队水上支队的一员后，联合巡逻执法期间，肖清虎等中国官兵从未在公共场合打过一次扑克。

互信与尊重是合作的基础，在这个基础之上，中、老、缅、泰四国的执法合作越来越顺畅。第三次巡逻，缅方和泰方指挥官登乘中方执法船。第四次巡逻，老、缅、泰都派员参加，泰方为巡逻编队补给油料，中方首次登乘缅方执法船。第十次联合巡逻后，四国已固定每月开展一次联合巡逻执法。

中国、老挝先后在老挝孟莫、班相果建立了联络点，便于联络查缉、应急救助。无论是在孟莫还是在班相果，中、老士兵都能流畅地交流，老挝士兵会说一口流利的汉语，那是中国每年为四国联防举办的中文培训班结出的累累硕果。云南省公安边防总队水上支队对中国官兵也有硬性的外语学习制度，每名队员要求至少会说50句老挝日常用语。

肖清虎轻声说了一句老挝语，他说这是句老挝谚语的意思是：“一根木桩围不成篱笆，一村人不协力建不好村寨。”

年轻的老船长

多年的记者生涯给予李映青最大的馈赠就是纷繁的人间故事。这使得她在讲述的时候像极了《一千零一夜》中美丽自信的桑鲁卓，妙语连珠，绘声绘影。但凡有机会聆听她讲故事的人，都有可能成为迷醉在她魅力中的“山努亚”。

桌上的茶汤散发着清洌异香，第一道茶黄，第二道茶红，第三道茶最香醇……六道轮回，茶汤又回到最初的色泽。

云南西双版纳关累港的清晨是属于晨雾的，天地朦胧，一片迷蒙。汽笛尖啸，裂帛般撕破江雾，惊起澜沧江两岸的水鸟无数。这是第53次中、老、缅、泰湄公河联合巡逻起航仪式，四国共派出7艘执法船、190名执法人员，总航程预计500多公里。

8点45分，7艘执法船顺流而下，从中国关累港出发，经老挝、缅甸，目的地泰国。

参与巡航的53902号艇驾驶舱里，一位身形瘦削、面庞清瘦的男子正全神贯注驾驶着船。他眼神专注，密切观察着前方水域，一边操作、一边给站在他一侧的小战士演示、讲解。小战士一脸崇拜，拿着笔记本和笔，男子讲一句，小战士就记一句，唯恐错过一丝一毫。

男子名叫谭建华，是云南公安边防总队水上支队53902号艇的一名船长。

1976年，谭建华出生在重庆市万州区。沿江而生的谭建华没怎么学就已经会凫水了，几乎是靠近水的瞬间，仿佛天注定一般，一股与生俱来的冥冥之力指引着他像一条鱼一样滑入水中，自在徜徉。江边有红胜火的江花，一朝春来，江水绿如蓝。在江风吹拂下一天天长大的谭建华，每天江上的船来船往是他最熟识的风景。每一条船上都有一个威风凛凛、不怒而威的船长，在小谭建华的心目中，天底下没有比船上更伟大更神气的人了。他暗暗在心底发誓，长大后要有属于自己的船，成为一名真正的船长。

中学毕业后的谭建华如愿考入重庆河运学校驾驶专业，学习驾船技术。儿时的梦想一朝成真，在学校的谭建华刻苦用功，专业考试名列前茅，还曾赢得过航海学会的奖学金。

从重庆河运学校毕业后，谭建华在长江一带的商船上做起了水手。作为一个刚刚入职的新手，他的收入并不高，甚至几近微薄。

师出同门的同学、校友甫一毕业，便组团去了西双版纳的关累港。几年间，关累港从一个籍籍无名、门可罗雀的小港摇身蜕变为人流如织、熙熙攘攘的繁华港口。“一艘船能富一家人”“一个船员能养活一家人”的传言听上去令人十分心动。心动不如行动。谭建华联系了昔日的同学、校友，得知传言不虚后，便也来到了云南西双版纳。从基础水手做起，稳扎稳打，一步一个脚印。2004年，终于成为一名真正的船长。

谭建华是个有心人。湄公河是一条危机四伏的河，航道多礁石、险滩、急弯、暗流，险象环生的自然环境常常让人望河兴叹，每一次出航都需要打起十二分的精神。往返在澜沧江-湄公河上，两岸的村落、树木、石头以及河里的暗礁，谭建华全部看在眼里，记在心上。在湄公河开船的日日夜夜里，谭建华亲眼看见、亲身经历的大小事故足足有几百场。吃一堑长一智，善于举一反三、触类旁通的谭建华把这些事故的内外因素整合勾连，结合自己的专业知识，厘清航道情况，编著完成《澜沧江湄公河航行参考图》，详尽呈现整个澜湄流域的地形地貌，图文并茂地复原了中国景洪至泰国清盛码头之间348公里的航道水文、航道走向以及礁石分布。此后，谭建华又完成了40万字的《澜沧江湄公河航道与引航》，详细阐述枯、中、洪三季航道与具体引航方法，为巡管护航提供参考。谭建华成了船友们公认的湄公河“一流船长”，人送绰号“老船长”。

给别人打工当船长的日子一晃几年，澜湄流域繁华的航运生意给了谭建华信心，他和几个同学合资买了一艘船，当上了船老板。天有不测风云，事与愿违，新船开动没多久，湄公河上的治安就开始恶化，尤其是“金三角”附近水域，途经此处的中国货船无一幸免，不同之处仅在于损失的大小与多少。那一年是2007年，之后更是每况愈下，“黄金水道”变成了地狱一般的所在，直到2011年10月5日湄公河惨案的发生。

湄公河惨案让谭建华和其他船老板都绝望了。遇害的13名中国船员谭建华全都认识，他们曾经一起出过港、一起吃过饭，还一起吹过牛。湄公河上停航，关累港陆续有人离开，船老板弃船而去；船员陆续穿鞋上岸，像转行当胶农的肖清虎；也有人在默默等待，静静观望，这其中就有谭建华。谈及自己当初的坚守，谭建华说，一方面他对这条河有感情，另一方面，也是最更重要的一方面，他觉得自己的祖国是一个负责任的大国，不会放任人民的利益不管，正义之光迟早会照亮湄公河，驱走兴风作浪的妖魔鬼怪。

湄公河惨案发生后的第25天，中国、老挝、缅甸、泰国在北京发表《关于湄公河流域执法安全合作的联合声明》，建立四国执法安全合作机制。两个月后，云南公安边防总队水上支队组建，四国首次湄公河联合巡逻执法正式启动。

云南公安边防总队水上支队成立之初，急需特招一批熟悉澜湄流域水情且具有丰富驾船经验的操舵兵。谭建华这样一批民船船长进入了云南公安边防总队的视野。与肖清虎一样，得到消息的谭建华没有半点犹豫就报了名，经过考试、体检、政审等程序，2011年11月20日，谭建华成为云南省公安边防总队水上支队53902号艇的一名操舵兵。

与航道分别近两个月之后，谭建华再次驾船行驶在湄公河上。这一次，他不再是一条民船的船长。这一次出航，他头顶国徽，是一名戍卫祖国边境安全的边防警察，能用这样的方式守护这条河，谭建华心里有说不出的激动。

身为一名“老船长”，谭建华不仅自己开船，还肩负着传帮带的重任，他要为这支光荣的队伍培养更多的“老船长”。每一次的出航，对谭建华来说，既是执行任务，也是他的开讲授课时间。驾驶舱内，谭建华一边娴熟地掌舵，一边提醒身旁的徒弟注意河道上随时都会出现的险情。

前方马上到帕山！

帕山是湄公河上一处最窄的河道，只有12米宽，锋利的岩石刀削斧砍一般耸立在狭窄河道的两侧，水流也在这里陡然变急。巡逻艇身宽7米多，必须保证精确地对准帕山航道，才能安全通过这个区域。

谭建华镇定自若把巡逻艇开过了像一道门一样的帕山险道。身边的徒弟一脸艳羡，那表情分明在说：什么时候我才能像师傅一样啊！

刚过帕山险道，奔流而下的河水忽然起了大浪，河道落差突然增大，巡逻艇变得有些颠簸。这里就是挡龙滩。顾名思义就能感受到危险的气息，挡龙滩，水中的蛟龙都有可能被挡在这片险滩之上。

谭建华依旧不慌不忙，稳稳地把着手中的舵盘，以不变应万变，这才是“老船长”的本色。言传加身教，教学相长，谭建华的徒弟们逐渐能独当一面了，还有什么比这更值得开心的事情呢。

从正式成为操舵兵的那一天，到执行第53次联合巡逻执法任务的五年间，谭建华和他的战友们开着53902号艇，出色地完成了一次又一次任务，从未出过任何安全事故。

如今，湄公河航道上商船来往穿梭频繁，中国、老挝、缅甸、泰国联合巡逻执法赶走了或明或暗的一干水鬼水怪。随着“一带一路”倡议的不断深入，云南面向南亚东南亚辐射中心建设日益加快，湄公河航道疏浚工程顺利竣工，航道拓宽了、加深了，阻碍发展的各方魑魅魍魉退场了，澜湄流域重拾往日“黄金水道”的风采。

下午6点多，巡航队伍抵达老挝孟莫联络点，鲜艳的五星红旗高高飘扬。巡逻艇稳稳地靠岸。为了控制身体的新陈代谢，一路上年轻的老船长几乎没有喝过一口水。此刻，他端起茶杯，品咂一口，露出久违的笑靥。

茶有点淡了，该换一壶了。

李映青打开青花瓷的茶叶罐，拿茶匙一点点把茶叶拨进紫砂壶里去。茶叶的叶面是幽静的青黑，叶背却是皎洁的白，黑白相间，煞是分明。她晃动着茶叶罐，就如同晃动着无数弯上弦月和下弦月，盖上盖子的瞬间，瓷盖与瓷罐紧密咬合的刹那，仿佛带走了一屋子的月光。

这茶采自西双版纳大渡岗茶园，大叶种晒青毛茶，名唤“月光白”。

注疏4：旅行家老徐与作家老徐之西双版纳

“西双”在傣语中是“十二”的意思，“版纳”的意思是“一千亩”，是征收赋役的单位。从世界地图上看，在北回归线附近的纬度上，除了云贵高原的绿色之外，其他地区几乎都是茫茫一片，要么是黄色的人迹罕至的沙漠，要么是白色的无人踏足的戈壁。也许，所有从手指缝里溜走的青春色泽都被集中到了这里，这里是上苍赐予人间的绿色宝石。

徐兄，这里你没有来过。作家老徐重重地叹了一口气。

这里的山路你没有走过，这里的傣味你没有尝过，这里的傣剧你没有听过，这里的茶与咖啡你没有喝过。你没有晒过这里的骄阳，这里的雨滴没有浸湿过你的行囊，这里的清风没有抚摸过你的脸庞。你没有接受过南传佛教上座部的赐福，泼水节祝福的浪花没有幸运地飞溅到你的身上。

如果，我是说如果，如果你曾经在这里濯足，会不会就能驱走潜伏的脚疾，会不会就能继续你行走的步伐？

旅行家老徐没有来过这里。

捣练子·人在旅途

日落后，月如钩。半世飘零爱自由。羁旅人红尘润物，迩遥放逸任悠游。

磨憨对面是磨丁

飞越滇南的金孔雀

老黄不老，1962年出生，今年才五十六岁。老黄全名黄鸿钧，退休前在景洪交通局运政管理所工作，2011年退休后，只在家享受了一年的安闲，因为精通国际运输业务，便接受了磨憨金孔雀交通运输有限公司的就职聘请。

磨憨金孔雀交通运输有限公司是金孔雀集团的全资子公司。黄鸿钧介绍到这里时，有一个问题浮现在脑际，且不假思索地脱口问出：那你是不是应该先介绍一下金孔雀集团？

好！是个从善如流、有求必应的人。

此刻是上午九点，一楼大厅里空荡荡的，两块常设的展板看上去已经有些年头了，褪色严重，红不是红，黄不是黄，绿不是绿，色彩斑驳模糊，倒是不锈钢框架恒久远，闪着手术刀一样的寒光。

黄鸿钧站在展板前，腰板笔直，有微微凸起的肚腩。金孔雀集团是国家交通运输部重点联系道路运输企业、国家道路运输一级企业，是中国交通企业及中国道路运输企业100强、中国道路运输诚信企业100强、中国道路货物运输企业50强、云南省企业100强，是云南省唯一一家被交通运输部定为“平安交通”建设示范单位的道路运输企业，也是云南省第一家走出国门在境外投资兴业服务“一带一路”的企业。

一个人对自己所处的环境是不是有归属感，从他描述的语气、语调、语态便能窥见一斑。展板前的黄鸿钧声若洪钟，为了迁就我们，他努力调整自己的发音，力求使用普通话讲解；但却力有不逮，景洪口音明显。毋庸置疑，黄鸿钧热爱他所在的企业。

工作人员递给我们一份资料。资料显示，金孔雀集团的总部在普洱市，涵盖了一、二、三产业多种业态，其中一句话精准地概括了金孔雀集团：唯一一家在昆曼国际大通道上构建了客运、物流、贸易、旅游、电子商务一条龙服务产业链经营格局和一站式服务体系的交通运输企业。

黄鸿钧拿出一张老照片的影印纸，一片荒草和水塘。他说这是改革开放前的勐腊县磨憨镇，彼时是一片荒凉之地，距离边界线两公里内的路两旁都是树木和杂草，周围没有人烟。道路坑坑洼洼，基本没有什么车辆往这个方向来。

1992年3月，国务院批准磨憨为国家一类口岸。同年12月，中国、老挝两国正式开通磨憨—磨丁国际口岸，也是中、老两国唯一的国家级一类口岸。从那时起，磨憨才逐渐繁荣起来。

金孔雀集团被勐腊优越的招商引资条件所吸引，成立了磨憨金孔雀交通运输有限公司，开始筹备建设磨憨国际物流中心。整平荒田，回填烂水塘和水沟，历时两年的施工建设，一座集报关楼、酒店、仓库和物流堆场、修理厂和商业配套设施于一体的国际物流中心拔地而起。2011年7月，海关总署批准磨憨国际物流中心为昆明海关监管场所。

黄鸿钧从参加工作就在交通运管部门，经常与老挝北部风沙里、孟塞、南塔和波乔省四省的交通部门打交道，是位精通国际运输业务的“老交通”。退休后赋闲在家的他被聘请到磨憨物流中心，主管国际运输业务，同时协调对外对内的各方关系。

黄鸿钧说，旺季的时候，磨憨国际物流中心一天进出车辆四五百辆，淡季的时候只有二百多辆。现在是淡季，出口的是中老铁路建设用的水泥和钢材，以及出产自北方的苹果和梨子等冷果，进口的主要是热带水果。他给我们看了一组2017年的数据：2017年，进出中心的车辆3万多辆次，货物吞吐量112万吨，上缴地方税收535万元。

当我们问及在磨憨口岸工作的这些年，最大的感受是什么时，黄鸿钧说了一个字：路。俄尔，又补充道，小磨公路，现在应该是小磨高速。

离开普洱，一路风雨，走过中国首条穿过热带雨林的高速公路——思（思茅）小（小勐养）高速公路，从小勐养自然保护区边缘次生林带穿过，穿越野象谷，之后就驶入了小（小勐养）磨（磨憨）公路。困了打个盹，醒来就听云南交通投资集团宣传部部长李文圣讲与路有关的故事，这样的旅途，实在是快乐至极。

倍受东南亚国家关注的小磨一、二级公路是2008年通车的。从空中俯瞰，公路像一条银色长龙，蜿蜒于莽莽原始森林中，时而穿山越岭，时而一露峥嵘，时而隐匿不见，时而大开大阖，优美的线形让人赞叹不已。一边在手机上翻看李文圣为小磨公路编辑的美篇，一边乘车行走在公路上，两侧葱茏的绿化景观与界线之外的茂林修竹连为一体，林隙中不时可以看到傣家的竹楼、田地和茶林。坐在副驾驶座上的李文圣回过头来，面带几分得意地说，很多公路建设完成之后是要进行路域绿化的，但这条路不需要，不仅不需要，每年还要对沿路过度生长的林木进行修剪，确保不遮蔽来往车辆的视线。

我们赶到西双版纳景洪小磨高速公路改扩建工程指挥部时，雨势正急，隔着雨帘，李文圣指着门口那个又瘦又高的模糊人影说，他就是具体负责这项工程的副指挥长宋桂锋。

小磨高速公路改扩建工程指挥部也是腊（勐腊）满（勐满）高速公路和景（景洪）海（勐海）高速公路建设指挥部，宋桂锋一人兼三职，是小磨高速公路改扩建工程指挥部副指挥长，也是腊满高速公路建设指挥部和景海高速公路建设指挥部的指挥长，一副两正。这位1975年出生的指挥长，1998年毕业于重庆交通大学，是个科班毕业的交通人。从走出校门的那一天，不是在公路建设的现场，就是在去往公路建设现场的路上，前后参加了保（保山）龙（龙陵）高速、大（大理）丽（丽江）高速以及小磨高速的建设。

小磨公路建设里程199公里，其中主线长169.4公里，比原老公路缩短里程46公里。全线有桥梁327座、隧道34座，桥隧总长72625.65米，桥隧里程占路线总长的33%，概算投资63.95亿元人民币。小磨公路是亚洲公路网3号线规划的一部分，起于俄罗斯的乌兰乌德，经蒙古乌兰巴托进入中国境内，由北京经上海、杭州、昆明，至磨憨进入老挝境内，经南塔止于泰国清迈。小磨公路也是昆曼大通道中国境内的最后一段，它的如期贯通，标志着昆曼国际大通道云南省境内段全线建成通车。

回忆起小磨公路建设的1000多个日日夜夜，宋桂锋憨憨地笑了一下，沉默了一会儿，说，再难也都过去了。

小磨公路的建设难点在哪里呢？

沿线生态的保护。当时指挥部制定了一个原则，轻轻地进入，完美地实施，悄悄地离去。

随着宋桂锋的讲述，我们的表盘开始逆时针转动，转向小磨公路修建的那些日子里。

勐仑热带植物园是著名植物学家蔡希陶于1958年创建的，占地900公顷，引进亚洲、非洲、拉丁美洲地区珍稀植物一千多种，设有植物标本馆、珍稀濒危植物种质资源库和植物技术实验室，是中国热带植物资源开发利用和保护的重要研究中心。

小磨公路第九合同段承建的雨林谷特大桥长1089米，是全线的控制性工程。原设计为路基方案。如果按原设计进行施工，势必会对勐仑热带植物园的原始生态造成不可修复的破坏。

指挥部里的气氛一时间变得紧张、凝重。此时更改设计，必定会影响工期。两种不同的意见交织，公说公有理婆说婆有理。最终拍板，改！改路基为特大桥方案，避免大开大挖。最终，小磨公路全线隧道实现了零开挖进洞、绿色进洞、自然进洞，把“最大限度地保护、最低程度地损坏、最大限度地利用原有资源”贯穿于公路建设全过程。

宋桂锋其实不是一个善于言辞的人，他拿着一份工作报告，几乎是在给我们念材料。采访的间隙，茶歇时刻，我们互相都加了微信，翻看他的朋友圈，几乎没有什么内容。一年发不了几条朋友圈动态。注意观察了一下，宋桂锋的确不太使用即时通信软件，问他原因，他说太浪费时间，原本一个电话，不到一分钟可以说清楚、讲明白的事情，在微信上来回拉锯，太浪费时间。而他，最缺的就是时间，他没有多少时间可以浪费。

小磨公路勐宽坝子平交道口有两株高大的古榕树，像一对千年爱侣，不离不弃。与勐仑热带植物园一样，古榕树也恰好在选定的线路上。同样的两难决定：重新规划，代价巨大；毁坏古榕树，愧对大自然。

宋桂锋告诉我们，从他参加工作到现在，云南筑路修桥的理念也是在变化的。从最早的征服自然到现如今的与自然和平共处，保护自然。为了保护古榕树，小磨公路工程暂时停工，这一次指挥部全体成员没有异议，大家心往一处想，劲往一处使，集思广益，将原来并行的双向车道改为分离式。这样一来，既不过多增加筑路成本，又让古榕树保持原貌。遥遥相望的两条双向车道成为小磨公路上一道独特的景观。

除了不断调整修改设计方案，小磨公路施工面对的最严峻的挑战是天气。西双版纳是热带季风气候，高温、湿热、多雨。一年分为两季，雨季和旱季。雨季长达5个月，雨季降水量占全年降水量的80%以上。只能在旱季加班加点，保质保量地赶工期。终于，小磨公路如期通车了，这最后一段的贯通，标志着昆曼国际大通道云南省境内段全线建成通车。

通车的那天，小磨公路建设指挥部里比过年还高兴。通车短短一年多时间，古老的边疆就发生了天翻地覆的变化。西双版纳州首府景洪市，城市建设规划随即进行了调整，沧江新区的开发建设如火如荼。公路起点的小勐养，小城镇建设粗具规模。过去发展滞后的勐腊县，过境公路边，蕉农们丰收的香蕉不用再担心出现积压、腐烂。公路终点磨憨口岸，狭窄的山谷一跃成为开发建设的热土，南亚商贸城和多个居住小区拔地而起，一座新兴边境贸易商城应运而生。

小磨公路指挥部的墙上挂着一面磨憨金孔雀交通运输有限责任公司送来的锦旗。当时企业负责人将这面锦旗送来指挥部时，说了这样一番话：从小勐养到磨憨，三级路的时候需要走两天，二级路需要四个小时。昆曼大通道没有贯通之前，磨憨口岸到老挝波乔省需要走三天，现在只需要四个半小时。作为交通运输企业，物流讲究的就是时间与速度，时间就是金钱，速度就是效益。

从2008年到2018年，畅通十年的小磨公路要在原先二级路的基础上，改扩建提升为高速公路。

小磨高速公路改扩建工程的难点应该不是生态保护了吧？

不是了。宋桂锋回答道，现在的工程难点在保通。小磨高速改扩建工程要在保持通行通畅的前提下施工，既要安全施工，又要保持畅通无阻。宋桂锋叹了口气，说，困难再大总能克服，问题再多总能找到解决的办法。

他伸出两个手指，两个小时！小磨高速改扩建工程全部完工之后，道路畅通的前提下，从小勐养到磨憨口岸只需要两个小时。这样一来，又能为企业节约时间成本，也是变相地创造效益。

金孔雀的翱翔离不开畅通无阻的道路保障。说这句话的时候，黄鸿钧刚带着我们参观完磨憨国际物流中心的货场。

高大的棕榈树簇拥的磨憨口岸国门上，鲜艳的五星红旗随风飘扬，旅客有序经过边防检查站，私家车、货车、客运车川流不息地通过国门，一路向南。

昆曼公路起于昆明，途经玉溪、普洱后从西双版纳磨憨口岸进入老挝境内，再经会晒进入泰国清孔，最后抵达曼谷，全程1800多公里，是中国云南连接东南亚、南亚国家的4条陆路通道之一，也是中国—东盟基础设施互联互通合作重点项目之一。

2008年昆曼公路建成通车，但横亘在老挝会晒与泰国清孔之间的湄公河却成了昆曼公路未能真正实现全线贯通的唯一瓶颈。

几经磋商，最终商定由泰国和中国出资，建设泰国与老挝的清孔—会晒大桥，连接泰国清莱省清孔区与老挝波乔省省府会晒，项目全长11.6公里，其中主体大桥长630米、宽14.7米。由中泰两国政府各出资50%分别建设老、泰两侧工程，老挝侧工程由中国政府无偿援建，整个大桥项目资金总额达4800多万美元。

历时三年，清孔—会晒大桥建成使用，昆曼公路随即畅通。有了畅通无阻的路，就有了来来往往的人和川流不息的车。

负责国际业务的黄鸿钧往老挝去得更频繁了，因为金孔雀集团在老挝西北部湄公河左岸波乔省省府会晒，投资建设了一个交通旅游综合服务中心。中心距昆曼国际大通道老挝会晒至泰国清孔口岸大桥仅800米，距老挝“金三角”经济特区51公里，这是云南省道路运输企业在国外投资的第一个大型交通旅游服务建设项目。

黄鸿钧代表金孔雀集团，一趟趟往返，最终与老挝会晒皮阿伦客运站谈妥合作，开通了国际班车。班车的开通，方便物流、客流的同时，对带动区域贸易发展、促进国际旅游意义更加重大。

黄鸿钧接了一个电话，是他老伴打来的。老伴原先在景洪州文化馆工作，也已经退休了，如今在老年大学担任讲师，义务教授老年人唱歌跳舞，把退休生活经营得有声有色。老伴问老黄这个周末是否回家，二十九岁的儿子好像正在谈女朋友，老两口在电话里合计着怎么给儿子加油助力。

参观了一圈，终于来到黄鸿钧的办公室。他殷勤周到地拿出他最好的普洱茶招待我们。

办公室墙上有形象直观的图表，老挝金孔雀运输和服务有限公司的业务也在上面，国际班线6条、11个班次、20辆国际班车，到2018年3月，已接待游客1.2万余人次，往返车辆2400辆次。二期工程进展顺利，正在向着昆曼国际大通道上功能齐全、服务优良、竞争力强劲的综合服务中心的目标飞翔。

在东方的传说中，孔雀是凤凰得到交合之气后育生的，与大鹏系同母所生，被如来佛祖封为大明王菩萨。在西方的神话中，孔雀则是天后赫拉的圣鸟，赫拉在罗马神话中被称为朱诺，孔雀又被称为“朱诺之鸟”。凤凰只是传说，人间并不得见，而孔雀则是真实可见的百鸟之王。品着茶，与黄鸿钧闲聊，思绪乘着金孔雀飞越滇南，碎语闲言。

短暂相识，短时相聚，三杯茶后挥手告别。一路走来，循着云南面向南亚东南亚的辐射线路星夜兼程，遇到了太多有故事的人，在聆听中感动，在感动中聆听。初见时握手，告别时也要握手，这其中的许多人，如果没有刻意的邀约，今生可能就仅仅见这一次了。是故，在路上的人要好好说“再见”。

仍旧有风有雨，再次回到小磨高速上，改扩建工程是在保障通行的前提下进行施工，偶有路段会短暂拥堵。闭目假寐，默默回想刚才自己是否与黄鸿钧、宋桂锋好好互道了“珍重”。

邓预的背影

下午六点，万象至昆明的飞机准时抵达。落地开手机，邓预说她第一个电话就打给了我。我们约好晚上八点在富滇银行旁边海天酒店一楼的休闲吧见面。

邓预迟到了半个小时。其间打电话过来，语气里有深深的歉意。她说原本要从机场直接过来，想了想还是中途回了趟家，洗去一身的疲惫，换了一套衣服，容光焕发，用她自己的话来表述就是工作中一定要时刻保持“职业化的状态”。邓预是云南富滇银行与老挝外贸大众银行合资设立的控股银行——老中银行的行长，接受我们的采访对她而言就是工作。哪怕是八小时之外，哪怕是晚上八点半。

邓预穿着一条红色花朵、白色条纹相间的无袖连衣裙，搭配一条同色系的围巾，身材消瘦，明眸善睐。最是那一低头的温柔，恰似一朵清丽的沾芭花。十几年只关注户外运动服饰的我辨不出邓预的衣着是什么国际品牌，试探着问了一下。邓预嫣然一笑，细语轻声，在街边小店三百块买的清仓货，不知道什么牌子，我穿衣服比较随心，只要身材不走形，就能广泛选择。

低头看了一下自己的体型。果然，一胖毁所有。忽然想到了某著名相声演员把国际大牌穿出地摊货的感觉，邓预刚好相反，把地摊货穿出了名牌的气势。

您去过老挝吗？邓预问我。

没有。

给您推荐两本书，一本英国作家格兰特·埃文斯的《老挝简史》，一本日本作家村上春树的《老挝到底有什么》。

这两本你都读过？

是的。我和同事赵姗姗一起去老挝，我带的是《老挝简史》，她拿的是一本关于老挝银行投资法的书。昆明到万象空中飞行需要一个半小时，我们俩各自看各自的书，连一句闲聊都没有。

邓预对老挝的熟悉程度让我惊讶。她从老挝的开门节、关门节开始讲起，历史的沿革，王朝的更替，世界上绝无仅有的坐落在边境上的首都，坐在万象的湄公河边吃饭，隔河相望，对岸就是泰国。公元1353年建立的澜沧王国是老挝历史上的鼎盛时期，“澜沧”在老挝语里的意思就是“百万头大象”，老挝首都Vientiane的中文译名为“万象”，在历史上是名副其实的“万象之国”，也是翻译信、雅、达的典范。老挝的政治生态与越南有着千丝万缕的联系，但民间文化又与泰国一脉相承，国民大都信奉小乘佛教，同时，殖民文化对老挝又有着至深的影响。富滇银行入驻老挝之前，法国和越南已经分别与老挝外贸大众银行合资、合作成立了老法银行和老越银行。邓预说，老挝的庙宇建筑非常讲究，几乎每一个村子都有寺庙，另外，老挝有着世界上绝无仅有的清洁舒适的卫生间，如果你去一户人家，哪怕房子外部看上去破旧不堪，但卫生间一定会非常干净整洁，甚至使用频率比较高的公共卫生间都一尘不染，没有丝毫的异味。欧美人眼中的老挝是一个浪漫的国度，是一块没有被开垦的处女地，村上春树笔下的老挝是闲适闲散的，老挝人也觉得自己是一个浪漫的民族，因为笃信佛教，所以与世无争，就像湄公河的水一样，顺其自然，默默流淌。1975年，老挝结束了长达十年的抗美救国战争，统一全国，成立了统一的老挝人民民主共和国。邓预觉得，从1975年到1995年间的二十年，是老挝发展停滞的二十年，至今，老挝境内仍然残留着战争的痕迹，老房子的斑驳弹孔，甚至时不时在边境线上被发现的未曾引爆的炸弹。老挝与中国的关系也是一波三折，以前越南是老挝的第一外来投资国，其次是韩国和泰国，近几年来中国企业的投资逐渐增多，占到外商投资比例的64%，后来居上且稳居第一。当富滇银行恢复成立五周年，立足区域发展，制定面向南亚东南亚国际化战略时，经过多方考量，与老挝外贸大众银行的合作就被提上了议事日程。

云南的对外开放，最早可以追溯到2400多年前的春秋战国时期，远早于张骞出使西域开辟丝绸之路。由最早的民族迁移通道发展成为民间商道的南方丝绸之路，将中国的丝绸、茶叶、漆器等物品运送到南亚和西亚乃至更远的地区，成为我国与世界之间最早的通道之一。云南在中国对外交往的历史上，长期发挥着西南内陆门户的重要作用，南方丝绸之路绵延万里，穿越千年。

2007年，经云南省委、省政府研究决定，经中国银监会批准，“富滇银行”这一历史知名品牌被重新起用，原昆明市商业银行经重组，更名为富滇银行，成为云南省唯一的省级地方性股份制商业银行。早在五年前的2002年，邓预就加入了当时还是昆明市商业银行的富滇银行，组建了最早的公司业务部，出任第一任总经理。

邓预解释说，公司业务部主抓银行的对公业务，上到地方政府部门、中到各行各业的企业、下到农户作坊小微，是商业银行系统里最“豪迈”的那群人，日常经手的业务以亿元为单位。她调侃自己有点类似中国的时尚杂志编辑，领着月薪八千元的薪水，告诉一群月薪三千的读者，月收入三万的人怎么花钱。

1969年出生的邓预毕业于云南财经大学，先后在建设银行保山市分行、支行和云南省分行工作过，从最基础的工作做起，稳扎稳打，一步步成长。因为表现优秀，曾经被抽调到建设银行总行工作，也曾在留京与回滇之间来回犹疑。彼时，女儿正面临中考，一直缺席女儿日常生活的邓预最终下定决心，放弃留在北京返回昆明。回到昆明的邓预却做出了离开建设银行，加入当时发展前途并不明朗的昆明市商业银行的决定，这让同事、同行大跌眼镜，皆因之前向邓预抛橄榄枝的银行不止一家。关于邓预交纳违约金从建行离职的原因，众说纷纭，有人说她负气出走，有人说商业银行重金挖角，恶意揣测者有之，真诚祝福者有之。对于这些，邓预一笑了之，留下一个孤勇、决绝的背影。

拓荒牛的日子并不好过，甚至是一点都不好过。金融圈里精英当道，是一个高知高智扎堆的地方。市场不平静，没有一分一秒的太平盛世，这里永远风云际会、波谲云诡，有来自政策的，有来自环境的，有外部的压力，有内部的竞争，更多的变量、最大的不确定来自变幻莫测的人。邓预说，如果做一个产业，需要了解这项产业的上游、中游和下游，固守匠心，追求卓越；银行不同，需要有千里眼、顺风耳，要超前预判，要做千手观音，要兵来将挡、水来土掩，要以变应变，才能保持不变。邓预说这番话的时候，语速变得很快，不再是轻言慢语的仪态。她上身微倾，夹杂着手势，这一刻她应该是回到了曾经带领她的团队浴血奋战的往日情景中。遥想公瑾当年，小乔初嫁了，雄姿英发。羽扇纶巾，谈笑间樯橹灰飞烟灭。眼前的邓预一如公瑾当年，是位不折不扣的玉面罗刹，杀伐决断，快意恩仇。面对强敌时她不会有片刻的犹豫，定会手起刀落，斩敌于马下。只有这样，才能让自己立于不败之地。

双赢！邓预耸耸肩，摊开手，做了一个非常欧化的手势。

世间安得两全法？从来就没有真正意义上的双赢。

邓预不置可否，微笑不语。

刚才注意到你说话的语速和表情跟我们一开始聊天的时候不一样，哪一个才是大多数时候的你？

邓预笑出声来，清脆爽利，大珠小珠落玉盘。去了老挝之后，我的变化还是很大的。富滇银行开拓老挝金融市场，与外贸大众银行的合作过程是曲折的，道路是漫长的，前途是光明的。国际部的同事们在老中银行的前期筹备阶段付出太多了，你们在总部应该采访过国际业务部总经理胡岗吧，他曾经负责过这个项目。从2007年制定国际战略，2010年末动议，到2011年设立富滇银行老挝代表处，在这期间，他们的付出很多人无法想象。

2012年，邓预离开工作了十年的公司业务部，拎着简单的行囊，与同事赵姗姗奔赴老挝，筹备老中银行运营事宜。

临行前，邓预、赵姗姗被行长请到办公室，给她俩语重心长地上了一堂富滇银行历史课。1912年，富滇银行由著名护国将军蔡锷创建，是中国近代史上四大华资银行之一。除办理存、放款，期票贴现等业务外，还具有发行纸币的“中央银行”职能，并代表政府执行地方金融政策、统治外汇，是云南实质意义上的金融机关中心。1932年改组成为云南富滇新银行。缪云台自1934年起至1946年止，担任云南富滇新银行行长。历史上的富滇银行利用处于滇省“中央银行”的特殊地位发行货币、实施“废两改元”，在上海、香港、越南海防、缅甸瓦城等地设立分行或汇兑处，办理云南省的外汇、白银业务，通过设立电台与英镑实时挂钩交易，利用滇锡跟单押汇掌握外汇控制权等，成为中国最早“走出去”的银行，对近代云商经济金融发展起到了促进作用。1950年，云南和平解放，云南富滇新银行由昆明市军管会接管，其辉煌历史暂告段落，但在东南亚、南亚，在广大海外、港澳台云南籍人士、华侨、华商中，富滇银行仍有着深刻的影响力。

要重塑富滇银行在南亚东南亚的影响力！这既是行长的嘱托，也是富滇人的愿景。

初到一个陌生国度的新鲜感很快消失殆尽。老挝首都万象，紧紧傍依在湄公河左岸，市区由西向东和向北伸展，宽阔的滨河大道横贯全市。街道两侧，椰子、香蕉、槟榔、龙眼、凤尾、洋槐等高矮植物交错生长，相映成趣。万象市隔着湄公河与泰国相望，每到枯水季节，湄公河大半个河床的浅滩显露出来，中间仅剩下一条小小的溪流，人们可以涉水走到泰国。作为一个国家的首都，由市区可以如此方便地到达邻国，这在世界上是少见的。万象市区背面是著名的老挝中寮万象平原，苍郁的森林构成了一道天然的屏障。城内现代化建筑物掩映在一片绿树和花卉丛中，这些建筑群，增添了万象的景色；郊区多是用几根长柱支撑起来的老龙族人传统风格的木楼和竹楼，房前屋后常以树木或栅栏圈成一个或大或小的庭院，在气候炎热的老挝，住在这种房屋里，倍感凉爽与舒适。

当时的富滇银行老挝代表处一共有六个人：邓预、赵姗姗、两个翻译和两个工作人员。老挝是热带季风气候，气温高，一年当中只有两个季节，旱季和雨季。彼时，正值老挝的旱季，高温难耐。邓预接洽合资的外贸大众银行允许他们六个人分别去不同的岗位体验、学习，除此之外，邓预还跑遍了万象所有的大中小型银行，实地感受开户、办卡、存款、取款、汇兑等所有能体验的个人业务。邓预发现了一个很有意思的现象。老挝的银行里客户安静地坐着，也没有业务受理排队叫号系统，没有任何的提醒，就靠眼神的交流。银行业务大厅里通常寂静一片，没有人大声喧哗，缓慢而有序。邓预坐在等候区，左等右等，不知如何才好。她试探着问坐在一边的人，得到的回答是，哪个业务员对你微笑就去哪个窗口。在老挝工作生活了六年，邓预说她没有在大街上见过一起打架斗殴的事件。老挝语里面没有脏话，漂亮的反义词是不漂亮，辛苦的反义词是不辛苦，勤劳的反义词是不勤劳，诸如此类。邓预曾经专门请教过老中银行的专职翻译，在老挝语的词汇里，贬义词少之又少。有一个最具侮辱性的词汇，两个老挝人之间如果使用了这个词互相形容对方，那就代表着永世绝交，而这个词也不过是：疯子。

这个答案超出了我的人生经验。邓预边说边笑，她夸张地抛了几个飞眼。我就一直看着办理业务的那几个窗口，等着看到底哪个工作人员会对我笑，等啊等啊，终于等到其中的一个抬起头来，我不等她对我笑，我先对她笑了，然后我就走过去，对她说，我要存五万美金，我要办理一个VIP卡。我吧啦吧啦地问东问西，业务员就在那里慢慢地弄，后来她看着我摇了摇头，对我说：你去那边坐着等吧！言外之意就是我的着急和焦虑影响到她了，说完这句话，她就又继续在那里慢慢地、慢慢地弄。邓预说，在老挝，几乎没有人会在公共场合大声喧哗，去餐厅吃饭，无论点餐还是结账，基本都是靠眼神交流，如果你大喊一声“点菜”或者“结账”，那肯定是会招来白眼的，太另类了，这不是老挝人的做法。

“行有不得，反求诸己。”邓预说孟子这句话陪了她很多年，是她的座右铭。事情做不成功，工作、生活中遇到挫折和困难，或者人际关系处得不好，她就会自我反省，从自己身上找原因。有了问题，怨天尤人没有用，反躬自省才是最有效的。

每个周六，邓预都会组织召开碰头会，大家坐在一起，分享各自的体验心得。半年的时间，他们把万象金融市场的情况彻底摸透了，对业务流程、银行运营、当地监管了然在心，更为重要的一点是明确了老中银行的市场定位。2014年1月22日，老中银行开业，这是中国城市商业银行在境外设立的首家合资金融机构，是云南富滇银行主动服务和融入“一带一路”倡议的重要举措，在“一带一路”的资金融通、人民币国际化和金融服务“走出去”等领域发挥了重要作用。

磨憨对面是磨丁。磨丁经济特区是老挝北部的重要国门和枢纽，在中国、老挝不断加强公路、水路、铁路等交通设施建设和加大跨境贸易往来的过程中，逐渐成为老挝北部的经济重镇。2017年8月4日，老中银行在老挝磨丁特区设立的首家金融机构磨丁分行开业。通过与富滇银行子母联动，老中银行全力打造老挝北部地区跨境人民币枢纽。成功启动了跨境人民币、基普及其他外币现金调运，借助磨憨边民互市的优惠政策，借助母行富滇银行“一代多”的结算模式，老中银行磨丁分行与富滇银行磨憨支行联动跨境汇款，推动中国和老挝的人民币跨境结算，依托中老铁路的修建契机，实现工人跨境工资的代发。

如果一个人两个月加起来的睡眠时间只有三十个小时会是一种怎样的情形？平均每天的睡眠时间不到半个小时。平常人恐怕早就疯了。但是邓预没有疯，她说她不觉得疲惫，她戏称自己是深度睡眠，小睡片刻，再睁眼又是好汉一条，双眼放光地投入到工作中去。邓预说，那个阶段是她和她的团队快速磨合、融合、成长的过程。按照老挝关于外资企业外籍员工与本国员工一比四的比例规定，老中银行在老挝当地招聘了一批具有海外留学背景的老挝籍工作人员，中方工作人员八人，平均年龄只有三十三岁。邓预是行长，但她没有秘书，没有司机，一应事务全靠自己打理，她说她不想丧失很多的功能，能自己做的事情绝不假手他人。2018年，一个大型基金计划入股老中银行，他们的工作团队有专业的法务、税务、财务和分析员，几轮接触之后，对方说：邓预，为什么这些事情都是你们三个人在弄？邓预回答道：我们的人太少了，一专多能。虽然兼任许多角色，但是邓预和她的团队以职业化的表现赢得了合作伙伴的尊重。

采访到这里，一个疑问浮上心头：邓预为什么会如此优秀？每个人的成长都离不开自己的原生家庭。话题自然而然地转到了邓预的家庭。

邓预的父母今年七十八岁，是老三届大学生，是受过时代冲击但却乐天知命的人。邓预说她受母亲的影响更深一些，老太太弹得一手好钢琴，活跃在各个合唱团，乐此不疲。我必须要去的！我不去，没有人给他们定调子，那就跑调了，得跑到天路上去了！邓预模仿她母亲说话的样子惟妙惟肖。邓预的女儿也学过钢琴，她也曾经陪女儿练习，以前能弹很多完整的曲子，如今女儿去了国外留学，自己的钢琴技艺好像被女儿带走了一样，她现在已经不会弹琴了。说到女儿，邓预的脸上有几分愧疚。1997年女儿出生后，她仅仅是参与了孩子几个重要的人生节点，大部分的陪伴和照顾都是她先生在操持。邓预的先生长她几岁，既是人生伴侣也是精神导师。

邓预经常留给她先生一个背影，而先生也已经习惯了默默走在她身后，护她一世周全。被爱人悦纳之后，就会发现两个相爱的人之间，真正的爱情与是否优秀并无太多关联。两情若是久长时，又岂在朝朝暮暮。邓预说在她的生活中，婚姻从来不是一个变量。决定去老挝工作时，她压根没想过这个问题，而且她坚信，这不是个问题。

邓预说老挝让她变得比以前沉静了许多。这几年，入乡随俗，去过许多老挝的庙宇。老挝普通的房子房顶很低，但庙宇的房顶都很高，无论外面多么高温湿热，进到庙宇中之后，就会有徐徐清风送来阵阵清凉。人坐在那里，心就能沉下来静下来，真的就什么都不想了。

我能讲日常的老挝语，唯一的遗憾是认字少，没法顺畅地阅读老挝的文字。在这样一个节奏缓慢的国度里，我们可以慢下来，甚至可以静默不语。很多的沟通其实不一定非要用语言，我们可以选择闭上嘴巴，但同时一定要睁开眼睛，打开耳朵，张开毛孔，开启嗅觉。在老中银行，可以享受静谧，但不能懈怠。邓预的肩矮了一分，眼睑低垂，再次与我对视时，疲惫浮现。今晚的采访是时候结束了。

临近午夜的昆明街头依然有三三两两的夜行人，互道珍重，挥手告别。

邓预穿着高跟鞋如履平地般飘然远去，玲珑摇曳。我看得入神，想拿出手机拍一张她的背影，思忖的功夫错过了最佳取景。半个小时之后，邓预的朋友圈更新。那是她先生镜头里的她。一条幽深的巷子，橘黄的路灯散发着能把人暖化的光。伊人向着远方，留下一个勇敢、坚定的背影。

盛开的沾芭花

在《普洱》杂志采访时，茶台上摆着一碗清水，水中央浮着一朵花。花开五瓣，花心是鸡蛋黄的黄，向外延展的花瓣乳白，如煮熟凝固的鸡蛋白的白。气味芬芳，清雅怡人。社长罗洪波告诉我，这是鸡蛋花，也叫好男人花，因为没有花心。

再见鸡蛋花是在西双版纳景洪小磨高速公路改扩建工程指挥部的院子里，一株树形饱满的大树，枝头零星挂着一盏盏黄白相间的花灯。刚下过一场雨，几盏花灯被打翻在地，流淌着委屈、不甘的泪水。

又见鸡蛋花是在见到老中银行的行长邓预时，她给我看老中银行的标识，就是在富滇银行的标志上增加了一朵鸡蛋花。邓预说，鸡蛋花在老挝语里被叫作沾芭花，是老挝的国花。在老挝的佛寺里，沾芭树随处可见。沾芭花编成的花环和手环在大街小巷到处游荡，在如玉的脖颈，在蜜色的手腕，在绾髻的青丝，一道道流动的风景，活色生香。

老中银行是云南富滇银行与老挝外贸大众银行合资设立的控股银行，也是老挝第三十三家商业银行，从2010年末动议到2014年初正式开业，历时四年的时间，在富滇银行的图腾上孕育出一朵沾芭花。这朵沾芭花以“立足当地、服务中小”的定位，在老挝金融市场稳扎稳打，兀自芬芳。在这朵沾芭花盛开的背后，是一个跨文化团队不断地冲突与融合，是年轻的老中银行与年轻的中国、老挝员工的共同成长。

1986年出生的云南边陲小镇姑娘赵姗姗从小就热爱学习，高考那年，她以云南省第五名的成绩被北京大学录取。本科四年，继续保持敦敏好学的节奏，获得保研机会，攻读硕士研究生。就在她准备出国留学读博士时遭遇了美国次贷危机，申请的学校取消了奖学金。在校期间，赵姗姗曾经采访过北大学子在西部建功立业的故事，并结集出版了《西部放歌》，学长学姐们的故事深深地感染着她，夜阑寂静，四下无人时，赵姗姗时常思考一个问题：自己来自西部，既然不再继续学业，为什么不回家乡，让自己这几年的所学能够学以致用呢？

2010年7月，赵姗姗加入了云南富滇银行，入职后在昆明中山支行见习，上学时的学霸进入职场之后也有着非比寻常的表现。在很短的时间内，赵姗姗就以自己的虚心好学、专注勤奋快速适应了工作，尤其在处理人际关系上，赵姗姗更胜一筹，与同事们打成一片，走到哪里都能带来欢声笑语。半年后，赵姗姗就调整到了总行的人力资源部。2012年8月，当得知邓预即将前往万象筹备老中银行时，赵姗姗觉得这是她一直在等待的锻炼、提升的机会。要抓住这个机会！于是，鼓足勇气敲开了仅有几面之缘的邓预的办公室的门。

邓总，我想跟您去老挝。

赵姗姗一五一十地陈述自己的优势和条件，一往无前的劲头让邓预看在眼里，喜在心上。老挝，虽说距离昆明不远，但毕竟是异国他乡，等待她们的是无数个未知。行长跟邓预谈话的时候就说过，让她自己挑选得力干将，出门在外，坚实可靠的左膀右臂不可少。关于去老挝的人选，邓预在心中预设了几个条件：要有良好的教育背景，要有过硬的业务素质，要有超强的适应能力，要具备沟通的技巧，最重要的一个条件是要有工作的热情。原本邓预的后备人选中就有赵姗姗，只是还没有来得及一一约谈，征求他们的个人意见。邓预看着站在自己面前的赵姗姗，黝黑的皮肤，专注的眼眸闪动着跃跃欲试的光芒，整个人健康得像匹云南本土的小马驹，举手投足落落大方、不卑不亢，从进门到现在一直保持着自信的微笑。邓预暗自欢喜，自己要找的不正是这样的工作搭档嘛。赵姗姗的毛遂自荐让邓预的选择变得明朗而直接，赵姗姗也从之一直接晋级为唯一。

邓预带着赵姗姗飞越云岭，向东，再向南，来到了老挝。两个人在老挝小心求证，大胆尝试。邓预给予赵姗姗百分之百的信任，老中银行则给赵姗姗提供了一个足够大的舞台——综合管理部经理。在这个平台上，赵姗姗大施拳脚，在老中银行这个空白的蓝图上放手一搏。法无禁止即可为，法无授权不可为。综合部最多时有四名工作人员，少时仅有两个人，却承担着整个老中银行的办公室、行政部、保卫部、人力资源部以及董事会秘书处的全部职责，每一个都是十项全能的多面手，一专多能，精准高效地服务于老中银行的运营。

综合管理部有一个名叫石贤松的老挝籍员工，今年二十八岁的石贤松主要负责人力资源和文秘翻译工作，既是老中银行的HR，也是老中银行的首席翻译。

石贤松是老挝苗族，他有八个兄弟姐妹，父母都是农民，家庭虽然贫困却也其乐融融。石贤松的父母希望自己的孩子们能摆脱农民的命运，唯一的途径就是上学读书。然，2003年以前石贤松的家乡塞松本省还没有通电，晚上看书学习需要点煤油灯照明。作为家中长子的石贤松暗暗许下宏愿，要做兄弟姐妹的榜样。他刻苦好学，十七岁的时候以优异的成绩被保送老挝国立大学。国立大学在老挝的地位相当于中国的清华大学抑或是北京大学。那是石贤松第一次离开家乡，也是他第一次坐汽车。2008年，成绩优异的石贤松获得了中国政府奖学金。他的留学目的地是贵州大学，这是贵州大学第一次招收老挝留学生。彼时，石贤松从未到过中国，也没有学习过中文，他对中国的认知仅限于李连杰的电影和《神雕侠侣》这部电视剧，那还是小时候父母偶尔给他五百基普（大约四角人民币）在村里的录像厅里断断续续看的。第一次坐飞机，第一次见到真正意义上的高楼大厦，第一次在火车汽笛声中惊醒，第一次在饭馆门口因为语言不通、无法交流吃不上自己想要的饭菜，中国带给石贤松太多的新奇与震撼，这些都让他暗下决心，一定学会学好中文，了解中国，适应中国。

五年的留学时光转瞬即逝。2013年的夏天，石贤松毕业回到老挝。回国之初，石贤松的理想职业是当一名公务员。偶然的机会，他看到了老中银行的招聘启事，遂抱着试一试的心态递交了简历，没料到却顺利通过了考核。

进入老中银行工作的石贤松最初的打算是先找一份工作，自己年纪不小应该独立了，老中银行待遇不错，可以一边工作一边准备公务员考试。几个月下来，老中银行的工作环境和文化氛围像磁石一样吸引着石贤松，他喜欢这里，他在这里找到了归属感。

石贤松所在的综合管理部的部门经理正是赵姗姗。曾经在中国留过学的石贤松，深知赵姗姗能够在中国的几十万考生中脱颖而出，考取北京大学意味着什么。赵姗姗是个标准的学霸，但石贤松也对自己很有信心，自己也是学霸级的呀，也是老挝国立大学的高才生。差不多的年纪，相似的成长环境，都接受过良好的教育，一个中国学霸和一个老挝学霸就这样戏剧性地相遇在同一个舞台上。工作中的赵姗姗与平时爱笑爱闹的赵姗姗判若两人，工作时的她不苟言笑，做事雷厉风行，凡事力求完美。没有任何工作经验的石贤松，每次跟赵姗姗沟通工作都得打起十二分精神，赵经理的眼睛里揉不得一粒沙子，任何的疏忽和纰漏都瞒不过她的火眼金睛，还会不停地追责，一连串的发问让石贤松无力招架。遭遇职场挫折的石贤松，考场传来好消息，他考取了老挝工贸部。是走是留？

石贤松的心理波动，赵姗姗看在眼里，急在心上。石贤松是个人才，虽然没有工作经验，但一经雕琢历练必定大放异彩，作为部门经理，她不想失去这样一位员工。借着午餐的时间，赵姗姗向行长邓预请教如何才能留住人才，确保老中银行的员工的稳定性。邓预安慰她：少安毋躁，静观其变。看着一脸焦急的赵姗姗，邓预又补充了一句：据我的观察，石贤松不会走。

事实证明，邓预的判断是对的。

“是走是留”的天人交战一度令石贤松很迷惑，一边是自己一直以来梦寐以求的国家公务员，一边是每天都让自己经受挑战和考验的合资企业。他来到塔銮，小坐片刻，倾听自己内心的声音，习习凉风中，喧闹的心变得宁静，拨云见日，石贤松不再迷惑，他知道自己想要什么，他要遵从心的方向。

老中银行开业庆典的前一天，一份中文讲话稿把石贤松彻底难住了，他无法将这篇讲话稿信、达、雅地翻译成老挝文。彼时的石贤松方意识到自己五年的中文积累其实才开了个头，要想真正掌握中文，在中文与老挝文之间自由切换需要下更大的功夫才行。我要继续留在老中银行。有了这样的认知，后来在考取老挝计划投资部时，赵姗姗问石贤松：这次要走吗？石贤松淡然答道：再等等，下次再说！

请相信银行成立时我们一起说的“和银行共同成长”！石贤松在赵姗姗的眼中看到了真诚与希望。

下次机会很快就来了。这一次石贤松考上了老挝央行。石贤松的父亲十分希望他去老挝央行，虽说儿子现在就在银行里工作，但老挝央行是管理机构，重要的是去了老挝央行就是公务员身份。这一次的选择更加纠结、痛苦，老挝央行对石贤松的吸引力还是很大的，但老中银行作为首家老挝和中国的合资银行，留在这里，自己留学中国五年的学习有用武之地，中国先进的银行业知识、技术和管理对他的吸引力更大。

左右为难的石贤松又一次来到塔銮，清凉的风把一朵沾芭花吹落在他的脚下。

沾芭花！这是老挝人心目中的希望之花、新生之花。

老中银行，一朵盛开在富滇银行图腾中央的沾芭花。冥冥之中一切早已注定，就像老挝的俗语“河里有鱼，田里有米”一样，一切的存在都是自然而然的。石贤松觉得老中银行就是自己最好的归属。他再次决定不走了，继续留在老中银行。

既然选择了留下，那就要干出点名堂。从打定主意留在老中银行的那天起，石贤松作为学霸的小宇宙完全爆发，不懂，就问，不会，就学。赵姗姗是一位严格的领导，但亦是一个优秀的老师，言传身教，适时的提点，关键时刻的提醒与纠错，学霸石贤松用自己的努力把坍塌的自信一点点重新建立起来。功夫不负有心人，勤勉终得回报。石贤松在老中银行招聘的首批老挝员工中脱颖而出，得到了银行管理层和全行员工的认可。人力资源事务性的工作，石贤松可以独当一面；综合文秘类的流程、处理，他驾轻就熟；刚入职时连汽车保险带都不会系的他学会了开车，还能熟练驾驶着车去老挝央行进行业务交流。

2015年8月，石贤松以见习翻译的身份列席老中银行董事会。作为第一个列席董事会的老挝籍普通员工，石贤松的内心非常激动。会议在昆明召开。置身会场，坐在正式翻译的身边，石贤松近距离地感受着同声传译的魅力，看着自己的前辈精准、迅速地在中文和老挝语之间自由切换，气定神闲，神采飞扬。石贤松既兴奋又紧张，这趟昆明之行，让石贤松更加明确了自己努力的方向和目标。第二年5月，老中银行董事会在万象召开。这一次石贤松的身份是大会的正式翻译。会前，他做了精心的准备，让同事陪着自己进行了一次又一次地演练，会议材料烂熟于心。变化总比计划快，董事会召开现场，当参会董事没有按照演练的流程进行与会人员介绍而是直接进入主题时，石贤松大脑一片空白。仓促应对间，石贤松的翻译出现了几个无关痛痒的小失误，这让他懊恼不已。明明可以做得更好的，准备了那么久，为什么现场发挥会失常，为什么平时常用的术语就是说不出来，还说错了呢？懊恼懊悔懊丧的情绪席卷而来，几乎要把石贤松击垮。塔銮的清风也驱不走他心头的燠热。董事会结束后，综合管理部召开总结会，经理赵姗姗对石贤松的翻译工作大加赞赏，对他的翻译情况进行了科学分析。其实，那一天石贤松的表现已属上乘，是他自己过于苛求完美才会产生深深的挫败感。冷静下来的石贤松也终于能够客观看待自己的表现，问题不是出在业务素养上，而是临场经验的不足。而经验需要时间，时间会把清水酿成美酒。2017年7月，中方派驻的翻译期满回中国，石贤松不负众望正式成为老中银行的首席翻译。

昆明到万象，从云贵高原到万象平原。邓预、赵姗姗、石贤松早已习惯飞越云岭，一个小时前，从高温高热的万象回到四季如春的昆明，又或者一个小时后，从山茶绽放的昆明抵达满眼沾芭花的万象。

沾芭花的花语是孕育希望，获得新生。在老中银行这个平台上，赵姗姗和石贤松都完成了各自脱胎换骨的转变，破茧成蝶。赵姗姗实现了自己的职业梦想，找到了能够施展自己才华的舞台。而石贤松也找到了继续学习和丰富自己的平台，为父母分担了供养弟弟妹妹的经济负担，还在万象买了地，准备以后建造自己的房子。他在老中银行身兼两职，人力资源和首席翻译。在他看来，老挝的人力资源发展非常匮乏，对于人力资源的管理甚至还未初步建立。石贤松逐渐意识到老中银行人力资源管理培养、培训老挝籍员工，为老挝培养更多的高级金融人才的意义。只有培养提升激发当地劳动力、建构科学合理高效又符合老挝风俗文化的人力资源管理体系，才能真正帮助老挝人提升劳动竞争力，让老挝人也能像东盟国家、中国、美国等其他国家的人那样找到更好的工作，过上更好的生活。

之前在采访邓预时，我曾经质疑她说的“双赢”。我始终认为世间并无两全法，所谓的双赢不过是妥协。但面对赵姗姗、石贤松的成长故事，沿边境线一路走来，看中国企业走向缅甸、越南、老挝，在企业实现自己长足发展的同时，无一不深刻改变了这些国家的经济面貌和人文环境。

石贤松说，他是中国“一带一路”倡议的直接受益人，而且他相信，沿线五十三个国家像他这样的受益人会不计其数。

在勐腊学汉语

夜宿勐腊。与朋友穿过幽暗的街巷去找可以聊天的地方，七拐八绕，寻得了一处咖啡馆，唐�冉杰咖啡馆。

“唐嫎冉杰”来自哈尼语，“唐嫎”是哈尼族的祖先，她孕育了哈尼族群，“冉杰”则是子孙后代之意。掌柜叫查小巍，皮肤黝黑，五官硬朗。询问查小巍他咖啡馆的咖啡豆是否是云南本地的小粒咖啡豆，他说不是。遂把普洱市米古卡些咖啡李依玲的微信名片分享给了他。既然都是哈尼族的子孙，又都是咖人，祈愿他们会有交集。

跟朋友东扯葫芦西扯瓢地神聊，不着天也不着地，却难得的放松。他今晚还要赶去景洪，遂依依惜别。聚散匆匆。

下榻的酒店有一个露台，露台上安放着一桌一椅，藤制的，半新不旧，坐上去便不堪重负的吱吱呀呀。远山躺在黑夜的怀抱里，睡得正酣。傣楼的飞檐上缺一串风铃，倘若振翅欲飞的檐角在我闭目养神的下一秒飞走了，没有铃儿响叮当，等再一睁眼时，岂不失落？

咖啡力道生猛，死撑着我的眼皮，不肯屈服。这一夜，我是醒着还是睡过？我不知道。

晨曦把闹钟唤醒，闹钟又来拍醒我。醒来第一件事就是给刀荣明打电话，拜托他在微信上分享位置给我。

林志玲的声音像北方的酥锅，在她的锅里泡久了，再强硬的骨骼都能被酥成渣渣。所幸在我的一把老骨头还没有被彻底软化之前，就到了勐腊县城曼它拉路南端依山而建的勐腊县职业高级中学。校园里古木参天、绿草成坪，两栋办公楼之间有一块被绿树和草坪簇拥的巨石，白底红字，中国（勐腊）—东盟教育培训中心。我们比校长刀荣明早到。

刀荣明领着我们在学校里溜达了一圈，他说，半个月后刚才领我们看的那些统统都要被拆除，就在原址上，将会新建一座一万平方米的新校区。五年之后，欢迎你们再来！那时候学校肯定不会是现在这番面貌。不过，那时候我就退休了！

刀荣明已是一把老刀，接近组织上规定的职业生涯刀枪入库、马放南山的年纪。

早就听说勐腊县职业高级中学老挝籍汉语专业培训成绩斐然，平均过级率达98.9%，远远领先于与它同样开设汉语专业培训的几所学校，西双版纳州职业技术学院过级率达69%，景洪市职业高级中学过级率达82%，普洱学院过级率达76.5%。至于一枝独秀的成绩是如何取得的，作为一校之长的刀荣明最有发言权。

办公楼已经停水停电，校长办公室也基本清空，少了人迹的填充，愈加显得颓败。

没有电，很抱歉不能给你们泡茶！我好像记得办公室里还有瓶装水。一通翻找，果真找出来几瓶农夫山泉。皱皱巴巴的，尘土满面，噘着嘴，抗议刀校长对它们的忽略与忽视。

刀荣明指着墙上的裂缝说，这是80年代初期的建筑，现在已是危房。又安慰道：虽是危房，但不至于有危险，请放宽心！

勐腊县职业高级中学1986年建校，已开办橡胶、旅游、保安、计算机应用、老挝籍汉语翻译人才培训班等二十几个专业，致力于培养各类初、中级专业技术人才。

勐腊县地处西双版纳东南部，与老挝、缅甸接壤，国境长740.8公里，在澜沧江-湄公河交界地段。继磨憨成为国家级口岸之后，昆曼大通道开通、泛亚铁路开建、东盟经济贸易区正式建立、南亚次区域经济合作日益加强、磨憨开发开放试验区设立，勐腊与周边国家人才资源开发、合作交流随即变得越来越重要、越来越频繁，职业教育的发展在扩大对外开放、促进经济建设等方面的作用越来越凸显。尤其是中国与老挝在经济贸易和文化交流等领域的合作日益增多，老挝需要大量的中文翻译人才。老挝北部有关省县主动接洽勐腊县，希望能为他们培养中文翻译人才。勐腊县政府研究后，决定在勐腊县职业高级中学开办专收老挝籍学生的汉语翻译人才培训班。在2001年4月，上报西双版纳州人民政府，遂得到批准。8月，中老双方举行会晤并签订了办班协议。9月，勐腊县职业高级中学迎来了首届老挝籍汉语翻译人才培训班的学员，由此翻开了办学历史上“对外辐射”的新篇章。

十七年，弹指一挥间，短得如同刀荣明指间刚刚燃尽的那支烟。

2001年，首届老挝籍汉语翻译人才培训班57名学生，人数过多不便于教学。学校随即根据实际情况做了调整，在原有基础上增派了部分教师，将57名学生分成两个教学班。因为是首次培训老挝籍学生，安排宿舍时也出了小纰漏，原来在老挝有“不睡上下床”的风俗，于是，又对住宿进行了合理配置。首批来勐腊学习汉语的老挝学生都具有高中以及高中以上学历，有着良好的母语老挝语基础，汉语学习属于子语范畴。

依照协议，根据联合国教科文组织提出的“学会学习、学会生存、学会关心、学会创造”的要求，勐腊县职业高级中学提出了中国老挝学生相处的“八字”原则，即“平等、团结、互助、友爱”。教有法而无定法，贵在得法。为培养和提高学生学习兴趣，教师认真钻研教材，并研究学生的实际情况，针对学生的需要思考教法，灵活运用多种教法，如“实物教学法”“象形字教学法”“联想教学法”“合作互助法”，从而使学生便于接受，激发他们的求知欲，提高课堂教学质量。采取师生结对，每一位学校领导和教师都与两名以上老挝籍学生结对，并制订帮扶具体方案，规定每周一下午4：50—5：50为结对帮扶时间，除此之外，不限时间、地点进行帮扶指导，目的是关心他们的生活，辅导他们学好汉语。刀荣明本身就是一位从教学一线成长起来的校长，十七年来，每年他都会悉心教导与他结对的老挝籍学生。

谈及外籍学生管理的难点时，刀荣明坦然说是纪律。作为校长，纪律管理实行校长负责制，首要一条就是凡外籍学生病、事假或回国等一切事务，必须校长批示后方可执行。另外，学生的安全管理也是重点，对人身安全以及身体健康都要实行动态监控。新生入学后必须到勐腊县公安局外管科、国保大队、国家安全局备案，每学期入学必须到检验检疫局体检一次，每个学生建立体质健康卡，发现疾病及时治疗，有严重传染性疾病的学生，劝其回国治疗。

现在是暑假，放假前刚刚送走第十三期培训班，2014年9月开班，当时招收了57名，其中男生42人、女生15人，完整读完三年毕业的46人。

刀荣明递给我们一份勐腊县职业高级中学关于老挝籍汉语专业培训班情况汇报材料，截止日期是2017年8月10日。材料用7、8、9、10四个页码清晰地表述了各期培训班学员的详细资料，生源遍及老挝各省及经济特区。细细读下来，发现两个规律：一个是每期培训班无一例外的男生比女生多；另一个是每期培训班开班的人数远大于毕业人数，每期都有学生中断学业。

刀荣明解释说，老挝是传统的农业国家，女人属于家庭的观点根深蒂固，虽然近年来有所撼动，但是传统的力量依然强大，来勐腊学习汉语的男女比例失衡就是一个明证，至于部分学生中断学业，原因有很多，最主要的原因是贫困。勐腊县职业高级中学的收费是严格按照中老备忘录进行收费的，每个学生每年的学杂费是人民币6200元，包含学费、生活费、水电住宿费、保险费、办证费以及体检费等。针对家境贫困的老挝籍学生，勐腊县政府有定向资助，每省每年减免两名贫困学生的学费，同时设置了奖学金，勐腊县教育局每年拿出2万元人民币，学校每年拿出1万元人民币，奖励汉语专业培训班品学兼优的学生。

2004年7月，首期培训班学生顺利毕业，当初入学时的57人中有46人最终完成了学业。其中，13人进入老挝政府部门从事翻译工作，19人被选送到西双版纳州职业技术学院继续深造。第二期培训班于2005年7月毕业，这一期的优秀毕业生比较多。申通和康木在HSK（汉语水平考试）测试中分获第一名和第五名，被选送北京语言大学深造，毕业后，申通参加了老挝国家公务员考试，被老挝中央纪律检查委员会录取，而后被选送到新加坡国立大学攻读硕士研究生。康木和帕尼关在苏州大学攻读硕士研究生，回国后，康木在老挝国防部工作，帕尼关就职于老挝南塔省外事厅。每一期都有优秀毕业生涌现，毕业离校后，他们都与自己在勐腊的授业恩师保持着密切的互动，在勐腊学习汉语的经历成为老挝学生人生撑竿跳强有力的支撑。

有人敲门。原来今天上午，刀荣明除了要接受我们的采访，还要跟同事去探访精准扶贫的帮扶对象。一起下楼之前，我们站在楼上眺望不远处空旷无人的操场。

说了也没用，但还是忍不住再叨咕两句学校目前的问题和困难，老挝学生现在一年比一年多，我们的汉语和老挝语教师不够用，缺口还挺大的。其实，勐腊县职业高级中学对外招生、办学，只得到了西双版纳州人民政府的允许，这么多年，云南省教育厅一直没有批复，学校对外办学的资质和拓展招生的范围得不到解决，想进一步扩大对外办学就无从谈起。你们看到那块石头了吧！中国（勐腊）—东盟教育培训中心。东盟有十个国家啊，我们这十几年仅仅只是在做老挝的汉语专业培训，这个中心名不副实呐！

阳光刺穿大树的枝丫，巨石上光影斑驳。白底红字，分外醒目。

七月底结束全部的采访后飞离春城，回到燠热的北方，开始本书的写作。每日将自己埋在笔记本、资料书籍和录音音频中，恨不得一天有48个小时。月余，Word文档字数栏的阿拉伯数字与日俱增。九月初，收到刀荣明的短信：2018年新招老挝生458人，目前全校在籍906人，其中高三年级顶岗实习169人。其他情况待通报。

又是一年开学季，刀老师学生遍老挝。着实可喜可贺！

虽已立秋，闷热潮湿之势依旧不减。泡一杯清茶，想念云南。

注疏5：旅行家老徐与作家老徐之磨憨

大年初二，作家老徐女儿的两位研究生导师从京畿来滇，欲从磨憨出境，自驾游历老挝、泰国及柬埔寨三国。女儿欢天喜地去长水机场接机，长水与大板桥，直线距离仅六公里。

彼时，作家老徐在客厅地板上撒下一片青松松针，环绕成圆，犹如一块翠玉璧，绿汪汪一片，屋中央浮起一叶巨荷。十八碗佳肴摆布圆心，静待客人入席。作家老徐要以家乡过春节的最高礼仪款待女儿的导师。

四百年前，旅行家老徐从贵州新义来滇，一步步至罗平，至师宗，至崇明，至四营，至杨林，马上就要过小哨，探索的脚步已抵今长水机场东界，只需翻过分水岭，就能俯瞰作家老徐的生身之地，大板桥古驿。

那也是临近年的时节，若有朋自远方来，作家老徐的祖上亦会像今天一样，以松毛饕餮盛宴迎接江阴来客。然，旅行家老徐却拐向崇明县城，入三家村、白彝，沿盘龙江而行，过白沙河，由金殿方向进昆明城。作家老徐史海钩沉，隔着四百年时空，阅尽旅行家老徐游滇记，在一个个耳熟能详的地理坐标中寻找，考证出旅行家老徐曾经距离大板桥仅四十里地，行于此，生于斯。四百年，四十里，近在咫尺，却失之交臂。

女儿的导师如期而至，看到青松毛上或蒲团，或草墩，或小方凳，或盘腿席地而坐，惊喜之余探问道：这样的过年习俗始于何年，有啥寓意？

作家老徐说，此俗源于衣冠南渡，客家人填四川、云南，凡以此风俗过年者俱为一族之人，已数百年矣。

松毛清馨，佳肴味美。作家老徐之五弟端出数十种泡酒，任君品评。两位导师对其中的“云南竹叶青”青睐有加。作家老徐击掌称妙。贵客不解，问妙在何处。作家老徐云，妙在此酒药引是从二位欲往的国度得来，其叶碧绿如玉，其花红曼似妖。

这药引到底是什么？

徐氏秘方，概不示人。作家老徐狡黠一笑，秘而不宣。

酒过三巡菜过五味，宾主尽欢。送客至磨憨，分别之际，作家老徐以竹叶青泡酒相赠，笑曰：人在旅途岂能无酒？

醉眼迷离间，作家老徐脑际灵光一现，旅行家老徐千山万水走遍，行游滇地之时，随身携带的酒壶里装的是什么酒？

老徐磨憨送客

板桥长水岭于前，
瘦马霜风事如烟。
灯火尽头羁旅客，
一壶浊酒影中眠。

卷三

太阳转身

北回归线

鲁史古镇：山间铃响马帮来

在凤庆（旧称顺宁）的采访，全程都是县文联主席杨凌协调和陪同。杨凌之前是县文化局局长，还曾经当过县委宣传部的副部长，也有乡镇工作经验，算得上是全能型的基层干部。他个子不高，声音却很高，笑起来分贝更足。他名字中的“凌”字有冰的意思，自带喜感的他把性格中的冷峻自我消融了，唯余春风和煦的一面。有这样的向导，凤庆的采访一路笑声，一路愉悦。

崇山峻岭深处，澜沧江平缓沉静地向南流去，一路留下了无数迷人的风景和动人的故事。杨凌圆鼓鼓的肚皮里就装满了临沧的民间传说和乡间野史，话匣子一旦打开，就像开启了泄洪闸，滔天大水携泥裹沙，飞流直下三千尺，一刻不停地激荡着我们的鼓膜。

今天上午我们的目的地是鲁史古镇。雨下下停停，我们的车却不管不顾，一股子劲地刺穿雨雾，一味向前。

关于鲁史的历史，杨凌详细地翻阅过《凤庆县志》。根据县志记载，明朝自万历年间就在此设“阿鲁司巡检”，辟为街场。彝语“阿鲁”意为小城镇，后称“阿鲁司”，再后来便转音“鲁史”了。清朝时，曾设阿鲁司巡检司。民国2年（1913年），曾设区团。历史上，鲁史一直是顺宁府（县）设于澜沧江北的行政管理机构所在地。

车停在阿鲁司巡检司门口。大门紧闭，铁将军把门，还横着一根硕大浑圆的杠子。闭门羹。等了不多时，姗姗来迟的鲁史镇文化站站长铁晓荔领着看门人来了。铜钥匙甫一亮相，铁将军便立刻失了气势。抬腿跨过小腿高的门槛，“回”字形的庭院，铁桶一般，好在建筑只有二层，不然久居此地，岂不成了被拘于逼仄天地间的一头困兽？纵然只是二层的楼宇，仰头环视四周，已然是四角的天。一楼的一间房屋做成了县衙的微缩景观，“明镜高悬”的烫金匾额自带威严，“心似古井查案似镜，身如磐石执法如山”的对联悬挂左右两侧。县衙对面的照壁上，两头能辨曲直的獬豸虎视眈眈，呈呼应之势，“一身正气安社稷，两袖清风慰苍生”镶嵌于照壁左右两边。县衙旁边设一间展室，用沙盘模拟出鲁史古镇的旧日时光，墙上的蓝色亚克力板直挺挺、硬邦邦地复原着澜沧江、黑惠江的曲折和蜿蜒，形不似，神亦不似，一副东施效颦的模样。二楼是茶室和客房。铁晓荔说，这里曾被开发为民宿，终因生意惨淡，无以为继，只得关门了事。

接待来自全国甚至世界各地的记者、作家是铁晓荔分内的工作之一。对于鲁史的历史，久居此地的铁晓荔自然知道得更比杨凌详尽一些。

鲁史古镇在澜沧江、黑惠江之间，是个小镇子，东西长800米，南北宽538米，总面积仅43万平方米。就是这样一个弹丸之地，却由于所处地理位置的特殊，一度成为茶马古道的咽喉重镇，成为“茶马古道第一镇”。遥想当年，鲁史是滇南向东通往蒙化（今大理巍山县）、下关、昆明，向北去往丽江、西藏，直达印度等国家，南下缅甸的重要驿站。这条古驿道开辟于1328年，当时山道艰险，江河险恶，横渡澜沧江和黑惠江时只能用竹筏或木舟将骡马和驮子分别渡到对岸。清乾隆二十六年（1761年），澜沧江上架起了青龙桥。随着交通条件的改善，商旅与日俱增，鲁史成为顺宁的通省驿道，亦是往来澜沧江和黑惠江的必经之路和住宿驿站。六百多年间，不知有多少马帮来来往往，由北到南运来丝绸、百货和中原文化，又由南向北输出茶叶、药材和山野乡俗。几百年间，鲁史古镇藏富于民，豪宅大院林立，目前保存尚算完好的只有乐家大院、郑家大院、杨家大院、张家大院、董家大院、甘家大院、李家大院、骆家大院和宗家大院。

走出阿鲁司巡检司，略显突兀地闯入了隔壁的院落。两株缅桂花正在次第绽放花蕾，摇曳生香，只是被雨丝切割得一缕一缕，时断时续。许是我们这样的陌生人见得多了，不足为奇，亦不足为惧，房廊下舒展在藤椅里的老者稳稳当当地坐在那里，就连老人脚边卧着的大黄狗也只是抬了抬眼皮，丢给我们一记见怪不怪的眼神，兀自盘卧成一团打瞌睡。老人与狗都选择了沉默以对一波过客，又一波行者。我们这一行，到底是老人看过的第几波？

老人以静制动，我们只好以动扰静。

老人名叫张东皋，生于斯长于斯。祖父名唤张周南，是个勤劳的农家汉子，披星戴月地养猪养羊养牛；也是个敢闯敢拼的生意人，他赶着养肥的猪牛羊一路向南，九死一生赶到缅甸贩卖。有了钱就盖房子、买地，养更多的猪羊牛，挣更多大钱。张东皋说祖父是个眼光长远的人，没有让儿子张子良跟着他饲养、贩卖家畜，而是送往大山之外读书，接受系统的教育。

听到这里，铁晓荔插了一句话，张子良的生平在《鲁史镇志》中有记载，因为他当过镇长。

民国27年（1938年），学成归来的张子良被聘任为鲁史中心小学教员，他积极推广新的教学方法，教学质量有了较大提高，受到学生们的赞誉。被任命为校长后，更是悉心探索先进的教学管理方法，培养学生“德、智、体”全面发展，注重培养农村实用人才。民国33年（1944年），县政府委任他为鲁史镇镇长，任职期间，面对地方旧政府苛捐杂税的摊派，百姓处于水深火热之中，他深表同情和忧虑，然而无力左右，任职不到两年即辞职回家。1994年病逝，享年八十一岁。

1952年土地改革，张家被划为大地主。房产、田地全部上缴国家，举家搬离张家大院。不仅如此，因为在旧政府曾经任过职，张子良还曾被判入狱三年。现在张东皋和儿子住的这个不大的院落还是改革开放之后，他们从别人手中买回来的。其实，原本也是张家大院的一部分。

张东皋说父亲张子良出狱后，原本十指不沾阳春水的教书先生拿起了瓦刀，做起了泥瓦匠，就在村里、镇子上和周围相邻的地方给人家盖房子，一直盖到干不动为止。张东皋自小不爱读书，在父亲的逼迫下勉强读了几年书，后来就成了一个马锅头，穿梭在澜沧江和黑惠江上，有时北上，有时南下，都是为了生活。他有一儿一女，女儿远嫁，儿子如今跟他住一个院子，一个锅里摸勺子。儿子现在跑车，也是挣着一份辛苦钱。

告别张东皋，沿着湿滑的青石板路小步缓行。错落的台阶，每一个都被岁月留痕，区别只在或深或浅。雨终于累了，椭圆的马蹄脚窝里积了水，偶有不慎，一脚踏进去，便与几百年的时光重合一处。遂口占七绝一首：

夏雨东风自来去，
橙黄橘绿谓婆娑。
浮萍亦有相逢日，
一任沧桑叹蹉跎。

杨凌头前带路，又进入一家院落。院门大开着，雕着“卍”字的瓦当上积蓄的雨水还在滴滴答答，一株天竺葵以怒放的仪容与我们四目相对。杨凌非常笃定地说，这座董家大院，据考证，一代旅行家徐霞客曾经住过。1638年，徐霞客开始了他的云贵之旅，自贵州进入云南境内，写下了46篇《滇游日记》，将古代游记体推至巅峰。1639年农历八月初六，徐霞客从右甸（今保山昌宁县）到顺宁，八月十四日从凤庆县城出发，与前往下关的马帮一道走茶马古道，当晚住在大寺乡德乐村高枧槽一位梅姓老人家，品尝了老人亲手为他煎煮的太华茶。八月十五日中秋节这天一早，又与马帮一起乘竹筏渡澜沧江，翻骡马萎坡，抵达鲁史古镇。徐霞客在日记中写道："蹑冈头，有百家倚冈而居，是为阿禄司……是夜为中秋，余先从顺宁买胡饼一圆，怀之为看月具，而月为云掩，竟卧。"

董家大院原户主为董尚志，宅院建于明末清初，至今三百多年历史，是一座有过厅和后花园的四合院。庭院紧凑协调，布局合理。董氏先祖从房屋建成就以住宅兼开客栈，大院经董氏历代主人的不断维修完善，民国时期在董氏最后一代经营人董尚志的整修下堪称一幢花园别墅。如今，已是几易其主，院内面目全非，雕龙画凤的大门坍塌，屋檐下的壁画却依然清晰可见，似乎还提着一口气，立在那里提醒我们它昔日的荣光。

瓦当上的水流依旧滴答，屋檐下的石板已经被水滴穿。再细细打量院落，房顶上居然长着草，稀稀落落不成丛，一排一排瓦片之间更有翠绿、墨绿、老绿的苔藓。除了四敞大开的院门，院子里的门与窗全都严丝合缝地闭着，不透一口气。除了嫣红似血的天竺葵，再没有一丝生机。几个人面面相觑，心照不宣地退了出来。老房子多故事，多一事不如少一事，三十六计走为上计。出得门来，眼前突然一亮，太阳跳出云层，刹那间天地生辉，笼罩在周遭的阴霾一扫而光。

太阳出来了，遂收起伞具。在纵横交错的街巷间徜徉，铁晓荔用语言复活着往昔的热闹景象：鳞次栉比的铺面，一间又一间客栈，一家又一家饭馆、酒肆，这里是铁匠铺，那里是酿造坊，更有染坊、裁缝店、照相馆……

什么？照相馆？我们没听错吧？

没错，鲁史古镇曾经有过照相馆。今天你们看到的鲁史是繁华落尽的模样，但别忘了鲁史曾经是茶马古道的第一镇，当年的鲁史与外界是联通的，后来可以走的路越来越多，路况越来越好，地上有高速公路、高铁，天上有飞机，鲁史的光环不再，隐身在大山深处，凝固成历史，成了国家级文物。走这条路吧！这是通往字家大院的，他们家保存有一百多年前的印花瓷砖。

2013年，茶马古道鲁史段成为国家第七批文物保护单位。鲁史古镇是滇西片区保存较为完好的古建筑群之一，从整体上看，民居建筑风格受大理白族文化以及江浙一带的影响，具有典型的南诏建筑风格。以“三街”（上平街、下平街、楼梯街）、“七巷”（曾家巷、黄家巷、十字巷、骆家巷、魁阁巷、董家巷、杨家巷）、“一广场”（又称四方街）为中心，呈圆状分布。一条三米多宽烙满马蹄印的青石板道，由东向西把古镇一分为二。民居以一颗印状的四合院和一正一厢一照壁式的三合院为主，形成“四合五天井，三坊一照壁”的独特风格。楼层上下各三间房间，土木结构，屋顶用当地产的青瓦铺盖，墙体和椽柱相接处用麻布石或青石板密封以防火患。屋脊均向两头翘起，房檐设有勾头瓦，其上雕刻各种精美图案，或龙或凤，或狮或虎，栩栩如生，活灵活现。临街和沿路的墙体还请文人或者自己亲自提笔题诗作画，照壁是彰显主人阶层的窗口，是书香门第，还是豪门富宅，或者是普通人家，都可以从造型和上面的绘画明示出来。宽敞的院落内，植树栽花，叠石造景，典雅别致，修身养性。

字家先人的马帮从大山外面驮回的瓷砖原本镶嵌在院落的各处，如今保留完好的只余几块。我们眼前的这八块，色彩艳丽百年不褪，四围是绿色的缠枝莲花边，中间部分乳白打底，三朵玫瑰，一朵盛放，一个小小的花苞，更有不胜娇羞待放的一朵，复点缀几片绿色，让红与绿在白色的舞台上恣意舒展。它们自火中淬炼而生，历经百年，依旧拥有不老的容颜。与字家人攀谈时得知，那些毁坏的，不是日月侵蚀，也不是日晒雨淋、风霜严逼，而是毁于“破四旧”的铁锤。

一行人默默地走出字家大院，天又下起了雨。

走得有些渴了。铁晓荔说这就去找一个茶馆，她带着我们三拐两拐又到了一个大院门前，骆家大院。

骆家第一代是骆德寿，也就是骆英才的父亲。民国初年（1912年），他挑着担子，从四川老家出发沿着茶马古道一路贩卖小百货，来到鲁史镇后，就留在此地安家落户。骆英才子承父业，把骆家的生意发扬光大。《鲁史镇志》中记载："骆英才，字俊儒，生于1885年，卒于1952年，四川籍，鲁史街人。骆英才为人勤奋俭朴，重信誉，有经营管理头脑。他从开茶馆，卖零杂货，经营马帮粮料，办烟丝加工、制酱等加工作坊起家。民国20年（1931年），在鲁史第一个开始发展茶叶，置买荒山，种植茶叶100多亩，后发展到200多亩。开设'俊昌号'，从茶叶种植、初制加工到产品直销下关，形成一条龙生产。他的茶场在桤木林，有初制加工房两幢，晒场一个，100多平方米，生产晒茶。长年雇工七八人，季节性雇工四五十人。茶场实行以茶叶为主的综合经营，兼种土靛叶，嫁接泡核桃和其他林果。在他的推动下，鲁史在三四十年代就形成了发展茶叶的高潮。"

鲁史人发了家，就要建宅，此乃人生头等大事。骆英才在鲁史镇的楼梯街买了地皮，计划建造间间房子都贯通的四合院。地基在楼梯街脚，坡度较大，造屋匠修了四合院，却没有实现间间房子相通的筑造初衷。骆英才不满意，后请来鲁史有名的造屋匠李绍龙，重新建造宅院。李绍龙把骆宅设计成走马转阁型四合院，在500多平方米的地基上建起了大小房子5幢34间，建筑面积达692平方米。在楼梯街一侧建成随地势逐层升高的楼阁，"五天井"中营造出两个花园，外观气派非凡，庭院幽静内敛，在鲁史四合院群落中，堪称匠心独具的一个。

骆家大院其实也是损毁很严重的，后来修复得比较好，应该是现存的大院中修复最好的一家。现在大院的主人叫阮殿蓉，是骆英才的外孙媳妇。

阮殿蓉？似曾相识的一个名字，在哪里见过呢？

她创办了云南六大茶山茶叶公司，是云南知名的女茶人。

哦，对了，《普洱》杂志2006年8月的创刊号上，有一篇《我心如茶，我命如茶——访女茶人阮殿蓉》，那是一个生命被茶香浸染，在品尝时间与经营艺术之间，把自己的命运融在一杯普洱茶中的奇女子。

咱们可以在这里稍事休息，喝杯茶，一会儿咱们去“四方香”吃午饭，请您吃鲁史豆腐去！

骆家大院的门房如今成了六大茶山设在鲁史古镇的一家门店，采茶季负责收茶，平日展示、销售六大茶山的系列茶品。看护宅院的是骆家后人骆智忠。骆智忠口才了得，借助门店的展板和墙上的老照片，一盏茶的工夫，向我们悉数骆家的昨天。

明清以来，鲁史人就以种茶为生，骆英才凭着勤劳和智慧成了鲁史第一个人工种茶的茶人，先后开挖种植发展茶园400多亩，并开设“俊昌号”茶庄，长期从事茶叶的精制和贸易。初次生产茶叶时，骆英才靠的是民间常用的传统人工揉茶法，支口大铁锅，将新采的茶叶用火来杀青，然后将热茶倒入自制的竹篾簸箕不停地揉晒。这种方法操作简单，但费时费力。后来通过来往马帮，“俊昌号”引进了揉茶机，提高了效率。当时，由骆英才带领茶农研制的“明前春尖”和“雨露谷花”两款茶，曾一度成为民国时期云南茶叶的极品，随着南来北往的马帮传遍全国甚至邻国。

现在还能喝到“明前春尖”和“雨露谷花”吗？一不留神，没有按捺住内心的好奇。

喝不到了。有些工艺失传了。

一天能卖几饼茶？

好几天也卖不了一饼。来这里的游客不多。

只能说兴是因为路，当年这里是茶马古道的必经之路，南来北往必须要在这里歇脚打尖。现在早已不是乡间铃响马帮来的时代了，鲁史的衰败也是因为路，虽然这里距离凤庆县城只有八十多公里，但这一路走来，想必你们也亲身体验了山路十八弯，甚至还有几段弹石路面。这还是好些了呢！前几年路更难走。云南这么大，比鲁史美的地方多着呢，徐霞客旅游路线，寻找最美风景的活动，鲁史古镇就在其中，但是游人却会望路兴叹，转而去了其他的地方。当然了，还有一个原因是，鲁史古镇作为国家级文物保护单位，对游人数量也是有控制的，改建、扩建、复建的审批非常严格。旅游是门大学问，没有完善的基础配套设施，根本无法承载。一顿连珠炮，铁晓荔人如其姓，是个有胸襟、有见地的铁姑娘。

慢慢来吧！急不得，急不得哟！

恼人的雨又在淅淅沥沥。道路湿滑，是下坡路，沿台阶下行，脚下当真需要慢着点呢。

锦秀茶祖座下的守茶人

细雨蒙蒙中，我们用脚丈量了古镇的每一块青石板。午饭吃得非常舒服，外酥里嫩的鲁史豆腐，再配一碗清淡芬芳的大白花汤。午饭毕，启程前往大山深处的香竹箐，拜谒千年茶祖。

杨凌陪我坐在后排座，因有以往几进几出西藏的底气，对盘山公路的险与弯基本不放在心上，许是因为过分轻敌，抑或是昨夜休息得不好，又或者是午饭味美，多吃了几块鲁史豆腐，居然头晕目眩，似有晕车之感。毕竟六十岁了，纵然心理上不服老，无比诚实的身体也会用生理反应警醒自己，让人不得不服。

巍峨的云岭忽远忽近，澜沧江在云雾中时隐时现。纵然山道弯急，杨凌也不受丁点影响，这里是他工作生活的地方，习惯了，也适应了。一个称职的向导首要条件是要会讲故事，杨凌腹肚浑圆，装满了故事。

相传，很久以前，星源寨的小伙子本山哥在打歌场结识了龙潭箐的香竹妹，两人一见钟情，相处不久就私订终身。香竹妹爱慕本山哥一表人才，勤劳勇敢，本山哥喜欢香竹妹的善良贤惠。他俩结婚九九八十一天后，香竹妹怀了身孕。一对恩爱夫妻高高兴兴回娘家向父母报喜，途中，被在澜沧江边玩耍的黑龙看见，黑龙觊觎香竹妹的美貌，变作一黑脸壮汉，打伤本山哥后，抢走了香竹妹。无奈之下，本山哥来到玉龙潭，烧香祈愿，恭请玉龙潭的白龙帮助自己夺回娇妻。白龙答应了本山哥的请求。三天后，白龙带领本山哥和村民与黑龙决斗。经过一天一夜的激战，黑龙伤败乖乖交还了香竹妹，本山哥和白龙也受了重伤。本山哥回到星源寨不久便死去，坟上长出了一棵高大挺拔的茶树，后人取名为“星源本山茶”。香竹妹生下儿子后死在龙潭箐坡下，化身为“香竹箐大山茶”，也就是距今3200多年树龄却依然生机盎然、子嗣绵延不绝的锦秀茶祖。本山哥和香竹妹的儿子长大后，把父母身上结的茶籽散播在山上，形成了连片的茶园，就有了如今的这片古茶树群。

车穿过小湾镇，停在山脚下。一座高大的青石牌坊，上书四个大字：锦秀茶祖。

是锦绣？怎么会是锦秀？

这里是锦秀村。杨凌解释道。

拾级而上，一个台阶又一个台阶，慢慢靠近今天要拜访的古老神灵。穿过牌坊，爬完最后一层台阶。地势变得十分平坦，一丛丛低矮的台地茶跃入眼帘，一个带着宽檐草帽的中年茶娘正在双手采茶。

大姐，这里离茶祖还有多远？

中年茶娘手里攥着一把新鲜的茶叶，随便向前指了指，一直走过去，就是喽！

来时的雨雾早已消散，白莲花一般的云朵时卷时舒。云者，天地之气，变幻莫测，有神无形，有规无定。或晴空行云，或乌云压城，或风涌云起。朝暮霞光，绚丽烂漫，彩云伴月，宁静浪漫。或飘逸，或厚重，或虚渺，或善或恶，不知何来，不知何去。云之上，天也，天之上，寰宇星际，亿万光年，深邃昊远。望云，仰首面天，直视云间，心浮云止，心静云动。云岭望云，洞察云之变幻，思悟云之奥妙。

茶祖被圈禁了，平地砌起一道高墙，只留窄窄的小门，一把大锁隔绝了她与红尘实相的你来我往。偌大的广场，云龙盘柱，铜鼎焚香，锦绣长文《锦秀茶祖记》雕凿在墙壁之上。唯有遥望，唯有仰视，唯有顶礼膜拜。

广场的台阶上，席地坐着一个黑衣人。云贵高原的高强紫外线赋予他一副紫黑的脸膛，眼白分外明亮，清清冷冷的。他冷眼旁观我们的到来，对我们的惊呼、慨叹视若不见。助手自告奋勇去向黑衣人打探情况。

不大会儿工夫，我还没有从头至尾读完《锦秀茶祖记》，助手就悻悻地回来了，言简意赅地说了她了解到的情况。黑衣人是小湾镇武装部的工作人员，是镇政府派驻在锦秀村看护茶树的，这是他的工作，他就住在山脚下的村子里。除了睡觉，其他时间都在守护这棵树。另外，开启通往茶祖小门的钥匙就在他手里，但他拒绝开门。

我在守茶人身边坐下，试图对接他的目光，他转头，拒绝与我对视。我闻到一股淡淡的酒气。

你喝酒了吗？

没有。

能给我讲讲这棵茶树吗？

不懂。

这棵树还能采茶吗？

不晓得。

你不是在看茶树吗？怎么会什么也不知道呢？

黑衣人起身，不打招呼，一言不发，迈着节奏感分明的步伐径自离开，留给我们一个腰背挺直、孤勇决绝的背影。助手朝我扮了一个鬼脸，对我在黑衣人面前同样吃瘪幸灾乐祸。看着他的背影，恍惚间，似曾相识的感觉涌上心头。

你当过兵？我脱口而出。

黑衣人回过头，不假思索地回答：对，在贵州当兵。我家就是这里的。

哪一年？

1976年。

我1974年，在湖南当兵，比你老。我家是官渡大板桥的。

他突然给我敬了一个军礼，看上去有些生疏、生硬。清冷的眼睛开始回暖，笑容浮现在紫黑的脸膛上。我回敬他一个标准的军礼。他伸出粗粝的手掌紧紧钳住我的手，眼神变得热络，不再回避我的眼神。

你什么兵种？是后勤分部的吧？

对啊首长，你猜得真准，就在贵州二十二分部看守军用仓库。

他坐回到我的身边，带着一丝淡淡的酒气。

老兵，你喝酒了吗？

没有，我在上班，哪能喝酒呢！

我闻着你有酒味。

感冒了，吃的药，藿香正气水。

感冒了要多喝水。他手里拎着一个容量颇大的透明塑料水壶，装着一壶白水。你守着茶树，是看茶的人，怎么不喝茶呢？

平时是喝的，天天喝，咱云南人怎么离得了茶！今天感冒了，刚吃了药，吃药不能喝茶，会解药效的。

你在这里看茶树多久了？

有段日子喽。

以前我来的时候，路没这么宽，也没有硬化。茶祖也没有被墙围起来，周围还有好几户人家，这才一年多没有来，变化怎么这么大！杨凌深深地感叹。

都搬走了，一共迁了五户，这边三户，那边一户，还有那边的一户。茶祖周围一公里没有住户了。

你看护茶祖，为什么不带个凳子？折叠的那种。我用手比画着。可以坐一坐，歇一歇。

那怎么行！守茶不能一直坐在这里，要到处转着看，现在茶祖名气越来越大，老有人想到近前看一看，还有人想摘茶叶。

这个茶现在还能采吗？

2015年4月初摘过一次，当时电视台报道了。应该是4月17日下午，对锦秀茶祖进行了保护性采摘，当时一共采摘鲜叶14.5公斤。鲜叶采摘下来后立刻送往滇红茶科院，并于当天开始茶品制作。第二十五届茶文化艺术节开幕式上，对用3200年高龄茶树原料制作的生茶和滇红分别进行公开拍卖。台湾大友普洱茶博物馆馆长廖义荣以35万元拍得了100克生茶，新疆茶商汤文革以12.8万元拍得滇红茶品。守茶人像个播音员一样播报了一遍。

你怎么知道得这么详细？

茶祖在我这里装着嘛！他拍着胸口，笑得骄傲而又自豪。每年这里还举行锦秀茶祖朝拜仪式，场面很大很热闹，老兵你今年来晚了，等明年，四月份，要是有时间一定要来看看！

你是转的志愿兵吗？

没有啊，正常退伍。

听说你在小湾镇武装部工作，退伍之后怎么去的武装部？

守茶人脸上忽然有几分羞涩，用不大的声音喃喃道：退伍回来，在村里当民兵时曾经抓过一个跨国毒贩。我是缉毒英雄。后来就到镇武装部工作了。

啊！缉毒英雄！快给我讲讲。

哎哟！原来是您哪！很早以前就听说过小湾镇的缉毒英雄，原来就是您哪！杨凌也是十分惊叹。

给我们讲讲你的缉毒故事吧！

不讲了！没什么好讲的。他表情淡然，不置可否。都过去了，真的没什么好讲的。

还没等我继续追问，他的手机响了。接完电话，守茶人说，老兵，单位有事，我要回去一趟。

能不能开开门，让我们看一眼茶祖？

不行。拒绝得直截了当。

再没有多余的寒暄和解释，他已经决然而去，留给我们一个像座山又像棵树一样高大挺拔的背影。

你叫什么名字，老兵！

杨礼邦。他头也没回，风把声音传送过来。

再三叮嘱杨凌一定要搜集到关于杨礼邦的资料。回到北京，开始这部书的书写。陆续收到云南各地邮寄过来的资料，杨凌发来的资料中夹着一份凤庆县公安局1991年9月7日第八期“情况反映”的影印件。第六条的内容如下：

> 8月28日凌晨，马街小湾桥临时联合检查站工作人员杨礼邦、鲁贵华二人在小湾桥抓获境外贩毒分子一名，当场缴获海洛因11400克，手榴弹1枚。我局接报后，根据已掌握的情况，经对沿江两岸的石岩、丛林搜查，又查获罪犯隐藏在石岩上的海洛因24350克，手榴弹1枚，破获了建国以来我县最大的一起武装贩毒案。目前，此案正在进一步审理之中。

一场惊心动魄被浓缩成了一百多个字。

小湾位于临沧凤庆县马街乡与大理州南涧县新民乡交界的澜沧江畔，距县城五十多公里。这里地势险要，水流湍急，水力资源十分丰富。20世纪80年代初，预计总装机容量比全国重点建设项目漫湾水电站还要大的小湾水电站开始勘测。随着时间的推移，小湾已不再是昔日荒野峡谷的不毛之地，而是以自己所独具的优势越来越被世人所瞩目。事物的发展往往是辩证和矛盾的，小湾便桥的修通，给勘测工作和群众出行往来带来便利的同时，也给境外贩毒分子向内地贩运毒品大开方便之门。

马街乡在桥头设立了小湾综合检查站，抽调民兵昼夜巡逻检查，防止不法商贩借路走私偷税漏税，防查贩毒分子向内地贩运毒品。退伍后的杨礼邦原本在家本本分分地种茶田，小湾综合检查站设立后，因为当过兵，村组长第一个就来通知他。上岗前，民兵们统一接受了工商、税务、公安等部门的联合培训，尤其是公安局缉毒队详细向民兵介绍不同时期境内外贩毒活动的规律和特点。从凤庆经小湾出南涧，到贩毒活动猖獗的巍山和下关，小湾便桥这条路与其他通道相比，可以避开许多关卡，对贩毒分子而言是一条天然捷径。

8月28日这一天晚上，是杨礼邦和另一个民兵鲁贵华值夜班。两个人在小湾便桥上从这头溜达到那头，再从那头折返回到这头，吸着自制的土烟，一遍一遍哼唱着《好人一生平安》，骂骂忘恩负义的王沪生，慨叹为啥自己的老婆没有刘慧芳那么贤惠。这天是农历的七月十九日，一轮圆月当空，护佑着两个尽职尽责的人，时而把他们的影子拉长，时而又调皮地把影子缩成一团。已经很多个风平浪静的夜晚了，但他们心上的弦一刻也不敢放松。“兄弟，咱不睡桥头了，咱把铺盖搬到桥中央去，这边的往那边，那边的往这边，都得蹚着咱们才能过去。”“对呀！这个主意好！要真的过来人，一旦到了桥头，可就不好往回赶了！”

“十二点了，睡一会儿吧！”“好，反正咱躺在桥中央，谁也别想从咱身上过去！”踏踏实实地躺下来，眼皮发沉，两个人很快就睡着了。眼睛睡觉了，耳朵却在值班。也就打了一个盹的工夫，桥板上响起来颤巍巍的脚步上，由远而近，一轻一重，一左一右，是两个人！杨礼邦和鲁贵华几乎同时睁开了眼睛，两个人轻轻碰了碰彼此的胳膊，握紧了手中的步枪。他们像天降神兵一样跳起来，巨大的力量把小湾便桥震颤得几乎让人站不住脚，更吓傻了迎面而来的两个人。扛着蛇皮口袋的两个人呆愣了一会儿，一个回身向来的方向溃逃，另一个径直向他们冲过来。杨礼邦与鲁贵华交换了一下眼神，甩开膀子飞奔着去追向北岸南涧方向逃窜的那个，鲁贵华则与迎面而来的缠斗在一起。乌云遮蔽了月亮的光辉，暗黑一片，成了所有图谋不轨最好的保护色。转眼之间，夜色吞没了那人的身影，消失得无影无踪。杨礼邦回头一看，鲁贵华正在与试图闯关的人扭打在一起，便赶紧回身过来支援，你一拳，我一腿，两个人齐心协力终于擒住了他。搜身的时候，打开蛇皮袋子，一看里面的物品，两个人都惊出一身冷汗。赶紧联系马街派出所治安员张国银，张国银听完杨礼邦的情况介绍后，二话没说，立刻拨通了凤庆县公安局值班室的电话："小湾综合检查站守桥民兵杨礼邦、鲁贵华执勤的时候发现了两名贩毒分子，现场抓获一名，另一名向南涧方向逃窜。"

突击审讯后，警方得知被抓的毒贩叫李成贵，二十七岁，是缅甸人。逃跑的那个名叫罗老德，二十八岁，镇康人，还有马街、保山龙陵和缅甸各一人。从抓获的这个毒贩身上缴获了精制毒品海洛因33件，11400克，手榴弹1枚。他们五人携带了大量海洛因，从缅甸出发，走了三天三夜。他们是第一次走这条路，路况不熟悉，崇山峻岭之间，遍布密林荆棘和蚊虫蛇蚁，不敢呼朋引伴相互提醒，也不敢大声喧哗互相照应，各自闷着头赶路，走着走着，李成贵、罗老德就与那三人走散了。心存侥幸的两个人好不容易摸到了小湾便桥，以为只要过了桥就万事大吉，结果走到桥中央遇上了彻夜执勤的民兵杨礼邦、鲁贵华。

杨淩说，凤庆县"8·28"跨国特大武装贩毒案阶段性告破之后，杨礼邦、鲁贵华被表彰为缉毒英雄，后来到县武装部工作，把在部队的优良作风带到了工作中，兢兢业业，恪尽职守，尽职尽责地守望着千年茶祖。

"哀人生之须臾，羡茶祖之无穷。"对《锦秀茶祖记》结尾处的这句话，深以为然。俯身对这尊千年智者深施一礼，礼敬作别。

正待缓步下山，远处匆匆走来一个黑色的人影。走得近了，方看清来人正是杨礼邦。

老兵，还好来得及！

你是特意赶回来的？

对呀，单位的事处理完，我就着急往回赶，想送送你，还好赶上了。紫红的脸膛上沁出了汗水，想必路上走得很急。

你特意赶回来，是不是可以网开一面，开开门，让我们看看茶祖？助手趁机游说斡旋，努力争取机会。我也满怀期待。

那不行！杨礼邦依旧拒绝得斩钉截铁，没有丝毫余地。

附录：锦秀茶祖记

中华茶文化源远流长，然追其根，溯其源，莫不出于此者。

茶圣陆羽云："茶者，南方之嘉木也……其巴山峡川多有两人合抱者。"惜今已难觅踪影，然，锦秀茶祖历三千二百度春秋，仍秉天地之灵，擅沧江之秀，沐日月之精，饱山岗之气，葱茏苍翠，亭亭如盖，屹立于大地之上，王者之风俨然矣。

锦秀茶祖高十点零六米，树冠南北十一点五米、东西十一点三米，其根径一点八四米，茎围五点八四米。虽历洪水冲刷、雷电霹雳、风雨浸蚀、山火肆虐，至尊之位愈固矣。

凤庆古为蒲蛮之地，植茶历史久矣。商末，濮人植树于此，撷之于家，制之为茗，并献之于武王，茶祖由此入汉文化典籍。

至唐一代，有茶圣陆羽著《茶经》，自此，锦秀茶祖及子孙群落们所构成的茶文化，进入中华文化，并为其精粹之一。

公元一六三九年，明代旅行家徐霞客从它身边悄然走过，留“宿于高枧槽，店主老人梅姓，颇能慰客，特煎太华茶饮予”之日记。

公元一九三八年，冯绍裘先生拜茶祖，见凤庆大叶茶高达丈余，叶肥芽壮，品质优异，便潜心研制云南红茶。始成，以形美、香高、色艳、味浓，为国内仅见，称为上品，凤庆遂以“滇红之乡”名世。又六十余年，锦秀茶祖之子孙已漫山遍野，千枝竞秀，万芽争发。凤庆，再以中国第一产茶大县名世。

自锦秀茶祖诞生三千年后的十九世纪，茶与咖啡、可可并为世界三大饮料。又百余年过去，人类进入一个新的千年，茶为国饮之时代到来。

二十世纪中叶以后，锦秀茶祖及子孙部落被不断发现，构成澜沧江中下游一道神奇自然景观。自锦秀茶祖以降，沿澜沧江往南有二千五百年之双江勐库古茶树、一千七百年之澜沧富邦古茶树、一千三百年之澜沧景迈古茶树、八百年之勐海南糯古茶树。沿澜沧江一线自北向南隐藏着的这条古茶之路正是古濮人的迁徙之路，它在一些世纪之后也便必然地演变为著名的“茶马古道”。

锦秀茶祖及沿澜沧江中下游的古茶树群落不断地被发现，证实了达尔文所言：“每一物种都有它起源的中心”。锦秀茶祖乃茶之源也。时下，普洱茶之风又起，锦秀茶祖声誉日隆，皆因其为大叶茶之祖也、宗也。

公元一九八二年，北京市农展馆馆长王广志先生以同位素方法，推断其树龄超三千二百年。后，广州中山大学植物学博士叶创新亦对其进行研究，结论一致。公元二〇〇四年初，中国农业科学院茶叶研究所林智博士及日本农学博士大森正司对其测定，亦认为其年龄在三千二百至三千五百年之间。公元二〇〇五年，美国茶叶学会会长奥斯丁对其考察，认为：锦秀茶祖乃迄今世界上发现的最大、最古老的茶树，如果考虑到它是栽培型的，对人类茶文化的历史就具有更为重要的意义。

公元二〇〇六年五月一日，四海茶人，同来朝觐。锦秀茶祖，王者归来。

哀人生之须臾，羡茶祖之无穷。数茶文化之典，不忘锦秀茶祖，故勒石刻碑，永志铭记。

锦秀茶祖座下的种茶人

姐姐出嫁的时候，喜极而泣，眼神雀跃，是那种希冀了许久、蛰伏了许久，终于能够展翅翱翔的喜悦。

爸爸妈妈也流泪了。姐姐是他们更喜欢一点的女儿。她一直都知道这一点。虽然只有一点，但这“一点”一点一点地累积起来之后，就变成了一块巨石横亘在她和姐姐之间。很多小孩的成长中有“别人家孩子”的阴影，她不用比照别人家的孩子，她有姐姐，姐姐就是她的阴影。

其实她知道，这跟姐姐无关。姐姐对她还是很好的。如果姐姐从爸妈那里得到一块糖，只会咬掉一小半，给她留下一大半。四下无人时，姐姐会牵着她的手，领她到大茶树下，把她护在她仍然纤细孱弱的臂弯里。姐姐咬断糖块时流下的口水已经把糖浸泡得有些融化，糖和包裹的糖纸胶合在一起，湿湿糯糯的。吃吧！姐姐咽着口水对她说，很甜的。糖真的像姐姐说的一样甜。她默不作声，眨巴着双眼。她并不感谢姐姐。为什么不是一块完整的糖，为什么这块糖不是给我而是给你，为什么你要这么懂事留给我一大半，既然他们重男轻女不喜欢女孩，为什么我们都是女孩，他们却更喜欢你一点，为什么……

为什么你可以嫁去那么远的凤庆县城，为什么你以前对我那么好，现在却这么狠心地把我一个人孤单单地留在这里，以后的每一个白天、每一个夜晚，当他们互相咒骂、互相撕咬的时候，还有谁可以拥着我，还有谁拍着我因恐惧而瑟瑟发抖的肩头，还有谁会一遍一遍地擦去我的泪水，轻声告诉我，没事的，会好的，天一会儿就亮了。就像现在，我的眼泪，一浪高过一浪，却再也没有谁为我擦拭。

姐姐梨花带雨地出嫁了，罗连凤哭得几近昏厥。这在外人看来是姐妹情深的眼泪，但只有罗连凤自己知道，她的眼泪是为自己流的。姐姐出嫁，对只有两个女儿的罗家而言，依照香竹箐的风俗，她今后的命运就只能是坐地招婿，永远被拴在父母身边。

从香竹箐到茶祖树下有一条小路，这条路上满满的都是罗连凤的脚印。认识她的人都知道，她有多半的时间是待在那棵古茶树下的，如果要找她的话，要么在家，要么在学校，还有就是茶田，如果这些地方都没有她的身影，那她就一定会在茶祖树下，但小学毕业之后，父母就不再让她上学了。其实找她的人也不多，以前姐姐会找她，偶尔隔壁龙潭村的罗思林会过来找她，他们是小学同学，这个憨厚的男孩给了她最需要的支持与陪伴。而父母，那两个原本最近的血亲却从来不关心她去了哪里。他们俩除了找彼此的茬，给彼此添堵之外，其他的一概不放在心上。村里的老人常说：乐丽芳和罗富春是天生的冤家哟！不是冤家不聚头，他们是命中注定的咪！

乐丽芳是罗连凤的妈妈，罗富春是罗连凤的爸爸。

车停在山脚下，一步一步，谦卑地拾级而上。茶祖盘踞在高高的山坡上，脚下开阔的地方是大片的台地茶。一个中年妇人斜挎着背篓在采茶。驻足与她攀谈。女人名叫乐丽芳，就住在锦秀村旁边的香竹箐。我们向乐丽芳问询千年茶祖的传说，她不以为然：我们这里千年茶树有的是！我家门口就有啊，一棵一棵的，我们村子里到处都是！不稀罕，不稀奇的！

你家有茶吗？

当然了。我们这里家家户户都有茶的呀！

古树茶有吗？

当然有。去我们家喝茶呗，要是觉得好喝，你们再买！

乐丽芳的家在半山腰。一路上坡，果然如她所言，一棵又一棵粗壮的茶树傲然挺立。花季已过，青绿的茶果挂满枝头，鼓鼓囊囊的，一树肥硕。

乐丽芳的家是一栋三层小楼，女儿罗连凤正在一楼的小超市里打理生意。罗家有两个女儿，长女嫁去了凤庆县城，幺女罗连凤依照习俗，招了上门女婿延续罗家香火。2009年儿子出生，随母姓罗，取名祖和。小夫妻曾经一起去深圳工作，后来返乡。如今，罗连凤在家照顾老人和孩子，丈夫罗思林则跟着同乡去了雅鲁藏布江修建加查电站。见有客人来，罗连凤赶忙烧水，准备泡茶。乐丽芳的丈夫罗富春原本在家种茶，20世纪80年代澜沧江上陆续开始修建电站，罗富春就开始去工地干活，从漫湾电站一直修到小湾电站，后来去了缅甸境内，修盈湾和密松电站。有父亲在外打工，家里也渐渐殷实起来，就开始盖现在的这栋楼房。谁知盖房的时候出了意外，罗富春从楼上摔了下来，先是在凤庆县治疗，骨折初愈，又祸不单行地查出了直肠癌，虽辗转去了昆明治疗，却回天乏术，一年后终究还是撒手人寰。乐丽芳说这些往事的时候，她的眼神里，没有半点的悲伤。

水开了。罗连凤搬出一箱茶叶，里面有好多袋。喝什么？晒青毛茶、古树红茶、明前茶还是茶芽？一口气给出一连串的选择。

喝什么好呢？喝过了春茗茶厂的古树红茶，又品了滇红集团的几款红茶，在这茶祖脚下，是不是再来杯乡野红茶？茶就是这样神奇，一片叶子，百样滋味。

古树红茶！我们异口同声。

普通的自来水，污渍没有彻底洗净的玻璃杯，最基础的懒人泡茶，一撮茶丢进杯子里，注入开水。茶香四溢，喝一口，齿颊生津。众里寻他千百度，蓦然回首，那人却在灯火阑珊处。问茶途中，能遇到如此的芬芳，真可谓是一大幸事！

今天妈妈领回家几个人，这些人对我们的家事很感兴趣，问东问西。妈妈跟他们讲爸爸年轻的时候去修电站，讲爸爸盖房子受伤，讲爸爸生病住院。妈妈说爸爸的事的时候就像是在说别人家的事，不悲也不喜。

祖和一直在屋里跑来跑去，正是七八岁狗也嫌的年纪，一点也不消停。祖和这个名字是他爷爷给他取的，希望孩子的祖辈、父辈能和和气气地相处。我从小在父母的争吵中长大，我不希望自己的孩子再重复我的童年。跟罗思林刚结婚那几年，我们一起去深圳的电子厂打工，工作虽然累，日子虽然苦，但是我们两个人有商有量，极少吵架。云南与深圳的距离，是几天几夜的距离，可是一通电话就能实现零距离。父母一旦碰面就会吵架，短暂的休战空隙，就会分别拨打我的电话，一个向我控诉对方的蛮不讲理，一个向我控诉对方的出手歹毒。电话里控诉的人还要听到我的回应，稍不回应，谩骂就会波及我。他们不知道，我们的工作三班倒休，我只有短短的几个小时的休息时间，过一会儿，我就要去上工了，他们真的不关心我的死活。我的心被他们遥控得很痛。

我们在深圳待了六年，聚少离多，不在一个工厂，只有两个人都休息的时候才能聚在一起。欢聚的时刻总是分外甜蜜，没有压力没有负担，什么也不用去想。去看海，去吃云南菜火腿木瓜鸡。香香的火腿、酸酸的木瓜、油辣的鸡块，思林把好肉都夹到我的碗里，堆得像座小山。孩子被我们留在龙潭村，由公公婆婆照顾着。公婆不吵架，他们对我很好，甚至比我的父母对我还要好，公婆没有给我生命，但他们给了我无条件地接纳，在我看来，这就是爱。

2016年初，一个电话把睡梦中的罗连凤惊醒。原本以为还是吵架后父母的抱怨与发泄，但电话接通，才知道是另外的消息。

罗富春生病的电话把罗连凤和丈夫罗思林从深圳召唤回来。对于这个家，他们是有责任的。夫妻俩拿出所有的积蓄挽留父亲的生命，却徒劳无果，2016年9月，罗富春像颗熟透的茶果，果熟蒂落，惜别茶树枝头，深埋进尘埃。婚姻的棋局上没有了对手，乐丽芳遂变得安静了许多。

千年茶祖名气越来越大，被越来越多的人知晓，一年一度的茶祖朝拜仪式更是吸引了天南地北的外乡人。家里的茶大部分被茶厂当原料茶收购走了，剩下的茶叶，大都被一波又一波慕名前来寻茶的游客零星消化掉了，总之，这几年茶叶价格高了，也不愁卖了。通往茶祖的小路没有了，取而代之的是一条又宽又长的甬道，花岗岩大理石路面，不生杂草，没有蝼蚁。小湾镇镇政府动员茶祖周围的几户人家搬迁了，给了他们优厚的条件。罗连凤在自家的一楼开了个小超市，卖茶叶、山货、日用副食和针头线脑，贴补家用。一出超市的门，抬头就能望见前方高处的茶祖，虽不能像小时候那么亲近，但茶祖就在那里，看一眼，心安。丈夫罗思林去西藏修电站后，休息的时候会给罗连凤发西藏的照片和视频，那里的天更高更蓝，云更白更低，那里的人也更喜欢他们家的茶叶。以前在深圳的时候，每年春节回家他们都给工友们带家乡的古树红茶和晒青毛茶，大家都很喜欢。现在罗思林又把他们的茶叶带去了西藏，同样是一饼茶，千年前走的是茶马古道，如今走的是高速公路，都抵达了远方。

> 你见，或者不见我 / 我就在那里 / 不悲不喜 / 你念，或者不念我 / 情就在那里 / 不来不去 / 你爱，或者不爱我 / 爱就在那里 / 不增不减 / 你跟，或者不跟我 / 我的手就在你的手里 / 不舍不弃 / 来我怀里 / 或者 / 让我住进你的心里 / 默然相爱 / 寂静欢喜

这是丈夫罗思林发给罗连凤的微信。一棵大树，一个红衣喇嘛赤足远行的背影。那棵树，罗连凤怎么看都像是自家对面山坡上的茶

祖树。香竹箐关于茶祖的神话传说有很多的版本，村里上了年岁的老人，几乎每个人都能讲出一个关于茶祖的故事，但无一例外，故事里茶祖的真身都是女人。罗连凤也觉得茶树是雌性的，它开花结果，就像女人怀孕产子繁衍生息一样。那高高的茶祖，像祖母，像母亲，也像她自己，甚至像所有茶山上的女人们。香竹箐统计在册的古茶树近千棵，每一棵都有自己的成长史，香竹箐的女人们，也各自有各自的故事，或悲凉，或温暖，或奇幻，或平凡。

蒂姆·欧布里安在他的《负荷》一书中写道："因为过去要进入未来，所以有了故事。因为在深夜里，你会想不起你是怎么从原来走到的现在，所以有了故事。当记忆被抹去，当你除了故事就再无任何可以去记忆、可以被记住的东西的时候，因为要有永恒，所以有了故事。"

每次采风行走，都会新增许多微信好友，这次云南之行也不例外。

对罗连凤的采访，除了在她家的半日闲谈之外，回京后，仍然在微信里持续着一来一往的南北沟通。

我问罗连凤，知道国家的"一带一路"倡议吗？

她是这样回答的：路啊，以前路不好走。从修电站开始，路就好走了，先修的路。有了路，茶叶就好往外运了，听茶厂的人说，我们的茶还能卖到外国呢！修了电站，我们这里才通了电。听我老公说，他们现在修的那个电站也很大，能发很多电，中国用不了，还能卖到外国去呢！

这个回答不错。至少我这样觉得。

在罗连凤家喝过她家的古树红茶之后，我们分别买了一些。不久，茶就从临沧邮寄到北京。粗制茶，没有经过精制的工艺提香，只凭一味天然的山野的原始茶香，抚慰脾胃，疏解情绪，足矣。毕竟是毗邻千年茶祖的茶嘛。

水调歌头·茶祖

茶祖立河谷，佳木傲花茶。绿荫云岭，铜炊烟雨掩神巫。斯岁三千春尽，堪比天宫仙露，香茗伴孤途。滇红半江水，霞客煮砂壶。

蒲蛮族，住木屋，听鹧鸪。玉箫環佩，袂袖葱管抚琴酥。人走茶凉世道，霜雪阴晴忍顾，自古众生图。北去踏归线，梦绕板桥庐。

茶叶救了我的命

晚上八点，风雨兼程抵达凤庆，饥肠辘辘，高德地图导引着司机冲破雨夜把车开进了春茗茶厂。

春茗是“春明”的谐音。天命之年的杨春明眉目开阔，笑声爽朗，冒雨站在台阶上迎候我们，与他一起的还有凤庆县文联主席杨凌。

会客室里，早已有香茗等候，先是一道太华古树生普，再来一道箐野古树红茶。空腹喝茶，更加饥肠辘辘。助手打开万宝囊一样的背包，翻出一包饼干充饥。杨春明这才意识到我们一行还没有吃晚饭，打电话联系了几个餐馆，可人家都已经打烊了。

开车出去，雨势渐大，沿着窄窄的巷子找寻，在一条路的尽头寻得一个夫妻档的米线摊。炉火正旺。一碗热腾腾的米线，一个曾上过《舌尖上的美食》的粑粑卷。食物熨帖了胃，瞬间赶走一身的疲惫。杨凌说杨春明是个有故事的人，于是一众人继续坐回到茶台前。吃饱喝足之后，就有兴致喝茶了，茶再好，也是排在油盐酱醋之后的存在。

杨春明九岁那年的秋天，母亲忽然病了，父亲要带母亲去云县医院看病，就把他托付给姑姑照看。姑姑忙于家务，不能时刻盯着小春明，大多数时间任由他自己玩耍。一天，放学后的杨春明去邻居家玩，跟小伙伴们用锅撒上盐巴炒玉米吃，有的玉米粒炒煳了，有的还半生不熟，小伙伴们只觉得好玩，大把大把地吃，吃得不亦乐乎。邻居家的院子里有一棵梨树，黄灿灿的秋梨挂满枝头。盐炒玉米吃多了，小春明觉得有点口渴，顺手在树上摘了个香甜可口的梨子，三口两口就吃完了，后来觉得肚子有点痛，也没太当回事。天色已晚，姑姑过来喊他回家吃饭，玉米、梨子早就把肚子填得饱饱的，回到家的杨春明饭也没吃，倒头就睡。

一觉睡醒，杨春明觉得不舒服，胃里、肚子里像装了一个大秤砣，沉甸甸、硬邦邦的。一天，两天，连着三天，没有一滴小便，也没有一丁点的大便。姑姑吓坏了，赶紧给他父亲打电话，父亲撇下尚在医院的母亲赶回来，接上孩子，脚不沾地就去了云县医院，打针吃药，催吐催泄，在医院治疗了半个月，没有丝毫的起色。杨春明新陈代谢的闸门好像全部上了锁，医生没有钥匙，根本打不开。无法排泄，进食随之也变得困难，医生一筹莫展，医院下了病危通知书，建议转院。父亲又带着他到凤庆县医院，医生会诊的结果是阑尾炎，需要做手术。但是从小春明的各种表征来看，又与阑尾炎相去甚远，手术迟迟没有做，住院观察了两天，又花掉了一千多元，杨春明的身体却愈发虚弱不堪，医院再次给他下了病危通知书。束手无策的父母在医院里号啕大哭一场，擦干眼泪，带着杨春明回家了。

凤庆县城有个姓王的老奶奶，粗通中医，左邻右舍有个头疼脑热、腰酸腿痛的经常向她讨个药方，总能得到缓解。走投无路的杨春明父母寄希望于民间中医，就带着孩子去找王奶奶。老人家看了看，说，孩子是风寒锁腰了，得赶紧治，再晚就真没得救了。病急乱投医，原本孩子被医生判了死刑，王奶奶的话给这对绝望的父母带来了暗夜里的一丝光亮。

王奶奶点燃自制的艾条，红红的火点升腾起浓浓的烟雾，呛得杨春明禁不住地一阵咳嗽。艾条靠近杨春明的腰腹，皮肤被炙烤得通红一片，又酥又痒，又麻又疼。王奶奶又找来晒青毛茶，用土罐把茶汤煮得浓浓的，再把碱面烧红，溶在茶汤里，让杨春明趁热服下。说来也怪，喝下去不久，静默了多日的肚子开始“咕噜噜”作响，再后来就腹如雷鸣，从隐隐作痛到痛得满地打滚，杨春明整整腹泻了三天，虽然元气大伤，终究还是从鬼门关走了一遭，幸运地捡回来一条命。卧床休养了一个月后，杨春明重新开始学习走路，趺趺撞撞，宛若重生。

从那个时候起，对于杨春明来说，茶是茶，茶亦不再是茶。

事实上，杨春明与茶的缘分要来得更早一些，起于爷爷杨华清那一辈。杨华清是一个马锅头，受雇于凤庆旧城茶商，在茶马古道顺宁到下关的“顺下线”上来回奔忙，与马为伴，抬头看天，低头赶路。一年四季把凤庆大山里的茶驮出去，换回来盐巴、香料、丝绸和大山外面的东西。

云南的对外开放，最早可以追溯到2400多年前的春秋战国时期，远早于张骞出使西域开辟的丝绸之路，由最早的民族迁移通道发展为民间商道的西南丝绸之路，将我国的丝绸、茶叶、漆器等物品运送到南亚和西亚乃至更远的地区。西南丝绸之路成为我国与外面世界之间的最早通道之一，它在中国境内由三大干线组成：一条是从西安到成都再到印度，即陕康藏茶马古道——蹬古道，通向南亚、中亚、欧洲国家；一条从成都南出发，经宜宾、曲靖、昆明、楚雄；上述两条路线在大理汇合后西行，经漾濞、永平、保山、腾冲出缅甸，保山至缅甸段称为“永昌道”。

茶马古道是西南丝绸之路的重要组成部分。茶马古道是古代内地农业地区和边疆牧业地区之间相互进行茶叶贸易的主要交通路线，也是一个有着特定含义的历史概念，它是唐宋以来至民国时期汉、藏之间进行茶马交换而形成的一条交通要道。茶马古道有多条支线，主干线分南、北两条：一条是起源于云南的南部西双版纳、思茅一带，经临沧、保山、大理、怒江、丽江、迪庆到四川的甘孜及西藏的昌都、察隅、波密、林芝、拉萨，再进入尼泊尔、锡金、不丹、印度、阿富汗等国，谓之南道；另一条是从四川的雅安出发，经康定到昌都的左贡同云南之道相汇，通常称之为北道。

茶马古道南线途经临沧，这一段以顺宁为中心，又可分为两条：一条是北道，从顺宁出发往北到下关的“顺下线”；另一条是向西南出缅甸，被称为西南道，即“滇缅茶马古道”，也有人称之为“迤道”。北道“顺下线”起初用竹筏在漭街渡将骡马和货物分别横渡澜沧江后，经鲁史、犀牛，再以竹筏在犀牛渡口过黑惠江，然后经蒙化抵下关，再转运于丽江的茶马市场，销往康藏。清乾隆二十六年（1761年）顺宁知府刘请率军民在澜沧江上修建青龙桥后，马帮就经三沟水梁子，下新村街，过青龙桥，登骡马萎坡，又下鲁史、犀牛，横渡黑惠江抵下关。西南道实际上是北道的延伸，其路线为从顺宁出发，经营盘，过德党，进镇康后出缅甸。西南道商帮大多以腊戍（缅甸国土）为终点，主要交易或以茶贸纱、或以茶贸鸦片。走北道的商帮将茶叶及山货驮出去，在将布匹百货驮进来的同时，也将外面的新思想、新观念、新事物驮了回来。在滇缅公路通车前，茶马古道凤庆段抵下关后，还转昆明进中原，是滇西南一片联系中原和东南亚国家的动脉。这条茶马古道开辟于1328年，距今已经有七百多年了，无数的马帮来来往往，由北到南运进丝绸、运进百货、运进中原文化，又从南到北运出茶叶、运出药材，运出这里的山风野俗。

杨春明的爷爷杨华清就这样日夜奔波在顺宁到下关的“顺下线”上。杨春明口中的“爷爷”其实是他的外公，他随母姓，父亲姓王，是杨家的上门女婿。

杨春明听母亲说，他长得酷似爷爷。当年的杨华清身形高大，孔武有力，又是一个见过世面的马锅头，虽说风餐露宿、风里雨里地讨生活，但是赶马人家的日子过得要比一般穷苦人家殷实一些。转眼之间到了该婚配的年纪，上门提亲的媒婆踏破了杨家的门槛，东家的长女俊俏，西家的幺女贤惠，上门提亲的姑娘当中就有家住在山上的奶奶。杨春明的奶奶一家生活在山上，家境非常富裕，有田、有地，还有数不清的家畜与骡马。常言道：“只有山上的叶子吹下坝，哪有坝下的叶子吹上山。”交通不便的年代，生活在地势平坦、交通便利的坝子里是很多人梦寐以求的事情。最终，奶奶带着她不菲的陪嫁，一匹马、一头牛和十亩地嫁进了杨家。

新婚宴尔，短暂的休整之后，杨华清告别娇妻，重操马锅头的旧业，继续穿行在茶马古道的崇山峻岭之间。重新上路的杨华清和以前不一样了，牵挂的人，除了父母高堂又多了一个亲密无间的枕边人。因为心里装着爱人，翻山越岭的路也变得不那么难走了，打在脸上的冷雨也变得柔情蜜意了，从出门的那天杨华清就开始盘算回家的日子。赶一趟马，多则一月、少则半月才能回来。以前，杨华清每一次赶马回家都会为家里人捎带大山外面的稀罕物。这一次也不例外，他给父母带了“芝兰轩”“桂香楼”的糕点。吃过晚饭，一家人都回房休息。在杨华清的婚房里，墙上的大红喜字依然色彩艳丽，昏黄的油灯下，妻子的脸庞娇羞可人。杨华清从贴身的衣兜里掏出一个小包，看我给你带了什么。妻子羞红了脸，手指头揪着衣角，娇俏不语。杨华清打开小包，拿出一只明晃晃的银镯头，拉过妻子的手给她戴上。这是在“四宝斋”银楼给你买的。妻子依偎在他宽阔厚实的肩头，流下了幸福的泪水。

奶奶是1976年去世的。银镯头的故事，老人家曾经一遍又一遍地讲给女儿们听，讲给小春明听。每每讲起往事，奶奶都会泪眼婆娑，久久地沉默不语。奶奶去世后银镯头先是给了杨春明的妈妈，后来杨春明的妈妈又给了杨春明的姑姑。如今，那个饱含情义的银镯头被杨春明的姑姑像宝贝一样珍藏着。

杨华清最后一次赶马是去的西藏，对杨华清来说这是一次真正的远行。以往赶马只是从顺宁到下关，西藏他从来没有去过，雇主出了高价钱，让人心动，赶马人的辛苦和劳累，不就是为了讨生活嘛。杨华清咬咬牙，跟着其他的马锅头上路了。这一趟西藏之行处处凶险、暗藏玄机，先是在路上遇到强盗，马队被抢，杨华清被人打伤，好不容易死里逃生，又遇到了野狼，众人合力赶走了恶狼，惊魂未定之际又来了泥石流。马队里的一匹马连日奔波，奄奄一息。众人合计了一下决定杀掉马，吃顿马肉改善一下生活。

马儿啊马儿，你不要怪我啊！马的眼睛是通灵的，它知道自己的命运要终结在这条茶马古道上了，在这条路上，人就是马，马就是人。马的眼睛里流出了眼泪，为自己，也为杨华清。杨华清也在流泪，马队里的每一匹马都是自己同生共死的兄弟，他不忍，但不忍又能如何呢！明晃晃的匕首插进了马的脖颈，热热的血喷了出来，溅到杨华清的手上。滚烫！滚烫的马血把杨华清的皮肤烫起了一层水泡，水泡破了后皮肉溃烂，药石不灵，直到去世也没有痊愈。多灾多难的西藏之行，一路跌地马爬，好不容易到了目的地，折返途中，疲惫不堪的杨华清因感冒引发肺气肿，回家不久就去世了。这一年是1967年。

生命轮回，茶缘交替。1967年，爷爷去世后不久，杨春明出生了。

春茗茶业的品鉴室内，迎面的墙上写着“香竹菁古树茶：源自3200年古茶树群落”，“香竹菁”是杨春明的注册商标。曾经有一个广东茶商出资百万，意欲购买这个商标，被杨春明婉言谢绝了。

香竹菁是个自然村，是杨春明和天下茶人敬仰的地方。那个地方在凤庆的丛林深处，亚热带的独特山谷地貌里生长着一棵又一棵的巨木，寂静无声却繁衍不息。那是茶树，是与老百姓开门七件事“柴米油盐酱醋茶”息息相关的茶树。这些茶树很老了，甚至可以用“古老”来形容，它们已经在这里数千年了，以山为家、以阳光为食、以雨露为饮，几千年来从未改变。历经风霜，依然枝繁叶茂，以自己的身躯，哺养这片土地上辛苦劳作的人们。

从小与茶结缘的杨春明1984年开始研究茶学，至今已经三十多年了，茶树的种植、茶叶的制作、茶叶机械工艺研究、茶叶产品开发销售，每一步都亲自尝试过，每一步都了然于心。除了九岁那年被茶叶救了一命之外，杨春明还曾经差点溺水而亡，救他的人说："这个孩子是个有福气的人，大难不死必有后福！"1999年，杨春明辞职，全身心地扑在了茶叶事业上，曾经被灾难滋养过的人生一路顺遂，生意做得顺风顺水。

杨春明的儿子杨晓已经二十八岁，从父亲手中接管了大部分的茶品生产与管理。杨春明笑谈自己是用人情管理，而儿子是用制度管理。一千亩茶田、三家粗制厂和一家精制厂，被这对勠力同心的父子经营得风生水起。

杨春明经常回老家，回家的盘山路上，茶树时隐时现，在村子里走一走，看一看房前屋后的古茶树，母亲早就不在了，但是这些茶树还在，年年开花结籽。杨春明知道，有一天自己也会不在，但茶树依然还在。杨春明说，古茶树的顽强生命带给他很大的启示，无论面临多大的困境，都不能退缩，在他做茶遇到困难的时候，就会想起这些古茶树。

电话响了，一位去俄罗斯旅游的朋友意外地在商店里看到了春茗茶厂的茶叶在销售。一时高兴，不顾时差打电话同老友分享喜悦。杨春明哑然失笑，岂止是俄罗斯，从2003年开始，他就在努力开拓海外市场，依托广州、北京的进出口贸易公司，香竹箐古树茶早已远销到了日本、韩国、马来西亚、新加坡、美国和法国。

8月，好消息传来，第十二届国际名茶评比揭晓，春茗茶厂送评的古茶林三百岁雪芽白茶、三百岁寿眉白茶双双获得白茶类金奖。颁奖大会将会在10月份举行，到那时，杨春明就要飞越重洋到丹麦的哥本哈根去领奖。

这片曾经救过杨春明的命的叶子，在他的手中，早已比在爷爷杨华清的马背上去得更远。

三杯茶：凤庆红、滇红、中国红

我们在滇红集团喝的第一杯茶是诞生茶。

走进凤庆县小北门外的滇红老茶厂，目力所及，是一栋苏氏风格的办公大楼，院子里随处可见繁盛青葱的大树和绿油油的草地。大楼外，绿树下，草坪上，鲜花簇拥着一尊汉白玉雕像，他就是机制茶之父、滇红创始人、中国著名红茶专家冯绍裘。

清光绪二十五年（1899年）夏，湖南衡阳冯家新添一个男丁，取名冯绍裘。

1923年，从河北省保定农业专科学校毕业的冯绍裘踌躇满志地回到了衡阳。他满怀报国之志，一心想把在学校里学到的茶学、土壤学、农学、气象学等知识用于改变家乡的落后贫困面貌，但事与愿违，他四处碰壁，在现实面前，一腔的热血逐渐降温，趋于理性。在安化茶叶讲习所担任专业课教师期间，冯绍裘除了给学生和茶农传授日常的茶树栽培、茶品制作技术之外，还开辟了示范茶园。太阳升起，月亮落下，茶花似锦，茶果青葱，年年月月日日，日日月月年年。一篇篇茶叶讲稿，一株株茶树植株，一款款茶品试制，骄阳似火，冷月清辉，冯绍裘人清减消瘦了几分，茶艺就丰腴厚实了几分。

1933年，冯绍裘作为江西修水实验茶场的技术员，负责宁红茶的初、精制试验。他制作的茶品、撰写的茶艺理论文章引起了一个人的关注，此人就是时称“茶界四大巨子”之一的胡浩川。胡浩川是一个善识千里马的伯乐，在读完冯绍裘关于茶树栽培、茶叶制作的文章后，拍案叫绝，专程从祁门茶叶改良厂乘车来到了江西修水实验茶场。

有朋自远方来，不亦乐乎？何况还是志同道合的茶人来访。冯绍裘拿出自己精心研制的“宁红茶”请胡浩川品鉴。汤色红艳，滋味鲜浓，叶底匀齐。一杯宁红茶，彻底征服了胡浩川。两人彻夜长谈，引为知己，冯绍裘接受了胡浩川请他前往祁门茶叶改良场试制红茶的邀约。

疾驰的北上列车载着冯绍裘来到了祁门茶叶改良场。这是一个生机盎然的春天，清风徐徐，春雨潇潇，葳蕤蓊郁的茶园。美景当前，挚友在旁，但冯绍裘无心欣赏如画的风光，挚友的重托让他眉头生生挤出来一个“川”字。就在刚刚，胡浩川语重心长地对冯绍裘说：改良重担从今天开始就由你挑起来了，我们一定要制造出祁门机制红茶。

利用现有的厂房，冯绍裘设计出了一系列机制设备，挑选了经验丰富的茶工，万事俱备立刻开工，结果却令人大跌眼镜，做出来的红茶品质低劣，泡出的茶汤乌漆墨黑，红茶不红。这可急坏了冯绍裘，他一遍一遍地检查制茶原料，察看各个制作环节，从茶叶采摘、初制工艺到精制工艺，每个环节都认真排查，却始终找不出原因，找不出纰漏才是最大的纰漏。冯绍裘着急上火，吃不下饭睡不着觉，整个人长在了车间里。胡浩川担心他急出毛病来，好言劝慰，邀他去茶园走一走，散散心，疏解一下紧绷的神经。

夕阳西下，落日的余晖给茶园笼上一层奇幻的光晕。青翠的茶园里有各种色度不一的绿色：绿始于鹅黄，一日三变，初生的嫩嫩的茶芽黄中泛绿，之后就鹅黄、青绿、翠绿、碧绿、墨绿、老绿，直到绿得发黑。绿？冯绍裘灵光一闪，采了一把鲜叶跑到实验室，连同做成的毛茶，分别放在两个试管里用酒精浸泡。结果两个试管里的酒精都是深绿色。鲜叶的叶底变成黄白色，毛茶的叶底则变成橘红色。这个试验彻底揭开了“祁红茶不红”的原因。欣喜若狂的冯绍裘连夜跑到胡浩川的住处，通报这一好消息：胡先生，原因找到了，红茶不红是因为我们的原料鲜叶含有过高的叶绿素，直接影响了红茶的颜色、香气和口感。

春去夏至，祁门茶叶改良场一派繁忙，采摘、萎凋、发酵到制作，冯绍裘亲自把控，这一次试制出的祁门红茶终于不负众望，叶底红匀，汤色红艳，香气醇厚。第一批三十担的祁门红茶运往上海试销，瞬间被抢购一空。冯绍裘的机制红茶一炮而红，他的名字也在茶界迅速传扬开来。

1937年7月7日，卢沟桥事变，日本全面侵华战争开始。一年之内，中国东南重点茶区相继沦陷，传统的出口红茶、绿茶货源被断绝。1938年，经济部派商业司司长寿景伟来到云南，与云南经济委员会主任委员缪云台、建设厅厅长张邦翰协商定案，在建设厅组织云南茶叶改进委员会作为行政专管机关，开辟新的出口茶货源基地，维持中国在国外的红茶外销市场，换取外汇，支援抗战军需。同时，还建立了云南茶叶技术人员训练所，培训茶叶技术人才，两年结业。在昆明成立了云南茶叶贸易公司，冯绍裘担任总技师，郑鹤春任总经理。1938年10月，冯绍裘与郑鹤春一行乘车沿滇缅公路往西，三天到达下关，再由下关一路骑马，步行十来天，于11月初到达顺宁。

顺宁凤山茶叶种植历史悠久。早在清朝末年，知府琦璘就将勐库的茶籽引进顺宁，在凤山建立示范种植区域。辛亥革命以后，凤山茶叶的名声逐渐打响，销路也渐渐扩大。当地经营茶山的富户逐渐增加，外地人也逐渐在此开设商号，将茶叶运到下关销售，或转运昆明加工成沱茶，内销四川。据《凤庆茶厂志》记载："1911年以后，顺宁每年运出的茶叶达到两万多驮，相当于现在的十万公斤。"

"这是秋末冬初时节了，但顺宁县凤山茶树成林，一片黄绿，逗人喜爱。茶树均为单本植，高达丈余，芽壮叶肥，白毫浓密，芽叶生长期长，顶芽长达寸许，成熟叶片大似枇杷叶，嫩叶含有大量叶黄素，产量既高品质又好，云南大叶种的这些特点，非常合乎我的理想。据了解，云南各厂区只生产青毛茶，从来没有生产过红茶。"这段文字是当年冯绍裘写下的调查报告。抵达顺宁的第二天，冯绍裘就请凤山茶园采摘了五千克一芽两叶的鲜叶，亲自制作了红茶、绿茶各五百克，一红一绿，绿的像银子一样，红的如金子一般。开汤一看，结果令人十分欣喜，色、香、味均为国内罕见。欣喜之余，冯绍裘首先想到的是给这刚呱呱坠地的"孩子"起个好名字，名正才能言顺。

这是云南的茶叶，一红一绿，就叫它们“云红”“云绿”吧！

“云红”“云绿”的样品寄到中茶公司云南分公司，专家品鉴后正式定名为“滇红”“滇绿”。

1939年初春，在冯绍裘、郑鹤春等人的努力下，顺宁实验茶厂在顺宁城小北门外顺利建成。顺宁交通不便，几百里山路只能靠骡马驮运，制茶机器设备和物资购运十分困难。冯绍裘带领茶厂的工人，不等不靠，土法上马，采用人力手推木质揉茶桶，脚踏烘茶机，竹编烘笼烘茶等办法。春茶结束，当年的首批产品，经越南海防运至香港富华公司转销英国伦敦，伦敦茶师品鉴后给予“具有祁门红茶之香气，印锡红茶之色泽”的高度评价，在国际市场上一炮打响，为抗日战争“以茶换军需”做出了巨大贡献。

1987年，冯绍裘先生无疾而终，享年八十七岁。

滇红的诞生茶，喝到了我们眼里和心里。参观完老厂区，马不停蹄赶往滇红集团茶叶科学研究院，去喝第二杯茶——传承茶。

茶科院是滇红集团的一个科研生产示范部门，1977年成立，最早叫云南省凤庆茶厂茶叶试验站，1984年更名为云南省凤庆茶厂茶叶科学研究所，2010年更名为云南滇红集团股份有限公司茶叶科学研究院，现任院长是滇红非遗传承人张成仁。

1984年之前，滇红集团本质上就是一个加工厂，只负责生产，进出口公司负责销往国外。1984年之后，取消计划经济，开始实行市场经济，从那时起，滇红集团的目光才不得不转向拓展国内市场。彼时，产地为云南的红茶都叫滇红。1984年，滇红集团才开始使用自己的商标：凤牌。

没有见到张成仁之前，已经久闻其大名；没有见到生活中的张成仁之前，已经在中央电视台的广告中一窥真容。“八位大师，敬你一杯中国好茶——小罐茶，大师作！”其中，“滇红茶”的制作大师就是滇红集团茶叶科学研究院院长张成仁。

刚一下车，张成仁就迎了出来。他建议我们先参观茶园，然后再坐下喝茶、聊天。

茶田一眼望不到边。若以柳永的蒙眬醉眼，把天地间的茶田看作一张休养生息的温床，定是翡翠绣被翻绿浪吧！

这是我们的示范茶田，每一垄是一个品种。茶科院建院四十多年来，把大量的精力放在了提高单产、提高质量和推广良种上。这是凤庆9号、那边是清水3号，这两个品种2000年以后被列为临沧市高优茶园建设主推的品种，全市范围推广种植面积应该有十五万多亩，凤庆有一万多亩。普洱、大理、保山、德宏、怒江他们也都曾经过来引种，贵州省的茶农也来我们这里引种。张成仁一脸自豪。2003年的时候，我们把重心调整到收集、保护茶树种质资源上来，2004年启动了新一轮的茶树品种选育，持续十五年不间断地收集种质材料。先后建立了五个资源圃，收集保存的都是野生、珍稀、濒危茶树种质资源。我带你们参观的是其中的一个！顺着张成仁的手指看去，不管是野生还是珍稀与濒危，都是绿油油的一片片、一丛丛、一簇簇，在我们这些茶叶的槛外人看来几乎没有什么差别。茶科院目前已经收集的茶树种质材料多达1000多份，从中筛选出来的两个单株“早春翠芽”和“探春”已向国家申请了植物新品种权保护。

1967年出生的张成仁正值壮年，步履矫健，在茶圃里行走如履平地，宛若草上飞。他在一株茶树下停下来，摆弄着枝条上挂着的标牌。原来这是英国王室的威廉王子到访云南时认种的一株茶树。

滇红茶与英国的渊源十分久远，说来话长。1939年，冯绍裘在云南凤庆创建顺宁实验茶厂成功试制出了滇红茶。诞生之始，是英国的茶商将首批红茶通过香港销往伦敦。在伦敦的茶叶拍卖会上，云南滇红茶一亮相，即以800便士的最高价创造了当时的茶叶拍卖最高纪录。1986年，英国女王伊丽莎白二世来昆明访问时，“滇红特级工夫茶”曾被作为国礼赠送，从此，滇红茶进入英国皇室。2015年，威廉王子到访云南，滇红茶再次成为中英交流的见证，这次赠送的是陶艺包装的滇红工夫红茶“中国红”。

“中国红”，这个茶品有什么特别吗？

“中国红”啊，那是一款严选了茶科院18个稀有茶叶品种拼配而成的，用现代精制工艺加传统滇红制茶技术制作，香气独特，是高香型红茶，味道跟以往所有的茶叶不在一个维度。产量稀少，每年限量供应。价格高，80克“中国红”售价3980元！

走，我们回办公室！请你们喝“中国红”。

滇红集团之所以制作“中国红”，还要从2006年说起。当时的茶叶市场普洱茶极为走俏，相比之下，凤牌红茶的销量却黯淡无光。滇红茶科院拥有着极为庞大的优质茶叶种类，怎么可能生产不出比肩普洱的红茶呢？

十七岁进入滇红茶叶专科学校读书，二十岁进入凤庆茶厂工作，几乎干过所有与茶相关的工种。张成仁说，其实种茶不难，做茶也不难，难在做好茶。一款极致的好茶，需要大量的人工以及时间来不停地实验、修改、纪录、再实验。俗话说：“酒靠勾兑，茶靠拼配。”为了制作“中国红”，茶科院的研究员们从800多种茶叶中筛选合适的原材料，经过反复的对比研究，最终筛选出18种原料。这些原料并非压仓保存的原料，而是当年生长的。每次采摘三四个品种，选出香型最佳的归档在一起，再从这些归档的茶类里选择香气最和谐的放在一起，一遍遍地尝试，一次次地拼配，最终形成了“中国红”。

这就是“中国红”！张成仁拿过来一盒茶。大红之色点缀着烫金字体，隐隐约约的“鳳”字，低调内敛，神韵高贵。

茶条紧实完整，苗峰秀丽笔直，一层油润乌色附在茶体上。95℃的水龙倾注入盖碗之内，一股融合了花香、蜜香、焦糖香气的奇异香气迎面扑来。汤色金黄明亮，犹如上好的琥珀。入口滑润，甘甜醇厚，回味悠然。果然是好茶！

好茶还多着呢，咱们一款一款地喝！

张成仁专门给我们泡了太华茶，是徐霞客在《滇游日记》中记载的梅姓老人特意为他烹煮的太华茶。两个老徐，隔着三百多年的光阴，在同一款茶中相遇，遥祝安好。只可惜，今天为我烹茶的是老张，而非梅老。

2015年4月17日，张成仁带着他的团队采集了树龄3200年的茶祖原料，制作了100克普洱茶和100克红茶，分别拍出35万元和12.8万元的高价。

你们去拜谒过茶祖了吧，一会儿带你们去看用茶祖繁育的幼苗！

茶科院的一角，一片甘蔗粗细的茶树在天地之间兀自逍遥，清风拂过，枝条喧哗吵闹，像群放学归来的孩子。

代言滇红，上了中央电视台之后，有没有人在路上认出你来？

没有。那就是一个茶叶的文创策划。只要是有益于滇红的事情，我都在所不辞。再说也已经过去了，我也没当回事，我就是一个普通的茶人，没啥了不起的。

在极具现代化的滇红集团总部，我们喝了第三杯茶——品质茶。为我们冲泡这杯茶的是审评师赵增庆。他的父亲赵臣忠在世时是凤庆茶厂的审评技师。赵增庆说，父亲曾经教导过他“对样评茶，按质论价，计价不受归堆限制，归堆不受计价影响”。父亲按照这个标准从事毛茶收购主评整整35年。

赵增庆兄弟姐妹七人，其中四个在滇红集团工作，二姐、三哥、四哥还有他。1963年出生的赵增庆，1979年母亲退休时，他按照当时的政策接班进了茶厂，从仓储员做起，从门外汉学起，曾经在粗制所系统学习了两年制茶，考试合格后又回厂继续工作。从那时起，练就了一双点石成金的手和明辨优劣的慧眼。赵增庆说，粗制决定精制的品质。当茶农将自己粗制的毛茶送到茶厂来时，如果没有审评师把好这第一道原料关口，滇红的品质将无从谈起。

滇红集团现有审评技师15人，我是唯一的高级审评师。赵增庆很自豪地说。

一整天，整个人全身心地浸泡在滇红集团，从老厂区的滇红博物馆到郁郁葱葱的茶叶科学研究所，再到现代化的集团总部，读滇红茶史、看滇红茶园、品滇红茶香、观滇红茶人，三杯茶喝下去，彻底打消了试图在最短的时间里喝透滇红这道茶的想法，因为这是无法实现的奢望。

冯绍裘、南权锁、吴国英、祁增培、沈可珍、王天权、王利、吴丹远、李泓卫、杨天礼、张武平、张明伟、张晓丹、余国仙、和昕、徐梦尧、许红丽、方雅婷、苏楠、汤培显、张成仁、赵增庆、高文虎、许立宝……这些老去的、健在的、有幸结识的、未曾谋面的滇红人，他们每个人的胸腔里都有一颗木心，生机盎然；他们每一位都深具木性，生长生发收敛收藏；他们每一个都是一片叶，方能最终聚叶成茶。太阳东升西落，短短一日，如何能品得完、喝得透呢？

滇红，这片云南红、中国红，值得你、我、他静下来、慢下来，细细品咂、回味。

注疏6：旅行家老徐与作家老徐之大理

大理是个适合写作的地方。作家老徐说的这句话，旅行家老徐颇为认同。他在鸡足山上完成了《鸡山志》和十七首《鸡山十景》，并对自己旅途中几乎没有间断的记录进行了系统的整理、归纳和完善。大理的雨是善解人意的雨，淅淅知心，绵绵留人。

雨真的能绊住旅行家的脚步吗？非也，终究还是他不想离开吧。

如果没有静闻，大理不会成为旅行家云南之行的首站。这个耗时二十年，刺自己的血誊写《法华经》的南京迎福寺僧人，平生夙愿就是把经书送往鸡足山悉檀寺供奉。结伴出行的路上，船行湘江遭遇土匪，静闻和尚不幸受伤，在南宁伤病交加，圆寂之际，请求旅行家将他的经书和遗骨一定送到鸡足山。旅行家含泪答应。

茫茫云海，寂寥空山，旅行家老徐作诗《哭静闻禅侣》：晓共云关暮共龛，梵音灯影对偏安。禅销白骨空余梦，瘦比黄花不耐寒。西望有山生死共，东瞻无侣去来难。故乡只道登临少，魂断天涯只独看。

那就多住一日吧！再陪陪曾经的同道中人！彼时，大理的海棠花开，一树娇柔。作家老徐咏一首《七绝·海棠》，唱和旅行家老徐。

七绝·海棠

晚春瑞雪徐风入，

西府花开惊慧目。
谁扑胭脂饰玉颜，
一颦一笑皆称福。

云门内外

门里门外

早上八点，卢家相像往常一样出门，他先去了趟公司，缅甸腊戍宝运公司。八点半，卢家相又准时出发，方向——孟定清水河口岸。泊好车，仍旧停在南登，一个他习惯了的老地方。踏上南帕河桥，两百米的距离，走完一百米缅甸红白相间的护栏，再一抬脚，就踏入了中国的国土，下一个一百米的护栏是一色醒目的明黄。每次走到这里卢家相都会习惯性地侧身看一眼大桥护栏交界处的那颗水泥圆球，二等分分得分毫不差，缅甸的红与中国的黄紧紧相拥，宛如太阳初始的黄与太阳西斜的红。

此刻，缅甸国门在背后，中国的国门在前方。过境的手续非常简单，卢家相掏出红色的边民证，边检人员只需查验一下证件有效期，再盖上章就可以了。

卢家相抬手看了一下手表，九点钟。刚下过一场雨，洗去了阳光的几分燥热，孟定清水河口岸边民互市偌大的货场里已经人来人往。卢家相掏出手机，开始打电话。他不紧不慢地向前走去，很快也融入熙熙攘攘的人群中去。

卢家相今年五十七岁，父亲那一辈背井离乡从云南龙陵到了缅甸。问及为什么举家迁徙时，在我们猜测的国民党旧部、经商讨生活、躲避运动几个原因中，他没有肯定一个，也没有否定一个，只是咧嘴微笑，躲避我们探寻的眼神。白牙红口，嘴角溢出鲜红的槟榔汁水，心脏倏地紧了一下。卢家相只是说，他出生在缅甸，有一个姐姐和两个妹妹。他太太也是龙陵人，在腊戌有很多的龙陵人。卢家相有三个小孩，像众多在缅甸的华裔一样，他也十分注重教育，三个孩子相继读完了高中。但由于在缅华裔报考缅甸大学受诸多的限制，出国留学的费用又相当高昂，高中毕业后，卢家相三个孩子的学业也就此止步了。

虽然快六十岁了，但卢家相看上去要比实际年龄年轻许多。他目前在腊戌宝运公司专门负责采购，是公司的中层管理人员。来清水河口岸固定收购桉树木料已经有一年多的时间，这一年，也交到了几个朋友，其中还有一个忘年交，甘祖林，临沧孟定清水河口岸服务管理有限公司的工作人员，也是今天负责带领我们在此地采访的向导。甘祖林是个90后的阳光少年，只有二十六岁。人长得十分白净，说起话来慢言慢语。2014年大学毕业后来到孟定，2016年临沧孟定清水河口岸服务管理有限公司成立之初，他就来清水河工作了。虽然短短两年的时间，但甘祖林从内心深处喜欢这个边陲小镇，并把这份喜欢延伸到了自己的工作上。

卢家相说，世界森林退化率排名中缅甸位居第三位，森林破坏率极高。缅甸是中国木材主要进口市场之一，份额占50%之多。有的是缅甸企业自己砍伐出口，也有联合中国企业一起开发，整座山大面积地、无论大树还是小树地统统砍伐。不出几年，一座山、一片森林就从满头青丝被剃成只余几根绒毛的秃头。缅甸环境与资源部着手下达了一份政策通知，在2016—2017财年，禁止砍伐政府有效管辖区域内的树木，并在全区域内实行“全面封山”的政策。根据缅甸林业部2016木材年度生产计划，停止缅甸所有木材企业的木材砍伐与加工（木材种植园的木材加工则不包括在内）。如果木材企业还有2015年的木材生产指标，则可以继续砍伐生产。卢家相就职的腊戌宝运公司使用完木材生产指标后，只得一改多年木材出口的布局，变为从中国进口木材。

卢家相主要在这边收购桉树，中国林农种植的桉树。甘祖林已经跟卢家相认识半年多了，他每天都在货场里转悠，卢家相也是每天会从缅甸过来，从面熟到熟识，不过就是一个微笑的距离。甘祖林应该是这个货场里与卢家相聊天次数最多的人。我们聊得最多的就是关于木材的话题，缅甸木材砍伐生产暂停一年后，木材砍伐量以每一棵成材的树为单位来计算，就是按棵为单位来砍伐。2017—2018财年木材砍伐生产季计划砍伐的木材只有六十一万棵，换算为吨数后大约三十二万吨吧，是十年来砍伐生产量最低的。

不保护不行了，你们说“绿水青山就是金山银山”，在我们缅甸也是。卢家相感叹了一声。我们进口的桉树，只能用来制作建筑板材，跟花梨、柚木、椿木、西南桦、黑胡桃、水冬瓜、金丝柚没得比的。

沿着南汀河来孟定的路上，在一侧或两侧的山坡上，早就一睹桉树之风采，也早已风闻此树的好评与差评。桉树还有一个名字“速生桉”，“速生”决定了它的生长周期。一般情况下，一年树高可以增长两至三米，树干胸径可以增加两厘米左右。生长速度快、种植密度高，在单位时间、单位林地面积上产生更多的生物量，势必消耗更多的水分和养分，“抽水机”的恶名由此得来。桉树就像个自私任性的孩子，天然自带抑制林下杂草与其他树种的特性，再加上大量喷洒农药，几乎所有的桉树林下都是光秃秃的，独霸的气质堂而皇之、毫不遮掩。而种植桉树的林农又一味追求经济效益，四五年就进行砍伐，紧接着再开始新一轮的种植，全然不顾土壤肥力和水分流失。离开清水河之后，我们也就桉树到底是不是“毒树”请教了一位林业专家。专家给出了这样的答复：任何树种都有利有弊，一些地方种植桉树造成生态问题，主要还是由于长期、大面积地单一种植。这样的种植方式，换成其他树种，也可能导致同样的问题。换言之，树没有问题，问题在人、在人心。

卢家相的手机响起来，铃声悦耳，给他送货的车过来了。货主今天交付了一整车，三十二吨桉树木材。货主并没有现身，合作多时，已无须现身，只需雇佣货车准时送货即可。车甫一停稳，皮肤黝黑、身材精壮的搬运工就围拢上来，卢家相与他们用缅语交流了几句后掏出电话，电话挂断没多久，两辆缅甸牌照的小货车驶了过来。搬运工中貌似最年长的那个掏出一把筷子放在一旁，其他的搬运工有秩序地排好队，开始一件件地从中国牌照的大货车上向缅甸牌照的小货车卸装。

这些搬运工都是缅甸人，早上八点开国门的时候过来，晚上七点半国门关闭前，他们就回去。

看到他们手中的筷子了吗？那是他们的工作量计件工具。

装卸一车货物需要多少钱？

车按缅甸牌照的小货车算，一车的装卸费是四万缅币，折合人民币大约两百块钱吧。我用了两张缅甸货车，一共是八万缅币，他们几个人根据工作量，按劳分配。

已经很久没有听到“一张车”的说法，这是地道的云南人惯常的用法，车的数量词在云南语境里是“张”。眼前的卢家相虽然身在缅甸，但是骨子里依然很云南。

我们的疑惑在于，之前听说边民互市的车是可以互相开过境，既然缅甸牌照的小货车可以过来，为什么中国牌照的大货车不能直接送货到缅甸呢？一装一卸，就会产生费用，为何要多此一举。

因为滚弄大桥。

那可是座有历史的桥！应该是20世纪60年代中国援建的吧。

对，1964年。最早是联邦政府管理，1971年的时候，缅甸人民军为了这座桥还跟联邦政府军打过仗。打仗那一年我十岁，有印象。

后来呢，这座桥归谁管理了？

还是联邦政府啊。1965年通车到现在，年久失修，再加上当时打仗对桥也有影响，大桥现在限载了。原来的设计载重是四十吨，前年限载二十五吨，去年是十七吨，今天是十五吨。要是大桥不限载的话，我直接把这车桉树带过去，能节约不少成本呢。

新滚弄大桥不是开始施工了吗？

建建停停，不顺利啊。这是中国援建，2016年就实地踏勘测设了，拖到2018年才开工，联邦政府、军政府矛盾不断，都有自己的小算盘，谁也不为老百姓多考虑一点。你们在中国，不知道中国的好，我们这些在外面的人，羡慕得很呢！以前，我们在外国的确过得不错，十年河东十年河西，现在我们的日子没法跟你们比了。

现在有“一带一路”，如果实施顺利的话，差距会逐渐缩小的。

希望吧。

你跟货主是现金交易吗？

不是，云南木材主要的进出口岸是瑞丽，之前我们公司在那边有一个办事处，这边卸完货，查点无误后，瑞丽那边的办事处会给货主转账。清水河这边木材进出口才一年多，以后业务量多了，有可能也会设办公室，反正富滇银行在这里也有分行。我们咨询过，这家银行在所有的口岸都有分行。

两辆缅甸牌照的小货车装满了，中国牌照的大货车一身轻松地驶离了货场。已经是下午时分，货场里仍旧是一片繁忙。天下熙熙，皆为利来；天下攘攘，皆为利往。普天之下，芸芸众生，无不为了各自的利益而奔波劳碌。纵然相隔千年，太史公之《货殖列传》依然一针见血，可敬可叹。

卢家相要回家了。踏上国门桥，走完一百米，再一抬脚，他已然回到了缅甸。

此刻，中国国门在背后，缅甸的国门在前方。

甜蜜的事业

六月初，沿着南汀河，一路曲折蜿蜒，来到临沧孟定。

天色逐渐暗淡，远山环抱中的坝子更显苍茫无垠，坐在行进的车里，窗外不时闪现一幢幢傣族风情的建筑，干栏式的剪影振翅欲飞。

临沧边境经济合作区是国务院批准设立的全国第16个国家级边境贸易合作区，也是云南省1992年以后获批的第一个国家级边合区，包括孟定清水河经济区、镇康南伞园区和沧源永和园区。

“孟定”源于傣族神话传说中的祖先召武定的传说。傣语中“孟”同“勐”，是“大的地方”，“定”意为“三十二弦琴”，孟定的意思就是“会弹琴的坝子”。孟定镇是云南唯一的副县级镇。

第二天，天还没亮，就被俏皮敲窗的雨滴从带有琴声的梦境中唤醒。

细雨蒙蒙中来到临沧孟定南华糖业有限公司，办公室主任早已等候我们多时。忽听得外面一片嘈杂，急促的脚步声伴着爽朗豪迈的笑声。王主任说，今天的主角来了。

白色的越野车在高低不平的蔗区路上缓慢蠕动，开车的是一个黑红脸膛的壮汉，寸头，头发短得不能再短。汗珠顺着他的脸颊有节奏地滴滴答答，每一根短促的头发梢上都长出了汗珠子，像夜晚遗落在草尖的星辰。

罗进云腾出一只手，拿起车上常备的毛巾，这是一条多功能的毛巾，洗车的时候用它擦车，此刻，用来擦汗。他抹了一把脸，顺势向后拭去头发上的水分，但不消多时，它们还会从身体里向外汩汩冒出来。作为南华糖厂驻腊成甘蔗种植服务站的站长，罗进云几乎每天都会穿梭在他管理、服务的三万亩蔗田里。1994年，罗进云从临沧市农业学校毕业进入糖厂工作，那一年，他二十岁。如今已过不惑之年，屈指算来，与甜蜜的事业结缘已经二十多年了。有时候，罗进云会觉得蔗糖已经沁入他的身体内部，他的汗水也早已区别于大多数人的咸苦酸涩，他的汗水应该是甜滋滋的。

南华糖业公司现有蔗园十二万五千亩，中国境内只有三万亩，其他的都在缅甸，以罂粟替代种植、禁毒除源为依托发展甘蔗产业，公司还在蔗区集中的佤邦、滚弄、腊戌和果敢设立了技术服务站，五十多名技术人员常年盯守在缅甸蔗区。罗进云负责的腊戌站包括他在内共有八人。

刚到糖厂工作时，罗进云在镇康南伞糖厂。性情率直的他喜好交朋友，偶然的机会结识了镇康对面缅甸老街做小本生意的杨兴瑞。杨兴瑞祖籍腾冲，爷爷那一辈家大业大，土改时被划成了地主，遂举家迁往缅甸，几经周折，在贵慨落下脚跟，开枝散叶。

2012年，罗进云在腊戌与老友意外重逢。他乡遇故知，把酒言欢叙离情。罗进云长杨兴瑞七岁，一直以大哥自居。当他得知杨兴瑞种植了四百亩罂粟，一年才收入两三万块钱时，他端起了酒杯，神情庄重。

兴瑞老弟，你相信老哥我吗？

罗大哥，我们认识这么多年了，你知道我一向对你深信不疑。

你要是相信我，就跟着我干。听我一句，把罂粟拔了，种甘蔗。我教你技术，给你提供蔗苗、化肥、农药。你不会的，我手把手地教你。你干不了的，我帮着你干。甘蔗成熟了，我全部收购，保护价收购。

进云大哥，这个……

杨兴瑞，你要是信不过，我现在就代表公司跟你签合同，白纸黑字，签字盖章。

行。我听大哥的。

罂粟花海中，杨兴瑞看着即将到手的收获，心中有些许犹豫，但是酒后冲动已经答应了罗进云，君子一言驷马难追。他要拔除罂粟的决定招致了全家人的反对，这是一家人赖以生存的生活来源啊。好不容易跟家人达成妥协，拔除了一半。

对于杨兴瑞的反复，罗进云非常理解。老友能遵守承诺跟着他从零学起种甘蔗，已经是小胜。罗进云有信心，他要把杨兴瑞腾空的这片田做成甘蔗种植的示范田，用不了几年，在周围方圆几千亩的土地上，青绿的蔗苗就能彻底取代那朵妖冶的邪恶之花。

从那一天起，罗进云便长在了杨兴瑞的蔗田里，从整地、开植蔗沟干起，精选种苗，科学控制种植密度，查苗补苗，中耕、除草、培土，重施基肥、分期追肥。凤梨病、赤腐病、黑穗病，病来药除；甘蔗螟虫、棉蚜虫、粉介壳虫、蔗龟、蓟马，见虫就杀，绝不手软。

那一年，罗进云把自己当成一根甘蔗种在了杨兴瑞的蔗田里。他跟每一根甘蔗一起拥抱太阳、一起乘风沐雨、一起呼吸拔节。

那一年，杨兴瑞的另一半没拔除的罂粟才收入了不到一万块钱，但被罗进云精心管护的蔗田却整整赚了十五万元。

第二年，杨兴瑞的家人齐心协力拔除了所有的罂粟，四百亩地全部种上了甘蔗。杨兴瑞这回是真的富了，他买了四辆卡车专门运送甘蔗，还买了一辆轿车代步。

新车买回的第一天，杨兴瑞打电话请罗进云去他家喝酒。河里的鱼、山林里的野鸡、竹筒饭，还有自家酿的小甑酒。

谢谢罗大哥！这天杨兴瑞说得最多的就是这句话。

咱们是多年的朋友，说谢谢太见外了。老弟，大哥今天来也是有事相求。

大哥，你的事就是我的事。有什么事，你尽管说！

兴瑞老弟，我们公司给我下达了扩大甘蔗种植面积的任务，这个事情你得帮我。

这么巧，罗大哥，我也正想跟你说这个事呢。最近来咨询我种甘蔗的可不止一两个人，好几个人在打听怎么跟你们联系呢，对这个事感兴趣的不少呢。

那你帮我组织人，我们搞一个培训班，愿意改种甘蔗的，我们就可以直接签合同。

第一次培训来了二十多人，全部签订了甘蔗种植合同。之后，便是一场又一场的培训，一份又一份的订单。一年、两年、三年……从杨兴瑞的第一份种植合同到两百多份，从四百亩到一万三千亩，再到三万亩，青绿的蔗苗一点点挤占着罂粟花的盛开空间。

白色的越野车欢快地奔驰在一片又一片的蔗田里。空气像甘蔗一样裹挟着肥美的汁水，无论是呼吸还是触碰都能增加身体的黏度和厚度，当然，还有甜度。

嘈杂是被一阵突如其来的雨催生出来的，大雨逼迫着来人发出急促的脚步声，爽朗豪迈的笑声是他在自嘲被淋成了落汤鸡。

今天的主角罗进云狼狈上场后，坐在我们面前，热热闹闹地跟我们分享他从2012年至今在缅甸的工作和生活。显然，罗进云是个乐天派，从他进门开始到现在，没有流露一星半点儿的负面情绪。缅甸的经历在他口中是探险，也是奇遇；是快乐，更是享受。忍不住提醒他：你在缅甸就没有遇到什么困难吗？你所在区域不是发生战乱了吗？这些难道不影响你吗？

罗进云眨巴着眼睛，停了几秒钟，爆发出一阵铜铃般的笑声。困难肯定有的呀，比如说语言，我们刚去腊戍的时候，带着翻译，但是交流还是很困难的，那边有汉语有缅语还有傣语，刚开始的半年，几乎没有什么进展，很大程度上就是因为语言问题。好在后来有了杨兴瑞种植甘蔗的示范，局面这才慢慢打开。各个邦之间互相火拼，太平常了，这些年我们也适应了。山里面随时都在打仗，给我们扛甘蔗的工人前一分钟在干活，后一分钟，可能就会拿起事先藏匿在甘蔗地里的枪打仗去了。

给你们讲一个故事。离我们腊戍农业站半公里有一个寨子，甘蔗地距离寨子只有一百米。给我们运甘蔗的一个司机，叫鲁建东，他是云南永德人，四十多岁，跟我差不多吧。甘蔗成熟的季节，他开着车去运甘蔗，眼瞅着太阳快落山了，但是甘蔗还没有装完。忽然，周围枪声大作，打起来了。扛甘蔗的工人呼呼啦啦跑进了寨子，鲁建东是司机，他觉得不能扔了车自己跑，但是也不敢发动车，他也怕开车跑目标太大，就拔了车钥匙，躲到旁边的一棵橡胶树下，熬了一夜。后来我们跟他开玩笑，车重要还是命重要？命在，车没了可以再买；命没了，车在不在还有什么意义呢！

你的安全怎么保证？

我吗？我的白色越野车就是保证。我的车，无论是政府武装还是反政府武装，都不会攻击。只要有甘蔗的地方，我的车就能开到那里。我的车上印着中华人民共和国国旗。

这一刻，罗进云笑得像一个孩子，幸福而又满足。

你这次是专门赶回来接受我们的采访吗？

不是的，是碰巧了。我女儿在昆明理工大学法学系读书，老婆在南华糖业进出口公司工作，她们想周末去缅甸玩一玩，我今天正好有事回公司。明天就带她们去缅甸。

雨势稍减，却没有完全停歇的意思。心系家人的罗进云与我们挥手告别，开着他白色的越野车冲进雨雾，留下一地绽放的水花。

果敢南伞：倾城之恋

营地里有零星的炊烟，虽然还没有进入雨季，但雨已经时不时地造访，不请亦自来，零零散散地敲打上一阵子。雨势不大，属于小股势力，且没有后劲，湿了草，却没有浸透树枝，只是增加了些许引燃的难度，焐出更多的烟雾来。常太聪一阵紧似一阵地咳嗽，咳出眼泪来。野生的三角梅伸出手臂，目光慈悲，轻轻拍打着她的脊背。

孩子们无忧无虑，三个成群，两人扎堆，即便是一个也能自娱自乐。他们在蓝色的、横看成排、竖看成行、前后左右等距的营地里自由地奔跑、嬉戏、追逐、打闹。这里，对他们来说是新鲜的，安全的。枪声炮声刚响起的时候，没有人太在意，那是从他们还在妈妈的肚子里就已经习以为常的声响。但这一次不同，这一次的枪炮声不但密集而且持续不断，尤其是炮火，性情尤其暴虐，所到之处房屋瞬间变成瓦砾，大火肆意燃烧，像条贪吃蛇，吞掉能吞下的一切。人们开始跑，开始逃。丈夫在那场车祸中往生后，三个孩子就成了常太聪的全部，拼了性命也要把他们带出来，左手拎一个，右手牵一个，背上再背一个，跟随人群过桥、跨河、穿山、越岭，万步之遥来到了这里，来到枪声和炮声追不到的中国。

起先这里是空旷一片。不知道是谁第一个在这里停下的，后来就越聚越多，再后来就来了一群穿着一样颜色衣服的人，他们走路、干活的姿势也一样，这些差不多一样的人，变魔术似的盖起了一座又一座一模一样的蓝色的房子，用红漆编上号，分给了他们这群闯入者。孩子们跑着跳着，笑声比枪炮声还清脆响亮，他们不觉得正在经历经受的是天难、是灾难，他们也不会觉得活着太难，更不会把这里当成难民营。他们玩够了，闹够了，就会倦鸟回巢。红蓝白相间的塑料编织布一铺，就是他们安全的床铺。

这里是中国与缅甸的127号界碑，127安置点。

【新闻背景】 据缅甸媒体《镜报》《声音》《七日》援引缅甸国防部消息称，2015年3月17日晚至3月18日早，老街政府军和果敢军在中缅边境老街地区继续发生交火。报道称，政府军收复了5个果敢军在山区的盘踞地，缴获果敢军3具尸体、2门炮、6把枪等，但是政府军有13名士兵阵亡、28人受伤。据缅甸政府消息，自从果敢地区发生冲突以来，政府军已有100多人阵亡，而果敢武装也约有100人阵亡。

爆炸声闷雷一样，等声音滚到张国其的耳朵边时，把他从宿醉中揪醒了。一个星期前，缅甸那边就飞过来一个流弹，好在只炸毁了一座房子，不知道这一次怎么样。

村小组组长刘恺云今天找上门，差点把门给推坏了。唉哟！老张！刘恺云捂着鼻子，一个劲地嘟囔。都快被你熏醉了，地里总共才收多少苞谷，都被你做了酒，我看你是可以不吃饭、不能不喝酒啊。早饭吃了没？没有啊！午饭咪？不会也没有吧！哎哟哟！你这是要把自己往死里喝呀！张国其，我跟讲你个事，你可得听清楚喽，大水桑树村那边出事了，炸弹落下来，死的死伤的伤，一帮子憨定哟！这几天你也小心，在家醉死吧，总好过上田里去炸死哦！哎！对了，你闲人一个，要不去安置点帮忙吧，还能有口热饭吃，不许带酒，不许带啊！明天一早，我开拖拉机把你们送到127缅甸难民安置点帮忙，每个村里都要去十个民兵，你算一个啦！

刘恺云出去了，走的时候特别小心地替张国其掩上弱不禁风的门。

酒不多了，喝完这些就没得喝了。酒是好东西，有了它，就能忘记所有不开心的事儿，忘了老伴枯黄干瘦的脸，忘了老伴一天一天黯淡下去的眼神。老伴刚走的时候，一床一地一屋子都是她的咳嗽声和药味，满满的，随处可寻，后来酒气、臭气多了，就把老伴熏跑了，不见了。老伴是带着病从娘家一起嫁过来的，三日一小咳，五天一发烧，好不容易怀上个娃，不等成型就没了，再往后，不管张国其咋使劲，老婆的肚皮也没能再鼓起来。

这个家本来就穷，人没了，就更穷了。家徒四壁，只剩下张国其和他自己的影子。

明天还早。天才刚开始黑，天明还早。明天的事明天再说，明天能跟今天有什么差别。张国其打个哈欠，踉跄着爬上铺板，用残存的最后一丝清醒维持着身体的平衡，以保证自己不至于弄翻支撑床板的两条长凳。睡吧，睡着了就啥也不想了，想多了也没用，想那些干啥呢。

门口的三角梅眨着无数璀璨的眼睛，笑得似是而非。清风徐来，枝条微微弯曲，智者一样帮张国其盘算着即将到来的明天。

【新闻背景】 凤凰网资讯，2015年3月13日下午，缅甸军机炸弹落入中方境内，造成云南省临沧市耿马县孟定镇大水桑树村正在甘蔗地作业的无辜平民4死9伤。此外，在本月8日，缅甸政府军与民地武发生武装冲突时，有流弹落入中方一侧，造成一处民房受损，幸无人员伤亡。缅甸局势继续恶化，中缅边境的无辜平民每日都在生死线上徘徊。事发后，中国临沧当地政府为难民提供了食宿和医疗等，并为他们搭建帐篷，难民得到有序安置。

在中缅边境的127缅甸难民安置点，他——张国其，遇到了她——常太聪。

姹紫嫣红的三角梅嘟起兔子一样鲜艳的三瓣嘴，挤眉弄眼，开心得前仰后合。

我们到耿马县孟定镇尖坪村南松林组采访时，张国其夫妇都不在家。家里只有常太聪的长子张家翔、长女张家银在看电视，他们已经放弃之前的姓氏，跟着继父姓“张”。常太聪带着二女儿张家羽赶街去了，张国其带着他和常太聪生的小儿子张家富出去玩了。

谁也没想到啊！这事谁能想到啊！还真是千里姻缘一线牵，真是神了啊。我送他去安置点的时候，他光棍一个，等我再去接他，拉回来一大家子。人家常太聪还是个初中生呢，才三十八，小张国其十二岁呢，他才小学毕业。尖坪村南松林组小组长刘恺云一个劲地感叹，想必这段叹词他经常说，一溜烟从他嘴里说出来，不打半点磕巴。盼了半辈子孩子，回来就怀上了，一生，就是个儿子。真神了！看看这房子，两年前你们要是来，哪是这光景啊，人不是人、屋不是屋的，你看现在这房子、这院子，以前都说张国其这人命不好，谁知道是个老来福的命，沾了国家精准扶贫的光喽，贫困户盖房国家有补贴，四万块呢，有老婆有儿子，亲的疏的，孩子一屋子，一个一个拉扯大了，就都是他的了。最大的九岁，这个七岁，还有一个三岁，他俩的儿子两岁。

我们在刘恺云的小卖部门口，喝着大碗茶等张国其夫妇。

真是一物降一物啊，以前老张又懒又好酒，现在酒不喝了，人也勤快了，种甘蔗、种香蕉、种茶、种核桃、种苞谷，还种烤烟，别提多勤快了，田里能忙过来的时候还出去打工，要赚钱的，养活一大家子人，问他累不累，说，不累，高兴着呢！

常太聪带过来的孩子能落户口吗？能加入中国籍吗？

不行呢，没法办手续，他们那边打仗打得乱糟糟的，谁还管这些啊！

那孩子上学怎么办？

上学没问题啊，正常上，跟中国孩子一样享受九年制义务教育，唯一的区别就是他们不能参加新型农村合作医疗。常太聪也不行。

像常太聪这样的缅甸新娘，这里多不多？

多啊，我们这个组一百八十户，跨境婚姻三十多户。

这么多？

对呀。我姐姐刘晓琳就嫁去了缅甸，那个时候我才七八岁吧，姐夫那个寨子离这里很近，芭蕉水寨。

姐姐在那边生活得好吗？

五十多了，五六个孩子，本来是很好的呀，打起仗来，哪还有好啊。他们回来了，在我们村小组租的房子，给人家帮帮工，能活着逃回来就不错了，又是枪又是炮的，子弹炮弹炸弹哪一个是长眼的！打什么仗啊，放着好好的日子不过，这些老缅啊！打起仗来对谁也不好啊，他们乱了国，咱这边，修的石油天然气管道不能用了，建的水电站停了，开的矿不能采了，再说了，修管道建电站这不是对双方都好的事嘛，他们怎么就算不过这个账唻！我们这里离边境近，咱这边有电，他们那边没电，那边的孩子都来咱这边国门小学、国门中学读书，这仗打起来，过来的就更多了。

大碗茶，大碗喝，很快就寡淡了。我们要等待的人也回来了。

张国其，世间最普通的男子；常太聪，世间最普通的女子。因缘际会，走到了一起。

他们自来处来，带着他们的故事，故事讲完了，他们又携子抱女地回家去。他们的家与小卖部的距离只有几百米，目力所及，能看到他们紧握的手。无须我们为他们的传奇际遇喝彩，墙角那株红尘笑傲、只羡鸳鸯不羡仙的三角梅已经在带头鼓掌。

如梦令·三角梅

城角数枝廊回，春事暗惊花蕾。醉引夜归人，月照长河如水。抚蕊，抚蕊，羞却神鸦成对。

师说之中国篇

伴着晚自习的下课铃声，我们站在校园里，目送王辰骑着他的自行车从镇康县第一中学的大门出去，消失在昏黄的路灯辐射不到的夜色里。回校的日子已经定了，一年的时间，本来应该像夜幕下这条延伸到黑夜里看不清尽头的路一样长，却没想到日历那么薄，那么不经翻，反而短得像自行车轮胎的周长，脚镫子一使劲，骨碌碌转一圈，就到了撰写支教总结报告的倒计时。

喧嚣的校园沉寂下来，教学区不再明亮，灯光移情别恋去了宿舍区。嘶吼了一天的鸣蝉也觉得乏了，一只只偃旗息鼓，为明天继续与太阳叫板韬光养晦、养精蓄锐。

1994年出生的王辰是中国农业大学2014级电气工程及自动化专业的本科生，是中国青年志愿者扶贫接力计划的参与者，也是中国农业大学第十九届研究生支教团的成员。中国农业大学对云南临沧镇康县的扶贫帮扶从2013年就开始了，从教育扶贫、人才扶贫、智力扶贫、科技扶贫、信息扶贫及学科扶贫六方面为镇康县“量身定做”脱贫“套餐”。

2017年7月底，支教团镇康支队包括王辰在内的六名队员从北京出发，飞抵云门。

什么？让我担任国际班一班的班主任！对于学校的安排，王辰有一点诧异。

有什么问题吗？镇康县第一中学校长张建全关切地问道。我们研究了你的履历，你有当班干部和校社团负责人的经历，支教期间担任班主任，对你来说应该没有什么难度。如果有需要，可以随时跟教务处沟通。咱们镇康一中的国际班不同于常规意义上以出国留学为目的的国际班，这里的国际班大部分是缅甸籍学生，只有一两个是计划出国读大学的中国学生。对你而言，这可是非常难得的锻炼、提升的机会啊。

校长充满信任和期待的眼神，让王辰从心底油然而生出一股冲动，他下意识地点了点头，将国际班班主任的重任挑在了自己稚嫩的肩头。从那一天开始，王辰既是镇康一中的物理老师，承担高一年级四个班的物理教学任务，也是国际班一班的班主任。而他这个班主任仅比班里最大的学生年长五岁。

王辰对班上一个叫罗永盛的学生印象非常深刻。

高一课外阅读，《平凡的世界》是必读书目之一。厚厚三大本。王辰注意过罗永盛的书，圈点勾画，空白处写满了所思所得。在语文老师的办公桌上，学生们交来的读后感作业中，罗永盛写得篇幅最长、字迹最工整。王辰上高中的时候也读过这套书，但他自问没有罗永盛这样认真。认真读书的罗永盛其实理科成绩更好一些，尤其是王辰执教的物理，经常满分，是个妥妥的学霸。

国际班一班有二十个男生，十六个女生。作为班主任，王辰在最短的时间内掌握了全班学生的基本情况。在王辰的工作日志本上，对于罗永盛，他是这样记录的：

罗永盛，男，十六岁。2015年，因为战乱跟随母亲到镇康南伞中学就读，从初一开始就读。罗永盛的父亲从事广告牌设计与施工，月收入大约人民币三千多元。爷爷、叔叔、婶婶在家种甘蔗，奶奶带着弟弟在曼德勒读小学。罗永盛坚信读书能改变命运，他喜欢读小说，熟读了路遥的《平凡的世界》，最近在读余华的小说《活着》。

三十六个学生，三十六份记录，一个都不能少。不仅仅记在本上，更记在了心上。在北京出生长大的王辰是名副其实在蜜罐里长大的孩子，对于贫困的认知几乎为零。贫穷会限制一个人对世界的想象，反之亦然，大都市与边陲小镇的距离不仅仅是地缘差异。在没来镇康之前，王辰对于战争的概念，大都来自美国大片、电视剧循环往复的抗日神剧和新闻联播对世界的播报，至于对战争创伤的理解，基本属于天方夜谭，遥不可及。当站在南伞国门前，遥望对面果敢老街，边境两边建筑上密如筛网无法修复的弹孔，当真正置身于因为躲避战争逃离家园的孩子中间，在他们仍有余悸的眼神里映照着往昔可怕的记忆，王辰才意识到战争的真实与恐怖，才开始懂得和平是多么的弥足珍贵。

四个班的物理课，一周十六个课时，穿梭在普通班与国际班之间。王辰说他最大的震撼是缅甸学生的精神面貌，上课认真听讲、回答问题争先恐后，每一个孩子的眼中都散发着对知识的渴求，班级纪律无人触犯，卫生扫除精益求精，不管是学习还是生活，任何一件小事都非常认真、非常负责、非常努力，王辰在他们身上看到了恰同学少年的风华正茂。

他们交作业的时候，用双手递给我。在对任课老师的礼敬与礼貌这一点上，缅甸学生表现得尤为突出，他们那种尊重、尊敬是发自内心的，是由内而外的一种表达。这些孩子家庭条件好的仅仅是少数，大多数经济条件不好，甚至有部分非常困难，但寒门出学子，高一上学期期末考试，我们国际班一班在全年级十七个班中总成绩排名第三，你们刚才采访的罗永盛，他的成绩班级第一、年级第五。

王辰说，他时常会设身处地换位思考，如果他与罗永盛身份对调，他不敢保证自己会比罗永盛做得更好。王辰甚至佩服班上的每一个缅甸学生。小小年纪如此坚强，从战火里走出来，心中没有仇恨，反而努力学习，增长才干，以期有朝一日回到自己的国家，为建设自己的祖国储备能量。战争让这些孩子过早地成熟，承担了不应该在他们的年纪该承担的家国重任。

罗永盛为王辰打开了一扇了解缅甸学生的窗户。

十四岁的杨建清，是镇康一中初二年级的学生。她的父母在军事冲突中无辜丧命，只剩下她和已经成年工作的哥哥相依为命。杨建清学习成绩非常好，如果考高中一定没有问题，但是她一直在犹豫要不要继续读书，她在中国读书的费用全靠哥哥一力承担，已经到了适婚年龄的哥哥，为了妹妹把自己的终身大事一推再推。

十五岁的李文瑞，是杨建清的同班同学，也是好朋友，同样因为战乱到中国上学。第一次离家住宿舍，特别想家，每天晚上躲在被子里偷偷地哭，一年后才慢慢适应。李文瑞的父亲嗜赌成性，输光了全家人的积蓄还赔上了家里的土地，不工作不种田，游手好闲。李文瑞兄弟姐妹四个，母亲照顾年幼的弟弟，哥哥种田，姐姐外出打工供她读书。罗永盛说，在缅甸，初中毕业就可以当小学老师，李文瑞的梦想就是当一个小学老师。沉默了半晌，罗永盛继续对王辰说，其实很多孩子在中国待习惯了，不想回缅甸，很希望能留在中国，因为这里安全。

罗永盛的目标是华侨大学。如果一切顺利，完成高二学业后，他会被学校推荐到华侨大学昆明预科部就读。之前他认识一个叫李家富的学长，目前就在华侨大学金融专业就读。

李家富之所以来中国读书，除了战乱的原因之外，更多的是因为中国的教育质量明显优于缅甸。在缅甸初三毕业之后来到中国，初四的课程只读了两周，李家富就因为跟不上进度向学校申请从初二重读。上高中时，李家富的班主任也是教物理的，他对李家富关爱有加，除了叮嘱学习之外，更多的是教李家富为人处世的道理。

王老师，李家富的班主任对他就跟您对我一样。

现在李家富怎么样？

他在华侨大学挺好的，他有文艺特长，是班里的文体委员，也在学生会留学生联络部工作，华侨大学每年都举办美食节、东南亚泼水节、境外籍汉语能力大赛，这些活动李家富都会参与组织。我希望将来等我上了大学，也能参与这些活动。王老师，我告诉你一个秘密，李家富高中的时候谈过一个女朋友，中国的，上了大学之后就分手了，又谈了一个，还是中国女孩，不过后来还是分手了。

为什么呢？

三观不合呗！

你有没有女朋友？跟老师说实话。

真没有！

真的？

真的。我想等上大学之后再说。

肯定有女生喜欢你，他们告诉我，经常有人往你抽屉里塞情书呢，不会是假的吧？

有过的，但没有经常啦，我没有理会噢。王老师，您放心，我的心思都在学业上呢！

你能这样想最好了，好男儿当志存高远。你现在是学生，以学业为重是对的。

马上要离开了，心情如何？

心情很复杂。说实在的，真舍不得这群小孩，一年了，太多的感动。刚来的时候，我对周围的环境不熟悉，是他们带我出去玩。他们的家虽然近，出了国门就是，但他们有家不能回，我呢，家离得太远了，也回不去。无论周末还是假期，我们几乎都待在一起，去年十一国庆节的时候，我们一起去郊游、烧烤；今年五一劳动节，我们去附近的鱼塘钓鱼、野炊。

最难忘的是什么？

参加校歌比赛吧。我们学校的校歌是《共筑梦想》。我们班只有三十六个学生，其他的班级五六十人。合唱人少了，气势就差一些。那段时间，我们每天晚自习前都排练，要么在教室里，要么在图书馆门口，大家非常认真，没有一个人请假，嗓子哑了也没人请假。我担任指挥。比赛那一天，我们走上舞台，当伴奏响起来，我们的歌声跟人多的班级一样洪亮。那一刻我们融为一体，大家是在用生命歌唱《共筑梦想》。

一江水千年奔腾不息，胞波的情深谊长，一城相连、异国同窗，为了梦想聚一堂，携起手、勇攀登，知识海洋我们来挑战，积跬步、莫畏难，勤奋学习代代传扬。啊老师老师亲爱的老师，给了我们远航的风帆，你的明天，我的明天，将从这里走向辉煌。啊老师老师亲爱的老师，给了我们远航的风帆，你的明天，我的明天，将从这里走向辉煌。

时代和未来在召唤，快长成祖国栋梁，立德树人、谦卑卓越，我的青春放光芒。水穿石、杵成针，勇于面对敢于担当，傲雪霜、图自强，蜡梅迎阳吐露芬芳，啊镇康一中亲爱的母校，你是我们成长的摇篮，你的未来，我的未来，将在这里共筑梦想。啊镇康一中亲爱的母校，你是我们成长的摇篮，你的未来，我的未来，将在这里共筑梦想。

这一年，我教给了他们多少知识？教会了他们多少道理？改变了他们多少？有时候我也在想，我走了，他们会不会想我啊！王辰眨了眨眼睛，黑夜里黑色的眼睛。反正我会想他们的。

师说之缅甸篇

相比王辰边疆支教的离开，李文甲、杨文兴是回来，他们作为腾冲县民族中学选派的缅甸支教老师，一个学期的教学任务结束后，回来了。

今天的行程是先参观滇西抗战纪念馆，然后再采访，地点就在国殇墓园树荫下的石桌前，绿草如茵。小号手的雕塑屹立在我们一侧，咫尺，亦天涯。

正式上课了。数学课。李文甲一开口说话，原本还有点小闹腾的教室顿时一篇寂静，鸦雀无声。

一个公式还没有讲解完。一个学生举起手来。

李文甲旋即停止讲课，抬手示意那个学生，静听下文。

学生站起身，向他施礼，眼神里盛满了疑惑。老师，你怎么会说我们的话？

李文甲愣了一下，笑着说：不是我会说你们的话，而是你们说的是我们的话。你们的话，是你们的祖辈或者父辈从我们那里带到这里的。

这里是缅甸腊戍黑猛龙中学。两年前，学校通过中国驻曼德勒领事馆，向中国国家汉语推广办公室递交申请，希望能给他们派遣支教老师。第一批前来支教的是两位来自昭通的老师，一个负责教授汉语，一个负责数学的教学任务。两年期满回国，接替他们的就是腾冲县民族中学的李文甲和杨文兴。

以前学校的汉语教学用的是台湾的教材。中国支教老师的到来也带来了国家汉语推广办公室印制的“三常”教材，包括《中国地理常识》《中国历史常识》和《中国文化常识》。与台湾的教材相比，大陆的教材内容更丰富、形式更多样，更贴近现实生活，更有实用价值，更具时代感。

在国内的时候，走进教室，老师喊："上课！"班长喊："起立！"老师说："同学们好！"同学对："老师好！"诸如此类最基本、最习以为常的课堂礼仪，在黑猛龙中学却变成了见所未见、闻所未闻的新鲜事。

李文甲说黑猛龙中学的生源不稳定，从幼儿园到高中，最多的时候在校有两千多人，有时候则不足一千人。偌大的学校只有五个老师，学校实行半日制教学。早上七点到九点，学生在汉文学校读书，早上九点到下午三点，到缅文学校学习，下午三点之后是补习时间，因人而异，一般是那些家庭经济条件好又热爱学习的学生。缅甸学生与中国学生相比较而言，更有礼貌、更懂规矩。学生无论是在校园还是街上，看到老师，都会低头弯腰施礼。但是缅甸学生不爱学习，他们没有明确的目标，没有升学压力，只有少数学生有强烈学习愿望，他们会认真读书，将来有机会到台湾或者中国大陆留学。大多数的学生到学校里接受教育，是为以后做生意做准备。

腊戍的生活非常安定，当地的华侨社团与政府军的关系相对融洽，腊戍的华人能占到常住居民人口的一半还要多。春节的时候，街上红彤彤的灯笼、中国结，家家户户贴春联，年味比中国国内还要浓郁上几分。李文甲说他在腊戍支教的这几年，大都是在华裔聚集区活动，语言上没有障碍，饮食习惯也相差无几，经常会有种错觉，感觉自己还在腾冲一样，不像是出国支教，而是从县城到乡下教书。他也曾经带老伴过去腊戍旅游，老伴觉得出了趟国，还没有腾冲好，签证二十八天一满，一天也不多待。以后任李文甲说破天，老伴也不跟他去腊戍了。

到腊戍的支教老师用的是商务签证，如果从瑞丽口岸出去，签证时限为二十八天。从瑞丽坐车，过两个关卡，然后走三四个小时就能到腊戌。如果乘坐飞机，签证期限则是七十天。李文甲和他的同事在腊戌黑猛龙中学一个学期的教学时间为一百四十天，签证会超期七十天，按缅甸的规定，签证每超期一天罚三美元，罚金由校方负责支付。两年的支教很快就结束了。出乎很多人的意料，李文甲与杨文兴主动请缨，申请延长支教时间，一年又一年，连续在腊戌待了五年。

每天晚饭后，李文甲、杨文兴照例会在校园里散步。几年下来，可以聊的话题差不多都聊完了，朝夕相处，两个人之间形成了一种超越语言的默契。腊戌的夜晚没有太多的灯光，没有万家灯火，没有腾冲街头华丽的霓虹。暗夜自带孤独和寂寞属性，与家人的通讯从刚开始的每天好几个电话到一天一通电话，到后来没有事情不打电话。他们适应了不在家人身边，家人也习惯了他们的远离。

偶尔，他们也会被学生邀请到家中做客，或者去当地的华人社团喝茶聊天。一次，他们偶遇了一位老者，老人得知他们是中国派来的支教老师后，站起身，颤巍巍地拉着李文甲的手说：我是保山的，到缅甸已三十多年。话未说完，老泪纵横。

杨文兴对老人说，现在的中国已经发生了翻天覆地的变化，如果想回去就回去吧。

老人说他从中国出来时土地还没有承包到户，也没办身份证，虽然是中国人，但国内已经没有他的户口，想回也回不去了。在缅甸的中国人，无论是早来的还是晚来的，无论是贫穷还是富裕，他们的处境都是一样的尴尬。他们无论怎么努力，对缅甸国家做出多大的贡献，都不能成为真正的缅甸人。中国回不去，不是缅甸人却又不得不在缅甸生活。在缅甸的华人能做的就是尽可能地保留中国传统，让自己的子孙后代学习中文，不能忘记自己是中国人。

老人的肺腑之言，让李文甲、杨文兴感慨良多。尤其是杨文兴，作为一个语文老师，暂别家人，来到异国他乡，为的不正是传播中国文化，让海外的华人子弟能说汉语、会写汉字，让源远流长的中华优秀传统文化代代相传。

五年，说长不长、说短不短的一段时光。这五年里，李文甲、杨文兴与十几个住校生一起住在学校的宿舍里，吃在学校的食堂里。白天在课堂上教授知识，晚上不上自习，他们就跟学生们一起诵读，共度课余的闲暇时光。

虽然百般不愿，但离别的时刻还是来到了。李文甲、杨文兴谢绝了盛大的欢送，就像以往的每一个寒假、每一个暑假那样，平常、普通地收拾行囊。送走最后一波学生，他们回到了腾冲，回到了他们已经有些陌生的原有的生活秩序中。太阳，照常升起。

在腊戍五年，李文甲、杨文兴教过的缅甸学生，有的毕业之后跟随家人做生意，能继续学业的不是去了台湾就是来了大陆。学生们有的加了他们的QQ，有的加了他们的微信，但联系得并不多。李文甲说，年轻人的世界自有他们的精彩，作为老师，有幸陪伴他们走一段人生路，然后目送，祝福他们就好。

杨文兴则说，他最喜欢杜甫《春夜喜雨》中“随风潜入夜，润物细无声”的诗句，春风化雨，滋养大地，润泽万物乃师道本分，无论在中国还是在缅甸，为师之道都是正念、正道、天地大道。春风催开桃李，只为人间增色，不为其他。

注疏7：旅行家老徐与作家老徐之北回归线

旅行家老徐行至北回归线，止步于澜沧江的古树下，煮一罐太华茶，趁热饮下。离朝贡之国缅邦仍有一段距离，倘若雇佣鲁史古镇的马帮，不过半月行程即可抵达。然，当作家老徐追寻旅行家足迹行至凤庆，便发现旅行家老徐不知何故，并未策马继续南行，走向腊戍和缅甸王朝国都瓦城。

旅行家老徐是被前方的瘴气吓得退却了，还是被茫茫的野人山挡住了？抑或，这就是一个宿命。百年之后，大明王朝的最后一个南明皇帝和他的兖州诸公，代替旅行家老徐完成了南行。是他将行走南诏国的地图进献给了至上的皇权吗？

天穹墨染，天雨如泪，作家老徐披一幕天雨，追逐旅行家老徐的行旅之痕。至临沧，一路向西，向西，未曾想向导居然是大明王朝最后一任户部尚书龚彝之后。彼将作家老徐引向旅行家老徐走过的驿道，也引进了一段江山家国之恨。南明王朝的最后一个皇帝朱由榔和王公大臣，依着旅行家留下来的地图指引，隐没云之南山野之中，最后逃至缅甸瓦城。可叛臣逆子的追兵亦抵达了，陈兵边境，胁迫缅王交出南明王，如若不从，铁骑即刻踏碎其家国。于是，缅王设宴诱捕南明王，最终，明代王室殒没于昆明城翠湖篦子坡。忠烈尚书龚彝先行一步，敬君上三杯水酒，触柱而亡。

龚氏后人龚文生导引作家老徐至北回归线，经耿马南伞口岸，遥望野人山，目及瓦城，回溯南明王朝的宿命，旅行家老徐之所以止步不前，莫非他早已预见兴衰与存亡？

彼时，深山幽谷中桃花正艳。花开花落云卷云舒，问苍茫大地，几多沉浮？

咏桃花

幽谷桃花香静远，
板桥深处水云间。
仰天长啸冰霜志，
俯首笑谈菩萨蛮。

万里家园入梦来

从板桥到板桥

1979年的《个旧文艺》，具体哪一期已经不记得了，曾经发表过我的一篇散文《云南贵妃墓》，那是我的散文处女作。从那一篇现在看来无比青涩的文字开始，我踏上了文学的旅程，直到今天。

四十年后的今天，借由书写云南面向南亚东南亚辐射中心报告文学的契机，从我的家乡昆明官渡区大板桥镇启程，来到了保山隆阳区板桥镇。

板桥古镇，是云南五个省级历史文化名镇之一，亦是云南省六十个旅游小镇之一，更是南方丝绸古道上的重要驿站。从古至今，历来都是滇西交通要塞、兵家必争之地、商家云集之地和文人雅士游憩之地。历史上曾有“梅花古渡”“北津烟柳”“板桥孔道”之称，遗留下众多珍贵的历史文化遗迹。

青龙街长875米，宽8.6米，两旁保存完好的古建筑，大都是外向型铺面和内聚型住家的前店后宅式的传统民居，格局多为小面宽、大进深，户与户多同梁和柱，部分为借梁生柱和靠墙主柱，双面飞檐，形式古朴。整条街上老式店铺林立，古道风貌犹存，石板路油光水滑，古色古香。“堂”“店”“号”“记”三百八十七个铺面的各式招牌悬挂在街面，迎风摇曳，尽力招徕路人光顾其中。这条老街，有着千年的集市传统，一度成为“迤西一大集市”。马帮、行商、乡民在此聚散轮回，万家的顶子、马家的银子、赵家的牌子、戈家的饼子、董家的包子、丁家的馆子……时至今日，“芝兰轩”“桂香楼”的手工糕饼仍旧十里飘香，松软、酥脆地抚慰着老街人的身心和脾胃。往昔的痕迹依旧浓烈得如糖浆一样难以化开。

漫步青龙街上，刚下过一场雨，脚下的青石板的小坑小洼蓄满了水。陪同我们采访的是隆阳区委宣传部文产办的康彰旭，他不时提醒我们小心脚下一串串马蹄印迹。其实踏进去又有何妨，那或深或浅的蹄印里蓄满的岂止是水，对，不是水，而是流动的光阴。倘若一脚踏进去，如果运气好的话，也许能穿越时空，一观千年之前驿站人流如织、骡马成帮的繁华盛况。

在“乌铜走银传习所”门前，康彰旭停下了脚步。我们进去参观一下吧！

屋子里稍显凌乱，靠墙的货架上摆着一本本大红的获奖证书，货架上面有一排老照片，将往昔的荣耀定格为永恒的黑白。

清朝末年，板桥镇万家经营的怀宝银楼（“四宝斋”的前身）从当时的石屏州重金聘请来一位王银匠，并以礼相待。王银匠感念万家的知遇之恩，遂将乌铜走银技艺倾囊相授。1966年，“文化大革命”开始，第二代传人万怀林成为批斗对象，不能再做手艺，他唯恐技艺从此失传，暗中将乌铜走银的全部技艺教给了妻子金老伍。后来，风波平息，金老伍又将乌铜走银技艺教给了他们的儿子万光红。三百年来，乌铜走银的关键技术秘不示人，再加上整个制作工艺非常复杂，因而显得愈发神秘。如今，在云南省，石屏县、晋宁县和隆阳区这三个地方都还有人在传承这一古老的工艺。保山市板桥镇青龙街乌铜走银传习所掌门人万光红也因此被评为“云南省非物质文化遗产传承人”。

从乌铜走银传习所出来，不远处就是万氏祖祠。祠堂里挂满了大大小小的匾额："钟灵毓秀""人本乎祖""与时俱进"，镌刻的无一不是后人对先祖的追忆和对未来的希冀。正堂供奉着万氏先祖画像，供桌上摆放着时令的鲜花与瓜果。另有一侧厢房，如今是生活在青龙街上老人们的打牌休闲之所。

明万历年间万家曾经出过一位妃子。

哦？！

据说，没等到京城，这位妃子就病死了。

脑中灵光乍现，难道此地就是我笔下《云南贵妃墓》中那位万允淑的出生之地？

在群山环抱的湘西靖州县，往城东行一里许，有一座景色秀丽、环境幽静的桂香山。四十年前一个晚秋的清晨，朝霞染红千山。我曾在当地一位老向导的引领下，沿着古老的石板小路，拾级而上登桂香山。极目远眺，峰峦重叠，古枫吐艳，苍松掩映，丹桂飘香。峥嵘于云海之中的桂香山，前吻清澈碧蓝的渠江水，旁倚古老宁静的小城，是一个优美的游览胜地。

在渠江边上，有座大明万历妃子墓。这是一座椭圆形的荒冢，野草葳蕤，一派萧索。老向导告诉我，围坟石在"文化大革命"中被人拆走了。土冢前青灰色的石碑上，字迹依稀可见，石碑中间镌刻着："万门花女允淑之墓"，右上侧勒石"大明万历四十年王子仲春云南永昌府人"，左下角则勒石："靖州儒学正堂立石"。

翻阅《靖州志》，一观万门花女短暂而又悲凉的一生。万允淑，云南永昌府（今保山市）人，其父万邦乐，万历年间官至教谕。允淑自幼聪颖好学，工诗善画，谙熟六艺，兼通女红，加之性情娴静，美貌倾城倾国，深得父母宠爱，被誉为永昌府的一颗明珠。明万历年间，神宗皇帝朱翊钧下诏全国各州府，挑选天下美人入宫侍候。万允淑应诏入选，被封为妃子。于是走出闺阁，山重水复，由滇赴京。一入宫门深似海，前途未卜，回望故乡的山山水水，万允淑愈发思念家乡、想念父母，终日抑郁不乐。途经湘西靖州时不幸染病，香消玉殒。弥留之际，万允淑也曾哀求护送官员，将装殓她遗骸的棺木运回家乡安葬。然，山高路远，遂将她葬于桂香山。二十年不上朝的神宗皇帝哀其可怜，赐“梓潼”封号，并于同年修筑“梓潼宫”，以示皇家恩典。

时光流年，江水习习。几百年过去了，历史的烟雨并未冲淡人们对万门花女的记忆。文人墨客填词赋歌，叹其天涯飘零，悲其荒冢凄凉，编织了许多动人的传说。

据《湖南直隶靖州志》载，乾隆己卯二月，靖州府文人骚客聚集于梓潼宫举办诗会。雅士张开东见道旁一石碑，有“花女”二字，便与同人及老僧，披荆斩棘至墓前，掘开碑上的掩土，发现了万门花女坟茔。张开东突然忆起昨夜梦中一位老人低吟“环玉寄山谷，山花满路红。飘零二百载，谁识在江东”的诗句，感其是上苍的神谕，令他寻梦而来。于是，张开东挥毫写下《花女墓歌并序》：“梓潼宫下花女墓，林花飞落满溪路。残碑剥落尘土封，蔓草茫茫谁知处。云南此去五千里，荒冢寂寂锁烟雾。可怜寒毡闺阁女，常作天涯逆旅人。花开花落春复秋，花女年年渠江头。子规啼尽枝上血，为尔忽增故乡愁。”全诗情真意切，字里行间充盈着对万门花女的哀思和悲悯。而花女流传在民间的故事，更深入人心。老向导曾指着山脚下被晨曦映红的渠江水对我说，清晨，每逢江雾苍茫、太阳初升时，常常会看到一位白衣少女从云雾缭绕的桂香山上下来，在渠江边上梳妆打扮。一江碧波映朝霞，宛若花女晕染的胭脂。江心有一岩石，酷似花女的倩影，不过只在春暖花开的时节才会露出水面。老向导不无遗憾地说，你来晚了，错过了。

太阳升起，斑斓的光束洒落在林荫道上。跟随老向导步出花女墓，登上桂香山顶，极目远眺，梓潼宫尽收眼底。这是明神宗为花女妃子修的庙宇，砖木结构，木雕、砖雕之精美令人叹服。曾于光绪年间和民国26年（1937年）重修，内外八间，分前后院落，主殿上供奉着花女神位。四十年前的我曾伫立在梓潼宫前，陷入深深的遐想，遂把内心所想付诸笔端，写就散文处女作《云南贵妃墓》，发表在《个旧文艺》上。四十年后，我居然来到了万允淑的家乡，也许冥冥之中真的有一种神奇的指引，从我十六岁离开大板桥，因入湘当兵而有幸拜谒万花妃子墓之时起，就注定有朝一日，我能把这缕香魂送还至她的故土。湘西，滇西，四十年，四千里路，两处板桥，隔着四百年的时空，我一个迟来的旅人，从太阳升起的地方出发，行至太阳转身时，神助般地对上了历史的门牌，报信板桥人，告诉万家，他们生前富贵荣华、身后孤苦悲凉的女儿零落在靖州江东之地。心念起时，放晴的天空忽又飘落雨丝，极尽婉约与缠绵。如若真的魂兮归来，这百年的等待也是好的，也算圆满吧。

片刻之间，雨便停了，复归晴朗。走得有些累了，刚好走到板桥百年老茶馆的门前。康彰旭建议我们进去稍作休息。

茶馆里人声鼎沸，相对外面明晃晃的大太阳显得有几分阴暗。门口的大锅水花翻滚，茶馆老板万文凤用水瓢把热水装进一个个暖水瓶里去。显然万文凤装水的技艺不亚于欧阳修笔下的“卖油翁”，无他，唯手熟耳。这间茶馆自道光年间开始，至今已有一百六十多年的历史，作为第四代传人的万文凤，七八岁就已经跟随父母在这里忙碌。这里也曾是马帮歇脚的站点，从小女孩到中年妇人的万文凤亲眼见证了当年马帮来往的兴盛。正装着水的当儿，旁边联通公司的人员拎着暖水瓶过来打水，热水一块五毛钱一壶。娴熟地装水，送完卖水人，万文凤起身给茶馆里喝茶的人蓄水。每位两元，一壶茶，便能偷得浮生半日闲。茶客老中青，有与茶馆一起慢慢变老的古稀老人，也有赶街休憩的一家三口，甚至还有带着课本在这里做作业的少年郎。与我们邻桌的是刚买了一盆鲜花的吴思航和她的闺蜜。

你们经常来这里吗？试探着问了一句。

赶街的时候累了就会过来休息一下，我们公司是销售汽车的，经常来这边派发宣传单，工作完成就会来茶馆休息一下。

既然你们经常来，那光顾茶馆的是年轻人多还是老人多？

年轻人吧！

是吗？

反正每次我们来，都会遇到年轻的。我们公司的人大多数都来过的，离这里不远还有一个老茶馆，我们有时候也去那边。

这附近有网吧、咖啡馆吗？

网吧有，咖啡馆没有。

为什么喜欢老茶馆呢？

从小就习惯了的缘故吧！

你们知道茶馆门口那个雕塑的名字吗？

不知道。

板桥百年老茶馆门前一侧的青铜雕塑，名为“永远的等待”。那是广东雕塑家李春华根据中国仅存的十名南侨机工之一、一百多岁的翁家贵为原型所创作的。一直留存在百年老茶馆的门前。

他在等待谁？

他在等待昔日战友的英灵，等待十几万牺牲在缅甸的远征军，等待国家的强盛，等待中国梦的实现。

他一定能等得到。是的，一定能。

等　待

小五！小五！

声音长了腿，自己会跑。一声声呼唤时而来自缥缈的河雾深处，时而又出自一团漆黑，是真的黑，伸手不见五指的那种。明明自己就在这里，就站在一团光晕里，为何声音的主人看不到自己呢？杨珍娣很着急，着急死了，急哭了。她想回应一声“我在这里！我在这里啊！”喉咙像板结的大地，强直而坚硬，一丝水润都没有，她发不出一丝声响。她想扑进那片河雾，也想追随那团黑暗而去，但身体也是僵硬的，被神仙施了定身咒，钉子楔进木头里一般。

小五！小五！

声音远去了，越来越远，几不可闻。

杨珍娣的心碎了，她能感觉到那种一点点碎裂的疼。真疼啊！绝望是最好的动力。她集中全部的意念，喊出了心底的牵挂：杨大哥！

梦醒了。杨珍娣茫然四顾，四下无人，只有她自己。明明是她在找他，却回回在梦中，是他在找她。

你到底去了哪里？你还回来吗？不是说好要回来娶我的吗？我在等你呢，你倒是说句话啊！即便是在梦里，你别老是“小五小五”地叫魂，你倒是跟我说句话啊！你倒是来个信啊！

杨珍娣号啕大哭，像只悲愤的母狼。

隔壁父母屋里的灯点着了，旋即又熄灭。黑暗中，传来一记重重的叹息。那是父亲杨永寿被女儿的哭声惊醒了。哎！悔不当初啊，早知道不应下这门亲，不就没这些糟心事了嘛。杨连长啊，你在哪里啊！是死是活，孬好来个信啊！这小五的下半辈子可怎么好哦！

孩他妈，不能再这么下去了。明天一早，再劝劝孩子，嫁人吧！

第一次听到滇西女子与远征军军官的爱情故事是在保山采访期间。那天吃午饭的时候，保山市文化产业发展领导小组办公室的杨杰坤主任给我们讲了一个故事：一位远征军连长与怒江边的一个姑娘相爱，上战场前，连长许诺打完仗就回来迎娶姑娘。但是很不幸，连长牺牲在了战场上，临死前他嘱托战友替他照顾姑娘。战友因为种种原因没有回到祖国，而是辗转去了新加坡，没有把连长牺牲的消息告知姑娘。姑娘终身未嫁。后来，收养了一个孩子，孩子盖新房，让她下山一起居住，她不肯。因为老屋的门正对着松山的方向，可以时时遥望松山，就像《边城》里的翠翠，她要等的那个人也许永远不回来了，也许明天就回来。

杨杰坤的故事，让原本沸腾的餐桌瞬间冷却下来。大家低头不语，用各自的方式消化、消解内心奔涌翻腾的情绪。我用纸巾悄悄拭去眼角的泪珠，追问故事的下文。

这个姑娘是哪里人？详细的资料你们掌握吗？后来呢？

杨杰坤说，他听电视台的一个记者转述，因为后来连长的战友找到了那个姑娘，但是曾经美丽的少女已经变成了白发老妪。当时电视台的记者跟着去采访了。

那电视台的影像资料可以帮我们拷贝一份吗？

应该可以的。杨杰坤答应会尽快帮我们联系。

回到北京，一个月后，杨杰坤在微信上发来四张图片。用微信小程序“传图识字”将图片上的文字部分转换成文本文档，才五百多字。另外，杨杰坤说视频资料他没有找到。

这份资料整理如下：

杨小五（又名杨珍娣，现名杨菊兰）出生在怒江东岸的一个叫乌木囊五里凹的小寨。父亲叫杨永寿。1942年，滇西抗战爆发后，日本侵略者被中国远征军堵在怒江以西。五里凹与怒江之水相距仅一千五百米。1942年7月，中国远征军71军87师的一个高射炮连队住进了五里凹镇守江防。连长杨天驰与连部一起就住在永寿家。当时，杨小五仅有十五岁。

高射炮连连长杨天驰在杨永寿家一住就是一年。天长日久，连长杨天驰喜欢上了杨小五。1944年5月10日，连长杨天驰向杨永寿提出：“把小五留给我吧。等把日本侵略者赶出国门，我一定回来娶小五。”

1944年5月11日，高射炮连随大部队渡江，开始了滇西大反攻。临走时杨天驰对小五说：“小五，等我啊！我一定回来娶你。”

然而，天有不测之云，人有不幸之灾。杨天驰在攻打龙

> 陵时光荣捐躯。杨小五一等就是十年，直到解放后才由父母做主嫁到太平镇的中寨。
>
> 可是，天助有缘人。五十年后的一天，一位马来西亚华侨和云南二战史专家戈叔亚先生与市县相关人员走进了中寨杨菊兰（杨小五后来改名为杨菊兰）家。于是便有了以下的书信来往。

资料中提及的书信是一张照片，字迹模糊，图片放大后，字迹更加模糊，内容根本无法看清。还有一张照片是杨天驰的战友、副连长姚天平，为记住连长杨天驰的遗言，姚天平改名“姚拓”。

杨杰坤发来的资料与他之前讲述的故事有冲突的地方，比如杨小五到底是一生等待连长回来呢？还是后来被父亲做主嫁人了？杨杰坤说施甸县文化馆的张学斌手头还有一部分资料，可以联系他，然后提供给我一个电话号码。很快，张学斌就给我们提供了一份文字材料。内容如下：

> 滇西抗战，在滇西人民心中是一段难忘的历史，也是一道永远抹不去的人文风景，尽管岁月流走，过了六十年，而这场反侵略的战争在这块土地上留下的动人故事却难以割舍，挥之不去，永远存活着，特别是在血与火中诞生的杨珍娣、杨菊英两位普通女性身上的爱情故事感人至深。她们的爱超越了男女之间的感情，它的伟大之处在于，圆满的结局并非局限于洞房花烛和白头偕老，而是一种精神的结合，哪怕是漫长的等待，心中留住的永远是当初的那份美。鹰飞过留下蓝天，风吹过留下山岗，相爱过留下真情。
>
> 杨珍娣，现年八十岁，施甸县等子乡五里洼人，现居住在太平乡柳树水村中寨。1942年滇西抗战爆发，惠通桥一炸，把日本侵略军拒之怒江西岸，中国远征军在怒江东岸严

阵以待，反攻龙陵松山守敌。为加强沿江防御，中国远征军某连进驻了五里洼。五里洼是一个山清水秀的小山村，小村不大，村前的山坳里有一个大池塘。远征军某连连长杨天池及连部就住进了杨珍娣家。杨珍娣的父亲叫杨永寿。通过长时间的相处后，杨天池连长和杨永寿老人提了亲，杨永寿便把年仅十七岁的杨珍娣许配给了杨天池连长。

杨天池连长和杨珍娣从此相爱了，消息不胫而走，在五里洼和等子山区一时成了佳话。山里人共同为这对军地恋人祝福，祝福他们早日成亲。

天有不测风云，杨珍娣和杨天池连长相爱后不久，正是滇西抗战反攻松山的时候，军令如山，杨连长接到了抢渡怒江、反攻松山的命令。战争的前夜，也是爱情的最后一夜，服从命令是军人的天职，杨连长来不及对亲人说更多道别的话，只是对杨永寿老人说了声，叫老人把杨珍娣留下来，等战争胜利归来时就同杨珍娣完婚。在分手那天，杨珍娣一直把未婚夫杨连长送到了村口的池塘边，杨天池连长一再叮嘱杨珍娣，不管时间有多长都要等着他回来。杨连长随着长长的队伍消失在杨珍娣的视线中。这一走，杨连长把杨珍娣这位山村小姑娘的心带走了。这一次分别竟成了杨珍娣和杨连长永远的道别。

就这样，杨珍娣在朝思暮想中空守着一句承诺，一等就等了六年，直到反攻松山胜利和抗战全面结束，还是没有见到杨连长的身影，就连一点消息也没有打听到。有人说杨连长在反攻松山时牺牲了，又有人说杨连长在攻打龙陵时重伤而死，消息很多，但都不真实，也不确切。在杨珍娣心中一直认为，杨连长没有死，他一定会回来接她的。

直到20世纪90年代，经过五十多年后，她从一封来自马来西亚、由上海辗转寄来寻找杨珍娣的信件，才得知杨连长在攻克松山大战中为国捐躯，真的死了。此时的杨珍娣已是年近八旬的古稀老人。寄信人是杨天池所在连队的副连长，名叫姚天平：他是杨连长的部下，也是战友，现移居马来西亚，也是一位白发的老人。他在信中告知，杨连长在临终前托付一定要帮他照顾杨珍娣未婚妻。一封信的寻找，竟找了五十多年。姚天平副连长在信中这样写道：

“也许有一天我会再回来，来到等子，看望我的嫂子。来到怒江，来到惠通桥看一看，在松山祭拜我死去的连长和其他战友，为死去的连长和战友奠一杯酒，上一炷香……”

姚天平于马来西亚家中
一九九七年十月十四日

张学斌发来的资料非但没有打消我们的疑问，反而又增加了几分。前后两份资料中，滇西姑娘的名字一个是杨小五，又名杨珍娣，现名杨菊兰，当时十五岁；一个只有一个名字杨珍娣，时年十七岁；家乡所在的村寨以及后来所在的村寨也有差别，一个是五里凹，另一个是五里洼；杨连长的名字则一个是杨天驰，另一个是杨天池，一个有明确的部队番号，一个只用了某连；一个说姑娘等了十年，另一个说等了六年；一个说被父亲做主嫁了人，另一个没有提及婚姻状况。

眼前一团迷雾，心烦意乱，到底有多少真相无声无息地被湮没在了历史的长河里？

书稿写到此，暂时卡壳了。日有所思夜有所梦，在梦里，我看到了杨小五的梦境。那是一个面如满月犹白、眼比秋水还清的姑娘。梦里的小五不说话，她看着我，满眼都是话。

大脑像一座复活了的梦境活火山，喷发得异常凶猛，噩梦、绮梦、幻梦接踵而至，清晰得如同看电视连续剧。那段时间，我睡得很浅，经常是一梦惊醒，然后再也无法入睡。睡不着的时候，躺在床上烙饼并不是什么好滋味，索性起来工作。重新敛心静气细读手头的两份资料，终于有了新发现，在第一份资料中提及了一个人：戈叔亚。

戈叔亚，滇缅抗战史专家，云南省保山市龙陵县政府特聘的第二次世界大战历史顾问。他的新浪博客是滇缅战区松山战役最为翔实的综合信息来源。

在戈叔亚的新浪博客上，找到了《一个中国远征军连长未婚妻的故事》这篇文章。

全文如下：

杨菊兰，是一位可能连县城都没有去过的再普通不过的山区妇女了。如果不是一位海外华人老作家的来信，相信没有一个外乡人会知道她的故事。

大约几年前，居住在马来西亚的姚拓先生看了我在海外报刊上撰写的有关滇西战事的文章，专门给我来信，郑重其事地托付我这样一件事。

“戈先生：

我是中国远征军新28师84团2营11连的副连长，参加过龙陵战役……

……

戈先生，我有一事相求，这是一个我未完成的死去的战友的离别重托，这件事整整缠绕了我五十多年了。

我的战友杨建勤，是10连的连长，他在黄埔军校18期和我是同学。在我军驻守江防（怒江）时，他悄悄地告诉我，他和当地的一个姑娘相爱并征得姑娘父母的同意订了婚。他说如果他在战斗中牺牲，要我一定要照顾这位姑娘。并详细地说了她的名字和地址。

在龙陵战役中，杨连长真的牺牲了。不久，我也负了重伤，被转移到保山医院。战斗结束后，部队调防……战后这些年来，别说到当地寻找她，就连通信联系的可能性都没有。现在年纪大了……”

姚老先生在信中告诉我，这位姑娘的名字叫杨老五，她家有五个女孩子，就数老五最漂亮。家住怒江东岸、滇缅公路以南不远的一个叫作五里凹的小村子。同时详细画了一个地图。

这位老先生最后说，从内心讲，他不是不愿意来滇西，而是根本“不敢”来，因为他的好朋友、好战友差不多都牺牲在这块土地上了。这封信都是流着眼泪才写完的。

由于不知道具体的县区乡，我知道是无法通信询问的。

……

1995年，我参加云南电视台一部纪念抗日战争胜利50周年的电视片。我鼓动郝晓源导演驱车去五里凹，找寻姚老先生称呼的这位“杨老五小姐”。

我们按照老先生绘制的地图，在怒江东岸一个叫老鲁田的地方打听，没想到人人都知道五里凹。等到了那里，我们被里三层外三层的人围着，但就是不肯说杨老五本人和她的家。他们用疑惑的目光看着。

“你们要找的杨老五搬走了。”一个中年人冷冷地说。

杨老五的大名叫杨菊兰，远征军反攻怒江不久，有人就告诉她：“你的杨连长骑着大马在松山被日本人打死了。”她不相信，因为杨连长说好了一定来接她的。她就等着，整整等了十年才结婚。但是不久丈夫又因病去世。从此，人们说老五“克夫”。据说她曾经有过一个孩子，但是幼年夭折。如今，听说她和她的养子住在太平乡柳树水村中寨一社（施甸县）。距离这里有“好几十里”。老五走了以后从来都没有回来过。

这时我才领悟到姚老先生在信中说的“其实，他们两个是有夫妻之实而无夫妻之名”这么一句话的含义。

汽车在怒江东岸滇缅公路以北的乡间小道上艰难地行驶，我想着“人活在世上到底为了什么”这样一个实在是无聊而又透着俗气的问题。

这个村落坐落在没有任何过度就拔地而起的一座大荒山的中部，四周是比村寨大不了多少的玉米地。我想人们就在这与世隔绝、与世无争的小天地里生老病死、自生自灭，哪里容得了曾经和“骑着大马的‘国民党军官’”相好的老五？！

但是我想错了。当热情的乡亲们簇拥着我们来到一座庭院的大门口时，迎面撞上了一个一边在围巾上擦着做活计的泥水、一面跑出来迎接客人的中年妇女。她开朗大方，额头眼角的皱纹仍掩饰不住早年的秀气。当看到仿佛是新式武器的摄像机对着她时，着实把她吓了一大跳，像小姑娘一样躲到了门后。

采访在欢乐轻松的气氛中进行，挤满屋子的村里人都用羡慕的目光看着他们的“杨大妈”。老五的养子和他的妻子都是老实忠厚的人，她的孙子也显得活泼灵气。在这样的场合里，肯定是听不到老五的什么“隐私”的。不过我们都感到非常满足，因为老五好像过得很好！

老五十五岁的孙子送了我们一程又一程，我不知道是什么使这里的人们可以容纳老五这个“有历史问题”而又“克夫”的外乡人。

小孙子告诉我：这里的老人都经历过战争。山头上至今还遗留着当年守江防的远征军构筑的炮兵阵地。他指着世世代代压着他们的那座大山的山头对我说。

后记：

今年4月份，姚先生让我把一笔美元换成人民币寄给老五。他说他寄过美元被打了回来。他把他的回忆录中有关杨连长和杨老五的那一章寄给了我，并要我陪他去看望老五和故战场。

“老了，再不去就没有机会了！”

这就是滇西女子与远征军官的爱情故事。这样的故事，在那个年代，不是一个、两个、三个，而是无数个吧。望夫崖上多悲歌，将士远去，闺门守望，一年又一年。这样的等待，能有几人梦圆？

时方午夜，灯影幢幢，写书至此，掩卷出户，见星月依稀、寒风微起，默立阶前良久。

缅北：万里家园入梦来

漆黑的夜色里，何元树走在腾冲的街头，城市睡着了，灯光闭上了眼睛。远山也睡着了，贴心的星星给它留了几盏不甚明亮的夜灯。驼峰酒店安静下来，疲惫的旅人都睡着了，唯一睡不着、静不下来的是何元树的心。

一夜无眠。何元树耐心地等着腾冲从熟睡中一分一秒地醒来。他在他的驼峰酒店餐厅找了一个安静的角落，一个人静静地慢慢地吃了顿早餐，然后召集齐酒店的管理人员，宣布了他的决定：停止营业，出售酒店，资金全部注入金鑫公司。金鑫公司的前身是原腾冲县古永乡金家村的“金鑫商号”，中间经历了两度重组和改名。

曾几何时，腾冲县财税收入中的绝大部分来自中缅边境木材贸易和它下游相关的木材加工、运输、销售等产业。彼时，金鑫公司的边境贸易额占了腾冲县边境贸易额的一半以上。2007年以后，由于国际国内多方因素，公司停止了中缅边境木材贸易以及相关的经营活动，遭遇发展危机，处于整顿、半停滞和停滞状态。在金鑫公司最难的

2009年，何元树接棒，出任公司董事长。

那天下午，何元树站在投影仪前，一米七五的身高，膀大腰圆，一双虎目炯炯有神，声若洪钟。这样的讲解，他一年当中要历经无数次，故轻车熟路。

1965年，何元树出生在腾冲县猴桥镇金家村何家冲村民小组的一个农民家里，初中毕业后就在家务农。一段时间后，心眼活泛的何元树开始外出打工。1987年，小有积蓄的何元树与朋友开办了一家小型炼铅厂，赚取了人生的第一桶金。在积累了充足的资本之后，何元树没有把财富只放在一个篮子里，他又相继投资火炮生产、酒店经营、玉器销售，入股金鑫公司成为股东的一员。1996年至2006年的十年间，何元树在缅甸负责金鑫公司的境外木材进口，砍伐的原木累计两百万立方米，平均一年二十万立方米，仅这一项，公司年产值就两亿元。

说到这里，何元树忽然虎目黯然，语带惆怅。俄尔，他继续说道：我亲眼看见了大片的原始森林变成光秃秃的一片，野生动物无处可逃，碗口粗的蟒蛇，我们把它们拉到几十公里之外放生，麂子四散奔逃，幸运的能找到新家园，倒霉的就成了人类的盘中餐。我见过一只麂子，眼睛水汪汪的，像蒙了一层水雾。

记不清多少次午夜梦回，那头麂子含泪的眼睛总会猝不及防地赫然入梦，如泣如诉，即便是在梦中，也会令何元树动容，会让他觉得愧对大山，愧对那片土地。早在金鑫公司日进斗金、经济效益如烈火烹油时，何元树就隐隐感到，这样的局面不会太长久。

果然，2007年之后，中缅边境木材贸易锐减，金鑫公司不得不转方式、调结构。何元树担任董事长后，做的第一个经营决策就是正式进入缅北地区，开展农业合作开发。2010年4月，经云南省商务厅审核批准，金鑫公司成为中国在缅甸克钦邦一带的毒品替代种植企业。

第一批替代种植作物选定的是木薯。当时保山市计划在水长工业园区建设乙醇加工厂，需要大量的木薯作为生产乙醇的原材料。谁承想，乙醇加工厂项目因种种原因搁浅，木薯完全失去销路。何元树紧急应对，在腾冲猴桥镇下街村杨家田购买了原马来西亚永成木业公司的厂房，改建淀粉加工厂。他亲自盯着，在短短三个月内完成了土地和厂房收购、淀粉加工设备购置、生产车间改造建设、专业技术人员配备等各项工作，立即投入生产，将滞销的木薯全部加工成了淀粉。然，祸不单行，屋漏偏逢连夜雨，接踵而至的是淀粉国际市场价格大跌，生产出来的淀粉连成本价都卖不到。金鑫公司的第一次转产宣告失败，损失惨重，直接经济损失约四千万元，再加上购置淀粉厂的土地、厂房以及占用的三千五百万元，直接、间接经济损失合计七千五百万元。

木薯种植的失败对于本就风雨飘摇中的金鑫公司来说无异于雪上加霜，公司更加举步维艰，随时面临解散的风险。

此时的何元树面临着进退两难的尴尬：退！宣布公司破产停业，他顶多赔上在金鑫公司多年的股份投资，但他仍有其他的产业在良性运转，就个人而言，他完全可以全身而退。但他觉得对不起并肩作战的其他股东和几百名员工，大家同甘共苦，冒着危险深入缅北创业，各种艰辛只有当事人自己能够体味，资产有形，情谊无价。进！如果要继续在缅北的农业合作开发，该选择什么项目，后续投资项目的资金如何筹措？一连串的问题和困难摆在何元树面前。走出腾冲，走向缅甸的经商人，成功者比比皆是，为何我何元树就一败涂地？我不服。

那晚腾冲的夜色迥异于缅北的漆黑，那是属于腾冲的色彩。何元树在夜色里逗留得太久了，城市的灯光在与他的拉力赛中败下阵来，灰溜溜地偃旗息鼓。最先熄灭的是楼房的万家灯火，然后是商家的七彩霓虹，最后马路两侧的路灯也有点疲乏，闭上了一侧的眼睛，兀自睡去。夜色深沉，终与缅北无异，漆黑一片。

起先，何元树在街头并不突兀，散步的，夜跑的，为各种琐事奔忙的，忙碌并不分昼夜。只是，没有人陪他走到最后，更没有人陪他走向更深更黑的夜。他变成了一条未卜路的踽踽独行的旅人。哦，不，旅人也已经安歇了，今夜，旅人夜宿驼峰酒店。驼峰酒店是何元树的财源之一，是他的财富苗圃里生金结银最茁壮的一株。他找了一个最佳的角度，不远也不近，看着驼峰酒店。他觉得心有点疼。他想找个人说说话，朋友，他很快否定了自己的想法；家人，也不行。何元树知道，此时此刻，他就是孤家寡人。

清晨，突然走进驼峰酒店餐厅的何元树让服务员感觉有点异样。服务员更不会想到，自己老板在吃完早饭后，召集酒店管理人员开会，宣布了他一夜无眠的决定。

驼峰酒店很快就易主转让了，一家经营良好的酒店不愁没人接盘。何元树破釜沉舟的孤勇之势像一剂黏合剂，凝聚起了困境中的人心。股东们达成一致，结束木薯种植，关闭淀粉厂。金鑫公司没有撤回，他们顽强地坚守着缅北的替代种植。在选择替代种植作物时更加慎重，直接面对市场，择优选取产业。这一次，周期短、见效快的香蕉成为他们的主打种植作物，同时，适量种植适宜缅北的其他水果以及有潜力的中长期经济作物；以短养长、以长促短，以种植品种的多元规避单一品种带来的市场风险。

缅甸甘拜地口岸和腾冲猴桥口岸隔门相望，这里曾一度车来车往，是缅甸木材进入中国的主要口岸之一，缅甸木材禁采政策的推行，使得中缅两扇国门随之变得门可罗雀，日渐萧条。

随着金鑫公司缅北农业合作开发基地第一批香蕉的成熟，吵醒了沉睡许久的猴桥口岸，往日的生机与活力开始逐步恢复。中国的车辆拉着缅甸农业种植需要的化肥、农药、包装纸箱等农资驶向甘拜地口岸，缅甸的车辆则满载着香蕉、西瓜、火龙果、葡萄、稻谷、玉米和甘蔗驶入猴桥口岸，在农产品批发市场完成贸易，然后走进超市，走进寻常百姓家。由南向北，以昆明为原点，走向全国各地的菜篮子、果篮子、米袋子。走对一步，金鑫公司这盘棋又活了。

何元树按着手中的遥控器，切换着幻灯片，他打开了一个名为“云南省腾冲市金鑫经贸有限公司境外罂粟替代种植情况”的文件。四个黑体加粗的字蹦出来：金鑫使命。紧跟其后的是理念诠释：开展罂粟替代种植，服务国际禁毒事业，促进双边经济繁荣，有效铲除毒品种植。

屏幕上交替出现了六张图片，无人机拍摄的鸟瞰图，一望无垠、广袤的土地。这分别是我们的六大基地：一号基地位于克钦邦弯莫县芒温区，二号基地位于克钦邦弯莫县邓江洋区，三号基地位于克钦邦歪莫县乌老村、挼底村、三嘎村、卡丘村，四号基地位于布当衮，五号基地位于打洛基木里洋，六号基地位于南明穹。

何元树说，当我们作为境外投资企业走出国门，很大程度上，我们就不仅仅是单纯意义上的民营企业，作为中国企业，中国人，我们的经营行为、一言一行代表国家。

缅甸克钦邦弯莫县是缅北武装冲突相对严重的地区，民众生活艰难，罂粟种植泛滥。作为第一批响应国家政策到境外开展罂粟替代种植的企业，金鑫公司受到了克钦邦的热烈欢迎。何元树代表公司与缅甸原克钦邦第一特区司令丁英签订了农业合作开发协议，之后，两个人一起到毒品重灾区开展禁毒宣传，苦口婆心动员烟农搬迁。

烟农在山上的房子确切地说只能叫棚子，不过是就地取材，砍几棵树做支撑，再搭上遮雨布，就是家。没有床，砖头垫张木板就是床。何元树去动员一户烟农时，那家人正席地而坐，吃着用芭蕉叶包的手抓饭，笑逐颜开，离家几米远就盛开着妖冶妩媚、摄人魂魄的罂粟花。在缅北，财富与快乐之间没有必然的联系，种植罂粟也没有罪恶感，仅仅是祖祖辈辈传下来安身立命的依傍。

烟农对何元树的来访并不在意，他就一次又一次地登门游说，直到那户烟农下山入住基地。

第一批烟农搬迁的那天，何元树与在缅北奋战的同事们小酌了几杯。微醺之时，悲欣交集。悲悯那些被毒品侵蚀了人性的或熟识或陌生的人们，欣喜自己能够亲手从源头上掐灭一朵恶魔之花。

截至2017年底，搬迁到金鑫公司农业基地，成为基地工人的烟农有一百三十户、一千多人。烟民刚刚到基地务工时，内心对金鑫公司充满了不信任。往往是工作一天，下班时就伸手要钱，要求当天结清工资。

两年之后，情形便发生了巨大的改变。烟农的工资由日结改为周结，周结改为半月，直到按月支付。金鑫公司铺设公路、搭建桥梁，给搬迁烟农盖起了宽敞明亮的房子，配备基本的家具和日常用品，配套建设教堂、学校、诊所，使烟农们搬得来、留得住，安心在基地劳作，彻底放弃毒品种植。许多勤恳的烟农通过公司的培训及自身的学习和努力，成为替代作物种植的承包户，过上了稳定的生活：以前种植罂粟，人均年纯收入才八百元，种植替代作物后，收入增加到五千元左右。

即便如此，仍有众多的烟农由于各种原因不想离开祖辈生活的地方，就愿意待在毒品种植区生产生活，无论怎么劝说都不予理睬。

2016年2月，缅甸天主教到克钦邦第一特区开展禁毒运动，与当地烟农发生暴力冲突，致使当地人员伤亡、房屋被烧，原克钦邦第一特区司令丁英位于密支那的房屋遭到冲击。

何元树觉得，这是一举肃清该地区毒源的契机。他向丁英建议将以往先种后铲的被动禁毒模式，改为派人把控，禁止烟农开挖烟地的主动工作方法。丁英司令当即派出缅甸边防三营的官兵分头到各村社开展毒品禁种宣传，严格把控烟农开挖烟地，对当年种植的罂粟进行及时铲除。缅甸昌银沽公司和金鑫公司分别到麻嘎山、拉埃开展大规模禁毒宣传，在禁毒高压态势下，烟民只好签订了搬迁协议。

金鑫公司的基地里又多了一批新居民，他们需要适应自己的新家园，甚至还会度过一个不眠之夜。但当第二天太阳升起之时，等待他们的，将是与他们的父辈、祖辈截然不同的新生活。

何元树说，金鑫公司缅北种养殖基地能提供三千多个就业岗位，能从根本上解决搬迁烟农的生计问题。他们的远期目标是肃清“一带一路”倡议中“孟中印缅经济走廊”上传统毒品重灾区甘拜地、昔董沿线一千一百多平方公里、二十八个村的罂粟种植，为中国境外罂粟替代种植建设一个示范区。

何元树的微信头像是他站在缅北农业合作开发基地一望无际的稻田里，同他的团队一起眺望远方。

在缅北这么多年，很想知道何元树最大的感触是什么。

树砍了，但是我们改造出良田万顷，我们发展了高标准的农业，将罂粟种植逼进死角。卫星遥感，缅北的罂粟种植自从我们进驻后，逐年递减，虽然没有彻底灭绝，但大部分烟农已经改变了种植结构、生活模式，他们的孩子开始接受教育，当他们长大之后，就不会再重复上一辈走过的路。

除了金鑫公司，还有其他的企业在密支那从事替代种植吗？

有的，既有企业也有个人，也都做得不错。不过，在缅北山区，只要提起我们金鑫公司，大多数人都会知道的。何元树竖起大拇指。我们是这个！未来我们也会选择部分地块退耕还林，种上树，让那些离家出走的野生动物再回来。

何元树的眼神刚毅坚卓，表情凝重。这是一个言必信、行必果，重情重诺的汉子。既然他这样说，定会这样做。

走向曼德勒

如果不是亲眼所见，吴学明不会觉得眼前的景象是真的，曼德勒会是这样一片美丽妖娆、丰饶富庶的坝子。在他的想象里，这里应该是一片穷山恶水。他贪婪地看着车窗外疾驰的风景，唯恐错过一星一点。

吴学明是云南保山市博盛投资管理开发有限公司的副总经理，他从保山出发，此行的目的是去缅甸曼德勒缪达经济贸易合作区，同事李宏山已经在那里坚守了一个多月了。前几天，项目推进遇到点问题，需要吴学明过去出面解决一下。

保山地处滇西，国境线长167.78公里，处于昆明至瑞丽辐射缅甸皎漂、昆明至腾冲辐射缅甸密支那连接南亚两大国际通道的交汇点。随着“一带一路”倡议和云南省面向南亚东南亚辐射中心建设的深入推进，保山迎来对外开放合作新格局，保山曼德勒缪达经济贸易合作区建设项目应运而生。腾冲边合区与曼德勒—保山—缪达工业开发有限公司合作开发，构建起了以保山到曼德勒为线，保山工贸园区、曼德勒缪达经济贸易合作区为支点的“一线两园”内外联动合作对外开放机制。

曼德勒，曼德勒省的省会，缅甸故都，全国第二大城市，是缅甸政治、经济和文化的中心之一。因背靠曼德勒山而得名，曼德勒的巴利语名称为“罗陀那崩尼插都”。曼德勒，意为“多宝之城”，又因缅甸历史上著名古都阿瓦在其近郊，故旅缅华侨称它为“瓦城”。沿伊洛瓦底江可上溯密支那，南抵仰光。自仰光至密支那的铁路和公路均在此经过，郊区还有干妙塔齐机场，是缅甸中部物资集散地和内地最大的交通运输中心。

下了飞机，吴学明的手机刚一开机，早已等候多时的李宏山就把电话打进来了。1989年出生的李宏山已经结婚，孩子刚刚一岁半，保山曼德勒缪达经济贸易合作区一启动，作为工作人员，他一直在跟紧这个项目。项目选址在缅甸曼德勒省西南部缪达工业园区新城，距离曼德勒市区5公里，距离缪达市区11公里，距离伊洛瓦底河港斯密孔码头18公里，距离机场38公里。2017年，缪达工业园区租地1900多亩，先期租用的4000平方米标准厂房已投入使用。2018年，开工建设8栋厂房，建筑面积达12万平方米。

一上车，李宏山就给吴学明打了预防针：路不好走。吴学明浑不在意，长相白净的他其实喜欢户外运动，或驾车或徒步，专门不走寻常路。然，园区的基础设施条件之差同样与曼德勒的风景一样超出了吴学明的想象，这是他人生经历中所看到的最脏、最乱、最差的地方——不是之一，是唯一。路呢？路在哪里？完全是一幅“世上本没有路，走的人多了，便变成了路”的原始状态。

这次遇到的问题其实并不是什么难题，吴学明之所以专门来一趟，其实还有一件更重要的事情。人才的短缺与现代意识的缺乏在很大程度上阻碍了缅甸的发展步伐，所幸，缅甸的一些有识之士，像缅甸大海德集团就敏锐地意识到了这一点。“一带一路”倡议如春风拂面，不断将利好的消息经由云南向南亚东南亚辐射、传播，深入人心。缅甸大海德公司在曼德勒招聘了一千多名员工，全权委托云南保山市博盛投资管理开发有限公司帮助他们进行培训。吴学明帮其对接了保山技师学院，这次是专程过来把这批学员接到保山。

随着保山、曼德勒“一线两园”的顺利推进，轻纺、物流、光伏太阳能等产业开始次第落户，而这些企业之所以选择落户保山，其中有一个原因就是通道优势。企业希望“走出去”拓展境外市场，吸引他们的正是保山曼德勒缪达经济贸易合作区境内、境外“两种资源”“两个市场”的跨境平台。按照国际产业分工，将产品初加工环节布局于中国，深加工环节布局于缅甸，一方面可以优化提升本地区产业结构、保障国内深加工环节，同时为企业扩大对外贸易市场、国内产品进入缅甸等南亚东南亚市场以及欧美市场提供了便利条件。

一千人的队伍集合起来蔚为壮观。吴学明很高兴，这些学员学成回国之后，就会根据个人意愿和各人所学进入保山曼德勒缪达经济贸易合作区的企业工作；那时候，园区应该就会步入正轨，应该会是另外的一番景象。

园区里塔吊林立、机器轰鸣、一片繁忙，正在建设中的厂房、仓库、产品展示中心、办公楼、生活区雨后春笋一样节节攀升。水、电、路、绿化的配套也同步施工。李宏山说，在这里，唯一不用操心的就是绿化，哪怕是一个枝条，只要插入泥土，也能开出花、长成树。这一次，李宏山要跟吴学明一起回国，国内还有更重要的一个活动等着他们回来参与筹备。

2017年6月12日，南亚东南亚国家商品展暨投资贸易洽谈会在昆明滇池国际会展中心隆重开幕。位于4号国际产能合作馆的保山市腾冲—曼德勒缪达经济贸易合作区成为商洽会的新亮点。云南腾药制药股份有限公司、云南众和拓鑫新材料有限公司等入园企业及缅甸曼德勒缪达经济贸易合作区的展台前，参观、询问的国内外客商络绎不绝。

展厅现场的每一张图片、每一盏射灯、每一部宣传片，无一不凝结着幕后工作人员的心血。在开馆前的半个小时，吴学明还带着人在忙碌，力求把项目尽善尽美地展现给国内外客商，吸引更多的企业入驻园区。

我们抵达腾冲，在金鑫公司采访完何元树后，先去了腾冲边合区管委会规划区了解了一些基本情况之后，才赶到的博盛。

吴学明刚刚休完假，我们问他去了哪里，他说他刚重走一遍了滇缅公路。

滇缅公路，一条诞生于抗日战争烽火中的国际通道，一条滇西各族人民用血肉筑成的国际通道。这条穿过了中国最坚硬的山区，跨越了中国最湍急的河流，蜿蜒上千公里的运输干道，曾经是中华民族一条不折不扣的生命线。

滇缅公路，即中国云南省到缅甸的公路，于1938年开始修建。公路与缅甸的中央铁路连接，直接贯通缅甸原首都仰光港。

重走滇缅公路，虽不能对那段岁月感同身受，但是脚踏在那条路上的时候，一种情怀自吴学明的心底油然而生，有缅怀也有伤感，更多则是震撼与敬仰……

1937年底，沿线约20万各族劳工被征集修路，在几乎没有任何施工机械的情况下，他们靠自己的双手在云南西南部的崇山峻岭和原始森林中，修筑了一条长达1700多公里的公路，仅用时8个月。滇缅公路也叫妇孺公路，因为青壮年大多开赴前线，修路劳工中大部分是老人、妇女和孩子。离惠通桥不到500米是滇缅公路上著名的“老虎嘴”，这也是中国境内，老滇缅公路中保存最为完好的一段，如今还在使用中。

中缅边境有一块路牌，它分别指向密支那、八莫方向。从昆明至缅甸腊戌，滇缅公路长1700多公里，其中600多公里在缅甸境内。在穿越滇西横断山脉、怒江、澜沧江、漾濞江后，滇缅公路从云南瑞丽过境入缅。滇缅公路大多已经被丛林侵蚀，漫漶不清。在中国境内，老滇缅公路基本已被新建的公路代替，但在缅甸境内，老滇缅公路仍在使用，缅甸政府正在老路基的基础上进行改扩建。

吴学明说，无论是因为工作还是旅行，他行走在中国和缅甸两国时，最深的感触就是邓小平同志对当今时代特征的科学判断，和平与发展的两大主题。和平问题是政治问题，发展问题是经济问题，和平与发展互为条件，相互联系、相互影响。

再过几天，吴学明还要去曼德勒。

走向曼德勒的实质是什么？这是我们结束采访前共同探讨的一个问题。

维护多边主义和自由贸易，当前，个别国家却奉行单边主义，开历史的倒车。“走向曼德勒”是顺应世界多极化、经济全球化、文化多样化、社会信息化的潮流，秉持开放的区域合作精神，致力于维护全球自由贸易体系和开放型世界经济的积极探索，这是“一带一路”沿线的新实践，必将成为新常态。吴学明的话掷地有声。

注疏8：旅行家老徐与作家老徐之保山

旅行家老徐执黑，作家老徐执白。手谈一局，可好？

两位徐先生石桌对弈，旅行家的顾仆前些日子弃他于不顾，席卷财物潜逃，不知去向；如今身边再无可以依傍侍奉的随从，路上一切事务只能自己打点。相比旅行家，作家幸运些，助手虽资质驽钝了些，倒也认真听话，能铺纸研磨，也能端茶递水。

助手给两位先生奉上茶盏，并不着急离开，静立一侧，观棋不语。

黑白对峙，浮棋漂萍，打劫乘势。棋子出云南，以永昌者为上。永子被先生捏出了水。

助手不通棋理，更不懂对弈之人的胸襟气魄，她的世界里没有南北东西，没有上下左右，是一个混沌的圆，被拘囿其中，却自得其乐。作家常戏谑自己收了一个傻徒弟，心思简单，天真执拗。百无聊赖的助手信手把玩被先生们斩杀于棋局之外的弃子。质坚色润的一白一黑，如红尘相依不离不弃的一对男女，黑子鸦青，白子蛋清，少了哪一个世界都不再圆满。玩心炽盛的助手举起棋子，迎着日光寻找它们的内里乾坤。光影是个魔术师，照见了永子南红玛瑙、黄龙玉、翡翠和琥珀的前世，照见了它高温炼化、凉却凝聚、磨去浮华的今生。

老徐，可否给我的助手题写一幅字？

写什么？

读书行走。

鹊桥仙·剑鸣行者

剑鸣行者，永昌黑白，人道百年气度。英雄惺惜喜相逢，慷而慨，红尘几许。

输赢无极，黄粱梦逸，叹世事崎岖路。笑谈风景旧曾谙，心自在，神仙羡慕。

卷四

滇西日落

高黎贡

双虹桥旧街高黎贡

万家马帮从保山板桥镇走出来已经有两天了，仍旧杳无音信。

2018年初夏，因云南辐射南亚东南亚的采访，伫立于双虹桥的铁索桥上。人走，桥颤，一颠一摇，让人有点站不稳。紧走两步，至东段第二个桥墩的亭榭里，登高远眺。远处山腰上，仍不见马帮的踪影，更不闻驼铃声声，雁断熏风。脚下，怒江呼啸远去，水流淙淙。狂澜涌起时，如啸，如吼，朝着下游的惠通桥方向径流而去。拽着铁链，突然有一种恐高的感觉，此时怒江的湍急绝不亚于我在怒江七十二拐看到的滔滔激浪。

第一次邂逅怒江是1998年，我跟随老首长阴法唐入昌都，此地是他当年打昌都战役的战场。彼时，他率部18军52师155团从邓柯过金沙江，千里大迂回玉树，在囊谦竹阁寺堵住藏军后撤之路，迫使藏军昌都总管放下武器，走和平之路，昌都遂得解放。当时是昌都解放五十年了，要搞诸多纪念活动，故请老首长回昌都城。

那天，我们不是沿川藏线318国道而入，而是于成都乘坐波音767从天而降。神鹰翼下，雪山嵯峨入云，恰似人间天阙。邦达机场乃世界海拔最高的一座机场。走出舷舱，脚下顿生漂浮之感。下飞机换乘汽车，从怒江边上侧身而过。时任昌都军分区司令员的是一位中甸藏族，他用地道的州县话对我说，山间到山脚的七十二拐，直捣怒江。这一拐又一拐，最是险峻，可直驱下至江边。

怒江，这是一条流淌至我家乡的大江啊。有机会一定要到它的源头看看。

怒江的源头在唐古拉。

九年前，我就跟着阴法唐老人走过了。

然，真正走近怒江源，则是2012年秋天10月。当时写青藏铁路《东方哈达》，我采访当年修怒江大桥的军方指挥长陈明义将军，他绘声绘色向我讲述：架怒江之桥的钢架来自苏联呢，设计是中国人的。一座钢结构，横亘天河之上，那是真正车过怒江的第一桥。再次路经此桥，却是在我第十九次入西藏时，由滇藏路直驱，入拉萨圣城膜拜，为虔诚的母亲还一个心愿。

此时我却站在双虹桥上，打量此桥，它已经横亘怒江二百多年。

这是乾隆年间保山永昌知府陈孝升所建，就在保山隆阳芒宽怒江段上，民国12年（1923年）重建。清标铁柱，怒江云涯水寒，一桥飞东西，桥宽2.8米，总长162.5米，其中桥东段跨径67米、桥西段跨径38米，均在江中礁石上建墩，将桥分成两孔，遥望如双虹，故得此名。分别由15、12根铁链构成，桥两端建关楼，现存东关楼，穿斗式土木结构，是古西南丝道上的重要桥梁。

因有了双虹桥，从楚雄、大理、凤庆和保山来的马帮可横跨怒江，再沿高黎贡山脊而上，过旧街，登顶，第二天一路下坡，往腾越之地古城腾冲驰去。

我们等得太久了，直至傍晚时分，仍不见万家马帮的蹄声响起。其实，双虹桥上，百年时空，再也等不到万家的马帮。它早已经消失在岁月的烟雨里，留下一串铃声，留下石板路上一个又一个蹄痕。

等啊等，等啊等，经不起怒江涛声的诱惑，我们沿着双虹桥一侧可供攀爬的岩石下到江边。

高黎贡山度假旅游区负责宣传的鲁兴娣作为向导，自然是将我们的安全放在第一位，娇俏的小姑娘忙不迭地再三提醒我们注意脚下，全然不在意她也同我们一样处在危险边缘。

因为有两侧桥墩的阻隔，怒江稍微平复了一腔愤怒与心火，在双虹桥上看到的汹涌，在这里居然是静流，甚至有一湾碧玉，绿若翡翠。鲁兴娣说，每一条河流都有枯水期和汛期，怒江也不例外，汛期的时候，怒江就是一条暴烈的汉子，到了枯水期，就摇身变为温婉的淑女。枯水期的怒江水是一条流动的翡翠玉带，就跟双虹桥下的这汪碧水一模一样。

因为书写，不停地行走大江南北，黄沙、白沙，黑土、红土，脚下的怒江沙是黑色的，黑中藏金溢银，抓一把在手，用力过猛，黑沙从指间飞漏逝去。来自黄河入海口的助手找来一个纸袋，装满黑沙，她说要做一个时间沙漏，时时回味旅途中的怒江时刻。

此处已经临近高黎贡，鼻端隐约嗅到高黎贡的气息。

天空开始下雨，坐看烟雨起。小雨淅淅，既然等不来保山板桥镇的马帮，那我们就折返吧。一路泥泞，一路上坡，往潞江坝上的公路走去。沿路咖啡花盛开，白如羊脂玉，温柔之极。行走在茶马古道通往高黎贡的马蹄印里，三步一坎坷，五步一湿滑，差不多一里行程，终于返至公路。鲁兴娣对司机说，去旧街吧，那是茶马古道过高黎贡的中通道。

还有东西通道吗？我问道。

有啊！鲁兴娣老家是腾冲，爱上一个男孩，便考公务员来到潞江坝工作。据她所知，当年马帮的东通道在惠通桥，西通道则在怒江上游，距双虹桥三十公里的地方。

说话间，车已经向旧街方向驶去。一路爬坡，盘旋而上，车窗两侧都是保护完好的原始森林。不时有村庄擦车而过，鸡鸣犬吠处便有桃花源里人家，景颇人家。高黎贡果然是滇西第一山，巍峨雄奇，登顶之时，足可以远眺缅甸瓦城热带雨林。

“高黎”是景颇族一个家族名称的音译，“贡”在景颇语中是

“山”的意思。高黎贡原意为“高黎家族的山”。汉族按自己的习惯在“高黎贡”后加了一个“山”。我对高黎贡的阅读和膜拜来自中国远征军的战史。当年在双虹桥、惠通桥附近的山巅上，遍布日本侵略者的阵地和碉堡。中国远征军隔着一条怒江，与其对抗，隔江打炮。最激烈之战，也是最艰难之战，发生在靠近龙陵方向的松山主峰。国民革命军第八集团军李弥副军长是一位地道的云南人，他带人挖堑壕，借地下运兵之道接近敌人，终将日军一举歼灭。斯山，斯人，斯事，我对其高山仰止，深觉高黎贡就是一部长篇小说或者大散文的好书名。故来此地采访前，已经做足了案头工作，知其名字出自景颇族语，“高黎”等于“高丽”或者“高日”，“贡”则是尾语，一如藏族对“山”称“拉”一样。

流水约等于时间，怒江水流中，依稀闪现着怒江的四季。初夏时节，犹如一条黄龙在怒江大峡谷里展翅而飞；到了秋日，一江碧水连彩云；春天将近时，两岸花祭英魂，皆掩不住万氏马帮的长长的驮队，其身影倒映于怒江之中。

怒江铃声悠悠，马蹄声声。万历以来的四百余年间，从永昌府板桥镇上赶来的马帮队伍踏过双虹桥，便到潞江坝，倘若天色尚早，便朝旧街驰去。那里有高黎贡山腰上的一个村庄，驮盐驮粮的马帮可在此与当地原住民易货交换，用大米、盐巴和腊肉换当地的山货。交易毕，唱着山歌踅返，返至双虹桥，连夜往永昌府去。如是驮着蜀锦、绸缎，需继续往上登攀，晚歇于海拔四千米的主峰，点一簇天上篝火，烧一壶热茶，喝两杯老酒，吃几口干粮。人马俱睡卧在火塘边，第二天拂晓即起，下高黎贡，过龙江之桥，往三十多里外的腾冲行走。尔后，再一步步深入缅甸腹地，直到拥抱印度洋安达曼海。

山回路转不见君，亦不见那一树树的高山杜鹃。已是仲夏，显然是我们错过了季节。此时的高黎贡，仿佛一位新嫁娘，披一袭水雾白纱，雨遮云藏，不露一点婀娜神姿。

不知不觉中，逼近旧街。林间小雨越下越密，银针一般，刺向高黎贡的原始森林。打开车门，一步跨下，恰好嵌进石板路上的光阴印记。四下寻觅，一株数丈高的枯树，老杆新枝，树旁的石板路，有一米多宽，逶迤而去，隐入森林深处，显然这就是通往高黎贡主峰的必经之路。

鲁兴娣告诉我们，这里原有一座村庄，人来人往遂成街市，称旧街子。后因茶马古道上的马帮渐次沉寂，再无货物可易，居民便纷纷搬到山下，融入潞江坝子。然，残垣断壁处，仍可一窥蒿草齐腰深处，曾经点燃过的人间烟火。

朝高黎贡山间远眺，极目难探巅峰。我们问鲁兴娣，如今还有驴友穿越过高黎贡吗？

有啊。鲁兴娣说她就曾与一群志同道合的朋友徒步穿越了高黎贡。

是吗？

嗯！

需要走多久？

七个小时左右。

我也曾经有五六年的驴友经验，在北京大觉寺与妙峰山之间，一天爬山二十五至三十公里。如果有机会，我也想走一次高黎贡。

徐老师，你为什么要翻越高黎贡？

我要追随我们老徐家的第一位背包客啊！

老徐家的第一位背包客是谁？

徐霞客呀。

嗨！徐老师说话真有趣。

是孩子气吧，我揶揄自己。当年徐霞客走鸡足山，过巍山，入大理，观洱海，而后越点苍山，直抵永昌府。他过保山板桥到怒江，越溜索而过，从旧街子翻越高黎贡而入腾冲。四百前的老徐留下了《徐霞客游记》，四百年后的作家老徐，发愿写一部关于高黎贡的非虚构大散文，抑或长篇小说。

还是当作家好，看到的经历的，都可以用自己喜欢的方式表达出来，不像我们搞新闻宣传报道的，不能抒情，只能客观还原。

仰天长笑。幸甚至哉，可以按自己的兴趣爱好选择职业，命运让我成为一位作家，或壮游天下，或秉笔而书，幸甚至哉。

雨中登临，走了高黎贡的一段石板路，已是傍晚时分。鲁兴娣便劝阻我们，不要再继续向前。折返高黎贡山脚下的一户农家乐，点了潞江坝的几盘特色菜，香喷喷的土鸡汤驱走了雨后的寒湿之气。匆匆吃过晚饭，晚上还有采访，鲁兴娣帮我们预约了潞江坝子一个制作猫屎咖啡的年轻人，我们要去聆听他穿越高黎贡，走向南亚东南亚的故事。

采访至半夜方回到小镇宾馆安歇。时，小雨变作大雨，从温柔春雨升级为滂沱夏雨，间有惊雷阵阵，与“一带一路”倡议的惊雷如出一辙。

喝了太多的咖啡，一时无法入睡。今宵清醒栖何处？潞江坝，无风无月，唯有雨声叮咚。

美丽的潞江坝

在史迪威公路的弹石上深夜前行，九点半我们才颠簸到潞江镇香树村。这几年，司机师傅因为经常载着来自各地的记者、作家采访郭文魁，所以再深的夜色，他也能在一片漆黑里熟门熟路地摸到郭文魁的家。

郭文魁并不在家，帮我们联系采访的高黎贡山度假旅游区负责宣传的鲁兴娣解释说，郭文魁回保山了，他在保山市有咖啡专卖店，也已经在城里买了房子，妻子依彩琼和两个孩子大半时间都生活在保山。潞江坝老家种植咖啡和养殖果子狸，是郭文魁制作果馨猫屎咖啡的大本营。郭文魁则在城里的咖啡店和村里的咖啡厂之间来回穿梭。

按照预定的采访行程，第二天一早要赶往腾冲，但80后郭文魁的创业经历又是我们不想错过的人生故事。如果我没有记错的话，我应该在一个纪录片里看过郭文魁的采访片段。鲁兴娣把郭文魁的微信号码分享给我，去往香树村的路上，就开始了对郭文魁的隔空采访。

郭家的大门半开着，等候我们的是郭文魁的妻子依彩琼的姐姐依美琼，她在亲戚身份之外，也是果馨麝香猫咖啡厂的员工。甫一进门，咖啡豆研磨机就旋转起来，很快，咖啡的香气就在空中爆裂开来。

在咖啡的香气弥散之前，我已经捕捉到了另一种熟悉的香气。“香茅草茶！”桌上静静躺着几只玻璃杯，一边卧着一把硕大的茶壶，那是脉脉香气的源泉。想必是客人未到之前，主人早已备下了这壶香茗。

我尝了一口，整个人被香了一个趔趄。那是一种裹挟着甜的香气，甚至香甜到发腻的程度。品砸着香茅草的滋味，在郭文魁家的小院里转了一圈。二层小楼，三面环建。院子不大，进门的地方布置成一个简约至极的咖啡吧，高矮错落地陈列着果馨系列咖啡，吧台的玻璃板下面有几张照片，正是郭文魁接受中央电视台大型纪录片《远方的家：百山百川行》采访时拍摄的，照片旁边是果馨咖啡的支付宝、微信收款二维码。忽然在心底涌起一个念头，如果没有互联网，郭文魁的故事会不会就是另外一个版本？没有一种成功是游离于时代之外的，超越时代抑或是被时代抛弃的结局都注定是一场失败。咖啡吧对面的墙上贴满了照片，从第一张细细看去，照片墙完整记录了郭文魁的创业历程。智利纪录片导演顾兹曼说，一个国家没有纪录片，就像一个家庭没有相册。在这个高黎贡山脚下的不为大多数人熟知的小村里，既有国家电视台纪录片编导们的探访足迹，也有微尘众生努力向上的光影记录。

咖啡端上来了！香气挤满了院子，原本不大的院落瞬间变得更加拥挤。

凉棚下有个被坐出人形、百分之百符合人体曲线的躺椅，奔波一天躺在上面，喝了一口猫屎咖啡，说不出的惬意与安闲。一直都觉得自己的脾胃是纯中国属性，自小就被茶水浇灌，成年之后更是流连于各种茶饮之中。咖啡在过往有限的认知里，是小资情调，是舶来的西式饮品，在没有亲眼实证之前，甚至不知道中国有如此大面积的咖啡种植。

浓浓的夜色里，咖啡浓稠得像流动的糖浆。呷一口，完全不是预料中严阵以待的苦！而是甜！我以为是错觉，又喝了一大口，齿颊生香，不苦不涩，是真的甜。这是咖啡吗？这样的滋味完全是我人生经验之外的滋味，在我的五味数据库里完全找不到与之对应的滋味。

你家的咖啡居然是甜的！我在微信里发给郭文魁的这句话后面加了一大串感叹号。

咖啡的酸味和苦味跟种植海拔，烘焙的浅度、中度、深度等因素都有关，每个烘焙度的咖啡风味都不同。如果是同一个海拔、同一个烘焙度，那高海拔的酸味会比低海拔的要高，海拔越低咖啡果的鲜果含糖量会越高。美琼姐给你们冲泡的是铁皮卡猫屎咖啡，种植区域海拔高度八百米左右，中度烘焙，冲泡水温八十五摄氏度，比较新鲜，所以你会觉得甜。现在通行的说法是，1904年法国传教士田神父在云南大理朱苦拉试种小粒咖啡成功，但我们潞江坝这边的说法是，小粒咖啡是土司从缅甸的南丝绸之路带过来的，比朱苦拉的要早，只是没有文字记载而已。

思绪飞翔，遥望当年陡峭难行的南丝绸之路，尊贵的土司是不会屈尊降贵、以身涉险亲自前往的，他的私产里自有为他服务的驼队和马帮。那粒神奇的种子应该是被土司众多雇佣的马锅头中的一个带回来敬献给土司的，抑或其中的一两颗，还曾被当作珍贵的礼物，替代了庸俗的胭脂水粉，被马锅头私相授受给了相好的高黎贡旧街子“云门客栈”风姿绰约的老板娘。到底第一粒咖啡种子来自哪里，第一棵咖啡树在哪里落地生根，盛开出第一朵雪白的咖啡花，已经像“先有鸡还是先有蛋”一样众说纷纭，不可考证。一百多年来，小粒咖啡的种子被不同的人夹带转运，从这里到那里，根系像生命繁衍一样蔓延，遇到适宜的土壤、海拔、清风、细雨就深深植根，开花结果，遍地生香。

小粒咖啡适宜生长在海拔八百到一千八百米的山地，我家所在的潞江坝，海拔高度就在这个区间，是典型的干热河谷地区，常年气温在二十度以上，最高的时候四十度。我们这里种植出来的咖啡浓而不苦、香而不烈。你仔细品一下，会喝出果香。所以我给自己的咖啡品牌命名为“果馨”。

郭文魁给我发来几张图片，几棵和房子一样高的咖啡树，绿叶白花。我问他，房前屋后都能种植，咖啡树这么好成活吗？

我们这里的气候适合，算得上得天独厚，甚至可以这样说，是小粒咖啡自己选择了高黎贡，选择了云南。

这么晚了，喝这么浓的咖啡，会不会睡不着？

应该会有点影响，但是我保证明天你不会因今夜无眠而头疼。

有这么神奇？

嗯，就是这么神奇。

果子狸的面相，乍一看像一张油彩勾画出来的脸谱，黑白分明，线条明朗，不辨忠奸。2003年春夏之交疫病肆虐的时候，深港科研人员从果子狸标本中分离到SARS病毒，它一夜成名，成为“非典元凶”。直到2013年，香港大学医学院传染病学学者研究发现，SARS病毒的天然宿主是一种名叫“中华菊头蝠”的蝙蝠，果子狸只是中间宿主，不是天然宿主，这才洗清了十年之冤。

郭文魁家的果子狸养殖场离家不远，一百多只果子狸，依美琼和另一个员工杨姐负责日常的管理和照料。这些小家伙们，三五只一组，每一组住一个高三米、宽三米的房间。下午五点钟，郭文魁给我发来一段视频，几只果子狸正在猫舍里追逐打闹，相比人类而言，果子狸的清晨是从傍晚开始的，即便是被豢养，昼伏夜出的习性也没有改变，是名副其实的夜猫子。

果子狸，顾名思义，爱吃果子。咖啡果采摘的季节，郭文魁会挑选果型饱满、水分足、糖分够、成熟度恰到好处的鲜果喂食它们，喂三天，然后再喂食稀薄的苞谷粥，调节它们的脾胃和肠道，不能为了得到最大量的排泄物，就罔顾它们的健康和生理承受力，毫无节制地大肆喂食。说来也怪，人间的顶级美味不是动物的分泌物就是排泄物，无论是滋补上品燕窝、香甜的蜂蜜，还是猫屎咖啡。

好客的依美琼又做了一壶咖啡，我们欣然接受，只有鲁兴娣摆摆手，说怕睡不着觉，转而去喝香茅草茶了。郭文魁的父母收拾停当，从楼上下来。霸道的咖啡驱走了白天行程的疲惫，我觉得自己的双眼开始放光。聊天的话题始终围绕着郭文魁，即便不喝任何提神的饮品，他的父母也没有丝毫倦意，他们的眼睛里也有光，因儿子而闪耀的光芒。

郭文魁的父亲王庆郭，不善言辞，木讷憨厚，母亲郭成英身材娇小，脸上虽然被岁月留痕，依然难掩当年的美丽。郭文魁长得酷似他的妈妈，他随母姓，父亲是郭家的上门女婿。

在农村，时至今日单纯依靠土地的产出供一个大学生也并不是一件容易的事情，但郭文魁的父母做到了，圆了儿子的大学梦。2008年，郭文魁大学毕业，在郭文魁父母的设想里，孩子应该去考公务员，实在不行也要找一个单位，过安稳日子。起初的郭文魁基本是按照父母的思路在走，参加公务员考试但没有考取；工作也找了，先在酒店做管理，后去公司跑销售，完全像个不定性的孩子。再后来，郭文魁的思路和想法就逐渐与父母的预想偏离，他开始自主创业，与朋友合伙搞起了搬家公司，却因运营不善，最终关门歇业。经历过各种失败，在外面折腾了两年的郭文魁带着他重大的人生决定回到了老家，潞江镇香树村河外组。

儿子回到家，告诉你他决定要做猫屎咖啡的时候，你是什么态度，反对还是同意？抛出问题，捻着笔等待王庆郭的答案。录音笔的电子显示屏眨巴着蓝眼珠，捕捉周遭的一切声音。

王庆郭没有正面回答问题，他用略显尴尬的笑容为当初给儿子造成的阻力和困扰致歉。他一直是个要脸面的人。当初儿子考上大学，走的时候风风光光的，读完专科又读本科，再难也咬紧牙关供儿子读书。他的想法很简单，自己没多少文化，又是上门女婿，只能种田养家。他觉得儿子读了那么多书，怎么着也不能再重复自己的路。没出息的人才会被拴在地里，有出息的都扑棱着翅膀飞走了。自己辛辛苦苦供出来的大学生又跟自己一样种田，王庆郭觉得自己的脸面碎了一地。儿子跟自己赌气要死要活的那段时间，他连门都不愿意出，受不了周围人看热闹的眼神和夹枪带棒的关心。很多时候就是这样，一个人的创业想法，会得到同学、朋友的支持，却往往得不到身边最近的亲人的认可，尤其是在起步的阶段。

刚开始我真的是“三无”：一无经验，二无资金，三无支持。跟父母沟通了很多次，赌气，争吵，甚至打骂，不欢而散很多次，最后他们看我是打不听、骂不通，铁了心要干这个事，实在是拗不过我。第一期的猫舍是父亲帮我一砖一瓦垒起来的，买第一批果子狸的钱是母亲帮我向姐姐借的，三万块钱。现在想想，也许那个时候，父母根本没想到我会成功，三万块钱也是我们家能够承受的最大债务。还是非常感恩他们的，嘴上说着“不”，却用实际行动支持了我，在看不到任何的前景和希望的前提下。

是怎么想到要做猫屎咖啡的？

有一次，朋友带我去喝咖啡，一边聊天，一边翻看咖啡馆的菜单，上面有各款咖啡的名称、价格，翻着翻着，就被“果子狸咖啡——288元/杯”锁住了眼球。果子狸，知道；咖啡，更知道，家里就种；但果子狸咖啡，是真的不知道。果子狸咖啡是利用果子狸体内自然发酵法加工的极品咖啡。果子狸喜欢吃成熟、饱满、香甜、多汁的咖啡果，果实经过它的消化系统，被消化掉的只是外表的果肉，坚硬无比的咖啡豆会原封不动地被排出体外。在果子狸的肠道里有特殊的菌种，它们为咖啡豆营造了独特的发酵环境，改变了咖啡豆中的蛋白质，咖啡的苦味少了许多，而果香味和果酸味变得明显，咖啡变得浓稠，稠度几乎接近糖浆，风味独特、口感圆润。那段时间我对果子狸咖啡入了迷、着了魔，还经常做一个奇怪的梦，梦里有大片大片盛开的雪白雪白的咖啡花。我在网上查了很多资料，也咨询了很多人，我坚信我的老家有一座宝藏在等着我回去挖掘，无论过程多么艰难险阻，我一定要去做这件事。

父母拗不过初生的牛犊，郭文魁如愿以偿从昆明寻甸以每只三千六百元的价格购进了第一批四只果子狸。

不管是郭文魁还是父亲王庆郭、母亲郭成英，对果子狸的养殖都极为陌生，在儿子没有涉足这个领域之前，这对种植咖啡近三十年的农家夫妇甚至没有喝过咖啡，咖啡果成熟之后，采摘下来就卖掉，从来没有想过自己做深加工。陌生的果子狸，陌生的养殖技术，连种了多年的咖啡也开始觉得陌生，天方夜谭一样的猫屎咖啡加工技术，听都没有听说过，更别说亲眼得见了。两眼一抹黑的养殖与加工，各种不懂、不明、不会，果子狸被养得半死不活就在情理之中，做出来的猫屎咖啡豆没有身价倍增也不算意料之外。以前普通的咖啡豆能卖到每公斤二十元，试验阶段的猫屎咖啡豆因为品质不稳定，价格并没有大幅度提升，甚至还曾经把猫屎咖啡豆水洗，把原本有特色的咖啡豆重新洗成平淡无奇的普通豆。原本郭文魁是非常周密地算过经济账的，自家种植咖啡，解决了试做猫屎咖啡的原材料问题，养殖果子狸的目的是制作猫屎咖啡，但退一步讲，猫屎咖啡万一不成功，果子狸的肉食价值和皮毛也能获利，另外，动物养殖引进良种之后，只要掌握了繁育技术，后续养殖的种苗就无须再增加投入。但如今养殖果子狸却损失了两万多元，猫屎咖啡豆试加工损失了五万多元，郭文魁有点怀疑自己当初的决定。那一刻，他的脸色如咖啡花一般苍白。

高高的高黎贡宛如慈母的臂弯，环抱着潞江坝，带来风雨，赐予祥和。母亲的臂弯是个封闭的内循环，小天地。被拘囿在这方土地上的人，祖祖辈辈都是同一种生活模式，乐天知命，不去思量山外的山、天外的天。不是每个人都有机会跨过双虹桥，去观望怒江另一侧的风光，江水嘶吼滚滚向前，它的目标明确，即便过程迂回曲折，它知道自己的嬗变在缅甸，在那里它将变身为萨尔温江，彻底逃离大山去拥抱印度洋。每一个大山深处的孩子心底都有关于大海的梦想，梦想扬帆起航，纵横四海，郭文魁也不例外。走过双虹桥，小路蜿蜒消失在他目光的尽头。山再高也有走出去的人，以前有，现在有，将来会更多。

端着杯子，喝完最后一口咖啡，难舍最后一滴。

您刚才说以前不喝咖啡的，对吧？

嗯。王庆郭答应得很干脆。以前不喝，自从孩子试验做猫屎咖啡才开始喝，帮他试喝，一家人都喝，一起商量着调整口味，慢慢地就喝习惯了。

觉得自己家的咖啡好吗？

好。

好在哪里？

……

一杯好咖啡。一杯好喝的咖啡。一杯与众不同的咖啡。2017年12月23日，已经获得鲜花与掌声的郭文魁站在讲台上，以“潞江猫屎咖啡第一人”的身份与大家分享他的创业经验，“人无我有，人有我优，人优我特”。之前在筹备创业的时候，搜集到的资料和数据一直萦绕在郭文魁的脑海，市场上，做高端咖啡的人并不多，普通咖啡自己的产品没有任何的竞争优势，只有跳出来，做别人不做的东西，才有可能在市场竞争中占领一席之地。再坚持一下，也许，明天就能迎来转机。明天一定能做出一杯好咖啡，好喝的咖啡，与众不同的咖啡。明天，至少比今天好一点吧。

再也没有多余的资金去购买咖啡试验用的工具了，没关系，家里有铁锅，浅度、中度、深度，各种度的烘焙，反正家里种了十八亩咖啡，用来做试验绰绰有余。冲泡出来的咖啡，父亲品，母亲尝，妻子喝，那是2011年。这一年，郭文魁结婚了。成家立业。家有了，那就继续立业之路，如今，这条路上又多了一个可心、可信的人——妻子依彩琼。那段时间小夫妻几乎长在猫舍里，一起研究果子狸的养殖。动物园里连凶猛的老虎、狮子、金钱豹都能驯化，何况是果子狸呢！这种以果子命名的小动物，只需依靠直觉就能迅速辨识出最好的咖啡果，它们的肠道是天然的脱壳机，也是恒温发酵床，郭文魁坚信，持之以恒地与它们比邻而居，以诚相待，一定会摸索出规律，一定能与果子狸建立起链接，只有借助它们的帮助才有可能到达他梦想的彼岸。郭文魁有足够的耐心等待云开月明之时。事到尽头，总会尽如人意，如果不尽如人意，是还没到尽头。

每一树咖啡花的绽放都需要第一朵的引燃，之后星火燎原，繁花胜雪。郭文魁注册了商标，他的猫屎咖啡豆有了自己的身份证，飞越高黎贡，远销到北京、上海、山东、广州，当年净利润三十多万。转过年来的3月，果馨麝香猫咖啡厂成立，之后顺利拿到了咖啡豆烘焙生产许可证，拥有了自己的咖啡加工厂，突破了原先只出售咖啡原料的瓶颈，提高了咖啡的附加值，年收入一举突破百万元。

中央电视台国际频道《远方的家：百山百川行》、经济频道《消费主张》栏目先后采访郭文魁，把他的故事传播到中国的千家万户，咖啡的香气翻越高黎贡，飘香南亚东南亚。质疑的声音早已平息，吸引了众乡亲艳羡的目光。又是一年3月，郭文魁建起了果子狸标准化养殖和生态养殖示范基地，成立了潞钰养殖专业合作社，统一生产标准，收购达到标准的猫屎咖啡豆集中销售，带动八十五家农户养殖果子狸，合作社养殖果子狸达两百多只。

王庆郭、郭成英不再担心儿子了，猫屎咖啡不愁卖，愁的是供不应求。订单纷至沓来，除了南亚东南亚，还有遥远的英国、美国和澳洲。即便如此，他们也没有盲目地扩大果子狸的养殖和猫屎咖啡的产量，每年每只果子狸的猫屎咖啡产出控制在十五公斤以内。这是惜福的一家人，他们没有把眼神灵动的果子狸仅仅当成发家致富的工具，求最大化的投入产出，而是把它们当成送来幸福的使者去呵护，甚至不惜舍弃订单。

那岂不是有很多大的订单不能接？错过多可惜。应该考虑上规模，扩大生产，资金缺口可以贷款。

把一件事情在能力范围之内做到极致。就像日本的小野二郎，五十五年只做天妇罗，被称为寿司之神。果馨猫屎咖啡也可以这样，保持自己的特色，走小众路线。这是郭文魁的选择。王庆郭说儿子最近正在计划做一个以“咖啡”为主题的家庭农场，具体的他也不是很清楚。现在的王庆郭是儿子最忠实的拥趸，他相信儿子的眼光和判断，他知道同样是种田，同样从土里刨食，读过大学的儿子和自己是不一样的，儿子的大学没有白上，书没有白读，在村里有厂、在城里有店，还在城市里买了房子，儿子的出息有目共睹，人人钦羡。他要做的、能做的就是紧紧跟随儿子的步伐。王庆郭说得最多的一句话就是“现在这样已经很好了”。这是郭文魁父亲的想法，那郭文魁呢？现状是他想要的吗？

加了郭文魁的微信之后，会不时抛给他几个问题，得到的回复言简意赅，简明扼要，是或者不是，回复的字数永远少于提问的字数。不仅如此，回复的速度也不及时，微信作为一个即时通讯软件，延时功能正在逐渐显现。曾经被即时通信绑架的人们开始一波又一波的逃离。

一年一度的保山端阳花市临近，满城皆花，如锦似霞。郭文魁带着他的果馨猫屎咖啡也参展去了，他在朋友圈呼朋引伴：逛累了来休息下，喝杯咖啡！

猜测他很忙，文字回复会给他增加负担，所以每次提问完问题都会附加一句："语音回复就可以！"直到此文完成，也没有收到郭文魁的一句语音。不过，他曾经发来一个音频文件，是他在保山广播电视台接受记者采访的访问录音。没有在第一时间打开收听，不想受别人的影响，只想用文字再现一个我心中的郭文魁，一分聪慧，二分精明，三分倔强。

书写接近收尾，起身离开书桌，在屋里活动僵硬的四肢，顺便听郭文魁发来的音频。一个冷静无比的声音，并不标准的普通话，带有一丝潞江坝的口音。相对于惯用语言塑造自己的电台主持人而言，郭文魁的声音四平八稳，坦陈自己曾经的困惑和未来的希冀。节目最后，主持人接通了热线电话，连线郭文魁的妻子，借助电波，依彩琼说着甜蜜蜜的情话：老公，不管你做什么，我都支持你，我们一起努力，共同实现你的梦想，我和宝贝们都爱你！演播里的郭文魁依旧面不改色，主持人惊呼：小郭，你怎么还是这么淡定呢？

听到这里，我想，这就是郭文魁，与我想象中的一模一样。

那天晚上，十一点半才辞别郭文魁的父母，他们欢迎我们过段时间再来，到那个时候，他们的家庭农场就投入运营了，集农事体验、野外垂钓、咖啡品鉴、餐饮住宿于一体，那个时候就可以住在农场，不必深更半夜还要折返。

回程路上，飘起了小雨，细细密密的一层水雾，这是高黎贡的雨。

天地间一曲云水谣，风起雨落。

今夜终将无眠，不会有梦，便不会梦回云门，更不会有鬓角簪着雪白咖啡花的人儿潜入梦来。

鲁兴娣，你会不会唱《富饶美丽的潞江坝》？

会的！

那给我们唱唱吧！

美妙的歌声回荡在返程的夜色里。

富饶美丽的潞江坝
人人见了人人夸
稻田翻金浪棉田吐银花
甘蔗如林芒果大哎
牛羊成群满山爬
香蕉串串枝头挂
啊嗬嗬啊嗬哎哟
……

盾构彩云

时至今日，每次陈新建回湖北老家的时候，年少时的同学和朋友偶尔还会感叹，替他惋惜放弃外企的高薪跳槽到国企。他们也会习惯性地追问他一句：悔青肠子没有？

听到这话，陈新建通常会一笑了之。说后悔吧，违背自己的初衷，回答不后悔吧，恐怕也没几个人信。所以，他只能笑一笑。

那你到底后不后悔呢？其实这也是我们的疑问，一个人主动放弃一份月收入两万美金的工作，转而选择一份月薪两万人民币的工作，即便是跳槽之后跻身新公司高管的序列，当初如此高的收入落差时，就没有过犹豫吗？真的不后悔吗？

没犹豫，也不后悔。

本书最初的采访是从云南省发展和改革委员会、云南省建设面向南亚东南亚辐射中心领导小组办公室开始的，当时铁建一处处长徐名军向我们介绍了正在建设中的大理至瑞丽的铁路，是西通道出境缅甸的大交通动脉。看上去沉默寡言的徐名军在说到大瑞铁路时，情绪变得有些激动。他说，这条铁路的修建对云南与周边国家实现跨境合作和互通互联的意义十分重大，是我国《中长期铁路网规划》当中完善路网布局、实施西部大开发战略和加快云南“八出省、五出境”铁路的重要举措。

大瑞铁路位于云南省西部，全长约330公里，是国家“一带一路”倡议中泛亚铁路（西线）中缅国际铁路通道的重要组成部分。其中，重点控制性工程——高黎贡山隧道全长34.538公里，是目前世界第七长大隧道（前六位分别是长57.6公里的瑞士新圣哥达隧道、长55.6公里的奥意布雷纳隧道、长53.85公里的日本青函海峡隧道、长52.11公里的法意里昂—都灵间隧道、长49.50公里的英法英吉利海峡隧道、长34.6公里的瑞士勒奇山隧道），系亚洲最长的铁路山岭隧道。

高黎贡山隧道位于怒江车站和龙陵车站之间。隧道进口位于怒江大峡谷西岸的悬崖峭壁上，紧临抗日战争著名纪念地惠通桥，隧道出口从1100多米深的地下穿过松山抗战遗址和龙陵县城后，进入德宏州芒市，预计总投资36亿。

高黎贡山隧道的开挖首次使用了盾构机。说到“盾构机”的时候，徐名军的眼睛里闪烁着灼灼光芒。开挖高黎贡隧道的盾构机是中国制造，云南制造！他快速翻了一下工作簿，给了我们一个联系方式：中铁电建重型设备制造有限公司总工程师，陈新建。徐名军诚恳地说，采访陈新建之前，建议你们先去看一下高黎贡隧道的施工现场。

按照预设的采访行程，6月初，一路风雨中，我们过双虹桥，徒步攀登旧街子，参观山脚下的高黎贡山宣教中心，力求在最短的时间内快速浏览一遍这部天地大书。高黎贡是大地的缝合线，是生命的避难所，是人类的双面书架，是世界物种基因库。高黎贡既是生态天堂，也是人文渊薮，这里集中了举世罕有的生物多样性、雄奇壮美的地质景观、遗世独立的文化形态。一山一世界，但高黎贡却有万千世界，这里荟萃了人类能想象到的关于人与自然的所有美丽遐思。

回到昆明后，第一时间联系了陈新建。

宽敞明亮的中铁电建重型装备制造有限公司标准化厂房里，工人们正在各自的工位上专注地工作。正在装配、调试的是一台开挖直径6.44米的盾构机，陈新建说这是为昆明地铁4号线量身定做的。

虽然早有心理准备，但还是被它的气势镇住了。足足有两层楼高的刀盘，83米长，我们站在它的面前，瞬间变得矮小了许多。在这样的大国重器面前，唯有仰视，只能仰视。

其实关于盾构机，我并不陌生。盾构机与我已经完成前期采访，正在写作的反映南海填岛的长篇报告文学中绞吸式挖泥船“天鲸号”之工作原理大同小异。当我把这个想法说给陈新建时，他基本认同，同时也不厌其烦地向我讲解二者的不同。在我国，习惯将用于软土地层的掘进机称为盾构机，将用于全断面岩石地层的掘进机称为硬岩掘进机，业内也通常称为TBM。作为一种隧道掘进的大型、专用的施工机械，现代的隧道掘进机不仅具有开挖切削土体、输送土碴的功能，而且具有拼装隧道衬砌、测量导向纠偏等功能，被广泛用于铁路、公路隧道，海底隧道，城市地铁隧道，城市下穿隧道，地下停车场，公共管廊，油水、污水管道，煤巷道施工以及国防工程建设领域。

厂房的一角，陈设着几台微缩盾构机电动模型。接通电源，打开开关，原本不可见的盾构机工作状态立刻直观、完整地显现在我们面前。最后演示的一台盾构机，看上去极尽华美。白色刀盘上有一只用橙、黄、蓝、绿、紫五色绘就的巨幅孔雀图案，尤其是在电源开启之后，刀盘螺旋转动，远远看去，一只开屏的五彩孔雀正在向我们展示它的无穷魅力。

这就是“彩云号”，是我们专门为大瑞铁路高黎贡隧道施工设计的！云南素有“彩云之南”之称，高黎贡山隧道途经的德宏州则素有“孔雀之乡”的美称，所以我们的研发设计人员将两种元素结合，对这台设备的外观进行了特色呈现。当然了，“彩云号”隧道掘进机的创新不仅仅体现在外观设计和命名上。滇西南地区地质构造运动活跃、地质条件复杂，尤其是高黎贡山。

徐老师，你们刚从高黎贡山回来，对吧？实地走了一圈之后，应该能够理解我说的“复杂”意味着什么。

在“彩云号”盾构机模型的一侧，有一张高黎贡隧道剖面图，陈新建指着图继续说，高黎贡山隧道最大埋深达1155米，平均埋深800米，进口段穿越18种岩性、12条断层；出口段穿越8种岩性、7条断层，其中2条为活动断层。这里有“三高”——高地热、高地应力和高地震烈度，还有“四活跃”——活跃的新构造运动、活跃的地热水环境、活跃的外动力地质条件和活跃的岸坡浅表改造过程，地质条件的复杂多变程度全国罕见，是铁路建筑史上天然的“地质博物馆”，几乎囊括了隧道施工的所有不良地质和重大风险；还有非常重要的一方面，高黎贡山被誉为“物种基因库、自然博物馆、天然植物园和南北动植物交汇的走廊”，在施工的过程中，我们更要考虑生态保护。

“彩云号”的刀盘直径是多少？

开挖直径9.03米，这是我国自主研制的国内最大直径硬岩掘进机，填补了国内9米以上大直径硬岩掘进机的空白，改写了我国铁路长大隧道项目的机械化施工长期受制于人的历史，也是国产硬岩掘进机首次应用于铁路的隧道建设。

目前高黎贡隧道工程的施工进度你掌握吗？

2018年2月1日始发掘进，最高日进度37米，月进度最高541米，现在已经累计开挖2752米。

速度还真是不慢呢！

中国速度。

你从事这一行几年了？

我一毕业就从事这一行。

2005年，毕业于长江水利学院的陈新建南下广州，入职广州海瑞克隧道机械有限公司，成为产业线上的一名装配工人。

海瑞克集团总部设于德国，是机械化隧道掘进技术的全球行业老大。置身于这样一家国际化公司的陈新建，刚进公司时，用他自己的话形容就是“刘姥姥走进了大观园”。不懂就学，不会就问，陈新建很快就成为所在生产线上的熟练工。然，不想当将军的士兵不是好士兵，陈新建并不满足于掌握一丁点的技术。工作时间，尽职尽责完成自己分内的工作。非工作时间，工友们去喝酒唱歌，他在学习；工友们打牌娱乐时，他在学习；工友们睡觉了，他还在学习。有一段时间，陈新建活得非常另类，不合群，与众不同，不融于自己的周遭，甚至遭受工友的排挤与嘲讽。两年之后，当陈新建从生产工人转岗为生产管理者，到后来专门负责制造管理，直到成为项目管理经理。真心祝福的有之，羡慕嫉妒恨者有之，甚至成了一些人心目中的“野心家”。

会认同他们对你的评价，觉得自己是一个很有计划性、很有心计的人吗？

只能说，我有人生目标和方向，我知道想要什么。我是湖北人，很多人用“狡黠的机智”来形容我们，有些贬义的，我倒觉得还可以接受吧。其实命运从来不会辜负一个真正努力的人。

2010年，陈新建从工作了五年的广州海瑞克隧道机械有限公司辞职后，接受了中铁工程装备集团的就职邀请，出任总经理助理，主抓质量管理。

关于离职原因，陈新建这样说：真的不是因为待遇，之前海瑞克给的薪资远高于中铁装备。他顿了顿，一字一句地说：是因为理想，更是一个中国人的自觉。十几年前，中国不生产盾构机，完全依赖进口。国产隧道掘进机从问世起，每年都会为国家节省100多亿元的建设资金。尽管不是每一个人都知道我，但是我知道自己在这其中发挥的作用。

到中铁工程装备集团上班的第一天，董事长带着陈新建在生产厂区转了一圈，然后问他一个问题：咱们与海瑞克的差距有多大？

董事长，您想听真话还是假话？

这还用问吗？当然是真话！

大学生与小学生的区别。根本不在一个量级上，没有半点的可比性。

董事长说：从今天开始，你就全权抓产品研发，我们先制定一个小目标，追上海瑞克，终极目标就是超过它。

在陈新建的主持下，中铁装备第一台6.28米的盾构机从研发到下线历时8个月，用于开挖石家庄地铁一号线，甲方使用后反馈说，质量与国外同类设备持平。初战告捷。

不怕起步晚，就怕追得不紧。中国的盾构机已经起步晚了，那就只有奋力追赶。执着的蜗牛终有追上遥遥领先的兔子的那一天。

十年磨一剑，当初的小学生与昔日的大学生在德国本土的盾构设备招标时狭路相逢了。由于某些原因中铁装备未能中标，但这是中国企业在德国唯一的一家入围企业，虽败犹荣。中铁工程装备集团，这匹隧道掘进机界的“黑马”终于以一种厚积薄发的昂扬姿态挤进了业界的视野，从此，再也没有人敢小觑它，无论是行业第一的德国海瑞克还是号称第二的美国罗宾斯。

2015年，大瑞铁路的高黎贡隧道掘进机面向全球招标。德国海瑞克来了，美国罗宾斯也来了，隧道掘进机的各路豪杰也都来了。中铁装备当然不会缺席这一场国际盛宴。早在两年前，中铁工程装备集团就开始了西南布局，2016年7月22日，中国水利水电第十四工程局有限公司、中铁工程装备集团有限公司合资成立的中铁电建重型装备制造有限公司揭牌，云南的盾构设备实现“昆明制造”，面向西南，辐射南亚东南亚，打造中国西南最大的盾构装备制造基地。

招标竞争异常激烈，中铁电建以微弱优势中标，美国罗宾斯中的主隧道辅助隧道的标的。德国海瑞克遭遇滑铁卢。自此，中铁装备实现了十年前设定的“小目标”。

姜还是老的辣。陈新建说，德国海瑞克仍然是最大竞争对手。中铁装备之所以能在十年间赶上海瑞克，得益于中国经济的高速发展，中国从南到北、从东到西，复杂多变的地形地貌，蓬勃兴起的基础设施建设，实践出真知。反观欧美企业，这些发达国家在20世纪就已经完成了或者基本完成了基础设施建设，企业的国际化，让他们在发展自身的同时，也成了技术输出地的企业学习、进步、提升的模板。

我们向发达国家学习，向优秀的国际化企业学习，在学习中进步，一点点缩小与他们的差距。陈新建笑起来，果真有几分机智。

中标，只是万里长征的第一步。“彩云号”的设计建造历经3年多，先后有上百人参与其中，它的结构及工艺非常复杂，技术含量高，不仅集光、机、电、液、传感、信息等各种先进技术于一体，而且涉及地质、土木、机械、力学、液压、电气、控制、测量等多门学科技术，全身上下有上万个部件。作为总工程师的陈新建把自己种在了厂区里，14个月里，有大半的时间吃住在公司。

中国铁路总公司特别设立了“复杂地质条件新型TBM研制及应用研究”重大科研课题，该研究课题由中铁隧道局集团牵头，中铁工程装备集团、石家庄铁道大学、中铁二院、中铁西南院共同参与，由中铁工程装备集团负责设备制造。“彩云号”在满足快速破岩的同时，还在强化辅助工法等多方面实现了突破。

陈新建戏称“彩云号”集“十八般武艺于一身”，增设了刀盘大尺度扩挖设计、钢筋排支护系统、前区即时喷混机械手系统、全周嵌藏式超前探测和超前注浆系统、在线实时超前地质预报系统、通风制冷系统、超强排水系统等，以应对围岩变形、断层破碎带和岩爆、突水突泥、高地热等掘进中可能会遇到的风险。更能适应软岩大变形、断层破碎、突泥大涌水、高地热、高地应力、岩爆等不良地质条件。通过创新刀盘变径及驱动同步抬升技术，使最大扩挖直径达到9.23

米，突破了传统全断面硬岩掘进机开挖截面单一的不利限制。为提高掘进机在破碎断层、富水地质中的通过能力，在支护上也实现了很多新突破。另外，掘进过程中，“彩云号”可能会遇到高地温，因此采取了多角度、多方法综合降温措施，设计了常规制冷系统及应急制冷系统。通过高效制冷，将冷空气输送到主要主机段作业区，既满足设备作业区制冷需求，又降低能耗，减少制冷系统故障率。

那是一段什么样的日子呢？整个设计团队都坚守在项目一线，设计出图、加工制造、组装调试，配置车间工人以前都没安装过，陈新建与设计人员干脆亲自动手，跟工人师傅们在设备上一起组装，根本不管身上穿的是白衬衣还是工衣，等组装完从设备上下来，满身油污。心想：又得挨老婆训了！等下次遇到同样的情况，仍旧是离开办公室直接上设备。

“彩云号”在装配推力系统时，由于撑靴推力大，撑靴油缸球头面与球头座的配合面要求很高，装好之后再拆开检测，以确保加工和装配质量符合设计要求。在检测过程的时候，发现有一处有点瑕疵，很小的一点没有接触到位，监造人员讨论后认为可以使用，可以进行下一组装工序。作为总工程师，陈新建果断叫停，他召集设计人员商议解决方案，要求各系统的组装必须达到设计图纸要求，差一分一毫都不行。就这样，一个原本可以忽略的“小瑕疵”，他们硬是整改了5个工作日。

高黎贡山隧道埋深大、地层富水、断层破碎带多，岩爆、突涌水涌泥事故的发生概率高，地质预报系统集成研究就显得非常关键。与高校及科研院所合作，研发出一整套超前探测系统，这也是“彩云号”最大的亮点。目前世界上领先的国际水平，能看见的大概是50米到100米，看清楚的10米到50米，而“彩云号”超过50米，甚至120米都可以看得很清楚，有没有水，有没有溶洞，有没有断层，一目了然。

采访严重超时，去中铁电建食堂吃饭时，掌勺的大师傅把菜盆刮得叮当作响，才勉强盖住我们几个人的餐盘底。吃饭的间隙，又聊了几个话题。

回到北京，开始本书的写作。偶有倦意，就刷朋友圈调试自己的心境与状态。陈新建的朋友圈始于2015年，微信封面是他与妻子以及一双儿女的合影，微信头像是一台正在调试的盾构机。2015年一共发了3条朋友圈；2016年，5条；2017年，4条；2018年，多一些，8条。其中，除了有限的几条记录的是与家人共度的美妙时光外，其余都是转发“中铁装备”公众号的消息。诸如“直径12.14米！国内自主设计制造最大直径土压平衡盾构机下线”；“国内最大直径硬岩掘进机下线，将用于中国第一铁路长隧”；“献礼十九大：世界首台带冷冻刀盘和复合式注浆系统的双模盾构机在中铁华隧下线”；“‘中国造’世界最小硬岩掘进机，小机械本领大！帮助黎巴嫩160万居民解决用水难题”；“云南首台本土制造的盾构机——中铁375号顺利实现昆明地铁4号线双线区间贯通”；“工期缩短一半！中铁装备助力新加坡地铁汤申线建设”；“我国自主研制的‘彩云号’硬岩掘进机在高黎贡山隧道成功应用”；“‘春风’向鹏城！中国自主研制最大直径（15.80米）泥水平衡盾构机在中铁装备下线”。

八月底，陈新建新分享了一条消息：中国首台出口土耳其的自主品牌盾构机通过工厂验收。这台出口土耳其的直径6.55米的土压平衡盾构机，将应用于伊兹密尔地铁隧道建设。伊兹密尔是土耳其第三大城市及重要的经济中心，其地铁隧道项目由土耳其知名建筑企业进行施工，全长7.14公里。中国拥有自主知识产权的国产品牌盾构机首次发往欧洲施工企业，实现了自主品牌盾构机从跟随中国施工企业“借船出海”，到直接销往国外施工企业“自驾出海”的突破。

在陈新建的朋友圈写了一行评论：从中国制造到中国创造。盾构彩云，掘进世界！

书写临近尾声时，再次致电陈新建，想更新一下高黎贡隧道掘进的最新数据。电话那头的陈新建说：工程每天都在按计划向前推进，您的书一旦定稿印刷，数字就停在那里了，等到与读者见面时，也就不是最新数据了。您只要告诉读者，“彩云号”身体健康，各项指标正常，高黎贡隧道工程进展顺利就可以了！

一桥龙江过高黎

最后一个走出集团会议室的门，常文觉得肩上压着石头，脚下坠了铅块。他慢慢地走着，放缓行走的速度以适应这份突如其来的负重，但同时，他也知道自己不能慢，不仅不能慢，反而要快，要快速适应新角色。这次龙江特大桥建设推进会的主要议题是“换帅”，任命常文为新一任总指挥长，将建设受阻、进度止步的工程继续向前推进。

龙江特大桥是云南保山至缅甸密支那公路保山至腾冲段高速公路的重点控制性工程。它一端依偎着巍巍高黎贡山，一端连着极边腾冲，一路向西，将“一带一路”倡议送达缅甸。

任命如军令，军令如山，常文即刻调兵遣将，在最短时间内搭建起自己的核心班底，与前任指挥长办理各项交接事宜，让自己尽快进入角色。

龙江特大桥建设指挥部就设在腾冲。在中国地图上看，腾冲位于云南西南边陲。如果从中原大地到腾冲，需要跨越千山万水，进入云南后还要翻越三座大山——云岭、怒山、高黎贡山，横渡三条大江——金沙江、澜沧江和怒江。腾冲有最神秘的原始森林，也有安详宁静的田园；有火山地质奇观，也有千年古道；虽是毗邻异域的边陲，却是儒家精神的传承之地。1961年的常文就出生在腾冲的一个小镇子上。

每一次从昆明回腾冲，常文总也忘不掉他第一次从腾冲去往昆明的经历。

1980年，十九岁的常文高中毕业后考取重庆交通学院。临近开学，母亲帮第一次离家远行的儿子提前收拾好行囊。父亲盘算了一下行程，决定提前出发。早上6：30，天刚刚蒙蒙亮，父子二人就肩挑手扛着行李赶到腾冲长途汽车站坐车。汽车像头迟暮的老牛，喘着粗气，在一道道山梁上盘旋复盘旋，螺旋上升，翻过一个山头，再螺旋下降。下午4点左右，夜宿保山。别看走了一整天，也不过才赶了150公里的山路。第一次出远门的常文特意选了临窗的座位，少年目不转睛地盯着车窗外的风景，虽然还是那座山，但坐在车里看山与在山中看山毕竟风景不同，第一天的心情还算是雀跃的，足够驱赶旅途的困顿和疲倦。第二天，保山到永坪，山还是那座山，翻过一座山永远还有一座山等在前面，常文的眼皮开始打架，头靠着车窗，昏昏睡去，醒来，映入眼帘的依然是山。第三天，永坪到大理凤仪。第四天，凤仪到楚雄普棚。第五天，再从普棚赶往昆明火车站。后面的几天，常文是一路睡，睡，睡。到了昆明，父亲才把睡梦中的少年叫醒。彼时，昆明并没有直达重庆的火车，从昆明坐火车先到贵阳，贵阳到遵义，从遵义再到重庆。父子俩足足在路上走了十天。

三十多年后，就在接受我们采访的几天前的一个早上，常文的一个台湾朋友心血来潮，给他打电话说晚上到昆明吃滇菜。朋友是个率性之人，喜欢说走就走的旅行。在台湾的家中吃完早饭，坐飞机经香港飞抵昆明，下午便抵达了，两个人还去滇池看了个“日落西山红霞飞”。晚上，老友相聚，分外开心。常文说，云南的交通，公路是基础，铁路是骨干，飞机是跨越。他说，基础设施的属性是公共产品，自己作为一个交通人，能三十年如一日地为云南的父老乡亲筑路、修桥，完善基础设施，他为自己是一个参与者而自豪。

1984年大学毕业后，常文被分配到云南省公路规划勘察设计院工作。在学校时，专业课老师在课堂说，高速公路是一个国家经济社会发展的标志。然，彼时的中国大陆并没有一条高速公路。

参加工作后，偶尔有机会外出参加学术会议。一次，会议的主办方将常文与一个台湾桥梁专家安排在一个房间。几天下来，互相熟悉之后，聊天的内容就逐渐从业务交流延伸到思想与主义的范畴。

夜深人静，睡不着的两个人在房间里开卧谈会。聊着，聊着，就聊到“三民主义和共产主义谁能统一谁”的话题。台湾同行说，一个地区如果没有高速公路谈不上发达。常文点头称是，这个观点与当初在学校里导师的观点是一致的。台湾同行继续说：三民主义的高速公路已经建成路网了，共产主义却还没有一条高速公路。会议结束后，主办方组织与会人员去参观正在建设中的京津塘高速，承建方介绍说概算总投资5亿元，彼时的常文觉得非常震感。但台湾同行的眼中却流露着些许不屑一顾，他悄悄跟常文咬耳朵，刚刚起步而已嘛，从一条路到一张路网，大陆要修的路还多着呢！后来，常文与这位台湾同行一直保持着联系。三十多年来，常来常往，最终成了朋友。最初是三五年来一次，后来一两年来一次，之后则一年往返好几次。

前几天来昆明找你吃滇菜的，是这个台湾朋友吗？

对，就是他。

你们现在还探讨思想和主义的话题吗？

偶尔。他现在一提及台湾的基础设施建设就唉声叹气，说台湾已经停止生长好些年了。

龙江特大桥通车的时候，你朋友来了吗？

来了。

他怎么说？

还能怎么说呢，大陆的发展，全世界都看得到。他除了羡慕，就是佩服！

2016年4月20日，龙江特大桥建成通车。现场一片欢腾，然，常文是沉默的。他极目远眺，目力所及之处，龙江上还有一条小小的窄窄的小吊桥。他在心底暗自说道：爷爷，作为常家的子孙，我没有愧对您！

清末民初，当时的腾冲民间有龙江“四子”的说法，分别是封家的汉子、刘家的银子、周家的骡子和常家的谷子。这个常家，就是常文的家族。常文的祖父常启兴是远近闻名的大善人。一条龙江几乎隔绝了两岸的往来交流，马帮过江时用的是吊索，那种惊心动魄的过江让大多数人望而却步、望江兴叹。有感于此，也是为了自家的生意往来便利，于公于私，常启兴捐资修建了龙江上的第一座桥。

当年，常文的求学之路就是从祖父修的桥启程的。收到重庆交通学院的录取通知后，他知道自己未来的职业将会与桥、路密不可分。一路颠簸着离开家乡的少年，在心底暗下决心，假以时日，一定要为自己的家乡筑路、修桥。

1995年，常文主持设计了楚大高速。楚大高速公路是上海—昆明—瑞丽国道主干线中的一段，是昆明通往滇西、滇西北、滇西南的主要经济干线，也是国家交通部和云南省“九五”期间的重点建设项目，也是云南第一条按照业主负责制，利用亚洲开发银行贷款和通过国际招标方式建设的高速公路。楚大高速公路大理段起自祥云子乍么，终于漾濞平坡，常文担任大理段的副指挥长。

严格来讲，常文是中国第一代受过专业培训的桥梁工程技术人员。他们还在象牙塔读书的时候，中国并没有高速公路，相应的建设标准更是无从谈起。1988年修建的上海沪嘉高速公路是中国大陆第一条真正意义的高速公路。常文说，中国高速公路的标准规范是参照日本的。改革开放后，再加上国家出台的“贷款修路、收费还贷”政策，随即，高速公路建设进入狂飙高歌、突飞猛进的阶段。

云南的交通为什么落后于内地？

常文说，其实多年以来，他也一直在思考这个问题。从历史上讲，云南的交通一直是制约发展的瓶颈，首先是地理环境，是边疆城市，靠近边境，属于交通的末梢。高速公路建设离不开工业能力的支撑，是工业发展水平的风向标。从经济发展上讲，云南的经济能力不能与长江三角洲、珠江三角洲相比，基础设施建设需要的资金投入是绝对数。以楚大高速为例，修一公里需要4000万元，有的路段一公里甚至需要1.5亿元，云南高速公路的最大特点就是桥隧比高，桥隧比在65%以上。楚大高速大理段概算投资3.9亿元，实际使用亚行贷款1.47亿美元。1998年10月通车前夕，亚洲开发银行的专家在考察完之后说了这样的话：能在这样的条件下建成高速公路的建设者，在世界任何地方都能修路。

然，龙江特大江却一度难倒了这群交通建设一线的英雄汉。

保腾高速公路经过高黎贡山断裂带，地震烈度高，沿途多为火山地貌，山高谷深。受腾冲地震带影响，龙江特大桥桥址区岩层构成复杂，两岸边坡陡立，稳定性差，加之新生代岩浆岩活动频繁，施工期间多次喷发，桥梁修建过程充满了挑战。相比困难重重、进展缓慢的龙江特大桥，保腾高速则按照预定计划有条不紊地向前推进，如果桥不能按期完工，将会直接影响保腾高速的通车。

龙江特大桥采用双塔单跨钢箱梁悬索桥，一岸的保山龙陵岸索塔高度为169.688米，另一岸保山腾冲岸索塔高度为129.703米。全长2470多米，桥面离江面280米，最高的索塔顶到江面470米，主桥跨径布置为320米+1196米+320米，抗震等级按Ⅸ度设防，是云南省首座特大跨径钢箱梁悬索桥，也是亚洲山区最大跨径的钢箱梁悬索桥。

龙江特大桥更换了指挥长之后，云南省政府牵头成立了专家组，国家交通部三任总工凤懋润、周海涛、周伟先后担任专家组的组长，三任总工程师同时出现在桥梁建设的现场，除了港珠澳大桥，便是龙江特大桥。

专家组聚集了来自全国的道路桥梁专家，戏剧性的是，这里面有常文当年的两个同班同学。四川人李正容毕业后去了交通部，现在是中交公路规划设计院的副总工程师。昆明人张炎毕业后分配到云南省交通规划设计研究院，现在是桥梁设计处处长。生活中的李正容是个完美的理想主义者，这种对完美的追求也表现在工作中，作为设计者，他希望施工单位能完美地按照他的设计理念施工。桥墩在他的设计里，不是长方体，也不是圆柱体，而是立面带有弧度的长方体与圆柱体的综合体，是美观与抗震的完美结合，但这就给后序施工增加了多重难度。常文说自己是一个比较现实的人，他愿意接受新技术，施工的现实性是他设计理念中的首要因素。在桥墩的浇筑过程中，常文与李正容争吵得不可开交、面红耳赤是家常便饭，吹胡子瞪眼睛亦是司空见惯。相比李正容的执着、常文的执拗而言，张炎就是一个温和的人，他经常扮演和事佬的角色，调和常文与李正容之间的矛盾，是矛盾的裁判员，是李、常二人争执不下时，发表决定性意见的那个人。毕竟无论张炎选择支持谁，被他支持的就能以2：1的比分获胜。“铁三角”的友谊从青涩的少年一直持续到今天。2013年1月21日上午9时，龙江特大桥保山岸主墩右幅承台混凝土浇筑完毕，标志着龙江特大桥主墩承台混凝土施工全部完成，为塔身施工奠定了基础。

一个问题的解决往往预示着另一个问题的显现。常文说他始终坚信，办法一定比困难多。

龙江特大桥缆索主缆长度1950米，两侧总计65.9万米的338根索股，宛如两条昂首云天、腾云驾雾的巨龙，飞越陡崖峭壁，穿行在白云飘飘的云雾中。营造这幅美景，让常文和他的团队煞费脑筋。

龙江特大桥有一个QQ群，也有一个微信群，当“千米悬索桥先导索引及钢箱梁制作、架设”的难题一时之间得不到有效解决时，不管是午夜时分，抑或是凌晨3点，常文都会在群里@副指挥长，或@技术人员，大多数时候，是他在群里自言自语、自问自答，然后第二天会准时出现在工地上，一脸菜色的脸庞上，点缀着一对眼窝深陷的熊猫眼。

专家论证会开了一轮又一轮，一个提议接着一个提议，提出提议的人极尽可能论述其合理性，专家则从相反的方向对提议的可行性进行质疑，确保万无一失，因为工程建设的原则是“一失万无”。有人提议说：用火箭，一发炮弹30万元，一边一发，60万元。火箭发射悬索桥先导索引的做法本就是常规做法，应该是可行的。论证之后，基于龙江大桥两岸的地质因素，火箭发射的提议被否定了。又有人提议说：用直升机牵拉。考虑到龙江大桥距离猴桥口岸直线距离40公里，彼时缅甸边境正爆发武装冲突，在边境划定了禁飞区域，如果贸然采用直升机，一旦发生意外伤亡，后果不堪设想。还有人提议说：干脆人工。如果采取人工，就需要分别在两岸的山上砍伐一定面积的植被，那样一来，会对沿江两岸的生态环境造成极大的破坏。正在一筹莫展之际，集团宣传部门带着无人机来拍摄龙江特大桥的施工资料。无人机腾空而起，在龙江上空盘旋，常文突发奇想：可否用无人机将悬索桥的先导索引拉到对岸呢？专题论证会说开就开，论证后，大家一致认为有可行性。难得的意见统一！

一架大疆N600缓缓升空，带着所有的希望、祈祷飞向彼岸。成功了！无人飞行器牵引先导索技术开中国先河。

2015年5月，龙江特大桥左右两幅338根65.9万米索股全部完成架设，比原计划提前57天。主缆架设成功，预示着龙江大桥建设成功了一半。胜利的曙光在即。

2015年7月30日，龙江特大桥第一节钢箱梁在腾冲塔岸缓缓离开地面，以每分钟6米的速度向大桥中心点预定位置移动。经过4小时，第一节钢箱梁准确无误地安放在预定位置，龙江特大桥第一节钢箱梁吊装成功，至此，龙江特大桥全面转入项目建设关键工序的施工。

2016年4月5日，68台每台总重为35吨的车辆分成四排依次对大桥进行了静力荷载试验和动力荷载试验，对大桥的真实承载能力进行全面评定。龙江特大桥顺利完成桥荷载试验。

常文带着他的团队，手挽手、肩并肩，一字排开，从桥的一端走向另一端。刚开始踏出第一步时，人群还是一片喜悦与欢笑，向前，向前，再向前，人群逐渐安静下来。从2011年8月5日开工建设到即将通车，他们曾经用6个多月完成70多万方锚碇基础开挖，用7个月完成11万方锚碇混凝土浇筑，用43天完成主缆架设。每一名建设者都知道自己曾经经历过什么，这一刻，五味杂陈，涌上心头，笑容隐退，泪水管涌，每一行泪水都不同，都各有深意。

4月20日，龙江特大桥正式通车。

通车之前，桥梁建筑工程师、美国国家工程院院士、中国工程院外籍院士邓文中前往大桥实地勘察。邓院士说，龙江特大桥是喜马拉雅山系横断山脉上的一个奇迹，是世界同类桥梁之最。

中国《桥梁》杂志社的2015—2016年度“十大桥梁人物”评选活动，旨在展示桥梁建设群体中典型代表风采，让更多的人感受桥梁建设者的使命、奉献与自豪。经业内专家评选和网络投票，最终产生了10位年度人物。常文位列其中。2016年1月的颁奖典礼上，主持人满怀深情地宣读组委会给他的颁奖词：

> 云蒸霞蔚的山水，带给他无穷的梦想，横断山脉的叠嶂，带给他大山的厚重，身处祖国公路网的末梢，南亚达到通边的前哨，他重任在肩，召唤在前。修桥铺路，世代的愿望融进血液；为民造福，历史的使命担在身上。修通天的路，架云中的桥，云南的路需要常文这样的虎将；品质第一，善谋善断，腾冲的桥需要常文这样的担当。在艰险中收获，在奔波中成熟，在斩关夺隘中成就梦想，常文带着新一代造桥人的使命，乘风破浪，扬帆远航。

注疏9：旅行家老徐与作家老徐之高黎贡夜雨

旅行家老徐有点想家了。

春雨淅淅沥沥，生发着万物，贴身荷包里的那颗红豆似乎也在蠢蠢欲动，置于耳边，依稀有展枝萌芽、抽穗拔节的声音，一缕相思锁不住，也许就在未知的下一刻，它便会叫嚣着破壳而出。此处非吴地，耳不闻吴侬娇语；此处是吴地啊，那雨也正像缱绻的太湖之雨；可此处真的不是吴地哟，环顾周遭，不见红烛酥手，更不见心尖上的女人执着油纸伞，从雨巷深处翩翩前来，俏丽添香。

茫茫雨夜，这是高黎贡的夜雨。这场雨是作家老徐遇到的最为浪漫的一场雨哟，似梦非梦，伊人从高黎贡而来，跨过颤颤悠悠的双虹桥，一路相随，不离不弃地步步追随，挽着老徐的手臂，攀爬到半山腰的旧街，喘口气，如果岁月不会远去，那一定是旅行家老徐挽着他的吴语娇娘，从高黎贡走下了潞江坝，隐没在了人间烟火处。

夜雨高黎贡，时而急切，如大珠小珠落玉盘；时而霏霏，毛毛雨润物无声。夜深了。大部分的灯盏都休憩了，暗夜里依然会有故事，雨知道，尤其是高黎贡的夜雨更知晓得一清二楚。看破不说破永远是一种至上美德，守得住秘密的雨与能够包容一切的山，才是神性的雨，才是神性的山。

作家老徐站在窗前，与痴情的雨良久对视。抬手看看腕表，与家人约定通话的时间到了。无论向东还是向南，北地是家园。

此时此刻，作家老徐也有点想家了。

西江月·致吾爱

江上月明遥看，闲庭信步观澜。高山流水话余年，茶色荼蘼蝶恋。朝发夕归陪伴，心怀吾爱欢颜。旧时杨柳小河边，恍若人生初见。

中缅85号界桩

翡翠秦媛

秦媛决定辞去县级机关幼儿园老师一职时，家人和亲朋都有点猝不及防。

母亲第一个听到消息，当场就哭了，说丫头啊，你从小就是一个听话的乖乖女，如今这天大的事情，咋不与家里人吭一声。好好的工作，怎么能说辞就辞呀，这是咋个啦？

不咋个呀，妈，秦媛答道，人活一口气。

活一口气？谁欺负你啦。

没有人欺负我，工作不舒心，觉得这样的日子过得没意思。

唉！母亲长叹一声，大普沙村出了三四个老师，秦家姐妹占了半壁江山，这回好了，铁饭碗丢了，保障也没啦，你今后的日子咋过。

自己养活自己，自己保障自己。秦媛的态度斩钉截铁。

你能干哪样啊？母亲摇摇头，哭着走了。

秦媛怅然，到办公室收拾东西时，看着五十多本获奖证书，顿时愣怔了。她十八岁师范毕业，当了十一年乡村小学老师，四年在四营煤矿，三年在杨桥矣铎小学。春风化雨，秋霜几度。她教过语文、数学、体育和音乐，语文成绩几乎年年乡镇第一名。让同样是小学老师的姐姐都心生几分妒意。后来，结婚生子，调到了县里的幼儿园，老园长很喜欢她，说这丫头啊，心善，人憨，又高挑漂亮，云南女人的美都让她占尽了，这样的女人不为人师表，那是社会的损失。

荣誉如天上的彩云，一阵春风便吹走了。辞职回家，一切归零。彼时，秦媛刚刚过了二十九岁生日。

秦媛的丈夫李俊辉在做工程，家里有一个规模不小的家族企业，生产地下管道之类的产品。企业财务事情多，他有意让妻子给自己做财务总监。

不！秦媛摇头，我不想陷进家族和亲情的是是非非之中，既然出来了，要做，就自己创业。

我适合做什么呢？秦媛扪心自问。那些日子她失眠了，不是为失业后的生活焦虑，而是为找到一件自己最喜爱的事情。一天晚上，她突然从床上一跃而起，摇了摇鼾声如雷的丈夫。俊辉，我找到啦，找到啦。

你找到什么了？李俊辉睡眼惺忪，问妻子。

翡翠！

秦媛，你不是做梦吧。

我清醒着呢。

我们没做过珠宝翡翠呀。

可你带我去过腾冲、瑞丽，你有一大拨朋友是做翡翠生意的，我们从他们那边进货，在嵩明开一家时尚珠宝店，我敢说这是滇中第一家。

哈哈！秦媛，好主意。人都说谦谦君子，温润如玉。我老婆也是一块美玉。

说做就做。秦媛在县城的广场租下一幢两层楼的商铺，注册了碧尚珠宝。丈夫说，装修的事情算我的。选货、进货，你去置办。秦媛说，那你把你腾冲、瑞丽的朋友团名单都给我。

李俊辉一一给朋友打电话，说，我家老婆要来，她可是一只刚学飞的菜鸟，大家可要真心帮忙啊。

朋友们信誓旦旦，说放心就是，你家妻子就是嫂夫人就是弟妹，岂可怠慢。

秦媛笑了，说我家俊辉朋友遍天下，在家样样好，出门靠朋友，有朋友就有安全屏障了。于是，小夫妻从亲戚朋友处凑了三十万，风尘仆仆去了腾越之地，和谐宁静的边陲小城腾冲。

秦媛后来回忆自己初入道的往事，喟然长叹，说玉器珠宝行当，水太深了。人心太黑啦，千万别相信亲朋好友，他们尽杀熟。几乎没有一个人靠得住。正如秦媛所说，丈夫那些所谓的朋友一看她是新手，对翡翠市场两眼一抹黑，送上门来的雏鸟，不杀你杀谁，不宰你宰哪个。那一次，那些朋友向她推荐的都是低品位的翡翠，价格还虚高，比在昆明市场上卖的贵出许多，三十万的珠宝背回嵩明，基本都是一批崴货，四五年过去了，直到现在，仍无人问津。

首战失利，秦媛遭遇了出道后第一场滑铁卢。又气又恼，蒙着被子哭了一夜，泪水哗哗地流，花容凄怆。晚上丈夫劝她，新人出道，交点学费也是寻常之事。

不寻常，三十万打了水漂，都是血汗钱啊。秦媛恼了，埋怨道，都是你那些酒场上的狐朋狗友，平日里杯盘狼藉、勾肩搭背、豪言壮语，关键时刻，哪一个是信得过、靠得住的。

李俊辉笑了，大道熙熙，皆为利来嘛，商场上没有真朋友。

我记住了。

翌日，太阳照常升起。秦媛拭去眼痕，商场如战场，从来不相信眼泪。她驾车进昆明城，一家书店一家书店地转，看见有关翡翠的书就买，淘了十多本回来。躲在小楼成一统，埋头苦读一个月，足不出户，弄得丈夫很忐忑，这媳妇，输了一回，人也魔道了。

终于，秦媛下楼了。对丈夫说，我想吃水库边的水煮鱼啦。

好啊！见秦媛笑如明月，李俊辉心里也偷着乐，老婆活过来了，脸上春风再起。

夫妻俩驾车到了水库边，游山玩水，看鱼翔浅底，鱼鸥盘旋，水鸟一鸣冲天，展翅翱翔天空。秦媛笑了。

一大盆野生鱼端上桌了，美味溢出，一室皆香。丈夫欲动筷子，秦媛酥手压住，说别急，然后招手唤来老板娘，来两杯泡酒。

你要喝酒？李俊辉眼睛瞪圆了。

别忘了，秦媛掩嘴一笑，我的酒量并不输于你啊。

好！该醉一回，常言道，酒壮怂人胆。

是酒壮你家老婆胆。

哈哈！李俊辉仰天一笑。

两杯泡酒下肚，秦媛脸色酡红，神态娇羞，说，老公，我有事求你，你同意吗？

同意！李俊辉喝了一大口泡酒，放下酒杯。老婆的要求，无论高低、对错，我都一路绿灯。

我想到缅甸瓦城一游，看看翡翠市场。

瓦城，曼德勒。李俊辉惊诧道，那里离瑞丽边境四五百公里，怎么过去，没有开办商务或边境旅游啊。

缅甸与中国一家分两国，一河隔两界。小男孩站在中国边境撒一泡尿，落地就是缅甸国界。胞波一家亲，出入很随便的。

你的意思是跨河过去。

你觉得呢？

一个女人家独闯缅北啊？要经过民族武装控制区，那里战火连天，政府军与民族武装积怨太深，说打就打。

那你陪我去！

我最近没有时间。

就是嘛，我早想好啦。我到瑞丽找一位朋友陪我去。

谁呀？

你的朋友，张敏。

她老公的朋友都在缅甸做生意，你倒是很会选人。

那是，我已经与她联系好了。我们计划从瑞丽跨河过去，再包一辆出租车去瓦城。

这个想法不错，看来你早想好了。

我这不是与你商量吗！

我开车送你去瑞丽。

不，我飞过去。我要一个人独闯，我就不相信这个翡翠世界我秦媛就闯不出来。

干杯！为老婆远赴异邦瓦城干一杯！

数日之后，秦媛飞抵瑞丽口岸，找到张敏，拜托她给缅甸的朋友打电话，帮忙包了一辆出租车等在小河边。而后，秦媛、张敏跨河而去，悄然潜入缅甸。从凤尾竹下穿过，一辆出租车已经等在那里。昼伏夜出，行驶了整整两个晚上，终于抵达瓦城。当时正是缅甸的六月天，乃最热的雨季，野人山的大莽林里雾绕千山，云来雨落，水漫胡康河谷。一会儿大雨滂沱，一会儿又太阳登顶，瘴气肆虐，蚁王蚀骨，让人心生恐惧，吃的东西也特别脏，这时秦媛才真正领略了在家千般好、出门万事难的道理。好在，有张敏的朋友帮忙，她们每天清晨5点就起床，到附近的玉石市场去看货，看云南进来的珠宝商人赌石，感受与老缅讲价钱的痛快和曲折。

秦媛说，第一次偷渡出国，她们在瓦城待了五六天，一件货也不敢买，只是低头观察，虚心求教，看赌石者如何选石料，什么颜色的玉石山料最好，老坑玉是什么样子，最好的毛料如何用手电光辨色。短短几天时间，胜读十年书，令秦媛大开眼界，这是一趟学习之旅。

我问秦媛，第一次出国害怕吗？

何止是害怕呀，简直就是心惊胆战。睡在老缅的宾馆里，半夜三更，房子稍有响动，就吓得一跃而起，搂着张敏。总觉得有人站在背后，吓死了。以致后来，回家好多天了，家里稍有动静，就惊悸而醒，有时还会在梦中喊叫，将丈夫吓一大跳。秦媛向我讲自己的故事时，眼中仍有几分焦灼。

第一次偷渡出国，最大的收获是什么？

一次出国看玉，胜做十年翡翠商人。秦媛答道。

此话怎讲？

当然！主要是开了眼界，摸了老坑玉石料的底细。从此，可以大着胆地闯荡“金三角”，再入瓦城啦。

第二次到瓦城是什么时间？

也是那年最热的季节。秦媛说，应该还是缅甸的雨季吧。这一回仿佛掉进了地狱。也许不脱一身皮，不到咸水里泡泡，是不可能蜕变，修成正果的。

秦媛说，她第二次入瓦城就轻车熟路了，没有再让朋友陪自己，而是只身前往。

这次去买货了吗？

买了，一下子进了十三万的货。

是用人民币交易的吗？我对此产生了兴趣。

在中缅边境，主要是用人民币。秦媛说，但是深入缅甸之后，还是以缅币和美元为主。

随着中国经济成为世界第二大体量，人民币的公信力也会随着飙升的。我感叹道。你第二次入瓦城又有什么精彩故事？

没有！秦媛摇头道，我是晚上经缅甸民族武装控制区，过关入卡，办理通关证。无非是塞上一张人民币，就可以一路绿灯。秦媛回忆道。第二次瓦城之行，秦媛在缅甸待了十几天，每天看货，见了几位缅甸玉商，他们大多朴实无华，不会以次充好，更不会诓骗外国人。缅甸是个信奉南传佛教的国家，遵从自己信仰的人们不妄语，也不鸡鸣狗盗。

独行缅甸，最大的困难是什么？

天太热，水土不服。秦媛道，在缅甸待了十几天，因为看货、等货，迟迟不能归家。水土不服，吃了就吐，吐了再吃，还吐，结果全身浮肿，脸上起了很多的疙瘩，至今还没有好利索。

不由得心生敬意。没有人欺诈你吧？

没有，他们大都生性善良，心中有佛，明码标价，公平交易。秦媛答道。

交到朋友了吗？

是的。有一位叫赵锁的缅甸朋友，信奉伊斯兰教。我和俊辉在瑞丽认识他的。我第二次去瓦城，赵锁说他儿子就在曼德勒，可以给我提供帮助。一个十七八岁的年轻人。当时我还想嘴上无毛做事不牢，但事实恰好相反，小伙子带着我一家一家地看成品、看毛料，特别周到周全。秦媛说，许多缅甸人都在家中的地板下挖一个藏宝窖，客人来了，揭开地板，就可以将宝贝取出来。

第二次瓦城行，赚大钱了吧。

小赚了一笔。秦媛掩口道，算是将第一次损失的都补回来了。

家人从什么时候开始认可你的？

辞职后的半年吧。妈妈知道我通过自己的劳动收入不菲，说，看来，还是跳出体制好啊，能尽快致富。

击节而歌，替秦媛喝彩。

接着秦媛讲了她第三次去缅甸的经历，一段让她至今仍气愤不已的记忆。那是秦媛第一次赌石，六万元买了一块料，当时用手电照的时候，绿茵茵的，非常通透。

是我守了十几天才遇上的一块小料，应该可以雕刻一个挂件。千辛万苦从缅甸背回来，回到昆明就交给了一位玉雕师傅。当时那位师傅还将开出的玉料让秦媛看了，真的是晶莹剔透。秦媛以为这一回又可以稳赚一笔。不料第二天，玉雕师傅给秦媛打了6.2万元人民币，说那块料被他雕坏了，只能赔这么多。气得秦媛都哭了，但也没有办法，只能吃个哑巴亏。

听秦媛讲到这里，眼前浮现出第一次见她的情形。那时，夫人想买珠宝，一个小侄女推荐了秦媛的碧尚珠宝，说她做人厚道，卖的玉石价格公道。我们知道珠宝价格水分极大，就拼命压她的价。殊不知已经触及了她的价格底线，淳朴的姑娘最后说了一句：叔叔，你定吧，您说多少就多少。

买卖最终成交。彼时正是秦媛与丈夫李俊辉最困难之际，李俊辉为一位朋友的银行贷款担保，九十万的担保费，朋友还不上贷款，跑了。于是，银行找李俊辉要钱，逼得一对年轻夫妇天天吵架。

那天，夫人采买了秦媛不菲的翡翠，也算是在节骨眼上帮她舒缓了一下经济压力。以后，两家人多有往来，方知当时卖与我们的翡翠几乎接近于成本价，甚是薄利。秦媛就是想用自己的真诚赢得更多的回头客。夫人觉得秦媛厚道、纯粹，玉缘天下，故将其收为义女。

秦家有女，秦者，中华帝国第一朝之名号；媛也，美丽的女子。小女儿家却生就一颗男儿心，坦荡、透亮，勇于求变。作为妻子，面对家庭的困境，与丈夫比肩而立、共克时艰，有天塌下来也要顶住的韧劲。老早就想为秦媛写一篇文章，谁知一拖就是三年。恰好书写《云门向南》一书，秦媛缅甸之行，正是辐射南亚东南亚的西通道。小女子多次深入瓦城腹地，冒枪林弹雨亲近翡翠，于是写下这篇《翡翠秦媛》。

定下采访的日子，是2018年9月下旬，我准备第十九次进藏之前。彼时，秦媛已通过翡翠赚得盆满钵满。我和夫人再见她时，李俊辉驾驶着一台奔驰车而来，这是秦媛刚买的车。秦媛的小康梦圆。

那天中午，仍是在秦媛与丈夫惯常吃水煮鱼的那座水库旁，一边大快朵颐，一边采访。我问秦媛还有什么梦想。她说最近的一个梦想是去大上海，开一家碧尚翡翠店。

为什么想去上海呢？

说来话长，也是机缘巧合，上海援滇的医生们有一次逛街到了我的珠宝店，买我的珠宝，发现同等品质的翡翠玉石我的价格最公道，一来二去，他们就成了我的忠实顾客。口碑太重要了，后来他们又给我介绍了很多买家，还邀请我和俊辉去过上海呢！有这个契机，我才有底气和信心去上海！

还有吗？我问。

在上海站稳脚跟，再去北京，就在离干妈不远的地方开家店。将昆明、北京、上海和东南亚用翡翠联在一起。

好个秦媛！喟然感叹，真是“秦皇之女”，有中国气派。

叔叔过奖了！您是作家，给我写首诗词吧？

你要诗，还是要词？

词吧，秦媛莞尔一笑，用我最喜欢的“忆秦娥”词牌。

《忆秦娥·秦媛》

碧玉镯，尚碧翡翠云中鹤，云中鹤，娥皇女英，谢娘宜磨。

嵩明坝子夏蹉跎，人迹板桥秋霜落，秋霜落，瀛洲仙山，宝象清波。

胞波一家亲

一脸喜色的许建和段应娟双双敲开副总经理方伟的办公室门，双手递上红底烫金字的喜帖。看着眉开眼笑，甚至连皮肤、头发都按捺不住喜气洋洋的小老乡，方伟忍不住调笑他几句：是不是从小娟一调到办公室就看上人家了呀？动作够快的啊！这就要结婚了！

方伟对许建的女朋友段应娟印象很好，哦，不，现在他们要结婚了，应该是许建的妻子。

1996年出生的段应娟，毕业于缅甸孟素中学，能在中文与缅文之间随意切换，是云南银翔机车制造有限公司缅甸籍女员工中为数不多的初中毕业生。段应娟胖嘟嘟的，一双弯弯的笑眼。她说第一次从缅甸来瑞丽的时候，原本只是过来找朋友玩，而她的朋友恰好就在银翔机车工作。

段应娟在瑞丽跟朋友玩了几天就回家了，但她眼神中流露出的希冀被朋友看在眼里，记在心上。没过多久，公司开始新一轮的招聘时，朋友给段应娟打了一个电话。接到电话后的段应娟没有半点的犹豫，第二天便从缅甸赶过来报名参加面试。

段应娟最初应聘的是最基本的工种，流水线上的装配女工。重复着简单、机械的劳动，日子过得优哉游哉。

云南银翔机车制造有限公司是瑞丽的招商引资项目。2013年，政府与重庆银翔实业集团有限公司签订了《瑞丽银翔摩托车产业园综合开发项目投资合同》，银翔机车落户瑞丽工业园区进出口加工制造基地，总投资30亿元，建设单班年产100万台摩托车及100万套摩托车零部件生产线，与银翔机车同时引进的还有20余家摩托车零配件生产企业。

瑞丽环山工业园远离城区，一个厂区连一个厂区，一座厂房接一座厂房，周遭没有任何消遣娱乐的设施。是故，银翔机车在建设伊始就在厂区内规划了供员工自娱自乐的图书馆、游艺室以及各种体育健身设施。

园区之前的样貌，段应娟不知道，当她来到这里时，只觉是一个偌大的坝子。不见寨子里熟悉的树和花，只见平坦如大蟒蛇一样的路，两旁是高高的路灯，一盏挨着一盏，白天翻着白眼昏睡，夜晚睁圆大眼，与天空的星星眉目传情。

第一次离开家乡的段应娟，用了很大的力气才让自己不想家。因为在中学接受过系统的教育，她比大多数缅甸女工适应工作，很快脱颖而出，尤其是在学会使用计算机之后，便被调去了公司办公室。距离综合管理科一步之遥。

所谓的缘分天注定，不过就是缘分两端的两个人每人向前一步走。

从缅甸来到瑞丽，再从装配车间走进公司办公室，美丽的姑娘一步步站到耀眼的地方，以便她命中注定的那个人能够早一天看到她。

路灯与星星两两相望的戏码天天上演，人群里的段应娟与许建也终于互相看了一眼。一眼万年的水到渠成，终于等到你。

听到方副总的调侃，段应娟早就绯红了脸，一副待嫁新娘的娇羞。

这是我们的假条。先送上喜帖，然后请婚假。在综合管理科负责计划管理的许建做起事情来一板一眼，有条不紊。

婚礼打算怎么办？方伟一边在请假条上签字，一边询问。

我们先去缅甸，在段应娟寨子里办一场，之后回重庆我老家再办一场。休完婚假回到公司，我们在瑞丽盘中餐饭店请领导和同事们吃喜酒，也算一场吧！到时候，有个简单的仪式，我们想请您讲个话！

没问题。提前祝你们新婚愉快！

段应娟的工作调动一度让线长杨新措手不及，虽说流水线对工人的素质和技能要求并不高，但一个新手与一个熟练工在一条工业流水线上所起到的作用是显而易见的。熟练工段应娟的离开让杨新主管的流水线的生产力暂时受挫。然，水往低处流，人往高处走，段应娟能去公司办公室工作，杨新不能阻拦，只能祝福，并且还十分替她高兴。

杨新是云南银翔机车制造有限公司整车生产一线的线长。这个皮肤黝黑的小伙子是1982年的，他说自己其实是中国人，老家在潞江坝。20世纪60年代，杨新的父亲披荆斩棘，穿越丛林，去了缅甸，且一去不回头。杨新出生在缅甸，于是成了缅甸人。他小学的时候曾经学过几年中文，初中毕业没考上高中，就回家种田去了。

中国改革开放之后，一切都进入了快车道。但杨新的父亲是不可能再回到中国了，作为儿子，杨新可以。从2011年开始，杨新就穿过木姐口岸来瑞丽打工，几年之后，机缘巧合，入职云南银翔机车制造公司。

云南银翔生产的“Kenbo”牌摩托车畅销缅甸，是缅甸市场份额最大的摩托车生产企业，“Kenbo”牌摩托车能占据缅甸60%的市场份额。这就不难理解，2013年重庆银翔摩托作为瑞丽的招商引资企业将生产、加工、销售的阵地前移到了距离缅甸最大的陆路口岸木姐最近的瑞丽试验区。作为面向缅甸市场的生产加工基地，重庆银翔摩托在瑞丽成立了云南银翔机车制造有限公司，一期投资十亿元在瑞丽环山工业园区设立了以银翔摩托为主体的摩托车产业园，2013年开工建设，2015年正式投产。

云南银翔车间的三条组装线上的缅甸籍工人清一色的黝黑皮肤，大都能用简单的中文或英语与人交流。缅甸籍工人远低于国内工人的用工成本，这也是银翔摩托在瑞丽建厂的主要原因之一。银翔摩托的组装车间里，缅甸工人占了70%左右，为企业在瑞丽建厂解决了劳动力成本不断上涨的后顾之忧。

从流水线一颗无足轻重的螺丝钉成长为一条生产线的线长，杨新说，这是因为他的先天基因，那是属于中国人特有的吃苦耐劳与踏实肯干，这种精神特质亘古不变，深入骨髓。职位的变化，与之相符的便是收入的变化，月薪三千元使得杨新跻身于云南银翔缅籍员工的高收入群体。

杨新已经结婚五年了，小孩四岁，妻子跟随他在中国生活，全职太太，专心看护孩子，照顾家庭。他们就住在公司为他们提供的公寓房里，日子过得平静淡泊。杨新说他已经在缅甸老家买了八亩地，一万人民币一亩。中国国内的房市热闹非凡，杨新则一有积蓄便回乡去置地。要么买房，要么囤地，国门内外，大中华基因果然相差无几。

每年春节，总会有人主动找到杨新毛遂自荐，争取值班或加班的机会。曾经有一年的春节，捏林通和马暖就留在瑞丽工业园的银翔厂区，远离缅甸的家人，在公司和其他留下来的同事们一起欢度新春，包饺子、放鞭炮、看春晚。2015年春节，即便是安排他们值班，他们也不会同意的，因为他们要借假期回缅甸结婚。

他们的婚礼是在寨子里按照缅甸最最传统的形式举办的。原本邀请杨新去观礼，因为脱不开身错过了。后来说起来的时候，杨新还因为错过一场盛宴懊恼不迭。捏林通与马暖的婚礼足足摆了八十桌，美酒美食，既有山的味道，也有海的味道。

捏林通高高的、瘦瘦的，眼窝深邃，目光澄澈。马暖一头黑瀑，因为是下班时候，摘下帽子，让头发得以在空气中自由地呼吸。黝黑的皮肤，闪闪发光的眼睛，面颊和鼻梁上涂着黄色的木香粉。缅甸的女人和孩子都习惯涂抹，小的男孩子也涂，讲究的还会将粉涂成各种叶子的形状。据说木香粉不但可以防晒，还能祛痘。

捏林通是缅族，是仰光大学毕业的大学生。一句中文也不会讲。马暖大他三岁，只读过小学，同样不会讲中文。在瑞丽待得久了，他们多少能听得懂一点。

马暖月薪一千六百元，捏林通比妻子略多一点，二千四百元。每个月，他们会各给双方父母十万缅币，折合人民币五百块钱，作为不能在膝前尽孝的补偿。小两口住在厂区的宿舍里，一日三餐吃在食堂，除了每周一次去木姐口岸在边民证上盖章，极少去城区玩耍娱乐。虽然工资不高，但也能月月有余。

瑞丽是这趟出行的最后一站，再在这里逗留几天，我们的前期采访就要结束了。采访的过程中，无论是道听途说还是近身接触，都能感受到缅甸人的知足常乐和缓慢的生活节奏。他们善良、纯朴，笃信佛教之“轮回”。“今生穷，是因为上辈子做得不好。”大多数的缅甸人对自己的现状是满意的，即便是不满意，他们也懒得去改善，而是清修自己的心，寄希望于来世。

捏林通与马暖攒钱储蓄的习惯，并非是缅甸人的习惯，听上去倒更接近于中国人的做法。经济的富足能够改变一个人的行为习惯，而思维导图的重构一定依赖于文化的认同。

杨新为小两口充当着翻译。杨新说，他们也有买地的计划，攒够了钱就回缅甸买。一万块一亩，已经买了两亩了。马暖又用缅语补充了一句，杨新翻译过来就是：他们的父母一辈子只买了五亩地。而小两口只用了两年的时间，就已经实现了父母辛劳半辈子的目标。

车间里不时传来摩托的轰鸣，那是整车组装完之后的最后调试，调试完再拆解、装箱，云南银翔生产的摩托车全部出口，其中90%出口缅甸，10%左右经由国外代理商销往老挝、泰国和印度。当初最吸引重庆银翔实业集团的还是瑞丽的区位优势，从这里出关直接到仰光的路程，要比从广州港走海运过马六甲海峡的路程大概少2300海里，极大降低了出口的运输费用。而与瑞丽接壤的缅甸是联合国认定的LCD国家（世界上最不发达国家），这些国家与欧美发达国家之间的贸易往来是享受零关税待遇的，从瑞丽通向东南亚是最便捷的通道。

采访接近尾声，方伟才处理完他口中所说的“一堆破事”。因为没有陪同采访，一个劲地道歉。他是负责生产的副总经理，工作千头万绪。一辆摩托车需要的零配件大约两百多个，但目前在瑞丽本地进行生产的零件仅有四十个左右，连云南颇具原料优势的橡胶轮胎都没有实现本地化生产。

究其原因，是因为其他在重庆跟银翔合作的配套企业还在观望中，银翔摩托在瑞丽的生产量是否稳定，缅甸市场的容量和市场增长是否具有持久性。方伟说，其实他特别理解那些观望者，每一家企业都会从自己的经营效益来算经济账，如果上游客户仅银翔摩托一家，没有形成大规模的产业集群，订单比较少，到瑞丽投资建厂，如果不能马力全开地进行生产，闲置产能过多，并不划算。对于银翔来说，也必须达到年产一百万辆以上的生产量才能有利润。

你对“瑞丽制造”有信心吗？虽然信心已经从方伟意气风发的眼神里迸射了出来，还是忍不住要确认一下。

有的。这里目前集中了天时、地利、人和。“一带一路”倡议是天时；瑞丽的区位优势和未来缅甸市场的潜力是地利，缅甸市场对摩托车的需求量在未来五到十年还会保持每年5%甚至10%的平稳增速；最重要的是“人和”，胞波一家亲。是啊，胞波一家亲，同宗同源的两国人。一条江，滋润大江两岸的田畴和村庄；一口井，浸润中缅胞波的深情厚谊；两棵树，两国总理种下的缅桂花依旧芬芳；一座桥，承载“一带一路”上的你来与我往。

走出厂房，阳光灿烂，紫外线很强。心里想着，虽说已是皮糙肉厚的年纪，是不是也该试试木香粉？

黎明之城唱傣戏

夜宿芒市宾馆，幽香阵阵，这是座因一篇《周总理栽的缅桂花树》而被世人熟知的城池。无须询问，只管循着香气去寻。高大，健硕，四季葱绿，我们来的也正当时，正值缅桂花盛放的季节，馨香馥郁。

5月底回滇，开始此次滇东、滇中、滇西的边陲行走。“昆明零公里”出发前，在与云南省委常委、宣传部部长赵金的那次畅谈中，赵部长提及了一个关于“傣剧走出国门”的线索，遂在笔记本上用红笔做了标注。

去往芒市的路上，觉得有些累了，闭目假寐。相传“芒市”是佛祖到了此地刚好天蒙蒙亮而取的名，意即“黎明之城”。也算机缘巧合，我们是一路风尘，踏着月色而来，刚好明天与芒市一起迎接黎明。

手机短信“叮咚”一声，毫无预警地破门而入。这一趟出来，从东到西，战线绵长，不是在路上就是在路上，身心俱疲，就连眼珠子也觉得累了，眼压不像血压那般听话，一粒片剂吞下去就偃旗息鼓，高挂免战牌。眼压有点儿像我青春期的女儿，可着劲地跟我闹腾，我若言东，她必向西。闭着眼不去理会，反正看与不看，短信，它就在那里，不悲亦不喜。

睡前照旧躺在床上看了会儿手机，每次拿起来，耳畔就会响起女儿提醒我之“护眼名言”，然，手机似乎有安眠之功效，倘若躺下，没在睡前与手机戏耍一番，总觉得这一天缺了一场非比寻常的仪式，以至于无法安然入睡。

短信是德宏州宣传部的工作人员发过来的，是明天采访对象的简短资料：们从高，男，傣族，1972年2月18日生，中国共产党员，国家一级演员，云南省青年表演艺术家，现任德宏州傣剧传承保护展演中心主任。

德宏州傣剧传承保护展演中心是一座黄色的四层小楼，或深或浅的黄色或者金色是芒市的主色调，脑际闪过一座相似的城市，那是当然的，都是傣族人民聚集的城市，大同小异亦在情理之中。

傣剧说傣话、唱傣歌、反映傣族的生活，这就决定了傣剧的服务对象是广大的傣族群众。这番话是们从高迎候我们上楼，站在一幅幅华美的剧照前说的。

进到们从高的办公室，墙上也有大幅的剧照。们从高指着其中的一幅说，那是万小散。凡有井水处，即闻小散歌，她是我们傣族的“郎相”（公主）。只可惜天妒红颜，白血病，五十岁就走了，2013年5月，缅桂花正香的时候。她曾经去过缅甸、日本、新加坡还有美国演出，是把傣剧带去远方的人。

剧照把剧中人永远定格在了舞台上最美的那一瞬间。

她是为舞台而生的！们从高犹在叹息。

你也是为舞台而生的吗？

可以这样说。你们以前听过傣剧吗？

没有呢，我是从小听滇剧长大的。

们从高在电脑上打开一个文件。似曾相识的旋律飞进了耳蜗。听母亲讲，她怀着我的时候就爱听滇剧，我尚在襁褓中时，就被父亲母亲用小薄被包着去听滇剧，无论是露天的大戏台还是昆明的大剧场，我极少哭闹，清醒的时候就伸着耳朵听，听累了就沉沉睡去。即便是母亲看戏入了迷，忘记喂我，我亦不哭，只是握着小拳头用尽吃奶的劲儿挠母亲，以此昭示自己的存在，试图唤起母亲对我的注意。

傣剧的配器有滇剧的影子。从小接受滇剧熏陶的我，成年后却一句也不会唱。如果一个人没有音乐天分，即便从娘胎里开始培养也是无济于事。我，就是明证。

是的，傣剧的雏形是傣族歌舞和佛经讲唱，后来参照滇剧和皮影戏，尤其是服装，有很多滇剧的痕迹。傣剧成熟期的时候，滇剧的影子就很少了，男女演员都是傣装，舞台动作更多的是傣族的民间舞蹈，伴奏配器上增加了葫芦丝、象脚鼓，傣味浓郁。因为是用傣语演唱，所以傣剧是戏剧化了的傣族生活。

作为云南四大民族剧种之一，傣剧的发展历程经历了“三个春天”。们从高说，第一个春天就是刀安仁时代。

历史教科书上关于刀安仁的记载大多侧重于他是中国近代民主革命家、辛亥革命先驱的一面，对他在傣剧发展沿革中做出的卓越贡献一笔带过。

刀安仁是盈江干崖宣抚使第二十三任土司刀盈廷掌印夫人所生的长子，被称为“混相”，即傣语“宝石王子”之意，是法定的土司继承人。1891年，年仅十九岁的刀安仁承袭了土司职成为干崖第二十四任宣抚使。作为受过良好教育的新式土司，他力主改革土司制度，创办学校，发展傣族文化，引进科学技术，开办种植业和加工业。

一百多年前，云南盈江的土司过寿，都要从腾冲请滇剧、皮影戏剧班来表演。刀安仁从小耳濡目染，对滇剧极其痴迷。据说，他九岁时就开始自导自演，还曾因父母反对他唱滇剧而离家出走过一段时间。他对汉语唱腔的滇剧进行了因地制宜的改造，组织编写过傣剧《朗画帖》《龙宫保》《朗高罕》等剧本，形成了“说傣话、唱傣歌、演绎傣家故事”的傣剧风格。在刀安仁的倡导下，组织了德宏历史上第一个傣戏班，脱胎于滇剧的傣剧雏形初现。

刀安仁是傣剧团第一任团长。们从高说。

傣剧的第二个春天是在20世纪60年代，著名傣剧演员万小散主演的《娥并与桑洛》风靡东南亚，被誉为“傣族版《罗密欧与朱丽叶》”，傣剧也因此获得“东南亚的艺术明珠”的美誉。

我们再次把目光投向墙上的巨幅海报。世间怎么会有如此完美的女子呢，是傣族戏曲女神，也是傣族歌曲天使；是舞台上的戏剧精灵，也是生活中的孔雀公主。德宏州傣剧团一度被称为“万小散团”。

傣剧的第三个春天是1985年以后，傣剧团从德宏州歌舞团分离出来，自立门户成立了州傣剧团，一直发展至今。1985年这个年份，在傣剧发展史上具有重要的地位。它是老傣剧和新傣剧的重要分野。此前，傣剧的打击乐基本沿用传统滇剧的打击乐，1985年以后，加入了长象脚鼓、铓锣、葫芦丝、水月琴等民族乐器，使傣族特色更加鲜明。

1987年，傣剧第一次走出国门到缅甸演出。每场演出观众都在万人以上。

1991年，德宏州委、州政府在国家民委的协调下，一次性选派了二十九名年轻傣剧演员到中国戏曲学院附属中学学习，为期四年。们从高就是其中之一。

每年云南的干季，也就是10月至次年3月，傣剧团都要走村串寨去演出。演出大都在户外，在村寨的奘房旁边搭一个戏台子。老百姓倾寨而出前来观看，人多的时候，树上、墙头、窗口都挤满了人，有些观众甚至被挤上了舞台。“奘房门前搭戏台，大青树下演傣戏”，是傣剧团演出的真实写照。

演出不仅仅局限在中国境内，还跨越了边境，到缅甸的寨子里去也是家常便饭。

在们从高的记忆里，1993年在瑞丽的小等喊寨的那次演出是令他没齿难忘的一次演出。那一次，他们按照邀请计划带了《冒弓相》

《朗推罕》《千瓣莲花》三部戏去，连演三天，一天一部戏，场场爆满。三天结束，剧团开始收拾东西，准备打道回府。寨子里的领头人主动找上门来，希望他们再演三天。大家犯了难，因为只带了三部戏的服装和道具。领头人说，没关系，再演一遍就好。看着领头人诚挚的目光，剧团只好又演了三天。谁料想，领头人再次上门转达寨子里所有人的心声：希望剧团能再演上三天。又是一个三天。第九天演完之后，无论领头人如何挽留，剧团执意离开。这一次是寨子里所有的父老乡亲都出来了，他们是真心不愿意傣剧团离去。们从高说，最终那天他们没有走成，加演了最后一场。大部分的演员是哑着嗓子表演的，他们的唱腔不再婉转，她们的舞姿也不再优美，但是观众还是那么热情，掌声还是那么热烈。

这样的热情与热烈，在缅甸傣剧团同样遇到过。七场神话傣剧《南西拉》取材于傣族史诗《兰嘎西贺》，而《兰嘎西贺》是印度史诗《罗摩衍拿》流传到傣族地区而产生的变文。《罗摩衍拿》是与《伊利亚特》《奥德赛》齐名的世界史诗之一，对印度文学、南亚东南亚乃至整个东方文学都产生过广泛深远影响，早已超越傣剧文化区域的限制。相同的文化背景、相似的风俗习惯、相近的审美心理加之东盟各国广为流传的南西拉的故事，使得傣剧《南西拉》自上演以来，在傣族聚居区的德宏州以及缅甸木姐、南坎等边境接壤地区经久不衰。2012年，《南西拉》在缅甸南坎演出，万人空巷，一场又一场地加演，一共演出了十场。

仿佛那一次的出境演出，让傣剧一下子透支了。2012年之后，随着国家对出境文艺活动的规范管理，一改以往打个电话口头报备一下，不限制出境演出期限的惯常做法，规范为一次出境演出最长不能超过三天，要通过外事办办理相关的审批手续，对演员、随行人员严格管理。出境演出手续烦琐，最主要的是存在各种不可预估的安全隐患。渐渐地，出境演出的次数一年比一年少，2016年，他们只出境演了三场，2017年一年都没有出去。

2016年最后一次出境演出时，傣剧团是开着全国统一的文艺演出大篷车出去的。车停稳后，伸展开，傣剧演员们在二十八平方米的舞台上载歌载舞。惊呆了舞台周遭的缅甸人，他们小声的议论：中国人有变形金刚了！他们真强大，真富有！

作为德宏州傣剧传承保护展演中心的台柱子和掌门人，们从高从观众的热情中，感受到了传承、发展傣剧的重任所在。

2012年，德宏州傣剧传承保护展演中心开始创作傣剧《刀安仁》。该剧通过德宏盈江干崖第二十四任土司刀安仁从一个封建领主羽化成为中国民主革命先驱的艰难曲折的心路历程的描写，反映出辛亥革命的历史必然，塑造了刀安仁这一“边塞伟男、中华精英”的少数民族英雄形象。

上演历史剧，塑造历史上的傣族英雄，这在傣剧的发展史上尚属首次。该剧由们从高扮演刀安仁。角色要求演员能文能武、能歌能舞。既要有铁壁抗英的刀光剑影，又要有被凌辱后悲愤的倾诉；既要有“把滔滔盈江酿成酒”“看今朝竹篾成绳缚野象”的激昂慷慨，又要有“我那里青鸟殷勤你常来探看”的儿女情长。人物性格内涵丰富，情感变化跌宕剧烈。为塑造好刀安仁这一艺术形象，们从高查阅了刀安仁所著的《抗英记》《游离记》及与刀安仁相关的《刀安仁年谱》《刀安仁传》《中国民主革命先驱刀安仁》等大量的历史资料，借以了解刀安仁所处的时代背景，了解刀安仁在历史上的英雄壮举，然后反复阅读剧本，不断与剧作者交流沟通，努力把握人物性格特征，掌握人物情感变化的脉络。大型傣剧《刀安仁》2012年4月10日晚8点在芒市影剧院首次公演，大获成功。2016年，们从高带着作品《刀安仁》代表云南省进京参加第五届全国少数民族文艺会演。再见恩师，他感觉自己交出了一份满意的答卷。

转眼之间，1972年出生的们从高也是要奔五的人了。“老”字时不时地浮现在他的脑海中。历史滚滚向前，走进了新时代，傣剧的生存空间日益萎缩，过去村村有戏队、寨寨有戏台、天天有表演的辉煌景象不复存在，且一去不复返。文化娱乐形式多元，文化消费方式多样，傣剧还是傣剧，演职人员青黄不接、设施设备陈旧简陋，新戏出不来，老剧无市场。尴尬的不仅仅只有傣剧，即便是国粹京剧同样深陷困境，遑论其他地方剧种。

时过于期，否终则泰。其实，上苍从未辜负过每一个真正努力的人。

这几天中央电视台在芒市拍摄傣剧的纪录片。们从高告诉我们，现在国家保护地方剧种、民族剧种的力度很大，这让他看到了傣剧发展的黎明。他把当下的困境比作黎明前的黑暗。

今天晚上有一台专场演出。晚上你们来看演出吧！

好。

芒市的夜色绚丽妖娆。今夜有戏，傣戏。

中缅85号界桩

1999年12月31号晚上，你在干什么？

冷不丁，坐在副驾驶座上的人忽然拧身转头问我这个问题。真是扰人清梦！思绪沿着问题回溯，一圈一圈向后翻腾三周半，无奈屡屡受阻。遂放弃，答曰：不记得了。

其实很多时候，如果有人问你一些丈二和尚摸不着头脑的问题时，对方期待的并非是你的答案，而是你的反问。你的反问就是他需要的一道台阶，抑或是他渴盼的一条水渠。总之，是他在寻求机会，他自己想倾诉，想告诉你点什么。

那1999年12月31号晚上，你在干什么？

果然，他把身子直接探过来，诡异而又得意地笑着：我在世纪之交。

世纪之交？车上除他之外的我们相互交换了一下眼神，然后齐刷刷地向他看齐。是的，他的话题成功地吸引了我们。

我属虎，那天我约了一个属龙的小龙女。12月31号下午，我们去爬西山，送走了20世纪的最后一次日落。晚上一龙一虎世纪之交。1月1号早上，又登上西山，迎来了新世纪的第一缕曙光。

龚文生的“世纪之交”实在出乎我们的意料，生活的丰富远远高于一个作家的想象。被限制了的想象力瞬间卡在嗓子眼，痒得难受，禁不住咳出声来。

这个身高一米八，膀大腰圆，祖籍山东、生于云南、现居北京，说话讲究起承转合、一波三折的汉子叫龚文生。我们相识在北京，一个无关痛痒的雅集上。他出生在云南临沧凤庆雪山荒田村，一片名副其实的洪荒之地，至今仍不时有野兽出没，是一个需要辗转再辗转，辗转无数个日夜才能走出来的大山深处。

龚文生是龚彝的后人。

《顺宁县志》记载：龚彝，字和梅，明代顺宁府（今凤庆）人。祖籍山东，其先祖于明洪武初，徙滇后世居顺宁城北鼓山桥头。明天启四年（1624年），考中举人，翌年考中进士。

清军入关后，长江以南先后建立的几个南明政权相继灭亡。1646年，广西巡抚瞿式耕和龚彝等人联合一些明朝旧臣拥桂王朱由榔建立了永历王朝。永历三年，永历帝封龚彝兵部侍郎，不久又升任户部尚书。永历九年，龚彝随永历帝退守云南。龚彝亲自到永昌、顺宁、景东等地征兵募粮。永历十二年，清军攻入云南，永历帝退往滇西。龚彝得知后日夜兼程赶到腾冲，永历帝已逃往缅甸。龚彝只好返回顺宁老家。第二年，当他得知永历帝的情况后又四处活动，动员各土司起兵反清。龚彝旧部元江知府那崇首先率兵响应。不料此时永历帝已被清兵俘获押回昆明。龚彝得到消息后，不避生死，毅然赶赴昆明，前去拜见永历帝，遭守卫士兵拒阻。龚彝大义凛然地说：此吾君也！我为其臣，君臣之义，南北皆然。我只一见耳，何拒我为？此一番话慑服了吴三桂，吴三桂同意后，龚彝便备齐酒食菜肴前去朝见永历帝。席间龚彝伏地痛哭，帝也痛哭不能饮。龚彝恭恭敬敬行完君臣大礼，在看到永历帝饮完三杯后，自尽于帝前。这一次来见皇帝，龚彝抱定诀别之心，银苍已失江山色，家国两无望。三日后，永历帝被吴三桂绞死于昆明篦子坡。南明最后一个王朝结束。

龚文生说，龚彝老祖赴死之前，已嘱家人秘密迁往人迹罕至处，以避时祸。有了深山密林这层天然屏障的护佑，龚氏族人方能躲避清兵围剿，得以保全性命，繁衍生息。

雪山荒田村在临沧凤庆原始森林的腹地，龚氏族人迁至这里的几百年间，村庄周围几乎没什么变化。山高，林密，路难行，人烟稀少。每天太阳落山之前，要把牛羊猪全部关进圈里，不但要关好圈门，还要压上石头。深山老林没有小偷，野兽就是天然的贼。圈里新添了一头三个月大的小牛，还在吃奶，不知世事险恶，时不时奶声奶气地向它的牛母撒娇，就把贼招上门来了。

龚长发是个猎人，睡觉的时候总是睁着一只耳朵。起先听到小牛撒娇时，他并没有在意，后来老牛憨憨的哭泣让他意识到牲口圈里八成是出状况了。牛，对于山里人家的金贵无异于沙漠里的一汪水。情急之下，他连衣服都没来得及穿，枪也没顾上拿，起身就冲到牲口圈前。

果不其然，石头被扒开，圈门被毁。小牛不见了！老牛一脸委屈和惊恐，双眼噙泪，在那里长吁短叹。

关好门！看好孩子！回头冲着黑暗中的妻子和儿子大喊一声，龚长发便带着他的五条猎狗风驰电掣捉贼去了。

贼并没有走远，是三头刚刚学着自立门户的年轻豹子，白天睡多了，晚上结伴而出，磨砺立世本领。小牛的娇嗔把它们引到了龚家的院落里，三头兽一不做二不休，齐心协力扒拉开石头，咬毁圈门，劫持了小牛。也是年轻，玩心炽盛，它们没有立时就处决猎物，而是合力抬着往家的方向返回。这三个孝子没有忘记它们含辛茹苦的娘。路太不好走了，简直是寸步难行，荆棘甚至把俊美的豹纹划坏了。哎呀，前面有条河拦住了去路！咦，来的时候没有河呀！难道是迷路了，胜利来得太突然，影响到了头脑里导航的精准。那就歇会儿吧！这温热的小东西怕是吓坏了，哆哆嗦嗦，刚才不是一直嗲嗲地唱歌嘛，倒是接着唱啊！这小东西的滋味应该很鲜美吧！一会儿要从哪里下嘴呢。这个地方留给娘，这里是我的了！哎，它们俩会不会也喜欢这一块，那不行，是我先听见的，石头最后也是我挪开的，这一块，我要定了，谁也别想跟我抢！

远远地，龚长发就看到了被河拦住去路的三只蠢贼。他能嗅到小牛的气息，虽然微弱，但仍然活着。单凭这一点判断，这就是几只毫无涉世经验的小贼，初入江湖便遭遇了老猎人。这个时候，龚长发才意识到自己不仅是赤身裸体还是赤手空拳。他寻了一根结实的树干，硬度不亚于景阳冈武松的哨棒。一声令下，一人、五狗飞扑到三只豹子眼前。

小牛见到亲人，“哞”了一声，便昏了过去。也罢，纯洁如牛，眼不见为净。

美梦短暂，清醒来得过于突然。方才还在做梦的一只豹子刚一抬头，迎头就挨了一棒，顿时脑浆崩裂，死在当场。兄弟曝尸荒野，直接将另两只豹子的战斗力提升到最高点，它们红了眼，獠牙利齿与人、狗缠斗在一起。须臾片刻，胜负已分。两只豹子一只被龚长发打断了前腿、一只被猎狗咬断了尾巴，这边则死了一条猎狗，一条轻伤，龚长发浑身是血痕，一条压着一条，条条冒着血珠。双方楚河汉界对峙着，两只豹子用眼神合计了一下，觉得再讨不到任何便宜，也就打道回府了。一只猎狗痛失爱侣，悲愤交加，意欲决一死战。

穷寇莫追！龚长发制止了他的狗。抱起小牛，将忠诚的死士背在背上，腋下夹着死透了的豹子，领着他的猎狗得胜还朝。他天生神力，一人能顶十人。年轻的狩猎豹团折戟在他的手上，一死两伤，如果不是它们果断撤退，必定全军覆没。

龚长发是龚文生的爷爷，老人生于甲午之年，那一年中日爆发海战。卒于1991年，彼时孙儿龚文生已经往返在中缅边界，生意做得风生水起。爷爷是寿终正寝，无疾而终，安然辞世。

龚长发爷爷原本有机会走出大山的，抗日战争期间，他曾去修滇缅公路，神力异能让很多人叹为观止，巨大的顽石在他手中像没有斤两的草球。当时远征军的一个军官看中他，让他做警卫员。龚长发以家有高堂老母，要膝前尽孝为由婉拒。龚文生的父亲也是一辈子没有走出大山。他们都把出走的机会留给了龚文生。

基因自有她的密码，龚文生隔代遗传了爷爷的铮铮硬骨。孔武有力的他因为参军，1979年终于有机会走出大山。背着干粮，一双大脚丈量了一天一夜，方窥见城市的灯光与人间繁华。

龚文生离开得很彻底，参军、复员、经商，东西南北中，足迹踏遍七大洲四大洋。有很长一段时间，他在缅甸忙于开采玉石，无暇分身，好几年都没有回过家乡。那里原始、封闭、缓慢，置身都市，一天“唰”就过去了，恨不得一天能有48个小时。然而，坐在山村自家的院落里，看太阳东升、当顶、转身、西沉，一天真的有48个小时那样长。五十岁之后，知天命，惊觉故乡之好，遂一年比一年回得多、回得勤。

男人之间的距离，几顿大酒就拉近了。龚文生很忙，今天在这里，明天在那里；今天在山中，明天在海上。飘忽不定，像云岭上一团面目模糊的云。他五官硬朗，天生一张吃四方的大嘴。嘴大能说，一个晚上一顿饭下来，能说满全场。然，酒酣人醉却无半句逾越过分的话。看似说了很多，实则一句也没有说。

龚文生，你是做什么生意的？

什么都做一点点。

做茶叶生意？临沧茶树资源丰富，故有此一问。

有的，我购买了十万亩茶山的七十年林权，封山育林，只补植不砍伐。我的本意就不是为赚钱，那座大山世代哺育我们，现在我有这个能力，就想回报它，让它恢复原来的样子。

玉石呢？

做一点。在缅甸有矿，在北京、昆明开过门店，现在主要搞批发。

木材？

也做一点。也是在缅甸。

房地产开发？

也有涉猎。在瑞丽搞了个南洋华侨城项目。

你到底是做什么的？

什么都干一点喽！

那讲讲你当兵时候的故事吧！

没什么好讲的，徐老师你也是当兵的人，十八岁当兵的历史大同小异，没什么好说的。这是龚文生的雷区，讳莫如深。朋友之间要有界限感，既然对方挖出一道明显的壕沟，还是不必试图跨越为好。毕竟，西方早有谚语，好奇害死猫。

一天，微信上忽然收到龚文生的一张图片。大型翡翠雕件“中华之魂”鉴定评估证书。一块长127厘米、高106厘米、宽42厘米，重约两吨的翡翠，融合了白、高绿、浅绿和浅紫，沿着石头的纹理与脉络，万里长城巍峨其上，天下九塞之一的居庸关跃然石上，云台、水门，恍惚间只觉身临其境。底座是红木，浮雕有九条飞龙。

龚文生说，长城是中华民族的精神图腾，时刻提醒国人长存忧患意识。这是他2002年策划的一件玉石文创作品，已被一家大型国企收藏。

又过了几日。微信上又收到龚文生发来的一张图片，是一整块翡翠原石。

这是龚文生他目前正在筹备的文创作品“中华笔筒”的用料。他还发来一张草图，鬼画符一般。草图中央是一块柱状体，标注着尺寸。50厘米的笔筒高度，象征五千年的华夏文明；56厘米的笔筒直径，寓意五十六个民族同心同德、团结一心；笔筒外围是一幅中国版图。21厘米的底座高度，象征中国共产党1921年建党；81厘米的底座直径，象征着人民军队建军的伟大历史时刻，中国共产党领导下的人民军队是中华民族伟大复兴的坚强基石。

龚文生让我大声读一遍：中华笔筒。狐疑着照做了一遍，心中暗叹，真是个聪明绝顶的家伙！

瑞丽的采访即将结束之际，忽然接到了龚文生的电话。原来是他听说我在瑞丽，恰好他也在这边。他说要带我去看一个地方，便在电话里约定了时间和地点。

中缅85号界桩，就在龚文生的瑞丽市勐卯镇贺闷村南洋华侨城项目地块内（坐标5690、8695），双立桩，中方一侧是辅助1号，距边界线仅550米。眼前的这块界桩桩体顶部已经破裂，界桩周围地貌坍陷，界桩座基明显低于地平面数。龚文生说，按照中缅两国“边界议定书”规定，这块界桩属于“在原址按原定规格予以恢复修理或重建”的对象。

我想用翡翠重建85号界桩！眼前这个男人，脑洞要比一般人大出太多！

翡翠产业是中缅关系的重要纽带之一。如果翡翠界桩得到批准，以它为中心，我们计划建设一个中缅友好翡翠广场及“中缅友好纪念馆”。

许是看出了我眼中的疑虑，龚文生补充道，我们已经向外交部边海司递交了申请，在等待批复呢！俄尔，他又补充道，当然了，对我们这个项目推进也是大有裨益！我是个商人嘛。

你是个有家国情怀的商人！

翡翠界桩也算是我的中国梦吧！龚文生裂开他的四方大嘴，哈哈大笑。

回到北京，蛰居一隅，埋头书写。写累了就乱翻书，调剂紧绷的神经。

加拿大汉学家卜正民曾经问道于清史研究专家朱维铮教授：到底怎样才能像自己的母文化那般，更真切地理解中国？回答这个问题时，朱维铮用了一个比喻：你想象中国是一个仅有一扇窗户的房间。我坐在房间里面，屋里的一切都在我的目光之中，而你在房间外头，只能透过窗户看见屋里的景象。我可以告诉你屋内的每一个细节，但无法告诉你房间所处的位置。这一点只有你才能告诉我。这就是为什么中国历史研究需要外国学者。从这个角度来说，对云南的全景呈现，既需要云南人的了如指掌，也需要外乡人的人生初见。不知那几位文学道友的书写进展如何？

此时此刻，云窗微光，阳光四十五度角穿透覆满灰尘的二氧化硅晶体，牵拉出一条条光纤，静，好。

在这本书里，集聚了诸多的小人物。然，他们每一个都自带光芒，七彩斑斓，照亮自己，辐射他人。在云南建设面向南亚东南亚辐射中心的进程中，正是因为有了这一颗颗亮晶晶的微尘众，辐射才成为现实，中心才不是梦想。将梦想照耀进现实的永远都是鲜活的人，勤劳、勇敢、朴实的你、我、他。

效仿仓颉，十指起舞把内心激荡锻造成一粒粒文字，印在纸上，留给岁月，便是全部。

注疏10：旅行家老徐与作家老徐之腾冲

太阳东升西落，一切有情众自生命起始的那天，都在向西行。无一例外。

旅行家老徐行走的行头像极了东坡的风姿模样，布衣、竹杖与芒鞋，一蓑烟雨滴滴答答。旅行家行走的姿势又有玄奘的骨架，当年的法师就是这样执着地西游。还有众多东行的河流，如果蓦然回溯，不知还能不能回到自己母源的原点？西行的路，是觉悟之道，是回家之路。作家也偏爱西行，西藏像磁石一样吸引着他，那片原始藏地里藏着只有他能识读的密码。

从保山继续西行，渡怒江，翻越高黎贡，“百家倚峰头而居，东临绝壑，下嵌甚深，而其壑东南为大田，禾芃芃焉。其夜倚峰而栖，月色当空，此即高黎贡山之东峰。忆诸葛武侯、王靖远骥之前后开疆，方威远政之独战身死，往事如看镜，浮生独倚岩，慨然者久之！”

翻山越岭，旅行家抵达了腾冲。一枕梦魂惊，落叶西风别唤声。这里是旅行家人生游历中西行最远的地方，也是最靠近人生归途的站点。

老徐，他日再见，倘若那时我不记得你了，就泡一壶太华茶，对我说：茶凉了，再给你续上吧！

旅行家老徐与作家老徐

两位徐生隔空见，

一杯太华书千卷。

万般回首化尘埃，
只有青山不改面。

跋

每天的太阳都是崭新的

鸡叫三遍了，天将拂晓，我的故乡大板桥街衢有了脚步声。我知道这铿锵的脚步声中，一定有我的老父亲和老母亲的屐痕。彼时，两位老人拽着四个钢珠轴承为轮的小木板车，将昨天晚上洗好的蒜苗、豌豆尖、芥蓝抑或是大弯葱、芫荽，一谷篓一谷篓地放上车，踏着晓色，在大板桥的秋霜里留下衰老的背影和脚印。

鸡鸣四甲村，人迹桥西霜。我悄然抄了后唐温庭筠的五言诗意境，可以咏景。温诗写在大唐，也许因为云南迢迢，他的脚步去不了边陲之地的板桥，可是中国有无数个名唤“板桥”的集镇啊，像我的老家一样，不知道他去过了多少座，才有如此刻骨铭心的生命体验。

板桥霜尽彩云来。我家大板桥驿，古称小瀛洲。这是云南府赴京赶考，一直向东，离开昆明府的第一个驿站；也是取得了功名，从京畿回家，光宗耀祖的最后一驿。此地景色极佳，尽占风水：南驰宝象，北走盘龙；一条槽河，一条宝象河，蜿蜒于镇前的铁锁桥下。河水清则清，浊则浊；宛如男女相缠，交媾着，流淌向滇池。犹记少时，我于摇篮之中，母亲便一遍遍地唱一首民谣：“两水夹一舟，石山九回头，天下刀兵起，此地空悠悠。”一语道出大板桥的瀛洲之地位。

大天四亮了，秋霜将化。斯时，一轮朝晖从东边分水岭上浮冉而起，正好照拂在昆明长水机场的跑道上，我亦从天而降，仿佛登上老宅基地上起的五层楼小楼天台。伫立于扶栏前，我朝东方远眺，晨曦浮冉处，可极目乌蒙山，俯瞰祭天山；唯见一轮朝阳从银桦树渐次升起，先是一抹朝霞染红东方天幕，再次第是白云镀金，从白至黄至红，终成一片泱泱红海。

太阳照常升起，每天的太阳都是崭新的。亿万斯年了，它一直在照耀地球，温暖苍生。在云之南，太阳的爬升轨迹，从蜀身毒道上的昭通、曲靖，一路追光过来，照到大板桥老街，继而昆明城郭。

那些天，我蛰伏于故乡，带了一部太史公的《史记》，试图比对出司马迁当年壮游西南夷的足迹，当代著名历史学家许倬云在历史叙事时认为，汉代中国经营西南的行政体系是道，有了“道”方有行政治理体系。

追溯着“道”的猜想，想象司马迁年轻壮游时，便奔突于云贵川的道上，孤影踽踽独行，说不定出古滇之后，就曾在昆明府东边十九公里的大板桥一栖呢。但最终我未寻得太史公游云南的证据链条，只好作罢。在采访完云南辐射南亚东南亚的线路之后，东通道红河州河口，中通道西双版纳磨憨，西通道腾冲猴桥，其最初的历史圆点，就是南方丝绸之路发轫，迄今一千八百余年间矣，山间铃响马帮来，云南小矮马逶迤驰过，通向东南亚，驶向佛国之乡。中国开放国门的历史源远流长，不是一天两天，不是一年两年，而是千载，故写云南开放之书，此段历史是值得大书特书一笔的。

投目东方，彼时，云南长水机场的铁鹰一架接一架起飞，从我家老屋的天穹上掠过。一梦天街短，天上只一瞬，人间已千载。于茫茫宇宙中，千载时光，不过是眼睛一闭一睁而已，一日千年，千载一天。谋划《云门向南》的结构时，恰好在云南临沧的道上，凤庆人龚文生突然从副驾转头，说了一句“北回归线，太阳转身的地方”。茅塞顿开，一书写一天，一日进千年，就从太阳升起到当顶，从北回归线上转身，到被金乌衔去，飞过澜沧江，飞过怒江，飞过高黎贡，日出日落，月升月淡，左右这一切也不过只是一日而已。一念至此，纵横千年的茶马古道，盘踞红河之上的滇越铁路，迤逦云岭的滇缅公路，还有跨越龙江的昆明至腾冲的高速公路，东至中，再至西，犹如一条条彩带，抛向云之南边陲之隅，犹如阳光一样辐射，将东南亚和南亚连接起来。一揽入书中，于是便开始紧张的码字创作的生活。

于是，在我的视线里，故乡云南，一只金孔雀在翱翔，一匹白骏马在驰骋，这就是彩云之南的地理标识。一只金孔雀，凤翥九天；一队队云南小矮马，云岭之上群往帮来。

然，每天的太阳都是新的，照过千古天穹，一直照在云南大地之上。如是观日出。然，我更喜欢在德钦的梅里雪山观日漫金山，掐指算来，三十三年间，因了十九次进藏的经历，我曾两度在云岭云门之上，于卡瓦格博观日漫金山。在我的眼中，藏区十大神山之中，卡瓦格博最美，一点也不亚于蓝色月亮谷。

现在想来，第一次看卡瓦格博日漫金山已经过了十三年，却仍然历历在目。

往事并不如烟，也是这样的秋天，老家稻花熟的秋雨淅淅沥沥下了许多天，将母亲七十岁的生日泡在了冷雨里。生日刚过，我便登机去了香格里拉。彼时，空姐恬静声音犹在耳边：到香格里拉的航班就要起飞了，请大家系好安全带。蓦地一愣，冥冥之中似乎总有神谕，英国作家詹姆斯·希尔顿写《消失的地平线》时，书里四个主人公也是在这样的早晨，匆匆登上印度单达泊首领的小型专机，飞往北纬三十度线神秘之境，飞机最终失事，落入梦幻般的蓝月亮峡谷，发现了天上之城香巴拉。而今天清晨，也在这样的雨幕中，朝着心中的幻城飞去。此行，又会寻找到什么？

冲上云霄，天阙寥廓，机翼下乌云涌来，天上人间被一道铁幕紧锁，不见了翼下的城郭村落，不见了云下的千山万重。我倚在椅上，一梦天街寒，再续拂晓时那一枕雨帘幽梦。梦中，詹姆斯·希尔顿突然浮现在云上的天阙，踏云而降，将我们引入香巴拉王国的峡谷入口。我有点儿愕然，当年写《消失的地平线》之前，希尔顿居然没有到过中国，更未涉足滇藏接壤的边地。那天，他刚从遥远的英属印度、巴基斯坦归来，住在冬日伦敦的阁楼上。一缕缕寒风掠过，冻雨绵绵，满城尽是湿雾，从小窗涌入，冻得人牙齿打战。一个潦倒的作家，此时身无分文，一文不名；可是他于心不甘，不甘就此沉寂下去，写什么呢？希尔顿身上披着一床毛毯，目光落在仍裹挟着帕米尔风雪的资料上，落在了巴黎丽人、东方学家大卫·妮尔探险滇藏归来的行走巨著《一个巴黎女子的拉萨历险记》上。伏案阅读，他沿着大卫·妮尔芳魂屐痕，弋巡滇藏极边的山水，读着读着，眼前的陋室幻化成一座冰山峡谷，一轮蓝月亮挂在雪峰之上，衔着绝壁上的一座喇嘛庙；风铃随风摇曳，如一只航行的帆船，载着幽谷的辽远和寂静，朝着英伦三岛破雾驶来。希尔顿迷醉了，通体发热，一座日漫金山在心中陡然而起，一座佛光四射的金庙灿然兀立。希尔顿击节而歌："香格里拉庙，香格里拉庙……"

惊呼过后，詹姆斯·希尔顿激情和才思井喷了，他坐卧不安，在小阁楼上来回踱步，黎明将至，一部取名为《消失的地平线》的长篇小说已经构思完毕。整整四个月足不出户，一气呵成。书稿杀青之时，麦克米伦出版公司旋即买下版权。刚一面世，便纸贵英伦，给处于大战边缘的欧美大地营造了一个梦幻般宁静温馨的东方天堂。进入蓝月亮峡谷的人，没有了战争、杀戮、饥馑和流浪，宗教以一种巨大的包容和终极精神掌控着王国的秩序，公主、贵族、商贾、兵士、轿夫一旦误入仙境，便和谐相处，博爱永远，从此长生不老。在寒风萧萧的欧美冬天，此书的出现不啻为上苍伸出一只慰藉之手，抚平了每个人心灵上的皱褶，温暖了寒夜中一个个几近战栗的灵魂。从藏语"香巴拉"英译过来的"香格里拉"一经问世，便风靡世界，成了一个梦想、一种优雅的时尚，流行百年不衰。

一夜之间名扬天下，詹姆斯·希尔顿该酬谢谁呢？

感激当今"驴友"的祖奶奶大卫·妮尔？感谢他的同乡，曾在中国玉树为妮尔画过滇藏极地地图的英国将军佩雷拉？抑或该感谢在云南丽江生活了二十六载的美国《国家地理》杂志特派植物学家洛克？

其实，谁也不必答谢，在藏传佛教的经卷中，早就有一个香巴拉王国的记载，只是它若隐若现，如高山雪莲一样飘逸，湮没于雾中，深藏在雪国，唯有缘之人才能与它相遇。英国作家希尔顿飞扬的神思和想象与香巴拉王国的仙境实现了激情碰撞。

幻城浮现于东方，虽然仅仅是昙花一现，却给欧美民众留下旷世的温婉。

我看到梦幻中的浮城了。惊梦时分，詹姆斯·希尔顿文学纬度上的香格里拉沉落了，从记忆中淡出，而万千重山中，却有一座幻城突兀而立。我透过舷窗俯瞰苍昊，铁城一样闭锁的黑云退却了，厚厚的云团裂开一个巨大云罅，千山如黛，依稀可辨，轻纱似的白云萦绕其上，薄雾飘然，东方的天幕上泛起一抹桃红，如佛国睡莲浮起，连绵的冰山玲珑剔透，嵯峨如楼阁，昂然向天屹立。一抹早霞伸出温暖的酥手，抚摩万仞峰峦，晨雾漫漶，仿佛雪峰相拥之间崛起了一座金色的城堡，横亘于天地之间。

侧目一看，刚才还放晴的天空，突然被上苍挥毫泼下一层层墨汁，瞬间淹没覆盖了，黑暗了，浓雾四起，灰蒙了西天的亮丽，雪峰峡谷不知什么时候远遁了，我开始怀疑自己是否也迷失于幻觉中。

然，就在那座神山之下，三江并流，缠绕于前，金沙江、怒江、澜沧江相跨二百多里，并流而行，从青藏高原下来，相依相望，五百公里并流后，穿越一条条云岭之下的大峡谷，然后依依惜别，分手。向南，向南，一成湄公河，过缅甸、泰国、老挝之境，入越南后，分九支流入海；一成伊洛瓦底江，入缅甸境，然后入印度洋安达曼海。

云罅裂出一道道玄妙之光，似梦非梦，似幻非幻。人生之幸莫过左右逢源于幻境与现实之中，幻城挟有宗教的终极，令人飘逸；现实却带着普适的温馨，使人安逸。但幻城毕竟如海市蜃楼一样，若隐若现，只在梦中，偶然惊现于世，一露峥嵘，便悄然隐去。

第二次观日漫金山是戊戌年仲秋一过，我带大板桥亲友朝圣团入西藏，这是我第十九次入西藏。在香格里拉调整了三天，待大家适应高原后，中午直驱飞来寺前的梅里逸居，等待梅里雪山撩开神秘之纱，一睹其日出时的天姿容颜。

翌日早晨六点半，推开天台一道门，从某种意义上，等于推开了云岭之门，俯瞰三江并流，两江之水滚滚南去，入东南亚热带雨林。梅里日出，不负众望，乃人间之无双盛景。

然，就观日出而言，我以为在鸡足山间更为壮丽，亦更为吉祥如意。云南宾川县鸡足山，是东南亚第一佛山，迦叶菩萨的道场。一座巍峨山脊，犹如佛学神界经纬线，三分东亚大陆。

伫立于金顶灵山之巅，往南，可远眺印度支那和南亚南传佛国天界；北去，则为藏传佛教的雪域；往东，是汉传显教之地，下为南传上座部佛教。一佛三派交会于此，儒释道三宗融合于斯。鸡足山之佛教圣境，比汉地五台、峨眉、普陀、泗洲道场，更多了一种佛界子午线的意味。

五台山、鸡足山，并非中国之独有，佛陀的经典记载，佛国亦有五台山、鸡足山之称。相传，两千多年前，释迦牟尼大弟子饮光迦叶衣入定鸡足山华首门，奠定其在佛教界至尊之位。史称，鸡足山兴于唐，盛于元、明两朝。建有以迦叶殿为主的八大寺七十一丛林。鼎盛时达三十六寺七十二庵，常驻僧尼达数千人。高僧辈出，灿烂了整个东南亚星空。唐有明智、护月，宋有慈济，元代有源空、普通、本源，明代有周理、彻庸、释禅、担当、大错、中锋，清末民初有虚云大和尚，皆名声赫赫，梵歌动九州。

彼时，徐霞客游云南。南京静闻和尚闻之，欲到鸡足山驻锡，与彼同行。时，路经湘江，遇江洋大盗，徐霞客投水逃逸，静闻则受重伤；静闻临终前，请求徐霞客将其骨灰带至鸡足山，其生不能如愿，死亦要葬于鸡足山。徐霞客背着静闻骨灰，抵鸡足山，却身染沉疴，卧榻三月不起，从江阴来的顾姓仆人，竟卷着盘缠而去。徐霞客贫病交加，绝望之时，恨不得一跳舍身崖，了断此生；住持闻讯，感念静闻和尚之虔、徐霞客之义，遂建塔纪念。于是徐霞客住了下来，在鸡足山一住就是三个多月，一则养病，一则撰写了《鸡足山志》，为我们留下了可观当时七十二丛林之文。待身体痊愈之后，他又走下鸡足山，穿越点苍山，向着保山，走下潞江坝子，向着腾越之地，向着遥远的缅甸走去。

徐霞客堪称四百年前，辐射南亚东南亚的第一个背包客。

那天，从迦叶殿下来，唯见藏地喇嘛于朝佛道上，络绎不绝，藏族信众三步一个长头，顶礼膜拜，虔诚于斯。此现象在内地寺院极为罕见，可窥鸡足山在藏传、汉传、南传佛教界影响之一斑。

三山观一日出，让我得以从一个千年的看台上，全观中国南方丝绸之路的开放春秋，大观云南落实习近平总书记指示，建设面向南亚东南亚辐射中心的壮美画卷，宏观中国“一带一路”倡议的愿景与行动。

最后一个句号即将落下，书案有晨光浮冉，斜在电脑上，渐变紫色。坐地日巡九万里，俯首谛听，云岭山间仍有茶马古道的铜铃声，仍有滇越铁路上的机车嘀呜；更能听到高黎贡隧道开通后，火车驶过腾冲，驶向瓦城，驶向若开，直抵印度洋。

云门向南，每天的太阳都是崭新的。云南向南亚东南亚，中国梦的传奇故事正在“一带一路”上续写……